Michael Lang

Der Apfelweinfürst vom Odenwald

Kriminalroman

mainbook

ISBN 978-3-948987-81-7
Copyright © 2023 mainbook Verlag
Alle Rechte vorbehalten
Covergestaltung: Olaf Tischer
Cover-Motiv: © Michael Lang

Auf der Verlagshomepage finden Sie weitere spannende
Bücher: www.mainbook.de

Vorbemerkung

Dies ist ein Roman, alle Figuren sowie die komplette Handlung sind frei erfunden und der Fantasie des Autors entsprungen. Sollten Ähnlichkeiten mit real existierenden Personen bestehen, ist dies entweder Zufall oder Absicht.

Mittlerweile ist das Dosenpfand bei uns angekommen und damit der Müll beträchtlich weniger geworden. Natürlich sind durch zerkleinerte Dosen im Tierfutter schon vereinzelt Nutztiere in Deutschland zu Schaden gekommen. Das kann man nachlesen. Im Odenwald jedoch sind mir solche Fälle nicht bekannt. Die gehäckselten Dosen waren aber ein guter Aufhänger für die vorliegende Geschichte. Diese ist ein Lokalkrimi, möchte als reine Fiktion die Leserinnen und Leser unterhalten und niemanden brüskieren. Fazit: Man muss nicht alles glauben, was man liest.

Um sämtliche Zusammenhänge lückenlos einordnen zu können, ist es zwar nicht zwangsweise notwendig das Buch „Der Seelensammler vom Odenwald" aus demselben Verlag zu lesen, doch es erleichtert die Sache ungemein. Man beachte außerdem die Erkenntnis aus dem Deutschunterricht: „Der Autor ist nicht der Erzähler!"

Michael Lang, Michelstadt, den 10.6.2023

Autor

Michael Lang, 1962 geboren, lebt im Odenwald. Der Germanist und gelernte Deutschlehrer schreibt für mehrere Zeitungen und betreut die Öffentlichkeitsarbeit des Deutschen Roten Kreuzes in der Region.
Veröffentlichungen: „Wunderplunder" (humorvolle Gedichte im Selbstverlag). „Neues aus der Schwatzhaft" (Glossen aus dem Odenwälder Echo). „Der Seelensammler vom Odenwald" (Kriminalroman, mainbook Verlag, 2020).

„Wir sehen in anderen Menschen nicht Mitmenschen,
sondern Nebenmenschen.
Das ist der Fehler."

(Albert Schweitzer)

„Jeder ist ein Mond und hat eine dunkle Seite,
die er niemandem zeigt."

(Mark Twain)

Für meine liebe Frau Sylvia, die keine Krimis mag.

Prolog

Manchmal schrie sie wie von Sinnen. Weit aufgerissene Augen und ein panischer Blick, als sehe sie gerade den Leibhaftigen. Dann wieder schien Linda in stoischer Apathie zu versinken. Sie nahm kaum noch etwas zu sich und wurde immer schwächer. Nur zögerlich bediente sie sich an der reichen Palette des Angebotes. Alle Varianten einer stützenden Ernährung hatte er ihr gebracht. Heu, Mais, den Mix aus proteinreichem Getreide. Doch Lindas Zustand verschlechterte sich zusehends. Klee und frisches Gras verschmähte sie vollkommen. Auch bei der Wasseraufnahme verhielt sie sich zögerlich, das Wiederkäuen hatte sie eingestellt. Zudem hatte sie massiv abgenommen und ihre Milchproduktion ließ nach. Er machte sich große Sorgen.

Linda war die beste Kuh im Stall von Bauer Hans Vierheller aus Beerfurth. Auf dem jährlichen Viehmarkt in Beerfelden hatte sie ihrem Besitzer stets satte Preise eingefahren, an der Wohnzimmerwand reihten sich die Medaillen. Sie war eine echte Holsteinerin, schwarz-bunt gescheckt, großrahmig und zirka 650 Kilogramm schwer. Hinzu kamen die ästhetischen Werte, denn Linda hatte ein Gesicht wie gemalt und für ein Rindvieh einen eleganten Gang. Eine ganze Zeit lang war ihr Konterfei das oft bewunderte Werbefoto auf den Milchtüten, Käseschachteln und Joghurtbechern der lokalen Molkerei gewesen. Sie konnte eben Eindruck schinden und war Hans Vierheller ans Herz gewachsen.

Auch heute machte er sich Sorgen. Der trübe Blick und die schnelle Atmung ließen ihm keine Ruhe. Er bestellte den Tierarzt auf den Hof. Mit Peter Röder war er gemeinsam zur Schule gegangen, doch sie kannten sich bereits vom Kindergarten. Er erreichte den Veterinär auf dem Handy und dieser sicherte ihm zu, sich sofort auf den Weg zu machen. Nach einer halben Stunde, die Vierheller zwischen Bangen und Hoffen wie ein halber Tag vorgekommen war, hörte er, wie sich der alte VW-Bus des Freundes die steile Anfahrt zum Aussiedlerhof hinaufquälte. Peter Röder war wie immer unrasiert, die lederne

Joppe schlenkerte um die schmalen Schultern und die Füße steckten in Gummistiefeln.

Der Mann war bei den Landwirten zu Hause, mit erkälteten Kanarienvögeln und depressiven Fischen konnte er nichts anfangen. Schon während des Studiums wusste er, dass sein Fachgebiet das Großvieh der regionalen Bauern sein würde. Viele Kollegen scheuten diesen Schritt, denn man wusste ja nie genau, wann ein Pferd Koliken entwickelte oder eine Kuh sich entschloss zu kalben. Meistens war dies nachts der Fall. Außerdem war die Arbeit mit Rindern und Gäulen oft mit Anstrengung verbunden. Nicht jeder konnte oder wollte seinen Arm bis zur Schulter in der Vulva einer Kuh versenken. Dann doch lieber Katzen impfen und den Zwergkaninchen die Krallen schneiden.

„Was hat denn die Gute?", fragte der Mediziner mit beruhigendem Lächeln und einem begleitenden Klaps auf Vierhellers Schultern.

„Das wirst du hoffentlich gleich herausfinden. Mir schwirrt bereits der Kopf. Die Linda frisst nix mehr, säuft kaum und ist auffallend unruhig, dann wieder vollkommen apathisch."

„Komm, lass uns mal gucken gehen", sprach der Doktor und drückte seinen Schulfreund sanft vorwärts. Linda stand zitternd in ihrem Stall. Zärtlich kraulte der Arzt die Stirn seiner Patientin und redete beruhigend auf sie ein. Dann bat er Hans ihren Schwanz hochzuhalten, damit er rektal Fieber messen konnte. Sanft führte er das zuvor mit Gleitgel behandelte Thermometer in Lindas After ein. „In dieser Hinsicht nichts Besonderes. Die Normalwerte liegen zwischen 38,3 und 38,5 Grad. Linda ist leicht drüber. 38,9 zeigt mir das Teil an. Aber irgendwie ist die Kuh symptomatisch. Da hast du recht. Mir gefällt das nicht." Röder setzte das Stethoskop in Herzhöhe auf und sagte: „Erhöhte Frequenz. Das Tier hat Stress. Warte mal." Jetzt wanderte das Hörrohr Richtung Magen. „Die Verdauungsgeräusche lassen auf nichts Besorgniserregendes schließen. Das typische Gurgeln ohne längere Pausen. Das passt aber nicht zu Lindas Zustand. Ich nehme mir jetzt den Darm vor."

Röder griff in seine Arzttasche und holte einen der armlangen Handschuhe hervor, den er mit Gleitgel einrieb. Auf den üblicherweise benutzten frischen Kuhdung verzichtete er, um das Ergebnis besser beurteilen zu können. Während Vierheller der Kuh den Kopf tätschelte, schob der Tierarzt die rechte Hand ganz langsam in Lindas Anus. Konzentriert arbeitete er sich bis zum Ellbogen vor und befühlte die Innenwand des Enddarmes, doch er konnte keinen alarmierenden Tastbefund feststellen. Als er den Arm mit dem Handschuh langsam zurückzog, betrachtete er diesen genau. Unter den üblichen Anhaftungen von Kot waren rötlich durchzogene Schleimspuren zu erkennen. Der Arzt überlegte. Dann bückte er sich, zerrieb ein wenig von Lindas letzter Hinterlassenschaft zwischen Daumen und Zeigefinger und stutze.

„Was ist?", fragte Hans Vierheller.

„Siehst du diese kleinen Splitter da auf meiner Hand?"

„Ja, sind das unverdaute Reste von mitgefressenen Wurzelresten?"

„Nein, das ist Metall."

1

Die Kelterei Kabel in Reichelsheim wurde bereits 1844 ge-
gründet. Johann Kabel, der erste Arbeitgeber in der Apfelwein-
Dynastie der Familie, war stolz darauf, im Jahr des Aufstandes
der Weber und der darauf folgenden Revolution angefangen zu
haben. In den Büroräumen des Betriebes prangte die Kopie
eines Briefes, der von seiner Bekanntschaft mit Ludwig Bogen,
dem Kopf der Revoluzzer aus dem Odenwald, zeugte. Denn
auch der alte Kelterer Kabel war demokratisch eingestellt, wet-
terte über den geografischen Flickenteppich und sprach sich
öffentlich für ein geeintes Deutschland aus. Die Tradition der
Toleranz hatte sich unter seinen Nachkommen fortgesetzt und
Mitbestimmung war einer der hochgehaltenen Werte im Unternehmen.

Dieses wurde mittlerweile in der vierten Generation von Gerhard Kabel und dessen Frau Anette geführt. Viele schmerz-
hafte Investitionen erlaubten es dem Unternehmer, auch die
dürren Zeiten durchzustehen, ohne Entlassungen vorzunehmen
zu müssen. Denn gerade in den frühen 1990er Jahren war Apfelwein als Getränk der Bauern ein wenig verpönt. Man ver-
bannte die Bembel in die Küchenschränke oder nutzte sie als
schmucke Blumenvasen. Auch die braunen Literflaschen ver-
zeichneten einen Rückgang. Bier hatte den heimischen Most
abgelöst. Jetzt mussten neue Strategien her.

Kabel, der vor der Übernahme des elterlichen Betriebs eine
solide Lehre beim ortsansässigen Gastronomen und Spitzenkoch Armin Keusch abgeschlossen hatte, hatte die Idee seines
ehemaligen Chefs aufgegriffen, der durch seine Kreativität bekannt war und mit sortenreinen Apfelweinen experimentierte.
„Warum sollte der Apfel in seiner Verwendung nicht mit der
Traube gleichgestellt werden? Bei den Winzern klappt es schon
seit Jahrtausenden, aus einer Rebsorte ein geschmackvolles
Getränk herzustellen!", belehrte er die Kollegen und wurde
anfangs leise belächelt. Die Maische für Apfelwein müsse aus
gut durchmischten Sorten bestehen. Boskoop, Schafsnase und

Bohnäpfel seien die besten, denn für den erwünschten herben Geschmack komme es auf die Säure an, bekam er zu hören. Doch der Gastronom widersprach: „Wer weiß denn, ob sortenreine Erzeugnisse nicht schmecken? Es hat ja noch niemand probiert!" Die Erfahrungen gaben ihm recht. Mittlerweile servierte er zum feinen Menü erfolgreich sanfte Weine aus Champagner-Renette oder Goldparmäne.

Hier sah Gerhard Kabel seinen Weg, um dem Dilemma mit den schwindenden Absätzen zu entkommen. In Rundbriefen bat er die Landwirte auch sortenreine Lieferungen zu bringen und versprach dafür eine etwas bessere Entlohnung. „Wer Erfolg haben will, muss erstmal in die eigene Tasche greifen", war sein Wahlspruch. Über dem Einfahrtstor zur Kelterei versprach das große Transparent: „Ein guter Schoppen lässt sich nicht stoppen!" Natürlich musste man Konzessionen machen, Kompromisse eingehen und die Gewohnheiten einer modernen Zeit respektieren. Ausschließlich mit dem herben Apfelwein als Begleiter zu Handkäs mit Musik ließ sich kein Staat mehr machen. Der Handkäs wurde bei der Jugend vom Burger abgelöst und die Musik mied man sowieso, da der Zwiebelgeruch und die entstehenden Darmgase mit heftigen Reaktionen in der Partnerschaft verbunden waren.

Nun setzten Kabels auf milde Sortenreinen, fügten dem aus gemischten Äpfeln bestehenden Wein Cola oder Kirschsaft hinzu und konnten so ihren Betrieb aufrechterhalten. Fesche Jungs und Mädels auf den Etiketten lösten den prostenden Bauern in der Lodenjoppe ab. Apfelwein 2.0 hatte einen richtigen Lauf, auch wenn diese Mixturen die Geschmacksnerven ihres Herstellers schwer beleidigten. „Was sein muss, muss sein", gestand sich Gerhard Kabel schweren Herzens ein. Das Konzept funktionierte. Sukzessive erweiterte er seinen Betrieb, modernisierte die Abfüllanlage, installierte ein weiteres Sortierband und stellte einen dritten großen Edelstahltank für die Lagerung des Rohsaftes auf. Auch die alte Waage für die Apfelannahme wurde durch eine größere, ebenerdige ersetzt. Dies erleichterte den Bauern die Anlieferung. Bald kam noch eine neue Kühlhalle hinzu. Die knappen Überschüsse spendete die Kelterei für ökologische Projekte zur Erhaltung der Streuobstwiesen in der Region. Dieses Jahr war ein gutes Jahr. Die Ernte florierte und die Traktoren standen vor dem Tor fast täglich Schlange. Gerhard Kabel atmete die frische Herbstluft ein und begab sich zum Freilager für die Äpfel, um einen Blick auf den Füllstand zu werfen.

2

Mittlerweile hörte man auch von den umliegenden Höfen, dass Kühe im Stall erkrankt waren und mit ähnlichen Symptomen kämpften wie Linda von Hans Vierheller. Im nahen Reinheim, das zum Landkreis Darmstadt-Dieburg zählte, hatte es einen Landwirt besonders hart getroffen. Ihm waren zwei Kühe eingegangen. Auch hier hatte man zuvor Metallsplitter im Verdauungstrakt nachgewiesen und versucht, diesem Zustand mit dem Einbringen von Magneten habhaft zu werden. Manchmal kam es vor, dass Kühe kleine Nägel oder sonstige sich auf der Weide befindlichen Eisenteilchen verschluckten. Mit dieser Methode hatten die Tierärzte, oder in schlimmen Fällen die Kliniken, manchmal Erfolg. Letzteres kam jedoch kaum infrage, da sich die Rechnungen exorbitant gestalteten.

Rinder waren das Kapital der Landwirte und man musste dreimal überlegen, welchen Weg man einschlagen wollte. So pflasterte manch Verlust den Weg der eh schon durch die niedrigen Milchpreise geschlagenen Bauern. Viele hatten bereits auf den Anbau von Futtermitteln umgestellt, im Vollerwerb wirtschaftete kaum einer mehr. Ein Zubrot erbrachte die Anstellung bei einem nahen Zulieferer der Automobilbranche oder man fuhr zu Merck nach Darmstadt. Dort wurden auch für Ungelernte annehmliche Gehälter gezahlt und man war unabhängiger von den darbenden Einnahmen des heimatlichen

Hofes in den an Landwirten langsam ausblutenden Dörfern des Odenwaldes.

Direktvermarktung hin und her, reich wurde mit der ehrbaren Scholle niemand. In den Rindermägen wurden immer häufiger Metallsplitter gefunden, gegen die auch ein noch so starker Magnet keine Chance hatte. Denn Aluminium blieb an ihnen nicht haften. So wurde dieses Thema zum richtigen Problem und auf den monatlichen Versammlungen der Kollegen im Brensbacher Gasthaus „Zum Ochsen" heftig diskutiert:

„Das hängt alles mit dem gnadenlos vorangetriebenen Odenwald-Tourismus zusammen. Die Damen dieser Gesellschaft aus Michelstadt verbiegen sich doch förmlich, um auch noch den letzten Mohikaner hier in die Gegend zu bekommen. Ob digital oder analog, unser Landstrich muss auf Gedeih und Verderb vermarktet werden. Koste es, was es wolle. Rücksichtnahme auf die Natur ist denen ein Fremdwort. Hinz und Kunz traben durch die Landschaft, belegen mal über ein Wochenende die Hotelbetten und ziehen wieder die Reißleine. Sie merken nämlich, dass der Odenwald weder die Alpen noch das Allgäu ist. Diese Schönfärberei habe ich satt", monologisierte Herbert Jäger aus Fränkisch-Crumbach und erzeugte ein allgemeines Brummeln im Auditorium.

„Jetzt mach aber mal halblang", entgegnete Schorsch Eitenmüller aus Brombachtal. „Die lassen ja auch ein bisschen was hier!"

„Ja, ihren Abfall und anderen Schrott", pflichtete der Bio-Bauer und gelernte Metzger Fritz Hubinger aus Böllstein diesem bei.

„Wie seid ihr denn drauf?", fragte Hans Vierheller.

„Würdest du mit offenen Augen über deine Wiesen und Weiden gehen, würdest du merken, dass im hohen Gras immer häufiger Dosen zu finden sind. Die Mähwerke unserer Schlepper können die natürlich nicht erkennen und zerkleinern den Kram mit dem Klee und dem Gras. Ist das Futter dann zu Ballen gepresst, hat man keine Chance das Zeug zu finden. Bis es dann unseren Rindern die Mägen aufreißt und die Därme aufschlitzt", holte Hubinger aus und öffnete die rechte Hand.

In dieser befanden sich Späne und Splitter von Alu-Dosen, die er in den letzten Wochen auf seinem Land gesammelt hatte. „Alles Dreck dieser verwanzten Touristen und der ach so netten Dorfjugend, die ihren Abfall über die Seitenscheibe des Autos entsorgt und munter in unsere Felder pfeffert. Feine Herren, sage ich da nur!"

„Die Damen nicht vergessen oder Herr*innen mit kurzer Sprechpause zwischen erster und zweiter Silbe. Ohne brav zu gendern, machst du dich angreifbar", flachste Erich, der Wirt, der gerade eine neues Tablett mit Bieren brachte.

„Ach, hör auf. Zum Scherzen ist dieser Missstand wirklich nicht", klagte der momentane Wortführer der Diskussion.

Hans Vierheller wurde hellhörig. In seinem Kopf sammelten sich Überlegungen, die eine für ihn noch nicht greifbare, aber mögliche Ursache der Zunahme jener Vorfälle begründen könnten. Kaum wollte er die Gedankenschnipsel fassen, entglitten sie ihm wieder. Plötzlich jedoch schien er die Ursache des Übels zu verstehen. Er zahlte, schnappte sich seine Jacke und verließ den Raum.

3

„Die Zeichen der Zeit werden auch Sie nicht ignorieren können. Es sei denn, Sie planen Ihren betriebswirtschaftlichen Untergang und möchten auf eine Insolvenz zusteuern", analysierte Alexander Mittenberger von der Firma Aluclever in Gerhard Kabels Büro. „Sie glauben doch wohl nicht, dass Ihr momentaner Erfolg mit den Mixgetränken ein Dauerbrenner sein wird? Ich verspreche Ihnen hier in die Hand, dass Sie in spätestens einem Jahr pleite sind, wenn Sie nicht reagieren. Flaschen sind ein Auslaufmodell. Sie verzeihen das kleine Wortspiel. Heute will keiner mehr Scherben aufkehren. Auch die Rückgabe ist rückläufig. Keiner, außer ein Penner vielleicht, ist auf das Pfand heutzutage angewiesen. Die Gesellschaft wird immer schnelllebiger und bequemer. Zeit ist Geld. Auch für Sie", insistierte der Vertreter des Unternehmens. „Überdenken Sie unser Angebot. Wir klopfen nicht zweimal an!"

Das mussten sie auch nicht. Gerhard Kabel war von der Idee einigermaßen angetan und übertrug die weiteren Verhandlungen mit Aluclever seinem neuen Geschäftsführer Frank Schneider, einem vorausschauenden und zielorientiert denkenden Angestellten, der schon so manche Schieflage wieder gerichtet hatte. Als studierter Betriebswirt und modern denkender Mensch hatte er das nötige fachliche Fundament und bis dato stets die richtige Nase für wegweisende Entscheidungen bewiesen.

Natürlich war es ein Vorteil, diese Dosen mit den praktischen Aufreißlaschen ins Sortiment zu nehmen. Kein Glasbruch mehr, das geringe Eigengewicht, weniger Kosten für die Spülanlagen der Flaschen und man sparte Wasser. Auch der Umweltgedanke war ins Konzept eingebettet. Zudem war der hervorragende Lichtschutz ein unschlagbares Argument. Gut, man konnte die angefangene Dose nicht wieder verschließen, aber dies animierte nur zum zügigen Austrinken des Gebindes. Der Apfelwein dümpelte nicht mehr über Tage in der Flasche. Die Frische wurde zum Faktor der Vermarktung.

Es sollte die 0,5er Variante werden, denn der Durst der Dorfjugend schloss das 0,33er Döschen von vornherein aus. „Apfelwein gilt von Gesetzes wegen als Wein und die ihn enthaltenden Dosen sind von der Pfandpflicht befreit. Das ist zwar doof, aber kein Desaster", erläuterte Schneider seinem Chef in den Vorgesprächen. „Es gibt immer etwas, das die Katz nicht frisst. Und in geregelte Vorgaben sollte man nicht zwangsweise eingreifen. In den USA wird schließlich schon seit 1933 Bier in Dosen angeboten. Kompakte Verpackung, leichter Transport. Stöffche zum Stapeln in Steigen, das ist eine prima Sache. Zudem lassen sich die leeren Dosen wunderbar pressen. Klein und fein in den Abfall hinein."

Aluclever freute sich über den Abschluss und die Maschinen zur Erzeugung der Dosen für den Kelterer aus dem Odenwald liefen heiß. Brav purzelten die Becher in die Kisten. „Die Verträge sind gemacht!", zitierte Frank Schneider jubilierend aus dem Song von Marius Müller-Westernhagen. Und zum Jubel bestand aller Anlass. Nachdem ein gewiefter Werbetexter den Spruch „Brieh in de Bix" kreiert hatte, kletterten die Absatzzahlen der Kelterei Kabel gewaltig in die Höhe. Nicht nur der Odenwald schluckte eifrig „Brieh in de Bix". Bis nach Hamburg, München und Berlin ließen sich die Verkäufe verfolgen. Ja selbst in den USA, in China und in Australien waren die flüssigen Äpfel aus Südhessen zu haben.

Man schrieb eine Erfolgsgeschichte, die in dieser Gegend ihresgleichen suchte. Mehrere Millionen verkaufter Dosen weltweit wiesen die Bilanzen aus. Gerhard Kabel aber blieb bescheiden, denn er wusste aus der Geschichte der Kelterei, wie kurzlebig Erfolg sein konnte und dass alles von den Gewohnheiten der Kunden abhing. Und die konnten sich schnell ändern. Anette bezeichnete ihn als Schwarzmaler, der alles erstmal madig machen müsse. Sie hielt dem Geschäftsführer, der seinen 2CV gegen einen Porsche eingetauscht hatte, stringent die Stange und arbeitete emsig am Fortkommen des prosperierenden Unternehmens mit: „Ein guter Schoppen lässt sich noch toppen!"

4

Vierhellers Weg führte ihn zuerst in den Kuhstall, um einen Blick auf Linda zu werfen. Als ob sie einen bestimmten Punkt an der Wand fixiere, starrte sie vor sich hin, die Beine hielten den schweren Körper aufrecht, zitterten aber ein wenig. Das Bangen um das Tier hatte noch kein Ende. Hoffen und Harren waren die einzigen Maßnahmen, die Hans Vierheller ergreifen konnte. Denn die Kosten für eine Behandlung in der fernen

Tierklinik nahe Frankfurt würden die Mittel des Bauern deutlich überschreiten. Auch Peter Röder meinte, dass nun alles vom Schicksal und der Konstitution der Kuh abhinge. Ambulant konnte er dem Tier nicht mehr helfen, seine Möglichkeiten waren erschöpft.

Mit einer Mischung aus Trauer und Wut stapfte Vierheller nun ins Futterlager, riss eine Mistgabel aus der Halterung und begann wie ein Berserker auf die gepressten Heuballen einzustechen. Wie von der Tarantel gestochen, portionierte er das getrocknete Gras in einzelne Häufchen, warf die Gabel zur Seite und begann zu wühlen. Als ob er die Stecknadel im Heuhaufen suche, klaubte er die Büschel auseinander und inspizierte jeden einzelnen davon mit detektivischer Akribie. So ging dies eine gefühlte halbe Stunde, bis er plötzlich stutzte. In seiner Hand hielt er einen Splitter aus Metall, zirka fünf Zentimeter lang und ungemein spitz. Die Ränder des Spanes waren leicht gezackt und gefährlich scharf. Nach weiteren Minuten erwischte er wieder ein paar dieser unsäglichen Teile.

Dann ging er in die kleine Werkstatt nebenan und holte einen Magneten. Nichts tat sich. Er hatte Dosenblech in den Händen, Dosenblech aus Aluminium. Die Gedankenschnipsel aus der Gaststätte formten sich in zusammenhängende, logische Stränge und Vierhellers Geist begann eine Erklärung der unschönen Vorkommnisse im Stall zu stricken. Umgehend rief er Fritz Hubinger in Böllstein an und berichtete von den fatalen Funden im Heu.

„Was hast du denn gedacht? Wäre das Zeug magnetisch, könntest du Material für ungezählte neue Dosen liefern. Ich habe bei mir auch schon vereinzelt solche Teile gefunden, wie ich dir ja im ‚Ochsen' gesagt hatte, aber unser Hof liegt etwas weit abseits. In dieser Hinsicht ist dies ein großer Vorteil. Da kommt an den Wochenenden nicht ständig dieses feiernde Volk vorbei und nutzt meine Weiden als Müllkippe. Eine Schande ist das. Wir müssen etwas dagegen unternehmen!", echauffierte sich der Biobauer.

„Aber was?", fragte Vierheller kleinlaut.

„Das weiß ich noch nicht, doch diese Zustände müssen ein Ende haben. Sonst verreckt uns noch das komplette Vieh. Und alles nur wegen diesen neokapitalistischen Strukturen eines einzelnen Unternehmers. Hauptsache Profit. Alles andere scheint diese Burschen nicht zu interessieren. Die nachlässige Jugend ist doch nur die Folge dieses Ausbundes an Verantwortungslosigkeit", tobte der Gesprächspartner.

„Aber die Verwendung von Dosen ist doch nicht verboten. Ich schätze, wir haben da keine Chance. Wir werden mit dieser Entwicklung klarkommen müssen."

„Nein, das werden wir nicht. Würde per Gesetz endlich ein Pfand auch auf Apfelweindosen erhoben werden, wie dies seit 2006 allgemein üblich ist, bestünde Hoffnung. Schließlich hortet das Partyvolk doch jeden Heller, um am folgenden Wochenende wieder neu loslegen zu können. Wein und Weinmischgetränke mit einem Weinanteil von mindestens 50 Prozent sind aber von der Pfandregel befreit. Das ist doch der Hammer. Wo soll das hinführen? Ich sage es dir: bei unseren Rindern in den sicheren Tod! Und die saubere Kelterei Kabel steht mit in der Verantwortung. Mitgegangen, mitgehangen. Wenn die nur wollten, könnten sie sicher Einfluss nehmen. Aber wie gesagt: Das könnte ja dem Umsatz schaden! Dieser Schneider ist dort die treibende Kraft. Der Gerhard hat nicht mehr viel zu melden, seit sein Geschäftsführer die Fäden in der Kelterei zieht."

Vierheller verstand und begann zu grübeln. Da hörte er ein ungewöhnliches Geräusch. Schnell drückte er den Biobauern weg und hastete aus dem Haus. Im extra für sie eingerichteten Krankenstall lag Linda. Sie hatte ihr Leben ausgehaucht.

5

Der Raum war nicht groß. Kein ausgewachsener Mann konnte darin stehen, denn es waren vorwiegend Frauen, die ihn früher nutzten. Wie ein Stollen für den Bergbau war er in den Hang gehauen. An den Wänden aus Lehm schlug sich Feuchtigkeit nieder, die Decke war mit Spinnennetzen überzogen und auf dem Boden tummelten sich Asseln. Als Lager für Gemüse und Obst wurde er früher genutzt. Die konstante Temperatur garantierte eine gleichbleibende Frische der Lebensmittel. Kühlschränke hatte es noch nicht gegeben. Im Dorf war der alte Lagerkeller in Vergessenheit geraten. Er kannte ihn aber noch. Schließlich wurde dieses Gelass, als er noch Kind war, von der Großmutter gerne genutzt, um ihr Überangebot an Gelee und Latwerge unterzubringen. „Wenn du nicht brav bist, kommst du auch hier hinein!", drohte sie dann und wann schmunzelnd.

Der angerostete, schwere Eisenschlüssel passte, als er die Örtlichkeit nach diesen langen Jahren wieder inspizieren musste. Ein Hauch von Moder und Schimmel schlug ihm entgegen. Doch das machte ihm nichts aus. Die Kühle stimmte ihn zuversichtlich. Die Ware würde schön frisch bleiben, auch nach mehreren Tagen, wenn er mit seiner Arbeit fertig war, sollte kein Geruch nach außen dringen. Da war er sich sicher.

Der Knebel im Mund der auf dem nackten Boden liegenden Person war von Speichel durchnässt. Die Anstrengung ihn loszuwerden, schob ihn immer ein Stückchen weiter nach vorne. Doch es war sinnlos. Der Lappen war im Genick fest verknotet. Er hatte an alles gedacht. Die Messer, die Tranchierzange, die Säge und der Hammer lagen bereit. Auch die Haken und das Fleischbeil reihten sich ein. Und natürlich die in kleine Dreiecke mit spitzen Winkeln geschnittenen Aluminiumdosen.

Hände und Füße der Person waren an mit Widerhaken versehenen Bodenankern fixiert, die sich mit dem Hammer leicht ins Erdreich hatten treiben lassen. Die Beine waren gespreizt. Vom Knebel abgesehen, war die Person unbekleidet. Sein Geschlecht hatte sich in der Kälte gekrümmt und beinahe vollkommen in die Schambehaarung zurückgezogen. Auch die Hoden schienen die Flucht nach oben ergriffen zu haben. Mit einem der scharfkantigen Dosensplitter eröffnete er das Skrotum und fahndete nach den abwesenden Teilen.

Die Schreie des Gefangenen erstickte der Knebel, es blutete nur dezent. Die beiden Matratzen vor dem Eingang dämpften alle Geräusche, die vorbeischlendernden Wanderer eventuell hätten hören können. Nun setzte er einen kleinen Haken ein und schob ihn unter gelegentlichem Drehen in Richtung Schambein. Nein, so wurde das nichts. Sollten die verdammten Eier doch bleiben wo sie wollten, benutzen können würde der Typ seine Keimdrüsen sowieso nicht mehr.

In die Bauchdecke grub er mit einem der scharfkantigen Dosensplitter großflächig das Wort „Bix", wobei der erste Buchstabe die meisten Schwierigkeiten machte. Irgendwie wollten die Haut und das Fettgewebe den notwendigen Rundungen nicht folgen. Die handwerklichen Probleme zeigten sich auch am Pulsschlag des Mannes, den er am Hals beobachtete. Je grober er fuhrwerkte, desto schneller hoben und senkten sich die Gefäße.

Vorbildlich wusch er das austretende Blut ab und träufelte Salz in die Wunden. So schuf er ein bleibendes Andenken, das auch eine gewisse Haltbarkeit versprach. Jetzt waren die Fußnägel dran. Unter jeden einzelnen Zeh drückte er einen Dosensplitter, wobei er mit dem Hammer nachhalf. Dann hebelte er die Nägel nach oben und zog sie mit der Zange heraus. Auch hier fand das mitgebrachte Salz seine Anwendung. Minimalinvasive Eingriffe nannte er diese Maßnahmen.

Als er das Interesse verlor, legte er die Werkzeuge beiseite, nahm einen Schluck vom mitgebrachten Getränk und nickte zufrieden. Aus dem Geschlecht des Gefangenen tropfte rötlicher Urin. Scheinbar hatte der Haken die Blase verletzt. Das war nicht tragisch, das ließ sich richten. Aufräumen war nicht nötig, er würde bald wiederkommen.

6

Dem Aufruf der Landwirte waren viele Leute gefolgt. Nicht nur sämtliche Bauern der Gegend, auch Umweltschutzgruppierungen, wie der NABU und der BUND, ließen es sich nicht nehmen, mit ihrer Anwesenheit das Anliegen zu unterstützen. Allen voran die Ortsgruppe von BÜNDNIS 90 / DIE GRÜNEN. Deren Frontmann wollte sowieso zur nächsten Bürgermeisterwahl kandidieren und setzte sich gleich an die Spitze des Protestzuges.

Die Demonstration war ohne Einwände genehmigt worden und verlief gewaltfrei. Die beiden zum Wochenenddienst verpflichteten Polizeibeamten Thomas Linn und Helge Ostermann standen sich die Beine in den Bauch, wenn sie nicht gerade mit Warnblinker und blitzendem Blaulicht dem Zug der Demonstranten im Standgas hinterherzuckelten. Vereinzelt waren rote Fahnen zu sehen, denn auch die seit Jahrzehnten sich in einem Dörfchen im Nachbarkreis behauptende DKP sah wieder eine Chance in der Öffentlichkeit wahrgenommen zu werden. Die Leute von ATTAC liefen neben der Ortsgruppe des DGB, die wieder nur aus deren Protagonisten Martin Baier und Dirk Daub bestand. Baier trug wie immer sein rotes Hemd, Daub die pflichtgemäße Fahne und den entschlossenen Blick des gewerkschaftlichen Kämpfers.

„Wenn die bunten Fahnen wehen …", sang Linn leise.

„…fällt der Abschied uns nicht schwer", fiel Ostermann zart ein. Doch die beiden mussten bleiben. In der Menge machten sie auch jenen stämmigen jungen Mann aus, der erst kürzlich reichlich Medienaufmerksamkeit auf sich gezogen hatte, weil an der Wand seines Hauses in Brensbach ein halber Ford Granada hing. Er hatte ihn als Kunstwerk dort angeschraubt, was bei den Bürgern auf geteiltes Echo gestoßen war. „Brieh in de Bix, das taugt nix!" war auf einem der Transparente zu lesen. Ein anderes verkündete „Im Gras versteckte Aluscherben lassen unsere Kühe sterben!" Vor dem Tor der Kelterei machte der Zug halt und formierte sich in die zusammengehörenden politischen Grüppchen. „Macht doch Kabel endlich zu, danken werden Mensch und Kuh!", skandierte die Menge. Auf Differenzierung wurde kein Wert mehr gelegt.

Lediglich ein Sprecher des Magistrats führte in langen Satzgirlanden aus, dass man sich die Verwendung von Aluminiumdosen doch reiflich überlegen solle, denn dies könne einen Zwist, wenn nicht gar den Abbruch der Beziehungen zu den Landwirten zur Folge haben, wo man doch auf diese angewiesen sei, da sie ja die Äpfel für die Produktion des Betriebes lieferten.

Dummerweise hatte man sich für die Demo den Samstagmittag ausgeguckt, wo niemand im Betrieb war. Lediglich Gerhard Kabel hatte im Büro etwas zu erledigen. Er stand hinter dem Vorhang seines Bürofensters und schämte sich. Seinen Geschäftsführer Frank Schneider hatte er schon vor ein paar Tagen in den Urlaub verabschiedet.

7

Heute hatte er die Säge eingeplant. Er setzte das Blatt unterhalb der linken Kniescheibe an, straffte mit der freien Hand die Haut in Richtung des Oberschenkels und begann mit der Arbeit. Bald hatte er die Knorpelscheibe freigelegt und verfüllte den klaffenden Spalt mit reichlich Salz. Denn Salz hatte auch die Großmutter verwendet, um die eingelegten Bohnen zu konservieren. Zudem wurde das Schweinefleisch von ihr damit eingepökelt und somit schmackhaft und haltbar gemacht. „Salz auf unserer Haut", das bekannte Buch von Benoîte Groult, kam ihm in den Sinn. Er hatte es erst kürzlich gelesen.

„Wie lange ist dieser Drecksack wohl haltbar?", fragte er sich. „Gepökeltes Arschloch am Spieß!", schleuderte er nun dem Gefangenen wütend entgegen. Der Spieß würde noch kommen, das Arschloch wartete schon darauf. „Warum hast du das angerichtet? Hättest du nur einen Funken Moral in deinem

Hirn, wäre dir bewusst geworden, dass man so etwas nicht tut. Das Vieh erleidet unendliche Qualen. Doch dir ist das egal, lediglich dein Ego und deine Gier nach persönlichem Erfolg interessieren dich. Andere Menschen benutzt du als Werkzeug für dein schmutziges Fortkommen. Und was aus diesen Existenzen wird, ist dir gleich. Du gehst über Leichen. Ich auch."

Jetzt war der Hammer dran. Mit regelmäßigen Schlägen auf die Schädeldecke traktierte er den vor ihm liegenden und leise wimmernden Menschen unablässig in immer schneller werdender Frequenz. Dann knackte es, als ob jemand einen trockenen Ast zerbräche. „Das könnte deine Schädelbasis gewesen sein", raunte er dem beinahe Bewusstlosen ins Ohr.

Auf dessen Kopf konnte er deutlich die Delle sehen, die das Schlagwerkzeug hinterlassen hatte. Nach kurzer Zeit bildete sich eine blutverklebte Beule, die er als ungemein hübsch empfand. „Siehst du, jetzt nimmt dein Gehirn doch noch an Masse zu", lachte er und schnitt mit einer Dosenscherbe hinein, um eine Art Druckentlastung zu erreichen. Ihm wurde etwas schwindelig. Die Luft im Verlies war zum Schneiden dick. Außerdem schien der Mensch etwas Übelriechendes ausgeschieden zu haben.

Er stand auf und japste nun förmlich nach Sauerstoff. Obwohl es tiefschwarze Nacht war, wollte er ein Öffnen des alten Tores vermeiden. Wer weiß, wer da gerade vorbeischlich. Mit zwei fleckigen Matratzen hatte er den Keller lichtdicht bekommen. Die Kerzen in der Mitte flackerten bedrohlich.

Er stellte sich auf den hölzernen Stuhl und inspizierte den kleinen Kamin, der nach draußen führte und unscheinbar auf einer Wiese seinen verrosteten Ausgang präsentierte. Das schlichte Rohr war mit Unrat verstopft. Dies zeigte ihm die Inspektion mit der Taschenlampe. Er schnappte sich die Eisenstange und stach mehrmals hindurch. Langsam schienen sich die Luftverhältnisse im Erdbunker zu verbessern. Schließlich brauchte er ihn ja noch. Der Frevel war noch lange nicht gesühnt und Strafe musste sein.

Minutenlang ohrfeigte er den Gefangenen nun, da dieser den Boden mit dem Inhalt seines Darmes beschmutzt hatte. Das sollte nicht wieder vorkommen. Er schob die Eisenstange durch die Exkremente und versuchte sie im Anus des Menschen zu platzieren. Wegen der Fußfesseln war dies nicht einfach und losbinden mochte er ihn nicht. Die Verletzungen, die er erzeugt hatte, bluteten stark. Scheinbar hatte er wichtige Gefäße verletzt. Durch die permanenten Quälereien war der Typ nun endgültig bewusstlos geworden. Hauptsache, er lebte noch. Schließlich wartete das Beil noch auf seinen Einsatz.

8

Vorbei an der neuen Waage schlenderte Gerhard Kabel gemütlich über das weitläufige Gelände der Kelterei. Vor seinem geistigen Auge sah er große Teile des Areals in ihrem Zustand vor wenigen Jahren. Unwirtliche Feuchtwiesen und nutzlose Brachen, auf denen sich das Unkraut breitmachte. Der Vater hatte mit der Urbarmachung begonnen und das Land von der Gemeinde erworben, um langsam aber sicher zu expandieren. Man besann sich wieder auf die lokale Trinkkultur und Apfelwein war zwar noch nicht in aller Munde, stahl sich jedoch ganz allmählich aus dem Nischendasein eines vergessenen und überholten Getränks der Landbevölkerung davon.

Anteil daran hatte, wie an so vielen Entwicklungen derzeit, die Rückbesinnung auf die wirklichen Werte natürlicher Erzeugung und das neue Bewusstsein eines aufkommenden ökologischen Denkens. Kabels konnten hier guten Gewissens mitgehen, denn ihr Erzeugnis war ja ein reines Naturprodukt. Ohne künstliche Zusätze und Konservierungsstoffe. Zudem war der Kaloriengehalt etwas niedriger als beim Bier und das berühmt gewordene Wort des Alleinstellungsmerkmals durfte auch benutzt werden. Abgesehen von Südhessen musste man nämlich schon recht weit suchen, um einen anständigen Schoppen zu bekommen.

Es nieselte leicht und Kabel schloss den Reißverschluss seiner Jacke. Die alten Lampen schickten ihr spärliches Licht auf den nassen Asphalt des Hofes und erzeugten verzerrte Spiegelungen, die sich harmonisch in diesen nebligen Herbstabend einfügten. Vom Dorf her, wo die Familien schon vor den Fernsehern saßen, wehte der Geruch der vertrauten Holzfeuer, der sich mit dem Duft der angelieferten Äpfel zu einem Gefühl von Geborgenheit mischte.

An dem neuen Stahltank blieb er stehen und schaute nach oben. Der matte Glanz des wuchtigen Behälters weckte Vertrauen in die tadellose Technologie, die sich hier breitgemacht hatte und erinnerte Gerhard Kabel, warum auch immer, an die Trutzhaftigkeit einer uneinnehmbaren Burg. Er betrat die Produktionshalle und roch den gärenden Most. Ein Sinneseindruck, mit dem er groß geworden war. Die gewaltigen Pressen ruhten und warteten auf ihre Befüllung in der kommenden Arbeitswoche. Die Abfüllmaschine war vor dem Wochenende gesäubert worden und glänzte im Licht der Neonröhren. Die sündhaft teure Apparatur, die für das neue Segment der Dosen zuständig war, füllte sein Herz auch diesmal wieder mit einer Mischung aus Zweifel und Stolz.

Das große Wasserbad zur Reinigung des Keltergutes gähnte ihn in trostloser Leere an. Auch dies würde sich am Montag ändern, wenn die Belegschaft wieder emsig durch die Halle wuselte. Zwölf Mitarbeiter standen bei ihm in Lohn und Brot, während der Saison kamen noch Aushilfen hinzu, darunter mancher Schüler, der hier in den Herbstferien jobbte.

Das offene Lager für die angelieferten Äpfel war wahrscheinlich übervoll, denn die Traktoren mit ihren geräumigen Anhängern drängelten sich förmlich in diesem Jahr. Eine Förderschnecke transportierte die runden Roller in diese riesige Wanne aus abgedichtetem Beton. Später wurden diese am laufenden Band auf ihre Verwendbarkeit hin sortiert. Entgegen der landläufigen Meinung wollte man kein übermäßig faules Obst, keine Zweige und Blätter oder gar völlig unreife Früchte im Gut haben. Dass dies den Geschmack verbessern solle, hielt Gerhard Kabel für eine Mär.

Mit prüfendem Blick schaute er auf die bunte Schüttung. Grüne Bohnäpfel mit ihren rötlichen Bäckchen, bewundernswerte Trierer Weinäpfel, grüne Jakob Lebels, aber auch Reichelsheimer Weinäpfel gesellten sich zum Stelldichein und warteten auf ihre Verflüssigung. Ein Bild, wie es prachtvoller nicht sein konnte. Nur eines störte das bunte Allerlei des ruhenden Obstes. Vom Rande des Beckens schlecht auszumachen, hatte sich wohl ein Fremdkörper in diese Harmonie eingeschlichen. Manchmal kam es vor, dass welke Blätter mit in den Behälter gerieten. Gerhard Kabel schaute nach und beugte sich vor. Blattwerk war das nicht. Als ob sie nach ihm greifen wollte, streckte eine leichenblasse Hand ihre Finger nach ihm aus.

9

Kriminalhauptkommissar Karl Kunkelmann, der ausnahmsweise einem Wochenenddienst zugestimmt hatte, wurde von der Telefonzentrale über den Fund in Reichelsheim informiert und dachte sofort an die geniale Metzgerei Kaffenberger in Nieder-Kainsbach. Diese bot einen geräucherten Schwartenmagen an, wie man ihn im ganzen Odenwald nicht finden konnte. Lediglich das Landlädchen Marquardt aus Ober-Ostern konnte hier geschmacklich mithalten. Genau dort würde sein Weg zum Fundort langführen, obwohl die Strecke über Rohrbach kürzer war. Nun verfluchte er diesen späten Samstag, der ihm den Zutritt zum Laden verwehrte.

Auch fiel ihm beim Thema Schwartenmagen wieder der Ärger mit seiner Frau Lena ein. Als diese gerade seinen Sohn Thomas im Erbacher Krankenhaus auf die Welt gebracht hatte, lancierte Kunkelmann im Odenwälder Echo eine Geburtsanzeige, die das Erscheinen des Buben ob seines stolzen Gewichtes als wohl geratenen Presskopf ankündigte. Die Gattin und die komplette Verwandtschaft waren stinksauer. Sie hatten eben keinen Humor. Nur dem kleinen Buben machte dies nichts aus. Kunkelmann musste über diesen Vorfall schmunzeln.

„Karl, wo bist du denn mit deinen Gedanken?", fragte etwas ungehalten sein Kollege Heiner Ehrenreich. „Wenn jemand zwischen Äpfeln eine Leiche findet, ist das nicht lustig!"

„Ich hatte nur eben an etwas denken müssen", entgegnete Kunkelmann leicht verlegen. Ehrenreich war überraschend fit, denn er hatte einen zweifelhaften Entzug hinter sich gebracht und im täglichen Kognak den Tee entfernt. Die ewigen Ermahnungen und guten Ratschläge hatten nichts gebracht, aber er war ein ungemein feiner Kerl und hielt sich im Dienst aufrecht und wacker. Die stets mitgeführten Pfefferminzbonbons erledigten den Rest.

Als sie im Hof des Präsidiums den zivilen Opel bestiegen hatten und losfuhren, beschwerte sich Karl über den lahmen Anzug des Wagens und meinte, dass sich die Technik das Auto mal vornehmen müsse, wahrscheinlich laufe die Kiste nur auf drei Töpfen. Heiner behob das Problem, indem er die Handbremse löste. Nachdem sie den Funk eingeschaltet hatten, hörten sie, dass die uniformierten Kollegen Linn und Ostermann zu einem Auffahrunfall unterwegs waren. „Siehst du Karl", meinte dessen Beifahrer entspannt, „mit solcherlei Kleinkram haben wir nix zu tun."

„Dem Himmel sei Dank, aber nie mehr werde ich in meinem Alter freiwillig einen Dienst am Wochenende übernehmen. Müsste ich auch nicht, hat Big Boss Wagenknecht gesagt. Ich habe das nur gemacht, weil der Müller unbedingt mit seiner kleinen Tochter in irgendeinen Freizeitpark fahren wollte. Freitag gegen Abend hat er mich darum gebeten, stell dir das mal vor. Und ich gutmütiges Schaf habe zugesagt."

„Du warst eben schon immer ein prima Kollege", lobte Ehrenreich.

„Wieso warst?", stutzte der Mann am Steuer.

„Das sagt man halt so!", meinte sein Gegenüber und ließ die Cognac-Fahne wehen. Sprachliches Feingefühl war noch nie Kunkelmanns Stärke gewesen, was innerfamiliär häufig zu Spötteleien führte. „Wahrscheinlich stehen wir gleich vor einem Betriebsunfall, weil ein Arbeiter zu viele Schoppen geschnappt hat und in diesen Apfelbehälter gestürzt ist", mutmaßte Karl.

„Und dann hat er sich mit Äpfeln zugedeckt, damit man ihn nicht findet. Er wollte nämlich Verstecken spielen. Unter der Last des Obstes ist er dann jämmerlich erstickt, weil er zu besoffen war, um sich wieder herausquälen zu können."

„Stimmt, das ist eher unwahrscheinlich. Vielleicht aber hat ihn ein anderer mit den Äpfeln zugedeckt?"

„Warten wir doch einfach ab, bis wir da sind, dann werden wir den Toten oder die Getötete ja wahrscheinlich sehen."

„Wahrscheinlich? Das ist unsere ureigene Aufgabe als Ermittler!"

„Karl, auch dies habe ich lediglich so dahingesagt. Leg doch nicht jedes Wort in die Waagschale!"

„Jetzt punkte aber ich, denn es heißt in diesem Fall nicht Waagschale, sondern Goldwaage", lachte Kunkelmann und rieb sich freudig die Hände.

Als sie das Tor mit dem Banner ‚Ein guter Schoppen lässt sich nicht stoppen' passiert hatten, wartete vor dem Verwaltungsgebäude der Kelterei bereits ein uniformierter Kollege.

„Kennst du diesen Blaumann da?", fragte Ehrenreich.

„Nein, aber vom Alter her kann es kein ganz Junger sein", orakelte Karl Kunkelmann.

„Hallo Kollegen", grüßte der Wartende und tippte mit dem Zeigefinger an die Dienstmütze. „Ich bin Erik Hach aus Dieburg, wir haben übernommen, da die Erbacher bei einem Unfall sind und auch die Streife aus Höchst sich bereits im Einsatz befindet."

„Das wundert mich, normalerweise kriegt die vom Fernseher doch keiner fort", flachste Ehrenreich und fing sich einen tadelnden Seitenblick seines Vorgesetzten ein.

„Der Wagen steht direkt beim Apfellager, dort ist auch der Bastian Brecht, mein Schichtpartner", sagte Hach und stapfte los.

Das unvermeidliche Blaulicht zuckte und gab der Szenerie schon jetzt den Anschein eines Verbrechens. Brecht stand wie ein abgestellter Wachsoldat vor der riesigen Wanne mit Äpfeln und fühlte sich sichtlich unwohl, worauf seine blasse Gesichtsfarbe schließen ließ. Das gut gefüllte Becken war von ihm mit dem rot-weißen Flatterband der Polizei abgesperrt worden und wartete auf eingehende Inspektion durch die Fachleute. Im Streifenwagen saß der Keltereibesitzer Gerhard Kabel und zog vollkommen fertig und zittrig am Stummel einer Zigarette. Ehrenreich und Kunkelmann stiegen die kleine Leiter hoch und blickten im Licht des grellen Scheinwerfers auf eine Lage rotbackiger und grüner Äpfel, in der sie sich erst orientieren mussten. Doch schnell hatten sie die aus dem Obst herausragenden Finger gesehen.

„Tja, eindeutig. Das ist eine Hand", stellte Karl Kunkelmann fest und beauftragte seinen Kollegen, die Spurensicherung zu informieren.

Verbrechen oder Arbeitsunfall, das Opfer musste vorschriftsmäßig geborgen werden. Kunkelmann wendete sich dem abwesend wirkenden Mann im Streifenwagen zu und stellte sich als leitender Ermittler vor. „Machen Sie sich keinen Kopf, Herr Kabel. Bis jetzt ist das nur Routine. Wahrscheinlich entpuppt sich dieser Fund als skurrile Folge eines Arbeitsunfalls. Dumme Frage, aber können Sie vielleicht sagen, wer unter den Äpfeln liegen könnte?"

„Nein, Herr …?"

„Ach so, Kunkelmann von der Kripo in Erbach."

Gerhard Kabel warf die Kippe weg. „Ich habe meinen abendlichen Rundgang gemacht und wollte sehen, ob das Lager gut gefüllt ist. Dann habe ich dieses Etwas entdeckt, das ich im schlechten Licht zuerst für grünliche Zweige gehalten hatte, die ins Keltergut geraten waren. Das kommt vor. Ich wollte sie rausnehmen und bin näher ran an den Beckenrand. Als ich registriert hatte, was da lag, ist mir schwindelig geworden."

„Das kann ich gut verstehen. Wird hier am Wochenende gearbeitet?"

„Ja, heute Morgen waren die Leute bis gegen 13 Uhr da. Es ist ja schließlich Hochsaison und die Bauern wollen ihre Ernte loswerden."

„Gibt es jemanden, der sich jetzt etwas um Sie kümmern kann?"

„Normalerweise meine Frau, aber die ist gerade für ein paar Tage auf Kurzurlaub nach Österreich zu ihren Eltern gefahren. Ich möchte sie auch nicht anrufen und mit der Sache hier behelligen. Sofort würde sie die Zelte abbrechen und herkommen. Danke, es geht schon.", beschwichtigte Gerhard Kabel.

Bei den abgebrochenen Zelten dachte Karl Kunkelmann zuerst an einen Camping-Ausflug, verwarf diesen abstrusen Gedanken aber sofort wieder. „Wo wohnen denn die Eltern Ihrer Frau? Sie müssen wissen, ich liebe Österreich. Besonders die Gegend um Seefeld herum und natürlich die Konditorei Heidegger in Innsbruck. Da gibt es riesige Granatsplitter!"

Kabel schaute etwas konsterniert drein und wunderte sich über die Sätze seines Gegenübers, sagte aber nichts. „Gleich hinter der Grenze bei Reutte lebt die Familie. Die haben dort einen kleinen Bauernhof."

Automatisch begann es in Kunkelmanns Kopf zu summen: *Kennst du die Perle, die Perle Tirols? Das Städtchen Kufstein, das kennst du wohl. Umrahmt von Bergen, so friedlich und still. Ja, das ist Kufstein am grünen Inn!* Und im Geiste legt er sich die Griffweise zum Lied auf der Steirischen Harmonika zurecht.

„Hallo, Herr Kunkelmann?"

„Äh, ja. Ich war gerade etwas abgeschwiffen, denn dort hatte ich mal einen Kurs zum Erlernen des Spiels auf der Ziehharmonika besucht. Ja, äh, dann müssen wir jetzt auf die Spurensicherung warten. Sie können zurück in Ihr Büro, bis wir hier fertig sind."

10

Nach gefühlten 30 Minuten kam im VW-Bus Marco Wiesemann, Chef der Kriminaltechniker, mit seinem Trupp gefahren. Er musste froh sein, diesen Job noch zu haben. Schließlich
hatte er sich in einem zurückliegenden Fall als Kriminalbeam-
ter betätigt, der er ja definitiv nicht war. Die Männer und Frau-
en in den weißen Ganzkörperkondomen waren hoch speziali-
sierte Fachleute und meist Angestellte des Landes Hessen, selten jedoch Landesbeamte. Da der Streifenpolizist Hach wusste,
was jetzt folgen würde, hatte er parallel zu den Spurensuchern
schon mal die Pietät Kring informiert, deren beiden Mitarbeiter
nun in situationsgemäßer Entfernung ihres Einsatzes harrten
und den grauen Kunststoffsarg bereitgestellt hatten.
   „Hallo Karl, du hier? Am Wochenende?", grüßte Wiesemann
den leitenden Ermittler.
   „Grüß dich, Marco. Das ist nur, weil ein Kollege mit seiner
Tochter ... Na ja, ist ja auch egal. Schau dir an, was sich da unter den Äpfeln befindet. Die Hand schaut schon heraus. Wenn
ihr gemeinsam kräftig zieht ..."
   „Lass mal gut sein. Wir kriegen das schon hin. Du kannst ja
inzwischen einen Granatsplitter vertilgen. Quasi als Trost dafür, dass du nicht zu Hause vor dem Fernseher sitzen kannst",
witzelte Wiesemann, kniff das linke Auge zu und bedeutete
seiner Mannschaft, sich zum Apfelbecken zu begeben. Der
beleibte Hauptkommissar liebte Granatsplitter über alles und
besorgte sich diese meist in der Zeller Bäckerei Strasser, die
seines Erachtens die besten buk. Wehmütig sehnte er den
Montag herbei, um seinen Vorrat aufzufüllen.
   Jetzt stapften Wiesemanns Spürnasen Hans Deckert und
Klaus Thalstädt in ihren blauen Überschuhen los und konnten

nicht umhin, das Becken zu betreten, da sich der zu bergende Körper genau in dessen Mitte befand. Um Deckerts Hals baumelte die Nikon, mit der er das Geschehen dokumentierte. Das Betreten der Apfellagen verursachte ein dezentes Quietschen und einige der runden Roller barsten unter dem Gewicht der Männer. Deckert bückte sich und machte ein Foto der aus den Äpfeln herausragenden Hand. Sie schien unversehrt. Jetzt sammelten die beiden alle Früchte um das Objekt herum ab und gaben viele davon in Plastiktüten, die Wiesemann bereithielt. Karl Kunkelmann erinnerte dies an das Apfellesen in seiner Jugend, wo er auf den Obstwiesen um Bad König herum oft mit dabei war, wenn die Kumpels die Früchte aufklaubten und in die mitgebrachten Säcke stopften. Schon während dieser anstrengenden Tätigkeit freuten sie sich auf den Lohn, den sie in Form von frischem Apfelsaft dafür bekamen. Später war es die Vorfreude auf die zahlreichen Schoppen guten Apfelweins, die sie im Gasthaus ‚Zur schönen Aussicht' in Begleitung besten Handkäses und des ebenfalls dort gebackenen Brotes in der Wirtsstube sich einverleiben würden.

Bis zum nackten Unterarm hatten die Jungs sich vorgearbeitet und man konnte aufgrund dessen starker Ausprägung und dichten Behaarung sagen, dass unter den Früchten mit an Sicherheit grenzender Wahrscheinlichkeit ein Mann liegen musste. Olfaktorisch machte ihnen die Arbeit keine Probleme, da die Kühle der Lokalität Gerüche zurückhielt. Zudem trugen sie ihre Masken. Dies erschwerte zwar das Atmen, verhinderte aber das Einbringen eigener DNA. Immer wieder klickte die Kamera und Deckert musste mehrmals das Objektiv von Saftspritzern reinigen. Stück für Stück kam man der Leiche näher.

Karl Kunkelmann war gespannt, ob er den armen Kerl vielleicht vom Sehen kennen würde, denn im letzten Jahr hatte auch er mit einem kleinen am VW-Käfer hängenden Wägelchen ein paar Säcke Keltergut zu Kabels gebracht. Den Süßen ließ sich seine Gattin Lena schmecken, er aber wartete darauf, bis die Gasblasen gehörig blubberten und verschwand mehrmals in der Woche im Keller. Lena bemerkte dies und trug ihrem Mann, da er ja nun häufiger im Untergeschoss als in der Wohnung zu finden war, gleich das Aufräumen desselbigen auf. Daraufhin beschloss Karl lediglich einmal pro Woche das Fortschreiten des Gärvorganges zu testen und sich in Geduld zu üben.

Schließlich hatte er ja immer einige Flaschen Weißbier im Kühlschrank, die ihm die langen Abende nach Dienstschluss belohnten. Manchmal landete er auch bei rassigem Rotwein, doch das mochte Lena ungern sehen, denn stets machte sie, nachdem er sich ein Fläschchen hatte schmecken lassen, rote Ränder des Weinglases auf dem Beistelltischchen aus, weil Karl nie einen Untersetzer nahm. Er wusste schlicht nicht, wo sich diese in der unergründlichen Geografie des Küchenschrankes aufhielten. Auch war Lena das ständige Entfernen der Flecken aus den Hemden des Gatten leid, da es ihm immer gelang, etwas von den guten Tropfen auf seinem beachtlichen Bauch zu verschütten. Frau Kunkelmann hatte andere Hobbys. Entweder war sie in irgendeinem Yoga-Kurs oder sie las in ihren dicken Wälzern. Kriminalromane von Henning Mankell oder Arne Dahl verschlang Karls Gattin am liebsten.

Interessiert beobachtete Kunkelmann jetzt das Fortschreiten der Grabung. Langsam wurde auch der Oberarm sichtbar. Man näherte sich dem Toten. Doch dann erschraken die Spurensicherer und zuckten zurück. Der Arm kippte plötzlich zu Seite. Karl glaubte, dass sich die Leichenstarre gelöst hatte. Aber eine Leiche gab es nicht. Lediglich ein Amputat. Klopfenden Herzens trat Kunkelmann näher heran und schaute auf den Fund. Deckert fotografierte und Thalstädt sprach in sein Diktiergerät. Sie schickten die neugierig gewordenen Leute der Pietät Kring auf Abstand und baten ihren Chef aus dem Wagen einen großen Asservatenbeutel aus Kunststoff zu holen. Thalstädt hielt den Arm ein wenig von sich weg, damit sein Kollege ihn von allen Seiten ablichten konnte. „Das ist der Hammer, das hat System!", meinte der Kriminaltechniker und winkte Karl Kunkelmann und Heiner Ehrenreich zu sich heran.

„Schaut euch das mal an. Keine Leiche am Arm."

„Ja, das sehe ich. Vielleicht war es doch ein Arbeitsunfall, der von der Belegschaft nicht gemeldet wurde. Illegal beschäftigte Aushilfen aus dem Osten oder so. Billige Kräfte, die nicht krankenversichert, geschweige denn auf der Gehaltsliste registriert sind."

„Das glaube ich nicht. Bei einem Arbeitsunfall wären die Knochen wahrscheinlich gequetscht oder zersplittert worden. Unter extremer Kraft hätte es den Gelenkkopf aus der Pfanne gerissen. Doch hier sind die Schnittflächen glatt. Auch das Muskelgewebe, das Fettgewebe und die Haut sind sauber durchtrennt und ohne faserige Rückstände."

„Was glaubst du, was das heißt?", wagte sich Kunkelmann vor.

„Nun ja, sollte es in einer Kelterei keine rotierende Schneidemaschine geben, wovon ich mal ausgehe, tippe ich auf eine Axt oder eine Machete."

Kunkelmann erwog nur für den Bruchteil einer Sekunde die Möglichkeit einer Selbstverstümmelung und dachte kurz an den Bericht über einen Bergsteiger, der sich mit einem Messer aus seiner misslichen Lage befreit hatte. Auch beim Attentat auf dem Münchner Oktoberfest war von einem Mann mit einer schweren Armverletzung berichtet worden, der sich in einem Krankenhaus behandeln ließ und dann verschwand. Allen war klar, dass sich ihnen hier ein Rätsel bot, dessen Lösung in weiter Ferne liegen könnte.

Als die Kriminalpolizisten das Büro von Gerhard Kabel betraten, saß dieser wie ein Häufchen Elend am Schreibtisch und starrte aus dem Fenster in die bereits angebrochene Nacht. Die Tränensäcke erinnerten an einen depressiven Basset, tiefe Falten hatten sich in Stirn und Gesicht gegraben. Die Lippen zitterten. Dieser Mann war geschlagen, dachte Kunkelmann. Um dies zu erkennen, musste man kein Psychologe sein. Was mochte wohl in ihm vorgehen?

„Herr Kabel, es ist folgendermaßen", hob Karl ein wenig gehemmt an. „Eine Leiche im eigentlichen Sinne gibt es nicht. Jedenfalls noch nicht und nicht hier. Aber dass ein Mensch einen solchen Unfall ohne schnelle medizinische Hilfe überlebt haben könnte, ist unwahrscheinlich. Doch von vorne. Das, was die Kollegen der Spurensicherung unter den Äpfeln geborgen haben, hat sich als kompletter Arm entpuppt. Teile des Schultergelenks waren noch daran. Doch dann kam nichts mehr. Wir haben den Arm in einen Plastikbeutel gepackt und lassen ihn der Gerichtsmedizin in Frankfurt zukommen. Mehr kann ich jetzt noch nicht sagen. Gibt es in Ihrem Betrieb rotierende Messer, die einen solchen Unfall verursacht haben könnten?"

„Nein, wir sind eine Kelterei und kein Dönerladen", antwortete Gerhard Kabel mit einem gequälten Lächeln. Danach versank er wieder in tiefe Apathie.

„Herr Kabel, entschuldigen Sie, aber ich muss das fragen. Haben Sie einen Verdacht, wem der Arm gehören könnte? Ich weiß, Sie haben ja nur die Finger gesehen und wir wollen Ihnen den kompletten Anblick auch ersparen, aber es könnte ja sein, dass …"

„Nein, ich kann mir absolut nicht vorstellen, wem da böse mitgespielt wurde, geschweige denn, wer zu so etwas fähig sein sollte. Zwar regen sich einige Bauern wegen unserer Dosen auf, die manche Leute wohl in deren Weiden werfen, aber ich kann mir nicht mal ansatzweise vorstellen, dass dies damit etwas zu tun haben könnte."

„Mit Sicherheit nicht. Zwar sind das recht unschöne Sitten, aber deswegen bringt man ja schließlich niemanden um. Zumal der Verursacher des doch eher geringen Umweltschadens nur in zweiter Linie ihr Betrieb ist. Weggeschmissen werden die Behälter ja von denen, die sie ausgetrunken haben", versuchte sich Karl Kunkelmann etwas sperrig an einem Kommentar.

„Das stimmt, doch die Bauern häckseln mit ihren Maschinen unbewusst diese Dosen, die sich dann als scharfe Splitter in den Heuballen befinden, von den Kühen mitgefressen werden und diesen angeblich die Mägen aufschneiden."

„Oh, das hört sich aber nicht gut an. Geben denn die Leute in der Regel die leeren Dosen nicht wieder in den Geschäften ab? In diesem Alter ist man doch auf jeden Pfennig, also Cent, angewiesen. Wir haben früher auf den Baustellen die leeren Bierflaschen der Maurer eingesammelt und daran recht gut verdient. Dort war dies ja deren flüssiges Brot. In Bad König mussten sie mal eine komplette Mauer einreißen, weil die Arbeiter zu viel von diesem Manna genossen hatten. Alle Steine saßen krumm und schief. Heute geht das natürlich nicht mehr. Alkoholverbot und Arbeitssicherheit verbieten es."

„Das Problem liegt darin, dass unser Apfelwein in Dosen nicht der Pfandpflicht unterliegt. Die geniale Idee meines Geschäftsführers Frank Schneider hat somit auch ihre Schattenseiten. Aber wir können da wenig machen. Es wird vom Gesetz her geregelt, dass weinhaltige Getränke in Aluminiumverpackungen von der Pfandpflicht ausgenommen sind. Fragen Sie mich jetzt bitte nicht, warum das so ist. Mir ist das ein Rätsel. Doch in erster Linie ist hier der Staat gefragt, der dies verantwortet. Und wegen der Rückgabe: Ich glaube, dass auch eine auf unsere ‚Brieh in de Bix' erhobene Gebühr die Leute nicht dazu bringen würde, ihr Leergut wieder im Geschäft abzugeben. Viel zu anstrengend. Und auf die paar Cent ist heute, jetzt mal ehrlich, doch keiner mehr angewiesen. Da ist der Weg viel zu weit und der Gegenwert zu gering. Raus aus dem Autofenster und hinein in die Weide.", schlussfolgerte Kabel. „Ich war damals gar kein Freund der Umstellung auf diese Verpackungen. Doch Schneider hatte recht behalten. Wir konnten den Umsatz um ein Mehrfaches steigern, die Leute etwas besser bezahlen, Arbeitsplätze schaffen und dieses etwas aus der Mode gekommene Getränk wieder erfolgreich vermarkten. Fast die halbe Welt kennt und liebt dieses Produkt. Ja, der Frank Schneider ist in dieser Hinsicht schon ein ganz Gewiefter. Der hat halt den richtigen Riecher gehabt. Von Marketing versteht der Bursche was. Soviel ich weiß, hat er auch Betriebswirtschaft studiert."

„Was meinen Sie damit? Kennen Sie den Lebenslauf Ihres Geschäftsführers nicht?"

„Weniger, um die Einstellungen kümmert sich meine Frau. Sie leitet das Personalbüro und hat über Empfehlungen von diesem aufstrebenden jungen Mann erfahren. Er ist ja hier aus der Gegend."

„Und Sie? Was halten Sie von Herrn Schneider?"

„Ich schätze den Mann, doch persönlich stehen wir uns nicht sehr nahe. Wir grüßen uns freundlich und mit gegenseitigem Respekt."

„Das heißt, Sie können sich nicht leiden?", hakte der Ermittler nach.

„Herr Kunkelmann, in einer florierenden Geschäftsbeziehung ist dies ein reichlich emotionaler Ausdruck. Sagen wir mal so: Wir sind Kollegen mit Leitungsfunktionen. Er kann sich auf einen gutmütigen Chef verlassen und ich mich auf einen hervorragenden Geschäftsführer."

„Das ist so ähnlich wie bei uns. Der Herr Kunkelmann kann sich auf einen hervorragenden Mitarbeiter verlassen und ich mich auf einen gutgläubigen Vorgesetzten", witzelte Heiner Ehrenreich, der auf seinem Stuhl in der Ecke an einer Dose ‚Brieh in de Bix' nippte und sich mit dieser Bemerkung einen scharfen Seitenblick von Kunkelmann eingefangen hatte.

„Wie würden Sie denn Ihren Geschäftsführer mit eigenen Worten beschreiben?"

„Nun, der Frank Schneider ist ein wahrer Gewinn für unseren Betrieb. Das war er auch vor dieser Idee mit den Dosen schon gewesen. Die hatte ja eigentlich der Typ von Aluclever gehabt und der Schneider hat sie dann in der Belegschaft quasi als seine eigene verkauft und angepriesen. Der kann halt reden und die Menschen von dem, was er vorhat auch überzeugen. So jemanden nenne ich ein rhetorisches Genie. Das muss man können oder gelernt haben. Der Schneider hat dieses Talent. Der würde sogar seine eigene Großmutter verkaufen, wenn er genug Geld dafür bekäme", sagte Gerhard Kabel.

„Hat er denn bei Ihnen genug Geld bekommen?"

„Oh, das war nie eine lang diskutierte Frage gewesen. Schneider ist schon immer prozentual an den Umsätzen beteiligt. Das hat Anette so festgelegt, um einen Mann mit solchen fachlichen Qualitäten ans Unternehmen zu binden. Und seit die Sache mit den Dosen so richtig in Fahrt gekommen ist, gibt es eine zusätzliche Provision obendrauf. Außerdem haben wir noch einige Tausender auf sein Jahresgehalt gepackt."

„Das hört sich ja verführerisch an. Suchen Sie noch einen Stellvertreter, wenn der Mann wieder mal Urlaub hat? Ich muss das zwar erst als Nebenverdienst beantragen, aber … Nein, war nur ein Scherz", stoppte Karl Kunkelmann seine mäandernden Gedanken.

„Schneider ist bei der Belegschaft allerdings nicht gerade beliebt. Er pflegt einen etwas hierarchischen Umgangston. Manche Mitarbeiter bezeichnen ihn sogar als Tyrannen. Es ist noch gar nicht lange her, da kam er mit unserem langjährigen Kollegen Albert Schubert zu mir ins Büro und bestand auf dessen Entlassung, zumindest aber auf eine Abmahnung."

„Warum? Was hat sich der Mann zu Schulden kommen lassen?"

„Er hat ein Gebinde von sechs Dosen ‚Brieh in de Bix' mitgehen lassen, um seinen Söhnen den Geschmack von Apfelwein-Cola vorzuführen. Albert ist Purist, er mag keine Mischungen. Ich habe das Anliegen Schneiders abgebügelt und Schubert wieder an die Waschanlage geschickt. Bei uns bekommt sowieso jeder Angestellte wöchentlich seinen Haustrunk. Das ist ein Kasten mit zwölf Flaschen, die man sich nach Gusto zusammenstellen darf. Hat schon mein Großvater eingeführt. Das hält die Leute bei der Stange und tut uns nicht weh. Doch auf den Albert scheint der Schneider einen Kieker zu haben. Schließlich kommt er aus Ueberau!"

„Wohnen dort ausschließlich Getränkediebe?"

„Nein, aber das Dorf hat eine kommunistische Tradition. Schon immer hatten dort die Linken das Sagen, sie sind im Ortsbeirat und in allen Gremien bis hin zur Fastnacht vertreten. Da hat sich nichts geändert. Der Schneider mag aber die Kommunisten nicht. Und der Albert ist einer. Er ist gewerkschaftlich organisiert und wollte hier einen Betriebsrat gründen. Da hat unser Geschäftsführer Stimmung gegen den Albert gemacht, ihn als Umstürzler bezeichnet und so manchen gegen ihn aufgehetzt. Und seit sich der Albert auf die Seite der wütenden Bauern geschlagen hat und bei Betriebsversammlungen von weniger Profitorientierung und mehr Menschlichkeit redet, ist er bei dem Schneider eh unten durch."

„Danke, dann werde ich am Montag mal mit dem Mann reden. Jetzt ist er wohl nicht hier?"

„Am Montag leider auch nicht, er hat trotz der heißen Phase ein paar Tage Urlaub eingereicht und diesen von mir auch bekommen."

„Macht nichts, dann werde ich ihn mal zu Hause besuchen."

„Da haben Sie Pech. Soweit ich weiß, ist er mit seinem Wohnmobil an die Ostsee gefahren."

„Naja, dann eben später. Eine Frage hätte ich noch, Herr Kabel."

Ja?"

„Sie sind schon noch der Inhaber und Besitzer dieser Kelterei, oder?"

„Äh, ja. Wieso?"

11

„Jetzt bin ich aber neugierig geworden", sagte Heiner Ehrenreich. „Wenn dieser clevere Geschäftsführer wirklich so unverschämt gut verdient, dann logiert der doch bestimmt in einer mondänen Hütte. Lass uns mal gucken Karl, wie die aussieht."

„Wir haben den Kabel doch gar nicht gefragt, wo der Schneider wohnt."

„Das haben wir gleich", entgegnete Ehrenreich, nestelte an seinem Gürtel und zog aus einem Täschchen neben dem Pistolenholster sein Smartphone hervor. „Das Örtliche weiß alles", murmelte er und gab über die Tastatur den Namen ein. Dreimal Schneider in Reichelsheim, einmal ein Frank mit dem Zusatz ‚Geschäftsführer' war vermerkt. „Volltreffer, mein Guter. Er wohnt in der Freiheitsstraße in Laudenau."

Langsam schlängelte sich der alte Opel die Serpentinen hoch in das Dörfchen, das nach Winterkasten führt und den Odenwaldkreis mit dem Landkreis Bergstraße verbindet. Kleine Bauernhöfe duckten sich scheu in die Wiesen und grüßten die wenigen Besucher, die es vermutlich zu dem einen bekannten Restaurant in diesem Nest führte. Ansonsten war hier der berühmte Hund begraben.

Nahe beim Haus stellten sie den Wagen ab und vertraten sich die Beine. Karl musste ständig auf das Anwesen schauen und vermisste Licht in den Fenstern.

„Wenn Sie zu Herrn Schneider wollen, haben Sie Pech gehabt. Den habe ich nämlich schon ein paar Tage nicht gesehen", sprach ihn von hinten eine ältere Dame mit Pudel an.

„Nein, wir haben uns lediglich ein wenig verfranzt und bestaunen gerade dieses Dickschiff von Wohnmobil da", antwortete Kunkelmann geistesgegenwärtig.

„Tja, das hat sich der feine Herr vor Kurzem zugelegt. Ob er es auch schon bezahlt hat, weiß ich nicht."

„Würde mich nicht wundern, die Teile kosten ja beinahe mehr als ein Einfamilienhaus. Wer sich sowas leisten kann, ist bestimmt Bankdirektor, Geschäftsführer oder Schulleiter", tastete sich Kunkelmann weiter, der ein indifferentes Verhältnis zu Lehrern hatte.

„Geschäftsführer ist der Herr Schneider, das stimmt. Unten beim Kabel in Reichelsheim. Aber ob der da so gut bezahlt wird, weiß ich nicht. Ich kann Ihnen sagen, an den Wochenenden kommen manchmal seine Kumpels aus Frankfurt mit ihren Ferraris hierher. Einer hat sogar einen Bugatti. Dagegen ist dem Schneider sein Porsche eine Ente!"

Jetzt musste Karl Kunkelmann kurz überlegen. „Woher wissen Sie denn, dass die aus Frankfurt sind?"

„Na, das steht doch auf den Kennzeichen drauf!"

„Stimmt, da haben Sie recht. Kann es sein, dass Sie Ihren Nachbarn nicht gerade lieben?"

„Wenn Sie ständig nachts dieses Techno-Gestampfe hören müssten, wären Sie dem feinen Herrn auch nicht gerade freundlich gesinnt! Wissen Sie was, ich vermute, dass mein Nachbar in Drogengeschäfte verwickelt ist. Auch die jungen Damen, die hier manchmal auftauchen, wirken mir irgendwie halbseiden. Ob ich vorsichtshalber mal die Polizei informieren soll? Was meinen Sie? Man will sich ja schließlich nichts nachsagen lassen, wenn dort was Illegales geschieht."

„Ich wäre da eher zurückhaltend. Ohne konkreten Verdacht kommen die Staatsdiener eh nicht in die Gänge. Lebt der Herr Schneider denn alleine?"

„Glauben Sie, so jemanden wollte eine anständige Frau zum Mann haben?"

„Keine Ahnung, ich kenne ihn ja nicht."

„Grüßt nicht, ist abgehoben, arrogant und bekommt sporadisch Damenbesuch, wenn Sie wissen, was ich meine."

„Viel Zeit muss Ihr Nachbar ja haben, für gelegentliche Trips am Wochenende legt man sich ja nicht solch einen Brummer zu."

„Ich glaube, der hat sich das Wohnmobil nur gekauft, um damit anzugeben. Es steht nämlich fast immer hier vor der Einfahrt. Zum alltäglichen Gebrauch nutzt der Herr Schneider seinen Porsche. Schauen Sie sich dieses Ding doch mal an. Mein Mann und ich sagen zu diesem überkandidelten Haus schon Palazzo Protzo, jetzt ist noch eine Carosso Protzo hinzugekommen. Apropos, der Schneider hat auch ein Haustier. Eine Savannah-Katze mit Namen Rosemarie. Die ist bestimmt nach der Nitribitt, dieser Edelhure aus Frankfurt, benannt. In diese Rasse haben sie afrikanische Servals eingekreuzt, damit die Tiere richtig groß und hochbeinig werden. Die teuersten kosten gegen 15.000 Euro und unter 1000 Euro sind die gar nicht zu haben. Katzo-Protzo eben."

Jetzt musste selbst Kunkelmann über diese dümmliche Wortbildung schmunzeln.

„Bis gestern noch hat das Tierchen jämmerlich geschrien. Vielleicht ist ja heute einer von den coolen Kumpels dagewesen und hat die Rosemarie gefüttert."

„Sagen Sie, verschwindet der Herr Schneider öfter mal für ein paar Tage?"

„Wir sind ja nicht neugierig, aber so lange wie diesmal war er noch selten weg. Wieso interessiert Sie das überhaupt?"

Kunkelmann wurde unsicher. „Äh, weil wir zu Hause auch eine Katze haben. Und unseren Kater Paul würden wir nie lange alleine lassen. Das ist doch Tierquälerei."

„Das stimmt. Sollte der Herr Nachbar nicht bald auftauchen, sagen wir mal dem Tierschutz Bescheid, dass die sich vielleicht um die Rosemarie kümmern. Ihr anvisiertes Lokal hat übrigens aus privaten Gründen heute zu. Schönen Abend noch! Komm, Polly, wir gehen noch ein bisschen Gassi!"

Mit dem Wohnmobil an die Ostsee gefahren war der saubere Herr Geschäftsführer jedenfalls nicht.

12

„Also Herr Kommissar, isch will jo nix saache. Awwer die Hecke um Ihr Haus gehört aach widder mol geschnidde", begrüßte Adele Kumpf den aus Laudenau heimkehrenden Karl Kunkelmann. Ihn wunderte, dass die neugierige Nachbarin um diese späte Zeit noch draußen vor der Tür war. Als ob sie auf den Kriminalen gewartet hätte. „Wo war´n mer dann so spät noch gewese? De Edeka hot doch nur bis zehn Uhr uff, unn Granatsplitter gitts dort meunes Wissens nitt", erweiterte dieser zweibeinige Wachhund seine Anmerkungen.

„Liebe Frau Kumpf, Sie werden es nicht glauben, aber ich habe gearbeitet. Bereitschaft nennt man sowas. Und nur, weil ein Kollege mit seiner Tochter, … ach, ist ja auch egal."

„Egal is en Handkees, wie mer im Odewald so sacht. Der stinkt neemlisch von alle zwaa Seite!", begründete die Nachbarin lachend ihren Wissensdurst.

„Also, die Lena hat die Hex geschossen, deshalb kann sie nicht im Garten werkeln. Und meine geliebten Granatsplitter sind wohl fertig aufgetaut. Deswegen will ich jetzt rein. Ich habe die Notration heute Morgen aus der Tiefkühltruhe genommen."

„Was? Die Lena hott ihr'n Ex erschossen? Um Goddes Wille, do misse Se was mache! Sie sinn doch bei de Bolizei. Ich habb gar net gewusst, dass die vor Ihne schon einmal verheiratet gewese war?"

Eines der Probleme des fortgeschrittenen Alters der Nachbarin war das nachlassende Gehör, das Abläufe in ihrem Gehirn freisetzte, die keiner brauchte. Als rechtschaffene Odenwälder Hausfrau hatte sie schon ihren Gatten unter die Erde gebracht. Dieser, ein wahrer Gemütsmensch, hatte die Marotten der gestrengen Ehefrau mit immer häufiger werdenden Schnapsgelagen im Hobbykeller kompensiert, bis irgendwann die Leber ausgestiegen war. Kunkelmann konnte den armen Menschen verstehen. Wer wollte schon mit solch einer Furie unter einem Dach leben?

Der Garten war Lenas Reich gewesen. Karl Kunkelmann hatte zwar Freude an diesem hübsch bepflanzten Areal, das im Frühling einem wahren Paradies glich, aber eine Harke in die Hand zu nehmen, lag ihm fern. Er war nicht für körperliche Arbeit geschaffen. Nun musste der Rasen eben warten bis Lena ihren Hexenschuss auskuriert hatte. Kochen klappte Gott sei Dank noch. Da musste sie sich nicht bücken. Mit den Künsten am Herd sah es bei dem gewichtigen Polizisten eher mies aus. Schnell schlüpfte er durch die Haustür und entging so der weiteren Befragung der nervigen Nachbarin. Sogleich begrüßte ihn sein Sohn Thomas, der in Frankfurt Medizin studierte und an den Wochenenden seine Wäsche im elterlichen Haushalt ablud.

„Mensch Babba, du gerätst ja immer mehr aus der Form. Mit dem Schimanski hat deine Figur momentan nichts mehr gemein", flachste der Bub und zeigte auf den Oberkörper seines Vaters. Dieser trug stets mit Stolz seine Feldjacke M65, die er bei einem Militärgeschäft bestellt hatte. Für die Tatort-Folgen mit seinem Idol Götz George hatte die Kostümbildnerin die

Schulterklappen entfernt, damit das Raubein Horst im Film etwas weniger martialisch wirkte. So tat es auch Karl Kunkelmann, was die Familie affig fand. Erst neulich konnten sie den Vater dazu überreden, den balkenartigen Schnurrbart abzunehmen, der eher zu einem Pornodarsteller der 1970er Jahre als zu einem beleibten, real existierenden Kriminalbeamten des Jahres 2015 passte. Den blauen Sweater hatte Lena schon in den Altkleidersack gestopft und behauptet, die Motten hätten daran genagt. Dies war eine Kunst, da Karl das Teil fast ständig am Leib trug und Schmeißfliegen bereits Möglichkeiten zur Eiablage witterten.

„Ärgere mich nicht, mein Lieber", nuschelte Karl und zermahlte gerade einen der genialen Granatsplitter der Zeller Bäckerei Strasser zwischen den Zähnen. „In Reichelsheim hat man einen Arm gefunden …", presste er nuschelnd hervor.

„… und diesen im Fundbüro abgegeben, wo ihn der rechtmäßige Besitzer wieder in Empfang genommen hat", beendete Thomas den Satz, während Karl sich zum Nachspülen ein Weißbier aus dem Kühlschrank fischte.

„Schön wär´s. Nur weiß keiner, wem das Glied gehört!"

„Ist das auch ab?"

„Hä?"

„Man sagt Gliedmaß, Glied alleine könnte zu Irritationen führen."

„Jetzt sei nicht so kleinlich. Das scheint ein ganz schön verkackter Fall zu werden. Und nein, ich meinte nicht vertrackt, denn die Sache stinkt jetzt schon zum Himmel. Und wir sind erst am Anfang."

Karl ließ sich im Wohnzimmer in seinen Ohrensessel plumpsen und zappte sich durch die Fernsehprogramme. Plötzlich durchströmte ihn eine innerliche Freude. Auf einem Privatsender lief gerade ‚Der unsichtbare Gegner', eine Schimanski-Folge aus dem Jahr 1982, die er über alles liebte. Der unsichtbare Gegner schien sich auch in Form der Gattin Lena zu nähern, die sich von hinten und ob ihrer Rückenbeschwerden leise jammernd dem Fernsehzuschauer näherte.

„Das ist ja wieder typisch. Die Spülmaschine voll, der Kühlschrank fast leer und der Herr Beamte aalt sich im Sessel. Klappt denn in diesem Haushalt gar nichts, wenn die Sklavin mal ausfällt? Soll ich Frau Kumpf fragen, ob sie mir etwas zur Hand geht?"

Jetzt hatte sich Karl Kunkelmann verschluckt und hustete unzählige Granatsplittersplitter gegen die Mattscheibe. Insgeheim spürte er, wie seine Frau kochte. Und diesmal hatte dies nichts mit ihren Künsten am Herd zu tun.

Lena drehte sich um und schmiss hinter sich die Tür ins Schloss. Jetzt wusste Karl, dass dieser Abend gelaufen war. Und die Nacht sowieso. Wie so viele zuvor. Er schlich in die Küche, grapschte sich ein zweites Weißbier und nahm wieder vor dem Fernseher Platz. Dass Frauen auch immer so schnell beleidigt sein mussten. Dabei hatte er doch gar nichts gemacht. Genau dies sei der Punkt hatte Lena in einer der vielen Grundsatzdiskussionen mal gesagt. Hilfe sei er keine, eher ein zweites Kind, das reichlich schmutze, seine Faulheit auslebe und unendlich viel Aufmerksamkeit seitens der Gattin erwarte. So gehe dies nicht weiter. Karl hatte ein Einsehen und wollte sein Verhalten ändern. Das war vor zwei Jahren gewesen.

13

In der Frankfurter Rechtsmedizin hatte Dr. Volker Stahlmann das Sagen. Sein Wort galt wie in Stein gemeißelt, seine Expertise war für die Kriminalpolizei ehernes Gesetz. Und so versuchte jede Dienststelle in dessen Zuständigkeitsbereich den Chef des Instituts an den Seziertisch zu bekommen, wenn sich ein Fall als besonders heikel darstellte.

„Hier brauchen wir wieder den Franz und nicht das Fränzchen", sagte Karl Kunkelmann und keiner korrigierte ihn. In einem zurückliegenden Fall mit zwei toten Teenagern hatte die forensische Koryphäe aus Frankfurt der Erbacher Polizei hervorragende Dienste geleistet.

Stahlmann hatte mit summa cum laude promoviert und war in mehreren wissenschaftlichen Gesellschaften präsent. Angeblich war er auch schon auf der berühmten Body Farm in USA tätig gewesen, auf der an menschlichen Körpern wissenschaftliche Studien über die Verwesungsprozesse von Leichen betrieben wurden. Das Ganze hoch legal, denn die dort alle zehn Stunden mittels Digitalkamera dokumentierten Toten hatten ihre sterblichen Überreste zuvor der Forschung verschrieben. Privat war Stahlmann ein bescheidener Mensch, der sich auch gerne mal auf einen Schoppen nach Sachsenhausen einladen ließ. Doch da war das Thema Tod ein Tabu.

Nur zwei Tage nach Anlieferung des Arms hatten Kunkelmann und Ehrenreich das Resultat seiner Untersuchungen per E-Mail bekommen und lasen die von Stahlmann extra verständlich geschriebenen Ergebnisse auf dem Bildschirm:

„Da sich der Daumen rechts befindet, handelt es sich um die linke obere Extremität." Kunkelmann schielte für den Bruchteil einer Sekunde auf seinen linken Arm, stellte fest, dass sich sein Daumen links befand, doch verfolgte diese Feststellung und deren Grund nicht weiter. „Ausprägung, Gewicht und Behaarung lassen ohne Zweifel auf einen Männerarm schließen. Dieser wurde dergestalt entfernt, dass der Oberarmkopf fast unbeschadet blieb und somit quasi gänzlich erhalten ist. Dies lässt m. E. darauf schließen, dass der Täter oder die Täterin genau wusste, wie so etwas gemacht wird. Mit wenigen Schlägen, vielleicht nur mit einem, wurde der Körperteil abgetrennt. Die weiteren Untersuchen zeigten eine fast glatte Schnittfläche, was auf ein Spezialwerkzeug schließen lässt. Machete oder so was in der Art. Eine profane Axt hätte mehr Schaden angerichtet und andere Spuren hinterlassen, um es mal so zu sagen. Wir haben dann das Labor bemüht und die Kollegen konnten eindeutig durch ihre Analysen herausfinden, dass sich Anhaftungen von Eisenoxid, also Rost, an der Hiebstelle befinden.

Jetzt wird es für Sie spannend: Neben dem Blut aus den Gefäßen, konnte noch Blut von Tieren nachgewiesen werden. Nun würde es intensiver Nachforschungen bedürfen, welches Tier sich hier verewigt hat, aber das war nicht nötig. Unter dem Mikroskop zeigte es sich relativ schnell. Denn in geringen Teilen konnten die geschulten Damen beim aufmerksamen Blick durch die Okulare Haare feststellen. Oder besser Fellpartikel. Kurz gesagt, der die Verletzung verursachende Gegenstand hatte irgendwann Kontakt mit Kaninchen oder Hasen gehabt. Das hatten die detaillierten Betrachtungen gezeigt. Auch Reste von Federn waren auszumachen. Braune und weiße Flaumrückstände wurden gefunden. Gemeinhin handelt es sich hierbei um Hühner.

Und jetzt kommt etwas eher Ungewöhnliches. Der Daumenballen wurde mit einem scharfen Gegenstand zirka drei Zentimeter lang und ebenso tief geöffnet und mit einer Naht aus feinem Faden verschlossen, die man durch das verkrustete Blut erst gar nicht wahrnehmen konnte. Doch meine akribischen Assistenten hatten dies abgewischt und sind dann auf die Verletzung gestoßen. Sie haben die Naht geöffnet und die Wunde gespreizt. Und nun kommt die Überraschung: In die Wunde war ein Fremdkörper eingebracht worden. Erst wussten wir nicht, was das war. Doch dann ist es einem Kollegen eingefallen. Da hat jemand einen Teil des Zippers oder ein Stück des Öffnungsrings einer Bierdose in der Öffnung versenkt. Wir haben das Ding entfernt und ins Labor gebracht. Viel wird dabei wohl nicht herauskommen. So, jetzt sind Sie am Zug. Übrigens kommt gleich die zweite Mail in korrekt wissenschaftlicher Diktion der Ergebnisse. Die können Sie ja dann Ihrer Akte beifügen. Halten Sie sich tapfer und bleiben Sie senkrecht! Mit den besten Grüßen – auch an Kriminaldirektor Wagenknecht – Ihr V. Stahlmann."

Die beiden Ermittler fragten sich, ob diese doch eher jovial verfasste E-Mail des bekannten Pathologen nun extra für sie sprachlich angepasst war, oder ob er seine Ergebnisse immer zuerst in dieser verständlichen Art und Weise den Nichtmedizinern mitteilte. Ehrenreich hatte einen Verdacht, blickte Karl kurz und schelmisch in die Augen, sagte aber nichts. Die Möglichkeit eines tragischen Arbeitsunfalls konnte wohl sicher ausgeschlossen werden, zumal Nachfragen in den Krankenhäusern von Erbach und Groß-Umstadt sowie beim Rettungsdienst keinerlei Ergebnisse in dieser Hinsicht erbracht hatten.

„Ich versuche mir gerade vorzustellen, welche Wut in einem Menschen toben muss, dass er einem anderen den Arm abhackt", sinnierte Karl.

„Und ich überlege, was passiert sein muss, damit sich eine solche Wut überhaupt aufbauen kann. Was war vorausgegangen? Vielleicht war es gar keine Wut? Haben wir es mit einem Perversen zu tun, der aufgrund seiner Veranlagung an solchen Taten Gefallen findet? Dann gute Nacht. Dies war dann nur der erste Streich", spann Heiner Ehrenreich die Gedankenstränge weiter.

„Hör mir bloß damit auf und verschone mich mit dem Verdacht auf eine Serie. Sowas hatten wir vor nicht allzu langer Zeit!"

„Es geht jedenfalls kein Weg dran vorbei, wir müssen uns dringend bei den Arbeitern umhören, ob die ihren Geschäftsführer auch so einschätzen, wie der Inhaber das tut. Vielleicht ist dessen Schilderung dieses Frank Schneider ja nur etwas Persönliches. Und auch wenn die Nachbarin ihn für ein arrogantes Arschloch hält, kann es ja sein, dass er bei den Angestellten beliebt ist."

„Von mir aus können wir gleich los, ich will nur noch schnell meinen Kaffee austrinken ..."

„... und deinen Granatsplitter vor dem Heißhunger unserer Sekretärin retten. Guten Appetit! Ich nehme in der Zeit noch einen schnellen Tee."

An diesem Montag führte sie der Weg abermals über Nieder-Kainsbach, denn Karl harrte bereits diesem vortrefflichen Schwartenmagen, den die Metzgerei Kaffenberger appetitlich auf der Theke präsentierte, entgegen. Heiner fuhr und das hatte seinen Grund. Im Laden warfen den Hauptkommissar diverse Düfte von Geräuchertem an. So erübrigte sich sein Einkauf nicht nur im Erwerb zweier Schwartenmagen, sondern er stockte mit einem Ring verlockender Fleischwurst und den genialen Leiterchen auf, einer Spezialität der Odenwälder Schlachtereien, die aber nicht mehr oft angeboten wurde. Fettes Rippenfleisch von Schweinen galt als unfein und war dem Gesundheitsbewusstsein der Menschen zum Opfer gefallen. Kaffenbergers hatten die Delikatesse jedoch vor dem Aussterben gerettet. Mit einer großen Papiertüte und einem strahlenden Lächeln ausgestattet, nahm Karl Kunkelmann wieder auf dem Beifahrersitz Platz und riss mit einer geübten Handbewegung den Ring Fleischwurst aus der Verpackung. Mittels einer geschickten Drehung halbierte er diesen, angelte sich eines der beiden Brötchen und begann genüsslich zu schmatzen. Ehrenreich sagte nichts, er war diese kulinarischen Blitzattacken seines Vorgesetzten gewohnt.

Vor dem Hof der Kelterei herrschte reges Treiben. Bauern rangierten mit diversen Zugmaschinen die mit Äpfeln beladenen Anhänger, Privatleute kamen mit Kombis und luden prall gefüllte Säcke vor der Waage ab. Und immer wieder kamen fröhlich dreinblickende Jugendliche aus dem kleinen Hauslädchen mit frisch gepresstem Süßen in diversen Gebinden gelaufen.

Karl Kunkelmann träumte sich in seine Jugend zurück und sah sich auf den Wiesen um Bad König herum Äpfel aufklauben. Er und ein paar Kumpels waren die ersten Sammler in jenem Spätsommer und darauf waren sie stolz gewesen. Dass die runden Roller schwer von den Bäumen zu rupfen waren, machte den Buben Probleme. Niemand hatte ihnen gesagt, dass das Obst noch Sonne tanken musste, um Zucker zu produzieren. Immer wieder biss der kleine Karl in einen der grünen Äpfel und meinte, dass dieser saure Geschmack unabdingbar für die Säure im Apfelwein sei.

Langsam, aber verlässlich begann es in seinem Bauch zu blubbern. Als er sich dann bückte, um einen der heruntergefallenen Äpfel aufzuheben, verspürte er quellende Gase im Magen, die er in der freien Natur unbeobachtet ins Freie entlassen wollte. Behutsam begann er den Vorgang des Entlüftens einzuleiten. Da schoss ihm ein wässriger Strahl in die Unterhose. Damit hatte der Knabe nun wirklich nicht gerechnet und er schämte sich. Zumal der böige Wind den Geruch in Richtung der unweit sammelnden Kumpels trieb. Prompt sagte auch einer, dass diese faulen Äpfel wie die Pest stänken und Karl band seinen Parka um die Jeans. Als er jetzt aus dem Opel stieg, kniff er instinktiv die Pobacken zusammen. Er wusste, was kesselwarme Fleischwurst in dieser Hinsicht ausrichten konnte.

„Karl, alles klar?", fragte Heiner Ehrenreich stutzend.

„Ja, wieso nicht?"

„Naja, du läufst so komisch."

„Ach, das ist mein Fersensporn, der mich manchmal plagt."

Sie betraten den Verkaufsraum, in dem man die komplette Produktpalette der Kelterei erstehen konnte. Puren Apfelwein in braunen Literflaschen, moderne schlanke Fläschchen mit den Mischungen aus Cola oder Kirsch und natürlich die Aluminiumdosen, die ‚Brieh in de Bix' enthielten.

„Guten Tag, Kunkelmann und Ehrenreich von der Erbacher Kripo", grüßte Karl über den Tresen. „Sie haben ja sicher von dem Fund hier am Wochenende gehört. Wir sind jetzt dabei herauszufinden, wer unter den Äpfeln gelegen haben könnte, wenn er denn da gewesen wäre. Da tapern wir noch im Dunkeln. Ihr Chef hat uns den Geschäftsführer Schneider als nicht besonders beliebt beschrieben. Ist das auch Ihre Ansicht? Nicht, dass wir glauben, es habe ihn jemand ermordet. Nein, aber wir ermitteln in alle Richtungen. Und wenn es jemanden gibt, der bei allen in Misskredit steht, dann schauen wir eben genauer hin."

Auch die Verkäuferin hinter der Theke schaute genauer hin, als der Mann mit den Brötchenbröseln auf der Oberlippe auf sie einsprach, sagte aber nichts, stattdessen antwortete sie: „Der Schneider? Ich bin froh, wenn ich den nur von hinten sehe. Kaum nippt man mal an der Kaffeetasse, treibt er einen schon wieder an. Der hat nichts anderes zu tun, als den ganzen Tag in der Gegend herumzuschleichen und die Leute zu triezen. Wenn dem einer querkommt, möchte ich nicht die Hand dafür ins Feuer legen, dass der saubere Herr mal ausrastet. Cholerisch ist er nämlich noch dazu. Keine Ahnung, was den Herrn Kabel geritten hat, diesen Dödel hier einzustellen. Vorher lief der Laden doch auch. Und auf den Schubert von der Abfüllung hat der Schneider einen besonderen Brass. Hätte der Albert nicht so gute Nerven und wir einen Betriebsrat, wäre der Schneider schon lange wegen permanenten Mobbings zum Thema geworden."

„Was hat denn der Herr Schneider gegen den Mann?"

„Der Albert ist heute hier, da können Sie ihn das ja selbst fragen. Am Ladeneingang rechts halten und dann immer geradeaus. Wenn es gläsern scheppert, sind Sie angekommen. Der Albert ist nämlich für unsere niedliche Spülmaschine zuständig."

Ständig mussten sie sich vor kreuzenden Gabelstaplern in Acht nehmen. Beinahe wäre Heiner Ehrenreich mit einem Hubwagen kollidiert, da dessen Steuermann gerade einen Plausch mit einem parallel fahrenden Kollegen hielt und Heiner konzentriert die Krümel auf der Oberlippe seines Chefs begutachtete. Nur ein geschickter Hüpfer, der an den Sprung eines Geißbocks erinnerte, bewahrte den Polizisten vor diesem Unglück. Sie stapften durch plattgefahrene Äpfel und kämpften sich über das unfreiwillige Fallobst zum Ziel. Von Ferne hörten sie ein Klirren, das Karl entfernt an das Wackeln der Weingläser im großelterlichen Küchenschrank erinnerte, als Bad König zu Beginn der 1970er Jahre von einem leichten Erdbeben erschüttert worden war. Dann passierten sie die großen Kühltanks und standen plötzlich vor den geöffneten Toren einer riesigen Halle, die voll und ganz mit Förderbändern bestückt schien. Ab und an wehten ihnen Schwaden heißen Dampfs entgegen, sodass sie kaum die Gesichter der hier arbeitenden Menschen erkennen konnten.

Karl brüllte auf einen jungen Burschen mit Gehörschutz ein und fragte, wo er den Albert Schubert finden könne. Der verbal Attackierte zuckte mit den Schultern und zeigte auf seine Ohren. Jetzt signalisierte ihm der Kriminale, die beiden Becher abzunehmen, doch der schrie nur: „Vorschrift!"

Der nächste Mitarbeiter war zugänglicher und durchbrach die Regeln. „Aber nur kurz, wenn unser Geschäftsführer dies sähe, bekäme ich Ärger. Aber der ist in Urlaub. Wo wollen Sie denn hin? Hier ist für Unbefugte verboten!"

„Wir kommen von der Polizei", entgegnete Ehrenreich und zückte den Dienstausweis. „Zu Herrn Schubert wollen wir. Den müssen wir was fragen."

„Hat der Albert was mit diesem ominösen Arm zu tun? Kann ich mir nicht vorstellen. Der ist nämlich ein prima Kerl."

„Verraten Sie uns bitte, wo wir ihn finden?"

„Er beaufsichtigt das Kernstück dieses Gebildes und müsste an der Steuerung des Monstrums stehen. Links um die Ecke, da sehen Sie schon das Pult."

Geschäftig bediente ein kleiner Mann irgendwelche Schalter und Knöpfe, deren Funktion wahrscheinlich nur ihm selbst bekannt war. Als er die beiden bemerkte, bewegte er einen kleinen Hebel und die emsig sich bewegenden Förderbänder verharrten in plötzlicher Stille.

„Was machen Sie hier?", fragte Albert Schubert bestimmt, aber nicht unfreundlich.

Als Karl Kunkelmann sich und seinen Kollegen vorgestellt hatte, kam er gleich auf den Grund des Besuchs zu sprechen und der Maschinenführer begann zu erzählen. „Unser Geschäftsführer? Tja, den halte ich menschlich gesehen für völlig daneben und was die Arbeit betrifft für einen Schinder."

„Werden Sie ruhig etwas deutlicher", ermunterte ihn Ehrenreich.

„Sein Stil mit den Kolleginnen und Kollegen umzugehen, war vielleicht mal im Frühkapitalismus angesagt. Dieser Schneider führt sich hier wie der Platzhirsch auf, protzt mit seiner fetten Rolex und wäre wohl am liebsten Feudalherr.

Dass wir ihm nicht die Schuhe putzen müssen, ist ein großes Glück. Wir Arbeiterinnen und Arbeiter haben nämlich auch unseren Stolz. Schließlich sind wir es, denen die Firma ihren Wohlstand zu verdanken hat."

„Sie meinen die Genossinnen und Genossen?"

„Ah, das haben Sie schon herausbekommen. Ist ja auch kein Geheimnis, sondern eine Ehre. Ja, ich bin Kommunist, wie übrigens mein Vater und mein Großvater schon. Aber ich kehre das selten heraus. Der saubere Herr Schneider weiß dies aber und versucht ständig mich loszuwerden. Wegen Kleinigkeiten muss ich öfter ins Personalbüro. Ich hatte mal abends das Licht hier vergessen, das muss noch per Hand ausgeschaltet werden. Oder er wirft mir die politische Indoktrination der Belegschaft vor. Nur weil ich angeregt hatte, einen Betriebsrat zu gründen. Dabei ist der Typ brandgefährlich, wenn Sie mich fragen."

„Wie meinen Sie das?", hakte Karl nach.

„In den ach so Sozialen Medien nennt er sich Apfelweinfürst vom Odenwald und präsentiert sich mit fragwürdigen Orden, wie einer dem Eisernen Kreuz ähnelnden Brosche am Revers. Erinnert fast an Richthofen."

„Richthofen? Ich kenne nur Ernsthofen, Frohnhofen und Sickenhofen. In Dudenhofen war ich auch mal irgendwann", schoss Karl geradewegs ab.

„Der war gut. Nein wirklich, diese martialische Art des Auftretens hat etwas Unangenehmes. Und Menschen mit Migrationshintergrund mag der auch nicht."

„Sie sind aus Ueberau. Vielleicht kann er Sie deswegen nicht leiden? Ist ja ein anderer Landkreis."

„Jetzt machen Sie aber mal bitteschön einen Punkt!" Karl wusste, dass er in ein Fettnäpfchen getreten war, nur nicht in welches. „Damit macht man keine Späße. Über den Hassan zieht er immer noch her, nur weil der keinen Alkohol trinkt und den Ramadan einhält. Ganz offen hat er ihn schon Kanake genannt und sich dabei kaputtgelacht. Da war er beim Hassan an den Falschen geraten. Der hat nämlich Anstand und Haltung, der Hassan. Nach Feierabend hat er ihm die Reifen seines Porsches entlüftet und die Windschutzscheibe mit brauner Farbe abgedunkelt. Leider wurde er denunziert und der Schneider hat ihn angezeigt und postwendend rausgeschmissen."

„Wie lange ist das her?"

„Ich schätze mal einen guten Monat oder so."

„Könnte es sein, dass der Hassan an Herrn Schneider Rache geübt hat?", fragte Karl etwas gestelzt.

„Der Hassan? Auf keinen Fall. Der hält sich, soweit ich weiß, ganz streng an den Koran und befolgt die Suren."

Das letzte Wort ignorierte Kunkelmann und sagte: „Ich meine halt Auge um Auge und Zahn um Zahn."

„Oder dass der Herr Schneider im Nachhinein dem Hassan einen Denkzettel verpasst hat?"

„Wenn Sie auf diesen ominösen Arm in den Äpfeln anspielen, kann ich Sie beruhigen. Den Hassan habe ich erst kürzlich in die Teestube im Alten Weg gehen sehen. Da hat er noch beide Arme gehabt. Sollten Sie keine Fragen mehr haben, mache ich jetzt hier weiter. Schließlich bedeutet Stillstand den Tod, wie ja schon Max Frisch zu sagen pflegte", bemerkte Schubert, wendete sich ab und setzte das Monstrum wieder in Gang. Heiner Ehrenreich brannte etwas unter den Nägeln, das ihm keine Ruhe ließ.

14

„Karl, lass uns nochmal nach Laudenau fahren. Ich muss wissen, ob der Camper weg ist und der Schneider endlich seine Reise an die Ostsee angetreten hat."

„Nichts dagegen, sind ja nur ein paar Kilometer."

Diesmal wurden sie von gemütlich wiederkäuenden Kühen beobachtet, als sie die Weiden am Dorfeingang passierten und Karl musste an die Metallsplitter aus dem Dosenabfall denken.

Die gesprächige Nachbarin war nicht zu sehen, aber das Wohnmobil stand unberührt an seinem Platz. Vor der Haustür hatten sich Leute versammelt. Ein Mann drückte unablässig auf den Klingelknopf, doch niemand öffnete.

„Können wir irgendwie helfen, Sie wirken so aufgeregt. Wir sind nämlich von der Kripo in Erbach und rein zufällig auf Ihr Sturmläuten aufmerksam geworden. Auch beunruhigt uns die aufgebrachte Stimmung. Ist hier denn Gefahr im Verzuge?", stolperte Karl Kunkelmann etwas unbeholfen los und zückte seinen Dienstausweis.

„Ein Zufall, der uns gerade recht kommt. Wir sind von der Tierschutzinitiative aus Brensbach. Eine Nachbarin hat uns angerufen, da sie glaubt, hier vernachlässige jemand seine Katze. Eine Savannah mit Namen Rosemarie. Sie müssen wissen, dass dies sehr wertvolle Tiere sind. Was nicht heißen soll, dass wir bei anderen Katzen nachlässig wären. Doch besagte Nachbarin vermisst das jammernde Miauen, das nämliche Rosemarie wohl während der Abwesenheit ihres Besitzers längere Zeit von sich gegeben hat", sagte der Wortführer der Gruppe und Ehrenreich mutmaßte, dass dieser im Berufsleben wohl auch Beamter war.

„Vielleicht ist Rosemarie ja gerade auf Mäusejagd?", meinte Karl.

„Nein, gewiss nicht. Diese Edeltiere sind keine Freigänger. Das wäre viel zu gefährlich." Die beiden Polizisten kannten Freigänger nur aus dem Strafvollzug und die waren in den meisten Fällen nicht gefährlich. „Wir müssen da jetzt rein!" insistierte der Sprecher dieser Ansammlung von Gutmenschen.

„Wir können ja schlecht das Türschloss aufschießen!", gab Ehrenreich etwas ruppig zurück. „Und Gefahr im Verzuge ist auch etwas anderes. Aber warten Sie. Tieren in Not muss geholfen werden. Wir könnten den Schlüsseldienst beauftragen. Der Ansatz ist ebenso etwas heikel, aber durchaus machbar", sagte Heiner und sprach schon in sein Handy.

Als einer von den Engeln der verschlossenen Türen eintraf, ließ er sich die Ausweise der Kriminalen zeigen und probierte es auf die sanfte Tour. Da dies nichts nützte und auch der mitgeführte Ziehfix keinen Erfolg brachte, bohrte der Mann das Schloss schließlich auf. Eine Alarmanlage gab es anscheinend nicht.

Hochmotiviert stürmten die Tierschützer auf den Eingang zu, doch Ehrenreich verweigerte ihnen den Zutritt. „Selbst wir machen das ohne exakt rechtliche Absicherung, die wir eigentlich in diesem Falle bräuchten. Formulare und so, Sie wissen schon. Wir tun Ihnen mit unserer Aktion einen Gefallen", erklärte er und fixierte dabei den vermuteten Beamten. „Wir machen das aus reiner Liebe zur Kreatur, müssen Sie wissen."

Fast kollegial nickte der Wortführer und bat seine Mitstreiter draußen zu bleiben.

Im Flur spiegelte sich überall edler Marmor und die Wände waren mit Fotos von Sportwagen behängt.

„Hallo? Hallo, Herr Schneider?", rief Karl Kunkelmann. Keine Antwort, bis auf das regelmäßige Ticken einer Uhr. Im Wohnzimmer sperrte ein offener Kamin sein Maul auf, vor dem tatsächlich ein Eisbärenfell auf unzüchtige Handlungen zu warten schien. Schwarze Ledersessel und viel Chrom herrschten vor. Ein Servierwagen strotzte nur so vor teuren Whiskys. Auf dem Tisch lag ein aufgeschlagener Ordner, der Zahlenkolonnen enthielt.

Kaum hatte Karl Kunkelmann die Küche betreten, schrie er: „Raus hier, aber schnell!"

Ehrenreich erschrak. „Warum, was ist denn los?"

„Hier liegt ein Leopard und der atmet noch. Wahrscheinlich schläft er."

„Und dann schreist du so?" Ehrenreich zog seine Pistole P30, die kürzlich die alte SIG Sauer abgelöst hatte und lugte um die Ecke.

Vor einem leeren Wassernapf lag eine gefleckte, hochbeinige Katze, die bemitleidenswert schwach wirkte. „Karl, ruhig Blut, das ist Rosemarie!"

Nun baten sie doch zwei der Tierschützer ins Haus, die sogleich eine Transportbox holten und das geschundene Wesen mitnahmen.

Karl Kunkelmann hatte sich schnell wieder beruhigt und wollte sich im Haus umsehen. Doch Heiner erinnerte ihn an das nicht ganz legale Vorgehen und an einen zurückliegenden Fall, in dem ein solches Verhalten ihm beinahe zum Verhängnis geworden wäre. Den Mann vom Schlüsseldienst baten sie, umgehend ein neues Schloss einzusetzen und den Schlüssel samt Rechnung an Karl Kunkelmanns Privatadresse zu schicken. Dass Frank Schneider bei Rückkunft vor verschlossener Tür stehen würde, hatten sie einkalkuliert. Er würde sich eben bei der Polizei melden müssen und Kunkelmann vor Wagenknecht Abbitte leisten. Eine Idee zum etwas unberechtigten Eindringen sollte bis dahin geboren sein. Und eine moralische Standpauke für den Katzenhalter obendrein. Schneider konnte sich auf etwas gefasst machen. Die von Amts wegen verhängte Spende an den Tierschutz dürfte sich gewaschen haben.

„Weißt du was?", fiel Ehrenreich soeben ein.

„Nein, was sollte ich denn wissen?"

„Wir sollten der Ordnung halber auch mal bei diesem Hassan reinschauen."

15

„Endlich Urlaub!", rief Johannes Keck aus Köln auf dem Balkon seiner Pension in Waldrandlage laut in die Natur hinaus. Der Computerfachmann arbeitete für einen weltweit operierenden Konzern, der sich auf die Entwicklung von Programmen für die Bildbearbeitung in Zeitungsredaktionen spezialisiert hatte und dessen Kunden er republikweit besuchte, um vor Ort den Erfolg seines Tuns zu testen. So hatte er vor einiger Zeit auch Erbach und die dort ansässige Landredaktion des Darmstädter Echos kennengelernt. In der mit dem Redaktionsleiter Erhard Grünewald verbrachten Pause redeten die Männer von ihren Hobbys und stellten fest, dass das Wandern ein beliebtes Steckenpferd der beiden war. Keck sehnte sich nach dem ultimativen Abschalten vom digitalen Alltag und Grünewald schwärmte ihm von den ruhigen Wäldern und weitläufigen Wiesen bei Reichelsheim vor. Auch sei dort das hervorragende Restaurant von Armin Keusch eine unbedingt aufzusuchende Adresse. Damit war die Entscheidung gefallen. Johannes Keck hatte eine Urlaubswoche eingereicht und war samt Dachsbracke Tim in die gemütliche Bleibe am Waldesrand eingezogen. Genüsslich sog er die nach Tannennadeln und feuchtem Gras duftende Landluft ein, wobei er das anwehende Aroma der gärenden Säfte aus der unweiten Kelterei als die Krönung dieses angenehm provinziellen Umfeldes empfand. Die dezente Durchmischung mit den Ausdünstungen eines nahen Aussiedlerhofes setzte diesem Erlebnis die Krone auf und brachte den Stadtmenschen ins Schwärmen. Dieses wurde jetzt durch ein leises, aber eindringliches Winseln unterbrochen. Die schwarzen Kulleraugen auf sein Herrchen gerichtet, wedelte Tim ungeduldig mit dem Schwanz, um seinen Zweibeiner zum unvermittelten Aufbruch in die Natur zu bewegen.

Aufgeregt stieg er an den Beinen des Urlaubers empor und ließ in seinem Drängen nicht nach. Unter beschwichtigenden Mahnungen zur Geduld klickte Keck die Lederleine am Halsband ein und Tim spurtete mit überschießendem Elan über die Fliesen des Balkons. Im Aufenthaltsraum nahm der Gast aus Köln noch eine der bereitliegenden Wanderkarten der näheren Umgebung mit und tauchte mit zufriedenem Lächeln in den leichten Nebel dieses wunderbar beginnenden Tages ein. Vorbei am alten Wasserwerk führte ein Weg mitten durch die gepflegten Streuobstwiesen. Feierlich begleitete die beiden Wanderer das frühe Läuten der Michaeliskirche. Tau netzte Schuhe und Pfoten, fast überall fand Tim einen Anlass, um sein Revier zu markieren. Besonders die angefaulten Äpfel hatten es ihm angetan. Freudig schnupperte er deren strengen Geruch, biss manchmal hinein und verzog die Hundeschnauze zu einem unfreiwilligen Knautschgesicht. Keck musste grinsen.

In Sichtweite des letzten Hauses, einer etwas heruntergekommen wirkenden Gaststätte, zog Tim das Tempo merklich an. Hechelnd drängte er nach rechts in Richtung einer in den Hang eingelassenen und marode wirkenden Holztür. Schnüffelnd saugte die Dachsbracke den Boden ab, dann kratzte er jaulend und wie von der Tarantel gestochen am vom Wetter gezeichneten kleinen Tor, als bäte er um Einlass.

„Keine Chance, mein Lieber, die armen Mäuse in diesem alten Erdschuppen werden für dich kein Opfer sein", erläuterte Keck dem überdrehten Hund. „Die schützt dieses Bollwerk von Bretterverschlag. Neugierig bin ich ja auch, ob sich vielleicht noch ein vergessener Schinken oder einige Gläser Marmelade im Innern dieser historischen Frischekammer befinden. Aber wir werden es nicht herausbekommen, wir haben nämlich keinen Schlüssel zu diesen verborgenen Schätzen. Ich gehe davon aus, dass der Bunker zur Kneipe da drüben gehört." Dass Keck mit Tim redete, war gelebter Alltag. Er war dessen einziger Mitbewohner und Gesprächspartner, seit seine Frau vor zwei Jahren unerwartet verstorben war.

Plötzlich heulte der Hund auf und humpelte auf drei Beinen die paar Schritte zu seinem Herrchen. Als dieser sich die betroffene Pfote anschaute, quoll aus ihr ein dicker Tropfen Blut.

„Ja, Tim, das kann schon mal passieren, wenn man so stürmisch ist und fremdes Eigentum erobern will", tröstete Keck den wimmernden Vierbeiner und zog mit Daumen und Zeigefinger einen kleinen Metallsplitter aus einem der Ballen der linken Pfote.

16

Spät in der Nacht war er zurückgekommen. Es standen Aufräumarbeiten an. Gerätschaften mussten entsorgt und Spuren beseitigt werden. Den Menschen ließ er bewusst liegen. Wohin auch mit diesem Scheusal, das er so sorgfältig separiert hatte? Dieser saudumme Hund. Hatte das blöde Vieh etwa Witterung aufgenommen? Hatte sein Herrchen Verdacht geschöpft? Geräusche konnten keine nach draußen gedrungen sein, dafür sorgten die Matratzen. Zudem waren seine Tätigkeiten leise und mit Bedacht ausgeführt. Das Raspeln der Knochensäge, das Knacken der Tranchierzangen. All dies machte keinen Lärm. Jetzt nur keinen Fehler begehen. Akkurat breitete er die grauen Müllsäcke neben den abgetrennten Extremitäten aus. Einen davon nahm er wieder weg, der war unnötig. Er ermahnte sich zur Konzentration. Das Eis, auf dem er ging, wurde langsam dünn. Durch eine Ritze in der Tür konnte er sehen, dass die Töle eine Art Dackel war. Deren Neugier für Höhlen war vorprogrammiert. Keinesfalls musste es immer ein Fuchsbau sein.

Hoffentlich kam dieser Wanderer nicht wieder mit dem Wadenbeißer hier vorbei. Er musste handeln. Und zwar recht zügig. Aber er durfte auch nichts übersehen. Etwas nervös streifte er die Vinylhandschuhe über und griff nach dem linken Bein. Am Fuß und an der blutigen Schnittstelle packte er zu. Als er die Gliedmaße hochheben wollte, verwunderte ihn deren Gewicht. An der etwas zerfaserten Wunde flutschte ihm der blutverschmierte Oberschenkel aus der Hand und klatschte auf den Boden. So wurde das nichts. Er legte das Bein wieder ab und zog den Plastiksack langsam ruckelnd in Richtung Fuß über die Extremität. War der Beutel auch lang genug? Als die Zehen in der Kunststofftüte verschwunden waren, atmete er erleichtert auf. Mit etwas Nachdruck war es möglich, das Verschlussband zu straffen und mit zwei einfachen Knoten zu verschließen. Zufrieden trocknete er die Schweißperlen auf seiner Stirn. Beim anderen Bein löste er am Knie den Unterschenkel aus. Dies hatte er fachgerecht gelernt. Nichts übertraf eine solide Berufsausbildung. Plastiksäcke hatte er genügend dabei. Zudem waren zwei Hälften leichter zu tragen. Mit dem Abtransport würde er bis zum Einbruch der Dunkelheit warten müssen. Zwar sollte niemand Verdacht schöpfen, wenn er sich mit den Plastiksäcken zeigte, denn das Entsorgen von Abfällen war ja nicht verboten. Doch die Örtlichkeit der Müllbeseitigung könnte Fragen aufwerfen. So musste dies eben auf den späten Abend verschoben werden. Den dafür notwendigen Kombi hatte er hinter einem Holzstoß auf der anderen Seite des Wiesenweges geparkt. Dort hatte er ihn öfter abgestellt, wenn er für die Küche Brennmaterial besorgen musste. Man kannte den schäbigen Peugeot und seinen Besitzer, aber das machte nichts. So hatte er alles klug durchdacht, denn er wusste ja, dass Vorsicht die Mutter der Porzellankiste war.

17

Hassan Al-Abadi wohnte in Reichelsheim, im Dachgeschoss eines renovierten Fachwerkhauses in der Bismarckstraße. Bis zur Gemeindeverwaltung und zu Armin Keuschs beliebter Gaststätte war es nur ein Katzensprung. Die Behörde musste er öfter aufsuchen, denn Anfeindungen aus der Nachbarschaft machten ihn zum häufigen Gast im Ordnungsamt. Mal war es der Müll, der die Tonne zum Überquellen brachte, mal war es sein alter Ford, dessen Motoröl auf den Bürgersteig tropfte. Immer wurden Gründe gefunden, um den Gastarbeiter zu schikanieren. Dies geschah stets anonym, denn die anständigen Bürger des Ortes wollten keine bürokratischen Briefwechsel mit dem Amt riskieren. Das Lokal mit seinen weit über die Region hinaus bekannten Spezialitäten kannte Hassan nur von außen. Einen Besuch wagte er nicht, schließlich waren die Stammgäste im traditionsreichen Schankraum eben jene Nachbarn oder Leute, die sich wie diese verhielten.

Gegen Armin Keusch konnte Hassan nichts sagen. Der graumelierte Wirt mit dem gepflegten Dreitagebart grüßte ihn immer schon von weitem mit offenem Blick und einem netten Lächeln, das jeden Hintergedanken ausschloss. Er war gerade vom Einkaufen nach Hause gekommen und hatte die Straßenschuhe gegen bequeme Filzschlappen getauscht, als es an der Wohnungstür läutete. Der kleine Djamal rannte sogleich los und öffnete, ohne auf den Vater zu warten. Dieser war in der Küche beschäftigt, wo er seiner Frau Mayla beim Zubereiten des Abendessens half. Couscous sollte es geben, ein recht einfaches Gericht, das seinen besonderen Pfiff durch ein Familienrezept erhielt, das Hassans Großmutter irgendwann aus der Heimat geschickt hatte. Das Olivenöl simmerte schon in der Pfanne und es duftete nach frischem Koriander, einem Gewürz, mit dem sich die Deutschen schwertaten. Knoblauchschwaden zogen durch den Flur. Bestimmt würde bald ein Schreiben des Ordnungsamtes wegen Geruchsbelästigung eintrudeln.

„Hier wohnen Hassan, kleines Mann?", fragte ein stämmiger älterer Herr, dem Schweißtropfen auf der Stirn standen.

„Warum sprechen Sie denn so komisch?", fragte Djamal den gewichtigen Besucher, der schnaufte, als habe er gerade den Großglockner fußläufig erklommen. Der andere Mann neben ihm rollte die Augen und winkte beschwichtigend ab. Hassan kam hinzu und sah, dass da ein dicklicher Herr in Begleitung eines dünneren stand.

„Guten Tag Herr Al-Ada…, also Herr Hassan. Kunkelmann von der Erbacher Kripo und das ist mein Kollege Ehrenreich."

„Möchten Sie nicht hereinkommen? Da draußen könnten Sie sonst noch Wurzeln schlagen", scherzte der ehemalige Keltereiarbeiter leicht verwundert über die unerwarteten Gäste. „Aber seien Sie bitte nicht böse. Ich muss Sie nämlich bitten, die Schuhe auszuziehen. Nicht, weil das hier zwangsläufig der Brauch ist, sondern aus einem praktischen Grund. Mayla hat nämlich gerade geputzt."

Karl Kunkelmanns Schweißfluss beschleunigte sich rasant und er entgegnete: „Und ich muss Sie bitten, die Schuhe anbehalten zu dürfen. Äh, auch aus einem ganz praktischen Grund." Dabei klappte er ständig das rechte Augenlid auf und zu, was eher wie eine vom Augenarzt verordnete Übung aussah und nicht wie ein schelmisches Zwinkern. Der lange Tag hatte nämlich das morgendliche Eichenrindenfußbad gegen Kunkelmanns penetranten Ammoniakgeruch verströmende Gehwerkzeuge ad absurdum geführt. Ganz zart entstieg den kunstledernen Boots ein Odeur, das empfindliche Nasen an Experimente mit ätzenden Substanzen in schulischen Chemiesälen erinnerte. Oder an einen nicht gerade frisch gefegten Pferdestall und auch an die Pissoirs in einfachen Wirtschaften der 1960er Jahre. Dagegen kam der Knoblauchduft nicht an.

„Ich verstehe. Dann lassen Sie ihre Schuhe um Gottes willen an, wir bereiten nämlich gerade das Abendessen zu.“

„Sind Sie Christ?“, platzte es aus Kunkelmann heraus.

„Warum?“

„Weil Sie eben um Gottes willen gesagt haben.“

„Das hat damit nichts zu tun. Das ist doch nur so eine Floskel. Nein, wir sind weder noch. Keine Christen, keine Moslems. Also keine gläubigen Moslems. Wir sind Agnostiker. Die Fastenzeiten machen wir nur aus gesundheitlichen Gründen mit.“ Kunkelmann dachte angestrengt nach und entschied sich, zum Begriff Agnostiker nichts zu sagen. Fasten, so ein Blödsinn. Ein paar Gramm mehr auf den Rippen könnten dem Burschen nichts schaden, dachte der Hauptkommissar. Widerspräche es nicht den Dienstvorschriften, würde er ihn mal zu einer saftigen Haxe einladen oder besser auf einen Döner. Denn er wusste nicht, ob morgenländische Mägen Schweinefleisch vertrugen. Jetzt blähten sich Kunkelmanns Nüstern und er sog die exotischen Schwaden aus der Küche ein.

„Couscous“, warf Hassan ein und zeigte stolz in Richtung der dampfenden Pfanne.

„Ja doch. Kein Problem. Als ich in Ihrem Alter war, konnte ich auch nicht von meiner Frau ablassen. Gehen Sie ruhig zu ihr und geben ihr einen tüchtigen Kuss-Kuss. Aber nicht so lange, wir warten im Wohnzimmer.“ Hassan verstand nur Bahnhof.

In der guten Stube angekommen, setzten sich Ehrenreich und Kunkelmann auf das bequeme Sofa und der unfreiwillige Gastgeber nahm auf einem runden Sitzkissen Platz.

„Ah, Sie sind wohl ein Sicherheitsdenker was?", eröffnete der Hauptkommissar locker die jetzt folgende Befragung.

„Wieso das denn?", fragte Hassan und machte große Augen.

„Nun, Sie haben gleich mehrere Teekannen aufeinandergestapelt. Falls eine kaputtgeht, können Sie gleich die nächste nehmen!", sagte Kunkelmann und zeigte auf das ihm fremde Gebilde.

„Oh, das ist ein Samowar, der bereitet heißes Wasser zu. In der Türkei und in Russland gar nicht so selten", merkte Hassan in leicht belehrendem Tonfall an.

Heiner Ehrenreich errötete etwas. Das tat er immer, wenn er sich fremdschämen musste. Und das war gar nicht so selten.

„Möchten Sie eine Kleinigkeit essen oder trinken? Wir haben frische Baklava hier."

Back-Lava? Kunkelmann dachte scharf nach. „Nein danke, das ist sehr freundlich. Die Magenschleimhaut. Übrigens sind wir nicht von der Drogenfahndung. Das möchten wir ausdrücklich betonen", unterstrich der Kriminale mit erhobenem Zeigefinger, den er sofort auf die kunstvoll verzierte Wasserpfeife in der Ecke kippen ließ.

„Das ist ein Andenken an die Heimat. Außerdem raucht man darin gewöhnlich aromatisierten Tabak. Unsere anderen Besucher sind in der Regel recht vorurteilsfrei", sagte Hassan und Ehrenreichs Ohren intensivierten ihre rötliche Färbung. „Kommen wir doch zur Sache, meine Herren. Weshalb geben Sie mir die Ehre? Hat das Ordnungsamt die Kripo wegen angeblicher Parkvergehen etwa um Amtshilfe ersucht?", fragte Hassan Al-Abadi nun eher förmlich mit süffisantem Unterton.

Ehrenreich übernahm. „Nun, so kurz sind die Wege jetzt wieder nicht. Das würde ja gar keinen Sinn machen. Nein, wir sind wegen einer anderen Sache hier. Sie erinnern sich doch an Frank Schneider, Ihren früheren Chef?"

„Wie könnte ich dieses rassistische Arschloch vergessen haben!"

„Tja, genau. Wo er doch für Ihre Entlassung gesorgt hat und Sie ihm deswegen die Reifen seines Wagens zerschnitten und die Windschutzscheibe mit brauner Farbe eingepinselt haben."

„Hätte ich denn rote nehmen sollen? Braun passt bei dessen politischer Einstellung doch viel besser. Aber wegen der Sache haben mich schon Ihre uniformierten Kollegen vernommen. Ich musste eine enorme Summe in die Staatskasse zahlen und vor dem Amtsgericht in Michelstadt den Rasen mehrmals mähen. Erst der Rausschmiss, dann die Schmach. Dafür dürfen Sie mich jetzt nicht noch einmal belangen."

„Das wollen wir auch gar nicht. Sie haben nicht in den letzten Tagen zufällig von Schneider gehört oder ihn eventuell sogar gesehen?", tastete sich Heiner Ehrenreich vor.

„Diesen Typen sehe ich nicht. Und wenn er mir über den Weg laufen sollte, drehe ich mich um. Der Drecksack ist Luft für mich."

„Und der Hass und der Ärger, diese ganze miese Geschichte mit dem Rausschmiss? Sollte das nicht gesühnt werden? Haben Sie nicht manchmal Rachegedanken?"

„Worauf wollen Sie hinaus? Um was genau geht es hier?"

„Herr Schneider ist verschwunden und keiner weiß, wo er ist. Da dachten wir uns, dass wir bei Ihnen mal nachfragen. Ihre ehemaligen Arbeitskollegen legen ja die Hand für Sie ins Feuer, aber wir gehen jedem Hinweis nach, der uns zum Aufenthaltsort des Mannes führen könnte. Und da gehören Sie wegen Ihrer Probleme mit ihm halt zu den Auserwählten."

„Ist denn irgendwas passiert? Vielleicht ist er ja in Urlaub gefahren?"

„Dem widerspricht, dass sein Wohnmobil schon Tage verwaist vor dem Haus steht und Rosemarie kurz vor dem Verhungern auf dem Fußboden gefunden wurde."

„Ich sage es ja, der Typ ist krank. Kauft nicht mal das Notwendigste ein. Aber konnte denn diese Rosemarie sich nicht bei den Nachbarn melden oder den Notruf wählen? Ist sie behindert? Obwohl ich mir nicht vorstellen kann, das der Snob Menschen mit einem Handicap bei sich wohnen hat."

„Katzen können in der Regel nicht telefonieren. Rosemarie ist sein Haustier. Wir haben das arme Ding völlig ausgezehrt vorgefunden. Und das ist ja gerade das Komische an der Sache. Denn die Nachbarn sagen, dass der Herr Schneider für Rosemarie alles tun würde."

„Der kann Gott weiß wo sein. Vielleicht wurde er ja von einer fremden Firma angeheuert, um im Schnellverfahren einen Arbeiter zu entlassen und er hat dafür gutes Geld bekommen. Wenn der Schneider Kohle riecht, kennt der sogar diese Rosemarie nicht mehr. Da bin ich mir sicher."

„Ja, Herr Al-Abadi, das war es dann auch schon gewesen. Wir danken Ihnen für das Gespräch und den freundlichen Empfang. Hoffentlich finden Sie bald wieder eine Arbeit", sagte Ehrenreich und stand auf.

Karl zog nicht sofort nach und fragte: „Sagen Sie mal, diese Back-Lava. Liegt die eigentlich wie ein Stein im Magen oder verträgt die der gewöhnliche Mitteleuropäer auch?"

„Warten Sie, ich gebe Ihnen eine Kostprobe mit", entschied Hassan und tigerte los in Richtung Küche.

„Karl, du spinnst!"

„Wieso, ich bin jetzt halt doch neugierig geworden, was das ist."

Mit einer gut gefüllten Papiertüte stapfte Karl Kunkelmann dann hinter seinem Kollegen zum Ausgang und verabschiedete sich mit den Worten: „Danke, mir komme widder, wenn merhaba Hunger", wobei er die Übung mit dem rechten Augenlid vollzog.

„Du bist nur peinlich", warf ihm Ehrenreich ins Gesicht.

„Wieso, das war doch ein guter Witz."

„Naja, das ist Ansichtssache. Ansichtssache ist aber nicht, wenn ich so recht überlege, dass wir völlig ins Leere ermitteln. Das ist nämlich eine Tatsache. Wir haben keine Leiche und quasi auch keinen Vermissten, zumindest niemanden, der als solcher gemeldet ist. Nur einen linken Arm. Bin gespannt, wie wir das dem Wagenknecht unterjubeln wollen!"

18

Ob die wohl auf dem Fensterbrett festgewachsen ist, fragte sich Karl Kunkelmann, als er den alten Käfer langsam in die Hofeinfahrt seines Hauses bugsierte. Wie bestellt, wurde er nämlich von Adele Kumpf empfangen, die gerade das Parade-kissen auf dem Sims zurechtrückte, um es etwas bequemer in ihrem Ausguck zu haben. Er tat so, als hätte er die liebe Nach-barin nicht bemerkt, doch das etwas dümmliche Starren auf den Boden war nicht von Erfolg gekrönt.

„Na, Herr Kommissär, hawwe Se Ihrn Ehering verlorn oder gugge Se, ob die Vöschel noch was vom letzte Granatsplitter übrischgelasse hawwe?"

„Weder noch, verehrte Frau Kumpf, ich bin lediglich in Ge-danken und verfolge einige wichtige Überlegungen", entgegne-te der Angesprochene etwas unbeholfen.

„Gedanke brauche Se sisch kaa zu mache und Überleeschunge sinn auch umsonst. Denn zu esse gibt´s heut was Gutes. Riesche Se mol in die Luft!", befahl die Kumpf und nickte mit dem Kopf in Richtung der Kunkelmannschen Kü-che. Sogleich stieg er Karl in die Nase, dieser unverwechselbare Duft nach gebackenen Eiern mit gebratener Blutwurst. „Da hat Ihne ihr Lena des Käfersche wohl schon tuckern gehört und dann gleisch alles in die Pann gehaache!", freute sich die aufmerksame Dame von Gegenüber.

„Tja, dann nix wie hinein in die gute Stube. Und einen schö-nen Abend noch, Frau Nachbarin!"

Nachdem er die Tür aufgeschlossen hatte, beschleunigte er seine Schritte und stand sogleich am Herd, die Nase über die Pfanne gepflanzt. „Grüß dich mein Schatz, du bist die tollste Köchin hier im Haus. Gebackene Blutwurst. Mir läuft das

Wasser im Munde zusammen", sprudelte es aus dem Gatten heraus.

„Ja, die Sklavin weiß, was ihrem Herrn schmeckt, auch wenn dann die Cholesterinwerte wieder explodieren und ein Termin bei Dr. Berger näher rückt. Apropos Wasser. Wasch dir mal erst die Hände im Bad und hole dann welches aus dem Keller hoch. Es ist nur noch eine Flasche oben."

Kunkelmann lief ins Badezimmer, öffnete kurz den Hahn des Waschbeckens und drehte gleich wieder zu. Dann nahm er die Tragetasche im Flur mit nach unten und belud selbige mit Flüssigem. Exakt vier Flaschen Wasser und zwei Flaschen Weißbier passten in den Beutel. Oben angekommen, deckte er freiwillig den Tisch, was nicht jeden Tag vorkam. Lena brachte auch sogleich die Pfanne mit und lud ihrem Göttergatten auf.

In Kunkelmanns Glas sprudelte ein halbes Weizen vor sich hin, der Rest des Bieres hatte sich bereits den Weg in dessen Kehle gesucht. Genüsslich leckte sich Karl die verbliebenen Schaumreste vom nicht mehr vorhandenen Oberlippenbart. Gleich darauf stieß er die Gabel in die Pfanne und führte diese schnurstracks zum Mund.

„Ich glaube, dass es sich bei den runden, weißen Platten auf dem Tisch um Teller handelt. Kann das sein?", schoss Lena etwas ärgerlich ab.

„Entschuldige, aber bei diesem Gericht kann ich nicht auf Nebensächlichkeiten Rücksicht nehmen. Außerdem wird das recht schnell kalt und dann schmeckt es nicht mehr", entgegnete der Gatte. „Lass mich raten", lenkte er geschickt ab. „Die Blutwurst hast du doch bestimmt bei Schlößmanns gekauft, so wie die duftet?"

„Stimmt, denn dort gibt es die beste. Wobei ich den Schinken immer bei Urichs hole. So hat jeder Metzger seine Vorzüge im Badestädtchen."

„Ja, ich kann mich noch gut an den alten Schlößmanns Philipp im Nebenraum erinnern, wenn er immer nach dem Willi, seinem Sohn, rief. Aber auch den Uriche Hennes kannte ich noch. Rippchen hat der gehauen, eine Pracht!", erinnerte sich der Hausherr.

„Apropos Pracht. Wo ist eigentlich unser Thomas?", wollte Karl jetzt wissen.

„Darf ich dich daran erinnern, dass der Bub in Frankfurt Medizin studiert und nur an den Wochenenden nach Hause kommt?"

„Ich dachte ja nur, weil im Keller neben der Waschmaschine etwas schmutzige Wäsche gelegen war."

„Wieso war? Hast du sie etwa in die Trommel geräumt? Geschehen tatsächlich noch Zeichen und Wunder?"

„Nein, weder Zeichen noch Wunder. Das letzte Mal habe ich das Teufelsteil befüllt und sogar eingeschaltet. Dann war alles verfärbt und du hattest dich schrecklich aufgeregt. Schuster, bleib bei deinen Leisten!"

„Leisten? Was leistest du hier denn? Du isst, trinkst und schmutzt. Und ich bin die Reinemachefrau."

„Also bitte, jetzt nicht schon wieder. Ich hatte einen schweren Tag."

„Du auch? Musstest du wieder die berühmte ruhige Kugel des Beamten schieben?"

„Warum bist du denn heute so auf Krawall gebürstet? Ich habe doch gar nichts gemacht!"

„Genau deswegen, weil du eben nichts machst. Zumindest hier im Haushalt nicht. Aber so kommen wir nicht weiter. Was hat dich denn heute so geplagt?"

„Ach, wir haben da einen vertrackten Fall, der eigentlich so richtig noch gar keiner ist. Es gibt einen linken Arm, dem der Besitzer fehlt und einen abgängigen Geschäftsführer, der aber von niemandem vermisst wird. Eigentlich sollte er mit seiner Karosse von Wohnmobil an der Ostsee sein, doch die steht bei ihm vor der Haustür."

„Die Ostsee?"

„Nein, die Nobelkarosse natürlich. Und seine Mieze hat er auch alleine gelassen."

„Vielleicht ist er ja mit dem Zug an die Ostsee gefahren, ohne Mieze. Eventuell braucht er eine kleine Auszeit von der Dame."

„Lena, die Mieze ist keine Frau, sondern eine Leoparden-Katze mit Namen Rosemarie."

„Ihr ermittelt also aus reiner Neugier?"

„So kann man das auch nicht sagen. Schließlich muss der linke Arm ja jemandem gehören. Er muss sozusagen einen Eigentümer haben, dem er verlustig gegangen ist. Aber da noch keiner danach gefragt hat und auch keine Unfälle in dieser Hinsicht bekannt sind, handelt es sich mit an Sicherheit grenzender Wahrscheinlichkeit um ein Verbrechen. Außerdem hat jemand in den Handballen eine Öffnung geschnitten, die Lasche einer Bierdose reingedrückt und die Wunde dann mit einem dünnen Faden zugenäht. Stahlmanns Leute haben dies herausgefunden. Wir suchen quasi nach einer Leiche. Und nach einem Menschen, der sie getötet hat."

„Leichen sind immer tot. Die muss man nicht extra umbringen, mein Dickerchen!"

„Jedenfalls müssen wir sämtliche Steine umdrehen, um zu gucken, was darunter ist. Also im bildhaften Sinne natürlich. Der Mann ist nämlich in seinem Betrieb verdammt unbeliebt und es gibt genügend Leute, die ihn auf den Mond schießen könnten. Der soll sich nämlich als wahrer Tyrann gebärden und die Angestellten nach Belieben entlassen oder abmahnen, nur weil sie in bestimmten Dingen mit ihm nicht einer Meinung sind. Außerdem mag er keine Ausländer und hasst Kommunisten."

„Also ein ganz normaler Durchschnittsdeutscher, euer vermeintlicher Fall."

„Wenn man sich die Entwicklung in der letzten Zeit anschaut, hast du wahrscheinlich recht. In den Sozialen Medien macht er sich als eine Art Fürst wichtig, tritt uniformiert und mit an Nazis erinnernde Orden am Revers auf. Komisch ist der Typ schon."

„Das macht ihn aber nicht automatisch zum Opfer und andere zum Täter."

„Deswegen drehen wir ja jeden Stein um, damit wir handfeste Hinweise bekommen, wo der Mann sich aufhält und ob dies eventuell sein Arm ist, den der Stahlmann auf seinem Seziertisch gehabt hat."

„Könntet ihr da nicht etwas DNA von einem seiner Gebrauchsgegenstände nehmen und mit der des Armes vergleichen?"

Kunkelmann errötete leicht, dachte an Bürsten, Bettlaken und benutzte Handtücher. Auch Fingerabdrücke fielen ihm ein. Dann aber auch die Vorschriften und am äußersten Rande der Legalität war das Eindringen in Schneiders Privaträume ja schon gewesen. Er atmete auf. „Ach Lena, wenn das alles so einfach wäre. Die Vorschriften und deren Beachtung machen uns da häufig einen Strich durch die Rechnung. Der Wams des Beamten ist bekanntlich warm, aber auch recht eng gestrickt!"

Lena ließ langsam ihre Gabel sinken und schaute auf Karls Hemd, das zwischen den Knöpfen in Bauchhöhe einen unverstellten Blick auf ein Feinrippunterhemd gewährte.

19

Als Karl Kunkelmann und Heiner Ehrenreich ihr Büro betraten, war es bereits zu spät. Auch Fräulein Bachmanns Einlassung, dass die Kommissare noch gar nicht da seien, hatte keinen Erfolg. Denn der frühe Eindringling durfte dies, er war ihr Chef. Mit puterrotem Kopf und einem Blick, der Stahl schmelzen lassen konnte, lehnte Kriminaldirektor Wagenknecht an der Fensterbank und polterte: „Ja, sind Sie denn von allen guten Geistern verlassen? Wer hat Sie beauftragt, völlig grundlos dem Herrn Frank Schneider hinterher zu schnüffeln? Das ist eine Eigenmächtigkeit, die Folgen haben wird, Kollegen!"

„Hoffentlich wird sie das", entgegnete Kunkelmann recht gelassen, „denn der Herr Frank Schneider lässt seine Katze verhungern und ist weg, aber sein Wohnmobil ist noch da. Naja, mit einem Arm kann er ja auch schlecht schalten. Oder doch, ihm fehlt ja der linke."

„Für Zynismus ist dies jetzt nicht der richtige Zeitpunkt. Seit wann kümmern wir uns um tote Katzen, die noch leben und in fremden Wohnungen liegen? Seit wann dringen wir, ohne dass Gefahr im Verzuge ist, in die Häuser anderer Leute ein? Und wenn man wegfährt, muss man das nicht unbedingt mit dem Wohnmobil tun. Es gibt Busse, die Bahn, den Flieger, das Schiff und was weiß ich nicht alles." Kunkelmann wollte schon erwähnen, dass sich der Schiffsverkehr auf der Gersprenz eher in Grenzen hält, ließ es aber sein. „Dass ein linker Arm gefunden wurde und dieser jemandem gehören muss, ist mir auch klar. Aber so offensiv hätten Sie gegen den Herrn Schneider nicht vorgehen müssen. Schließlich wurde er als neues Mitglied für unseren Club vorgeschlagen!", erklärte Wagenknecht mit einem dezenten Blick zur Seite.

Der Alte war seit langer Zeit in den erlesenen Reihen des örtlichen Lions-Clubs einer der Sprecher, wenn es um Öffentlichkeitsarbeit ging. An seinem Sakko prangte die blau-goldene Anstecknadel des noblen Vereins.

„Wie ich gehört habe, muss man für eine Mitgliedschaft vorgeschlagen werden. Außerdem sollen die Charaktereigenschaften und der Leumund frei von jeglichem Tadel sein", sprang Heiner Ehrenreich seinem Kollegen ablenkend bei.

„Ja, das habe ich auch gehört. Leu bedeutet Löwe und der heißt auf Englisch Lion", flocht Kunkelmann mehr oder weniger sinntragend ein.

„Jedenfalls würde ich den Vorschlag nochmal tüchtig überdenken, wenn jemand seine Arbeiter schikaniert und rechtes Gedankengut vertritt. Schnell geraten Sie da in gefährliches Fahrwasser", schob Ehrenreich nach. „Aber Normalsterbliche kommen da wohl gar nicht rein. Weil der saubere Verein ja für Notleidende spendet, müssten die Mitglieder über solides Eigenkapital verfügen. Das sei ebenfalls ein Auswahlgrund bei der Aufnahme, der aber offiziell natürlich dementiert wird. Eine Riege der Reichen, die die weiße Weste der Gutmenschen tragen. Ich habe das recherchiert."

„Jetzt hören Sie gefälligst mit ihren Verleumundungen, ich meine natürlich Verleumdungen, auf. Das fußt alles nur auf übler Nachrede", verteidigte der Chef seinen Club. „Aber wenn Sie meinen, dass wir vielleicht dem Geltungsbedürfnis dieses Geschäftsführers aufgesessen seien, dann stelle ich dessen Aufnahme anhand Ihrer Informationen gerne nochmal zur Diskussion. Wir wollen uns ja schließlich unseren guten Ruf nicht kaputtmachen lassen. Aber das entschuldigt nicht, dass Sie die Dienstvorschriften missachtet haben. Beim nächsten Mal wird das Folgen haben. Merken Sie sich das gefälligst", sprach Wagenknecht und trottete etwas konsterniert aus dem Büro.

„Ich möchte wissen, wer das mit dem Besuch in Schneiders Haus durchgestochen hat. Da waren doch nur die Leute vom Tierschutz und der Mitarbeiter des Schlüsseldienstes", wunderte sich Karl Kunkelmann. „Und in der Nachbarschaft wohnen gut betuchte Bürger. Ich nehme an, dass einer vielleicht den Wagenknecht kennt, eventuell sogar dessen Kollege im Club ist und man nachgefragt hat, was wir dort zu suchen hatten. Den Schneider scheinen die alle nicht sonderlich zu mögen."

„Bis auf ein paar Hansels, die ihn als Neumitglied vorgeschlagen haben müssen", vermutete Ehrenreich. „Aber wie haben die gemerkt, dass wir von der Polizei sind?"

„Nun ja, du hattest ja laut genug gesagt von welchem Verein wir kommen und dabei deinen Ausweis gezeigt. Vielleicht hat ja jemand, der hinter seiner Fensterscheibe stand, die demonstrativ hochgehaltene Plastikkarte gesehen. Außerdem hattest du beim Verlassen der Wohnung aus Angst vor Rosemarie noch deine gezogene Knarre in der Hand gehalten. Sei´s drum, der Alte hat etwas Rabatz gemacht, aber im Endeffekt ist ja nix passiert."

„Findest du, wir sollten jetzt loslassen und die Sache ignorieren?"

„Quatsch, das geht ja gar nicht mehr. Der Mann ohne Arm läuft oder liegt immer noch irgendwo herum. Wir müssen die Sache nur ein wenig professioneller anpacken und dann sollte dies auch zu Ergebnissen führen."

„Weil du gerade professionell gesagt hast. Ich habe eine Visitenkarte von einer Madeleine aus Frankfurt auf dem Wohnzimmertisch gesehen und gleich archiviert. Guck, da ist sie. Meinst du nicht, wir sollten dieser Professionellen mal im Bahnhofsviertel einen höflichen Besuch abstatten und sie nach Frank Schneider befragen?"

„Spinnst Du? Das ist jetzt wohl nicht dein Ernst, oder etwa doch?"

20

Er hatte das etwas abseits des Dorfes liegende Gasthaus lange nicht mehr betreten. Während dort früher die Sommerfrischler eingekehrt waren und Berge von Schnitzeln verzehrt hatten, fristete die Wirtschaft nun eher ein trübes Schattendasein. Auf dem mit alten Kisten und Kästen verstellten Vorplatz waren die Waschbetonplatten geborsten, unter dem löchrigen Vordach eines Carports schaute er in den blinden Scheinwerfer eines grauen Mopeds. In den verlotterten Rabatten prahlten zwei Pfaue von einer vergangenen Zeit und tröteten ihm lauthals ihr Missfallen entgegen. Das einst prachtvoll strotzende Gemüsebeet war mit Abfall übersät, aus dem sich gerade eine Ratte ihr Abendessen zusammenstellte. Die Fassade bröckelte und die eine oder andere Eternitplatte hatte irgendwann der Wind mitgenommen. Von der Eingangstür war der Lack abgeblättert, das Wirtschaftsschild verkündete gleich einer lückenhaften Zahnreihe „Z r Ei kehr" und die Fenster waren mehr oder weniger blind. Geöffnet hatte die abgetakelte Kneipe nur noch an drei Tagen in der Woche. Ab 18 Uhr konnten die Gäste dort ihr Flaschenbier bekommen und wenn Otto mal eingekauft hatte, auch ein belegtes Brot mit Wurst aus dem Supermarkt verzehren. Doch dies war die Ausnahme. Hier hatte sich ein Publikum eingenistet, das anderswo weniger gerne gesehen war: arme Schlucker und harte Trinker. Ehrbare Bürger dieser Gegend mieden die heruntergekommene Kaschemme, die dieser verschrobene Wirt abends betrieb. Dies hatte hygienische, aber auch persönliche und politische Gründe. Denn mit Otto, der stets seine scheinbaren Heldentaten aus dem Zweiten Weltkrieg glorifizierte, früher glühender NPD-Anhänger war und jetzt die AfD hofierte, wollten die wenigsten etwas zu schaffen haben.

Die Einrichtung war ein schäbiges Abbild der 1960er Jahre. In der Küche hing noch der Geruch von altem, ranzigem Fett und ob sich die Biergläser ohne Kraftaufwand von der Theke lösen ließen, war fraglich. Otto war sein Großonkel und stemmte die Beize alleine. Seine Frau war im letzten Winter gestorben und hinterließ einen mürrischen Gatten, der jegliche Unterstützung ablehnte.

„Hallo Onkel, wie laufen die Geschäfte?", sprach er den in sein Weinglas starrenden alten Mann an.

„Dass du dich mal blicken lässt, das grenzt an ein Wunder. Ich dachte schon, du hättest den Otto total vergessen. Was willst du denn? Geld habe ich keins und zu essen kann ich dir auch nix anbieten. Das Brot ist nämlich schimmlig und die Wurst hat einen Stich. Muss erst wieder zum Einkaufen runter in den Ort. Aber du weißt ja, die Beine. Seit sie mir den Führerschein genommen haben, bin ich auf das klapprige Mofa da draußen angewiesen."

„Ich dachte, ich gucke mir mal dein Lokal an, vielleicht kann man das alles ja wieder aufpolieren und zu einem kleinen Schmuckstück gestalten. Retro ist momentan gefragt. Droben in Vielbrunn haben sie einem ehemaligen Hotel auch dessen früheren Charme wieder aufleben lassen. Dort geht man jetzt gerne ein und aus. Schauspieler und Schlagerstars verkehren dort. Das Geschäft boomt wie nie zuvor."

„Das kannst du doch nicht vergleichen. Ich stehe hier vor einem Scherbenhaufen, den niemand mehr zusammenkehren kann. Aus und vorbei. Geblieben ist eine kleine Klitsche, in der die Durstigen ihr Zittern bekämpfen. Wenn was mal so daliegt, wie dieses einstige Juwel unseres Tales, dann kann man es nicht mehr aufrichten. Ein alter Mann schon gar nicht. Ich bin froh, wenn die paar Einnahmen einigermaßen meine Kosten decken. Schau dir alleine die Küche an. Alles aus der Zeit gefallen. Wir bräuchten einen Fettabscheider, dazu einen effizienten Gasherd und dazu noch tausend andere Dinge, die kein Mensch bezahlen kann." Gemeinsam gingen sie dorthin, wo einst die Schnitzel und Rumpsteaks gebraten wurden. Er fand das gar nicht so schlecht. Die beiden Kühltruhen summten; als er sie öffnete, gähnte ihn lückenlose Leere an. Dann zählte er zirka 20 Töpfe in verschiedenen Größen, fünf gusseiserne Pfannen, aus denen einem Reste der letzten Steaks noch ansahen und diverses Gerät wie Messer, Schöpfkellen, ein Schnitzelklopfer, Scheren zum Tranchieren von Geflügel und ein kleines Spaltbeil für Knochen. Auch der Gewürzschrank war einigermaßen bestückt. Salz, Pfeffer, eine Dose mit Curry und ein kleines Fässchen mit Glutamat, das allem einen zumindest akzeptablen Geschmack verlieh. Die Dose mit der klaren Brühe war noch verschlossen.

An Geschirr schienen Tassen und Teller vorhanden, auch der Besteckkasten zeigte sich gut bestückt. Bratfett befand sich im Kühlschrank, auf den Regalen warteten einige Ölflaschen auf den Verbrauch ihres Inhaltes.

„Lass uns rausgehen, dieses Elend mag ich mir gar nicht länger angucken. Seit Emma tot ist, kriege ich den Arsch nicht mehr hoch, was auch mit der schlimmen Arthrose in den Knien zusammenhängt. Bis ich morgens aus den Federn bin, ist locker eine halbe Stunde vergangen. Dann kommt noch die Schwerhörigkeit hinzu. Glaube mir, der Fuchsberger hatte mit seinem Spruch recht gehabt: Altwerden ist nichts für Feiglinge!"

„Naja, ich mach mich dann wieder mal auf die Socken."

„Was, es klingen die Glocken?"

„Na, Otto, eben hast du mich aber verarscht!"

Er half dem Großonkel zurück auf seinen Sessel, hob grüßend die Hand und verließ schmunzelnd das Gasthaus zur langen Dämmerung.

21

„Nein, das ist nett von Ihnen, aber wir sind im Dienst", sagte Karl Kunkelmann und gab seinem Kollegen einen Puff mit dem Knie. Denn als Albert Schubert die Flasche ‚Havana Club' auf dem Wohnzimmertisch präsentierte und den Beamten ein Gläschen anbot, bemerkte er Ehrenreichs leichte Nervosität, da dieser in seinen sonst eher ruhigen Bewegungen fahriger wurde und sich über der Oberlippe ein leichter Schweißfilm gebildet hatte.

„Den habe ich mir gegönnt als Andenken an meine Exkursion im letzten Jahr. Da war ich nämlich im gelobten Land gewesen." Kunkelmann wollte schon fragen, welche Beweggründe einen Kommunisten nach Israel führten, doch dazu kam es erst gar nicht. „Ich habe mit einer gewerkschaftlichen Reisegruppe aus Darmstadt das strahlende Kuba besucht und konnte dort dieses köstliche Elixier probieren. Natürlich habe ich mir auch Montecristo-Zigarren mitgenommen, die Fünfer, um exakt zu sein. Die hat nämlich Ernesto Guevara am liebsten geraucht. Der Name sagt Ihnen doch was?" Karl nickte höflich. „Ich kann Ihnen sagen, diese Reise war ein einziges Lehrstück über funktionierenden und real existierenden Sozialismus. Die Leute dort sind zwar nicht reich, aber Bildung wird groß geschrieben und die Behandlung in den Krankenhäusern ist umsonst."

Kunkelmann dachte scharf über das letzte Wort nach.

„Das Gesundheitssystem hat sich dergestalt als das beste in Lateinamerika erwiesen. Da können sich die Verunreinigten Staaten von Amerika, die von uns so unterwürfig hofierten USA, mal ein Beispiel nehmen. Dort haben sie ja quasi keine Krankenversicherung im eigentlichen Sinne. Wenn dort ein armer Bürger ein Leiden hat und den Arzt nicht bezahlen kann, darf er auf Gott hoffen, den es aber nicht gibt. Auch hier im Odenwald können manche snobistischen Doktoren mit ihren getrennten Wartezimmern für Kassenpatienten und Privatversicherte was von den Kubanern lernen. Dort sind nämlich wirklich alle gleich.“

„Ja, Herr Schubert, das ist ja alles gut und schön, doch wir sind eigentlich wegen etwas anderem hier", lenkte jetzt Ehrenreich auf den Anlass ihrer Anwesenheit hin.

„Das will ich doch meinen. Die wenigsten kommen, um sich von mir etwas über die Errungenschaften der linken Bewegungen erzählen zu lassen oder mit mir über ‚Das Kapital‘ von Karl Marx zu diskutieren.“

„Hatte der denn tatsächlich so viel Geld?", fragte der Hauptkommissar und Ehrenreich stieg ein Anflug von Rot ins eher gelbliche Antlitz.

„Der war gut, den muss ich mir merken", lachte Schubert. „Sie sind wahrscheinlich nicht hier wegen meiner Teilnahme an der Demo neulich, stimmt´s? Die war nämlich, trotz restriktiver Tendenzen hier in unserem Staat, erlaubt. Sie sind hier wegen diesem revanchistischen und geltungsbedürftigen Menschenschinder Schneider, der gegen gutes Geld seine eigene Großmutter verkaufen würde. Mich hat er auf die Abschussliste gesetzt, weil ich sechs Fläschchen unserer Produkte zum Probieren mit nach Hause genommen habe. Meine Söhne mögen diese gemixte Plörre ganz gerne, was mir ein Rätsel ist. Ich sage immer ‚Ein guter Schoppen lässt sich nicht toppen‘ getreu unserem Motto, das ja ähnlich lautet. Und das ist purer Apfelwein, rein und klar. Aber die Jugend geht eben andere Wege. Womit kann ich diesen Ausbeuter denn anschwärzen? Mir ist alles recht. Oder hat der saubere Herr Schneider vielleicht was auf dem Kerbholz? Ich würde ihm kein Alibi geben. Auch nicht, wenn ich es könnte. Verrecken soll dieser großkotzige Laffe!"

„Sie scheinen den Schneider ja richtig zu hassen. Was ist denn ein Laffe? Ein Affe ist mir bekannt. Den habe ich selbst ab und zu einmal. Und dann schimpft die Frau Kunkelmann ganz gewaltig", flachste der Ermittler.

„Das ist ein Gecke, ein unerzogener und eitler Typ, der sich selbst am liebsten mag. Geht so in die Richtung von Narzisst."

„Auf die Sache mit den Nazis kommen wir später, Herr Schubert", merkte Karl an, worauf sein Gegenüber gleichzeitig schmunzelte und zustimmend nickte. Ehrenreichs Gesichtsfarbe hingegen wurde noch blasser. „Woher, ähm, das wollte ich Sie schon neulich fragen, haben Sie denn diesen großen Wortschatz und Ihre Bildung in diesen sprachlichen Dingen? Sie sind doch nur, also nicht nur, aber doch irgendwie schon, ein einfacher Arbeiter?"

„Keine falsche Scham, Herr Kommissar. Sie haben Ihren Wurstschatz und ich meinen Wortschatz", freute sich Schubert über das gelungene Wortspiel. „Spaß beiseite. Wer mit seinen Händen arbeitet, muss im Kopf nicht dumm sein. Ich lese viel und außerdem haben wir unsere regelmäßigen Schulungen durch den Kader."

Jetzt dachte Kunkelmann komischerweise an Rosemarie, auch wenn sie ein Weibchen war. „Das stimmt natürlich. Ich wollte Ihnen nicht zu nahetreten, das war keinesfalls meine Absicht. Trotzdem Hut ab vor Ihrem Wissen. Apropos: Sie wissen wirklich nicht, wo sich der Herr Schneider aufhalten könnte?"

„Ich glaube, ich sagte es bereits. Nein. Aber da Sie im Konjunktiv fragten, kann ich sagen, dass man im Betrieb über einen Aufenthalt an der Ostsee munkelt. Der Gerhard hat seinem Urlaubsantrag zugestimmt. Bestimmt ist auch er froh, diesen Typen mal nicht sehen zu müssen. Wie der auftritt, könnte man meinen, die Kelterei gehöre ihm."

Jetzt wurde Heiner Ehrenreich hellhörig. Konjunktivitis hatte seine Mutter mal gehabt. Irgendeine Augenentzündung, die mit reichlich Salbe schnell wieder abgeheilt war.

„Dann dieser unnötige Auftritt mit den Orden im Internet. So etwas lässt man doch in dieser Position bleiben. Kein Wunder, dass der Gerhard dann einen Brass auf diesen Typen gehabt hat. Aber der Kabel ist eine Seele von Mensch. Bevor der jemanden kritisiert, geht er lieber selbst mit sich ins Gericht, unser guter Mensch von Sezuan."

Wieder war Karl ein wenig verwirrt. „Jetzt kommen wir mal zu den politischen Dingen. Angeblich hatte Schneider Kontakt zu rechten Kreisen", legte er nach und versuchte, sich im Unterbewusstsein einen rechten Kreis vorzustellen.

„Bei uns in Ueberau hat diese verflixte AfD ja so gut wie keinen Einfluss. Deren Gedankengut hat unseren Ort noch nicht überschwemmt. Schließlich stehen wir seit über einhundert Jahren in der Tradition des einzigen roten Dorfes in ganz Südhessen. Rund 2100 Einwohner haben wir und bei Wahlen zum Ortsbeirat machen fast 40 Prozent ihr Kreuz an die richtige Stelle. Das muss man sich mal auf der Zunge zergehen lassen. Natürlich hängt das mit der Historie zusammen. Bereits im Kaiserreich hatten wir viele Werktätige, die in den umliegenden Fabriken gearbeitet haben. Auch in der Weimarer Republik konnten wir schnell Fuß fassen. Dies hat sich dann nach dem Ende der Nazi-Diktatur fortgesetzt. Ein Phänomen. Wir gelten hier als Hochburg der Bewegung. Wir machen bodenständige Politik und sind kommunal in jeder sozialen Schicht verankert. Sie sehen, unser Klassenkampf fruchtet. Aber ich schweife ab."

„Weil Sie gerade Schicht sagen. Haben Sie mal mitbekommen, dass der Herr Schneider sein Gedankengut auch auf der Arbeit herausschleudert?" Kunkelmann war stolz auf seine Formulierung.

„Natürlich, ständig hetzt er gegen Ausländer, redet von der reinen Rasse und würde gerne alle, die nicht blond sind, sofort abschieben. Er ist natürlich auch Bewunderer des Faschisten Björn Höcke, der ja bei diesen Gauland-Gaunern eine große

Nummer ist. Außerdem machen die Frauen im Betrieb einen Bogen um ihn."

„Wieso? Benutzt er ein unangenehmes Rasierwasser?", witzelte Kunkelmann.

„Das auch, aber dieser Lackaffe wird regelmäßig übergriffig, ohne auch nur einen Funken von Unrecht dabei zu empfinden. Wie früher die Feudalherren das jus primae noctis gepflegt haben sollen."

„Aha", kommentierte der Kommissar und hörte weiter aufmerksam zu.

„Manche der von ihm Bedrängten kommen dann zum Betriebsrat und klagen ihr Leid. Aber immer mit der Bitte, noch nichts zu unternehmen, da sie doch auf die Stelle und ihr mageres Gehalt angewiesen seien. Keine hat den Mut, diesen unverschämten Typen beim Kabel hinzuhängen, da sie Angst vor Repressalien haben. Ich könnte jetzt mehre Beispiele nennen, in denen der Ausdruck der sexuellen Belästigung eine gnadenlose Untertreibung ist. Doch das würde zu weit führen. Zwei Vorfälle möchte ich Ihnen aber dennoch schildern. Vor geschätzten drei Monaten ist er der Tina, einer unserer Auszubildenden, ins kleine Dachzimmer mit dem Archiv über die Firmengeschichte gefolgt. Dort hat er ihr zuerst höflich die Aktenordner und deren Aufbau gezeigt und dann, als diesmal die Tina die Leiter bestieg, um das Material wieder oben im Regal zu platzieren, hat er sie an den Hüften gestützt, damit sie nicht runterfällt, falls es ihr schwindelig werden sollte."

„Naja", holte Kunkelmann aus, „das ist jetzt nicht die feine englische Art. Aber ..." Ehrenreich hustete vernehmlich. „Aber das geht ganz und gar nicht. Das ist quasi das Ausnutzen von Schutzbefohlenen oder wie das korrekt heißt", rettete sich dessen Partner aus der Affäre.

„Schon dies war der jungen Frau zu viel. Aber als er sie dann noch am Po anfasste, da ist ihr beinahe der Kragen geplatzt und sie bat ihn darum, damit aufzuhören. Und was tat der saubere Herr Schneider? Er warf ihr übertriebene Empfindlichkeit vor."

„Immer dumm, wenn es für solche Übergriffe keine Zeugen gibt. Deshalb sollte man als Frau lieber zu zweit bei solchen Gängen mit Vorgesetzten sein", sagte Ehrenreich, wusste aber, wie lehrmeisterlich dies klang.

„Dass dies mit der Realität nix zu tun hat und zu einem Arbeitsverhältnis auch Vertrauen gehört, ist Ihnen schon klar?", kommentierte Schubert die Einlassung. „Und erst kürzlich hat er unsere Dame vom Verkauf im Keltereilädchen ob ihrer beiden hübschen Äpfel in der Bluse gelobt. Also meine Herren, das ist verbaler Sexismus erster Güte."

„Allerdings. Aber gibt es auch Frauen im Betrieb, bei denen der Schneider gut ankommt, also, die ihn leiden können? Bei denen er sozusagen einen Schlag hat, wie man so sagt?", fragte jetzt Karl Kunkelmann etwas verunglückt. „Quasi welche, die sich von seinem Porsche, seinem Geld und dem ganzen Gehabe beeindrucken lassen?"

„Darüber liegen mir keine Informationen vor", brummelte Albert Schubert und blickte in eine andere Ecke des Zimmers.

22

„Wir müssen wohl wieder einmal auf unseren Kommissar Zufall hoffen, der uns der Lösung dieses Rätsels ein Stück näher bringt", stöhnte Kriminaldirektor Wagenknecht bei der morgendlichen Besprechung. „Man kann ja schlecht einen linken Arm in den Medien abbilden und fragen, ob dieser von jemandem vermisst wird."

„Ja, das stimmt. Sollte sich der verkehrte Besitzer melden, könnte uns dies in die Irre führen", meinte Karl Kunkelmann.

„Lieber Kollege, das ist nicht witzig. Wir stehen bei null. Kein Schwein weiß, wie der Arm in die Apfelwanne gekommen ist und wo sich dieser Schneider herumtreibt."

„Also der, der den Arm dort positioniert hat, wird schon wissen, wie er dorthin gekommen ist und warum er dies getan hat.

Die Frage ist: Möchte uns dieser Mensch ein Zeichen geben? Es sieht ja schließlich so aus, als sollte die Extremität extrem schnell gefunden werden. Sonst hätte der Täter diese meines Erachtens horizontal unter den Äpfeln verborgen. So ließ er aber die Hand vertikal herausgucken", analysierte Ehrenreich.

„Als ob jemand die Finger nach etwas ausstrecke, das er greifen oder begreifen wolle. Oder vielleicht hat deren Besitzer auch etwas begriffen? Eventuell sagt die Hand: Bis hierher und nicht weiter?" Karl Kunkelmann fischte im Nebel der Eventualitäten.

„Wenn der Täter dem armen Gerhard Kabel einen Schrecken einjagen wollte, dann ist ihm dies perfekt gelungen. Der Mann ist ja fix und fertig", sagte Ehrenreich.

„Aber dieser böse Mensch konnte doch gar nicht wissen, ob der Kabel oder ein anderer den Fund machen würde", entgegnete der Chef. „Das Ganze hat weder Hand noch Fuß."

„Naja, also Hand schon", gluckste Kunkelmann, der gerade herzhaft in einen Granatsplitter biss und sich postwendend einen zurechtweisenden Blick von Wagenknecht einfing.

„Und in diese Hand war ein Öffner eingenäht. Vielleicht der Öffner zur Lösung. Schaut mal genau hin", ereiferte sich Ehrenreich und vergaß dabei, den Chef wie üblich zu siezen.

„Diese Handreichung, so nenne ich das mal, ist vermutlich ein Hinweis auf diese Demonstranten wegen der Metalldosen. Mehrere Kühe von ortsansässigen Bauern sind daran verreckt."

„Fressen Kühe jetzt Dosen?", hakte Karl Kunkelmann nach.

„Quatsch, aber deren Rückstände in Form von Metallsplittern aus Alu, die ihnen die Mägen kaputtmachen. Dies geschieht beim Mähen der Wiesen und die Späne landen dann im Futterheu. Ich könnte mir vorstellen, dass das Ganze eine Art Racheakt von Umweltschützern oder vielleicht sogar von radikalen Landwirten ist."

„Der Ansatz mag stimmen, Herr Kollege. Aber die bringen alle ihre Äpfel in die Kelterei und werden dafür überdurchschnittlich bezahlt", warf der Kriminaldirektor ein.

„Das eine schließt ja das andere nicht aus. Ich glaube, dass hier unser Ermittlungsansatz sein könnte. Was mich jedoch stutzig macht, ist diese unglaubliche Brutalität der Vorgehensweise. Die Anhaftungen von tierischem Blut, Federn und Fell können auch Hinweise auf Hausschlachtungen sein. Und wer führt die in der Regel durch? Nein, Karl, nicht die Metzgerei Kaffenberger, sondern die meisten unserer braven Bauern in den Weilern und Dörfern", schlussfolgerte Heiner Ehrenteich und nippte an seiner Teetasse.

„Schön, schön, meine Herren. Aber Vorsicht: Wir bewegen uns auf tönernen Füßen", verstolperte Wagenknecht seinen Kommentar. „Denn wir haben lediglich Indizien. Ach was, Vermutungen sind das. Es gibt nicht den Ansatz von Beweisen und nur das Faktum, dass ein linker Arm gefunden wurde, den niemand vermisst. Bis zu einem Totschlag oder gar Mord ist der Weg noch weit. Wir fliegen halblegal unter dem Radar. Aber Sie wissen ja, wie das ist, Kollege Kunkelmann. Klemmen Sie sich hinter Ihre Telefone und fragen Sie in den Krankenhäusern und bei den Rettungsdiensten nach einem einarmigen Patienten nach. Wenn man sowas überhaupt überlebt. Ein Unfall ist nämlich nicht beweiskräftig ausgeschlossen. Ein Mitglied unseres Clubs kennt nämlich jemanden, der jemanden kennt, dessen Bekannter sich mit der Flex in den Oberschenkel geschnitten hat. Er war allein auf der Baustelle, das Handy war leer. Der Mann erlitt einen Schock und blutete quasi aus. Als er gefunden wurde, kam jede Hilfe zu spät. Naja, äh, nur so als Beispiel. So ganz passt das natürlich nicht", räusperte sich Wagenknecht.

23

Die Ermittler machten die Erfahrung, dass ein paar Telefonate stundenfüllend sein konnten.

„Wer spricht da?", hakte der Pförtner des Kreiskrankenhauses in Groß-Umstadt nach.

„Kriminalhauptkommissar Karl Kunkelmann von der Kriminalpolizei in Erbach", wiederholte Karl.

„Sie mich auch!", kam die prompte Antwort.

Erst die Bitte der Funkzentrale im Erdgeschoss um Rückruf bei der Kripo führte zum Erfolg und zu einer Entschuldigung.

„Tut mir leid, aber gerade gestern fragte jemand nach der Verfassung eines eingelieferten Trunkenboldes mit der Begründung, er sei vom Verfassungsschutz. Da kann man schon stutzig werden. Um was geht es denn?", fragte der Pförtner nun förmlich und angemessen höflich.

„Hat sich in Ihrem Haus in den letzten Tagen ein Einarmiger eingefunden?"

„Ja, der Kollege vom Archiv. Der kommt täglich."

„Das ist kein Scherz, ich meine als Patient."

„Oh, da berühren Sie aber ganz eindeutig den Datenschutz. Wir dürfen ohne triftigen Grund auch der Kripo nichts sagen."

„Woher wissen Sie das denn? Sind Sie ein Fachmann in dieser Beziehung?"

„Nein, aber genau das war der Auslöser, weshalb ich von meiner Sachgebietsleitung an die Pforte versetzt wurde."

Kunkelmann ließ sich mit der Notaufnahme verbinden. „Während meiner Dienste nicht, aber warten Sie, ich gucke mal in der Behandlungsliste der letzten Tage nach", antwortete eine nette Krankenschwester, der das Seminar über Datenschutz anscheinend noch bevorstand. „Nein, tut mir leid, aber damit kann ich leider nicht dienen. Wobei sich eine solch spektakuläre Verletzung auch rumgesprochen hätte. Wir alle hätten über den Flurfunk darüber gehört. Sollte ich aber etwas erfahren, gebe ich Ihnen gerne Bescheid. Man hilft der Polizei ja, wo man kann", säuselte die auskunftsfreudige Dame.

Im Gesundheitszentrum, wie das Kreiskrankenhaus im Odenwaldkreis mittlerweile weichgespült und beschönigt verhüllend hieß, kam der Ermittler seinem Anliegen im wahren Wortsinne ein Stück näher. „Das zwar nicht, aber wir hatten erst gestern eine Amputationsverletzung hereinbekommen, bei der sich ein Mann im Umgang mit einer Maschine die linke Hand beinahe komplett abgetrennt hatte", sagte ein Pfleger der Chirurgie. „Der wurde natürlich sofort vom Christoph nach Frankfurt in die Berufsgenossenschaftliche geflogen", schob der Mann nach.

Kunkelmann interessierte der Name des Piloten wenig, aber noch mehr ärgerte er sich über diese abwegige Auskunft.

„Ich hoffe, ich konnte Ihnen helfen?"

„Sollten Sie was von einem Mann ohne linken Arm hören, melden Sie sich bitte bei uns", grummelte Kunkelmann.

„Gerne, aber dem würde dann wohl auch die linke Hand fehlen. So ganz falsch lag ich wohl nicht." Karl bestätigte dies ruppig, dankte und warf den Hörer auf die Gabel. Als einziger seines Kommissariats durfte er den alten Tastenapparat behalten, da er sich mit der Bedienung der neuen Telefonanlage etwas schwertat. Machte sich dieser Mensch über ihn lustig?

Heiner Ehrenreich nahm sich die Krankenhäuser in Erlenbach am Main und in Eberbach am Neckar vor. Doch auch dessen Telefonate waren nicht von Erfolg gekrönt. Blieb der Rettungsdienst des Roten Kreuzes, beziehungsweise dessen Einsatzleitstelle. Dort kannte Ehrenreich durch die dann und wann stattfindende Zusammenarbeit den Disponenten Jörg Naurod, einen umgänglichen Menschen, der auch mal die berühmten fünf gerade sein lassen konnte. „Also jetzt mal unter uns Betbrüdern", begann dieser. „Wie du weißt, unterliegen wir ja der Schweigepflicht. Aber so eine Verletzung, wie du sie beschreibst, die bliebe im Kollegium nicht unerwähnt. Da hätten wir auch den Christoph hinzugezogen. Nein, mein Bester, da war in den zurückliegenden Wochen nichts dergleichen", sagte der Kollege von der Leitstelle.

Plötzlich hatte Ehrenreich eine Eingebung, der er unbedingt nachgehen musste. Das Ziel lag ein Stockwerk tiefer bei den uniformierten Kollegen. Warum kam er erst jetzt darauf? Mit einem Becher Tee bewaffnet, begab sich der Hauptkommissar ins Parterre, wo die Funkzentrale untergebracht war. Zufällig befand sich gerade Helge Ostermann im Plausch mit dem diensthabenden Beamten der blauen Truppe.

„Sagt mal, wegen dieses Armes, der in Reichelsheim gefunden wurde. Äh, wenn den jemand aufgrund eines Arbeitsunfalles verloren hätte, dann werdet Ihr doch automatisch mitalarmiert wegen der Versicherung, des Verdachtes auf Schwarzarbeit und anderer möglicher Verschulden. Oder irre ich mich da? Sollte es tatsächlich ein Unfall gewesen sein, bindet man uns ja nicht immer ein. Habt Ihr da was mitbekommen?"

„Heiner, das hätten wir, weil wir ja schwer auf Zack sind und wir hätten es dir gleich mitgeteilt vor dem Hintergrund dieser mysteriösen Geschichte", meinte Ostermann beiläufig und vertiefte sich wieder in die Unterhaltung mit dem Kollegen über die Fußballergebnisse des vergangenen Wochenendes.

„Ich wollte nur sichergehen, danke", nickte Ehrenreich, nahm eine tiefen Schluck Tee und schlich wieder in Richtung Treppe.

24

Als der Holzknüppel dem Hasen auf die Schädeldecke krachte, zappelte und zuckte das Tier noch einmal kurz, dann hatte es sein Leben ausgehaucht. Warum er nicht den Schlag ins Genick setzte, wusste er nicht. Hier machte man dies halt so. Und das wohl schon seit Urzeiten. Wahrscheinlich seit 1755. So lange reichten die Grundbesitzverhältnisse der Familie Hubinger zurück. Nach dem Dreißigjährigen Krieg war das Dorf aufgrund der großen Seuche und wegen der grassierenden Hungersnot ausgestorben, wie fast alle Wohnplätze im Odenwald. Durch die vom Erbacher Grafen angestoßene Zuwanderung aus der Schweiz waren auch die Hubingers in das von Menschen entvölkerte Mittelgebirge gekommen.

Mit einem geübten Schnitt eröffnete Fritz Hubinger nun die Halsschlagader von Meister Lampe und ließ ihn ausbluten. So hatte er es vom Vater gelernt, so hatten es Generationen vor ihnen gemacht. Wenn jemand auf dem mittlerweile zum Biohof gekürten landwirtschaftlichen Betrieb in Böllstein einen Festtagsbraten wünschte, musste er diese Schlachtmethode akzeptieren. Diesmal war der Hieb wohl zu milde ausgeführt, denn der Deutsche Widder zeigte sich widerspenstig. Blut spritzte und besudelte die weiße Plastikschürze des Schlachters, obwohl er das Opfer in einen Zinkeimer gesteckt hatte. Dann schlitzte er mit dem Messer das Fell und zog dieses dem Kaninchen fachgerecht aus. Nach einem weiteren Schnitt im Bauchbereich holte er die Innereien aus dem Kadaver, ohne dabei den Darm zu verletzen. Als Junge war ihm das öfter passiert und der Vater schimpfte gewaltig, das durfte aus verständlichen Gründen nicht geschehen. Jetzt schälte er die Lunge und das Herz aus dem späteren Sonntagsbraten. Leber, Nieren und das Herz separierte er, denn viele seiner Kunden mochten diese als vorzüglich zubereitete Spezialitäten.

Am Außenwaschbecken wusch er unter hartem Wasserstrahl das Kaninchen sauber, bis die letzten Reste Kot im Afterbereich und der Rest suppenden Blutes entfernt waren. Nun begann Hubinger mit der etwas aufwändigen Arbeit des fachgerechten Zerlegens. Fünf Kaninchen waren bestellt. Jetzt erstmal einen Schnaps. Auch dies war Tradition. Man trank auf sein Opfer, um es zu würdigen. Beim Vater führte das Schlachten der Stalltiere daher zu einer Leberzirrhose, die letztendlich seinen Tod einläutete.

Was früher ein einträgliches Geschäft war, bildete mittlerweile nur einen geringen Teil des Erwerbs des Biolandhofes ab, der nicht in den Büchern auftauchte. Die Vorgaben für Hausschlachtungen waren so kompliziert und umfangreich geworden, dass das Ausfüllen der Formulare ein halbes Kaninchenleben gedauert hätte. Fritz Hubinger schmunzelte über seine harmlose Trickserei und freute sich auf den kleinen Zusatzverdienst in Form von Schwarzgeld.

Als er sich die Schürze mit dem scharfen Wasserstrahl abspülte, hörte er ein näherkommendes Motorengeräusch. Er trocknete sich die Hände an der Cordhose und wunderte sich, dass sich ein älterer Opel mit Erbacher Kennzeichen auf seinen Hof verirrt hatte. Wippend und im Schneckentempo suchte sich der Wagen den besten Weg zwischen abgesackten Sandsteinen und mannstiefen Traktorspuren. Als das Auto kurz vor dem Haus auf dem nur notdürftig geflickten Vorplatz zum Stehen kam, öffnete der Beifahrer die Wagentür und trat in eine knöcheltiefe Pfütze.

„Verdammter Mist, ausgerechnet ich muss in dieses Schlammloch stiefeln", schimpfte Karl Kunkelmann und schüttelte den rechten Fuß, als ob sich eine Kanalratte in ihn verbissen hätte.

„Tja, die Herren. Hier erleben Sie die Natur pur, rein und unverfälscht. Wenn sich das Wasser seinen Weg sucht und eine Bleibe findet, darf es sich niederlassen, wo es möchte", begrüßte Fritz Hubinger die unbekannten Gäste lakonisch. „Womit kann ich dienen? Frisch geschlachtete Kaninchen? Geräucherte Blut- und Leberwürste oder doch lieber Honig von meinen fleißigen Bienen? Auch einen Rest würziger Wurstsuppe hätte ich im Angebot", sagte der Hausherr.

„Sind das diese dünnen, luftgetrockneten Würste mit reichlich Pfeffer und einem Hauch von Majoran?", stieg Karl sogleich auf die Offerte ein.

„Eigentlich sind wir wegen einer anderen Sache gekommen", übernahm Heiner Ehrenreich sofort das sich anbahnende kulinarische Gespräch und rückte den lukullischen Aspekt der Dienstfahrt in den Hintergrund. „Wir kommen von der Kripo in Erbach. Der Mann, der sich für Ihre Würste interessiert, ist Kriminalhauptkommissar Karl Kunkelmann und ich bin Heiner Ehrenreich, sein Kollege."

„Was führt denn die Staatsmacht auf meinen bescheidenen Hof?", fragte Hubinger, lüpfte die Schürze und steckte die Hände in die Hosentaschen seiner speckigen Manchesterhose.

„Wir untersuchen den Fall mit dem abbenen Arm, der beim Kelterer Kabel gefunden wurde. Sie haben davon gehört? , fragte Kunkelmann.

„Lieber Bein dran als Arm ab", polterte Hubinger und lachte lauthals auf.

„Das ist nicht lustig. Wir fahnden nach dem Besitzer, da er möglicherweise eine Leiche sein könnte und wir von der Mordkommission sind", radebrechte der Hauptkommissar.

„Und was hat das mit mir zu tun?"

„Bis jetzt noch nichts, aber wir müssen nun mal allen Hinweisen nachgehen, die uns mitgeteilt werden."

„Und wer hat Ihnen was über mich mitgeteilt?"

„Wer ist nicht so wichtig und was sage ich Ihnen gerne: Sie sind auf der Demo gegen die Kelterei gewesen."

„Langsam, Herr Kommissar, nicht gegen die Kelterei, nur gegen diese vermaledeiten Dosen, die unsere saubere Jugend in die Weiden pfeffert und an denen unsere Kühe verrecken. Die hat dem Gerhard sein Geschäftsführer, dieser arrogante Affe, eingeführt."

„Das heißt, Sie mögen den Herrn Schneider nicht?"

„Können Sie mir jemanden nennen, der den mag? Auf dem Betriebsgelände stellt er den Lehrmädchen nach und ständig hat er die Arbeiter auf dem Kieker, wenn sie mal eine Zigarettenpause machen oder sich einen Gespritzten genehmigen. Nein, diesen Schnösel kann niemand leiden, außer vielleicht …" Hubinger schwieg und schaute nachdenklich in die Ferne.

„Ja?", lockte Heiner Ehrenreich. Doch dem Landwirt war nichts mehr zu entlocken.

„Jetzt fragen wir uns natürlich, wo der Herr Schneider abgeblieben ist. Laut unseren Informationen soll er an der Ostsee sein", sagte Karl Kunkelmann.

„Na, dann wissen Sie es doch."

„Die Ostseeküste ist lang und keiner kennt sein genaues Urlaubsziel. Noch dazu steht sein Wohnmobil vor dem Haus, mit dem er sonst immer seine Reisen unternimmt. Und Rosemarie war alleine."

„Normal nimmt der feine Herr seine Damen immer mit, wenn er Urlaub macht. Es sind übrigens immer verschiedene", informierte Hubinger mit zugekniffenem linken Auge.

So genau kennt er den Hallodri wohl doch nicht, dachte Karl Kunkelmann.

„Aber jetzt mal eine Frage, die Herren. Wenn der Bursche weggefahren sein sollte und Sie vermuten, dass der, wie Sie dies ausdrücken, abbene Arm ihm gehört, ist das nicht unwahrscheinlich? Ich meine, wer fährt schon ohne seinen Arm weg? Gut, früher die Kriegsbeschädigten, aber die meisten leben ja nicht mehr."

„Sie müssen jetzt nicht in unsere Ermittlungen einsteigen", hüstelte Ehrenreich und betrachtete das geschlachtete Kaninchen.

„Ja, ich könnte es gewesen sein. Wie Sie sehen, kann ich Gliedmaßen abtrennen und bin gelernter Metzger." Der Bauer krümmte den Zeigefinger und winkte Ehrenreich so nah heran, dass dieser dessen Schnapsfahne roch und die Speichelfäden in den Mundwinkeln sehen konnte. „Aber ich war es nicht. Nicht für alles Geld der Welt würde ich dieses Scheusal anrühren. Verstehen Sie das?"

„Ja, vielleicht. Aber mal was anderes. Für dass Sie hier als Bio-Bauer reüssieren, überrascht uns, dass Sie wegen Tierquälerei vorbestraft sind."

„Waren, guter Mann, waren! Die Sache ist verjährt und tut wohl hier nichts zur Sache."

„Wir wollten es nur einmal erwähnt haben, denn wir haben geguckt, ob Sie Einträge im Strafregister haben. Warum haben Sie damals diesem Schafbock in die Stirn geschossen?"

„Weil mich das Vieh einfach umgerannt hat."

„Hatten Sie das Tier provoziert?"

„Glauben Sie, ich laufe mit einem roten Lappen rum und mache einen auf Torero? Für solche Mätzchen habe ich gar keine Zeit, Sie Spaßvogel. Der Bock ist durchgedreht und hat mich am Allerwertesten verletzt. Wenn Sie möchten, kann ich Ihnen gerne die Narben zeigen", empörte sich Hubinger und begann damit, die Hose herunterzulassen und den Polizisten sein Hinterteil zu präsentieren.

„Lassen Sie den Quatsch, wir möchten das gar nicht sehen", stoppte Heiner Ehrenreich das Ansinnen des Mannes. „Aber es spricht für eine gewisse Reizbarkeit in Ihrem Wesen. Ein solider Strick hätte es wohl auch getan."

„Ich mache mir doch nicht die Mühe und hänge das Drecksvieh auch noch auf!"

„Ich rede von anbinden und nicht von einer Exekution mittels Strang, Sie Hitzeblitz!"

„Nun, da seien Sie froh, dass Sie den Erich nicht gekannt haben. Dem hätte man nur mit dem Abhauen der Beine kommen können, damit der keinen Schaden mehr anrichten kann", meinte Hubinger.

Jetzt machte sich bei Karl Kunkelmann in der Magengegend eine leichte Übelkeit breit und er betrachtete die hausgemachten Würste aus einem anderen Blickwinkel.

„Haben Sie eigentlich einen Waffenschein oder eine Waffenbesitzkarte?", fragte Ehrenreich abschließend.

„Ich gehe seit Jahren auf die Jagd. Die Trophäen kann ich Ihnen gerne im Wohnzimmer vorführen. Und Rehrücken habe ich übrigens noch in der Kühltruhe, falls Ihr Kollege auf Wild steht."

„Lassen Sie mal, wir glauben Ihnen. Rentiert sich das eigentlich mit den Hasen?", wollte Kunkelmann wissen.

„Kaninchen. Feldhasen hat es hier kaum noch. Und die sind deswegen nicht zum Abschuss freigegeben. Geschmacklich ist das natürlich eine ganz andere Sache."

Als die Kriminalen sich verabschiedet hatten und zum Wagen gingen, fragte Karl Kunkelmann: „Meinst du nicht, ich könnte vielleicht doch eins bis zwei dieser Würste …?" Gegen das kategorische Nein seines Kollegen war er machtlos.

25

Er öffnete die Tür des Campers, stieg aus und atmete tief durch. Die lange Fahrt hatte ihm Rückenschmerzen beschert und die Beine waren steif geworden. Doch die salzige Seeluft bekam ihm gut. Er ging ein paar Schritte und bald fühlte er sich wie nach einer erquickenden Dusche. Jetzt stand ihm der Sinn nach einem deftigen Matjesbrötchen oder knusprigem Vollkornbrot mit frisch gefangenen Krabben direkt vom Kutter. Am besten genau in dieser Reihenfolge. Dem Küstenmenü würde er eines der ortsüblichen herben Biere und einen Fischergeist, jenen Hochprozentigen, der selbst Tote aufweckt, hinterherschicken. Bei dem Gedanken musste er unweigerlich schmunzeln. Nicht nur wegen der steifen Brise und des feinen Regens stülpte er die Kapuze seines Friesennerzes über den Kopf. Wer weiß, wen er hier treffen würde.

Bei einem Tangoabend in Buenos Aires hatte sich vor vielen Jahren mal ein entfernter Nachbar neben ihn an den runden Tisch gesetzt. Gevatter Zufall erlaubte sich die seltsamsten Überraschungen. Genau wie Schlafes Bruder, der Tod. Den Filmklassiker hatte er vor vielen Jahren im Programmkino in Erlenbach am Main gesehen. Der Regisseur Peter Sehr stammte aus Bad König, der Hauptdarsteller André Eisermann war in Worms aufgewachsen. Die Heimat lauerte überall, hier konnte er sie jedenfalls nicht gebrauchen. Die Bude auf dem Parkplatz machte einen sauberen Eindruck und er versorgte sich mit der Wunschmahlzeit. Am nahen Kai dümpelte ein Schiffchen, das fleißig Kisten mit Meeresfrüchten auslud und einige davon durch die Hintertür in den Imbiss stellte. Der Duft war betörend, das Geschmackserlebnis ließ seinen Kennergaumen explodieren.

„Da machen Sie aber Augen. Das kennt man bei Ihnen da unten in Kochkäs-Country, ja nicht", lachte der beleibte Verkäufer im blauen Troyer und der klassischen Prinz-Heinrich-Mütze auf dem massigen Schädel.

„Woher wissen Sie denn, woher ich komme?", fragte er leicht verdutzt. Der Matjesmann hob das Kinn und schaute hinüber zu seinem Wagen.

„Das Kennzeichen ist mir gut bekannt. Wir haben mal im Odenwald Urlaub gemacht. Aber diese vielen Kurven und die ständigen Hügel haben mir die Weitsicht genommen. Ich habe bald Heimweh nach der See entwickelt."

„Warum sind Sie denn hingefahren? Man weiß doch, dass der Odenwald ein kleines Mittelgebirge ist?"

„Haben Sie schon einmal gegen die Entscheidung Ihrer Ehefrau opponiert?"

„Aha, ich verstehe. Ja, auch bei uns haben die Weiber oft die Hosen an und die Männer machen, was die Grazien wollen. Ist ja auch irgendwie konsequent und vermeidet sinnlose Diskussionen. Bei uns sagt man: Du hast recht und ich habe meine Ruh."

Käpt'n Iglu grinste und belegte für den nächsten Gast ein Brötchen mit Fisch. Den Schnaps würde er anderswo trinken müssen, denn der Smutje hatte keinen mehr von der gewünschten Sorte vorrätig.

„Aber gucken Sie mal, was ich hier habe. Das Zeug ist scheinbar so begehrt, dass es sogar den Weg zu uns hier hoch gefunden hat", sagte der Imbissbetreiber, langte ins Regal und zauberte eine Dose ‚Brieh in de Bix' hervor.

„Ja, eine tolle Erfolgswelle hat dieses Produkt an viele Küsten gespült. Auch an der Costa del Sol in Spanien oder am Strand von Rimini in Italien kann man diese Dosen mittlerweile bekommen."

„Sie wissen aber gut über die Vertriebswege Bescheid", lobte Käpt'n Iglu.

„Kein Wunder, bei uns verkauft sich das Getränk wie geschnitten Brot. In jedem Kaff kann man diese Mixgetränke in

Büchsen finden und die leeren Behälter landen dann auf unseren Wiesen und Weiden."

„Hier bei uns war vor einigen Wochen ein kleiner Artikel in der Lokalpresse, in dem ein Landwirt aus Kellenhusen vor dem rücksichtslosen und unüberlegten Wegwerfen von Getränkedosen gewarnt hat. Denn im hohen Gras könnten die Fahrer der Mähmaschinen diese nicht sehen und das Mahlwerk würde sie dann kleinhäckseln. Dies wiederum könnte unseren Kühen schaden, wenn sie die Splitter über das Heu in ihre Mägen aufnähmen. Als bekennender Verkäufer von ermordeten Meerestieren bin ich sicher kein Veganer, aber so etwas tut nun wirklich nicht not. Naja, die Müllentsorgung in der Natur ist auch bei uns hier oben ein Problem."

Hier also auch schon, dachte er und verfluchte im Geiste die Kelterei. Er zahlte und ging zum nahen Strand. Obwohl es recht kühl war, zog er Schuhe und Strümpfe aus und wagte einen kleinen Spaziergang an der Wasserlinie. Der sanfte, aber eisige Wellenschlag der Dünung ließ ihn erschauern, die feinen Kiesel piekten in den Fußsohlen. Er schaute sich um und blickte auf den Großsegler Passat, der als touristisches Ausflugsziel galt und am Ostufer der Trave vor Anker lag. Wie man jedoch dieses 36 Etagen umfassende hässliche Hochhaus hierher hatte bauen können, war ihm ein Rätsel. Noch mehr wunderte er sich, dass dieses Gebäude unter Denkmalschutz stand. Geschmacksverirrung war wohl kein Alleinstellungsmerkmal mancher Getränkehersteller.

Was wohl der Andere über diese architektonische Schande gedacht hatte? Ob dem arroganten Typen dies auch übel aufgestoßen war, wie ihm manche Mischung von ‚Brieh in de Bix'? Eigentlich konnte es ihm egal sein, was oder wie der Andere dachte. Die Sache war erledigt. Aber er konnte nicht anders. Es war wie ein Zwang, ja beinahe schon eine Obsession. Er musste auf seinen Pfaden wandeln, dessen Wege gehen und so seinen Hass nähren. Wie ein ausgehungertes Tier verlangte seine Seele nach dieser doch niemals sättigenden Nahrung, die er wie besessen zu sich nahm.

Auf dem nahen Wohnmobilstellplatz suchte er nach dem protzigen Brummer dieses Deppen. Ein völlig sinnloses und aberwitziges Unterfangen, doch vor seinem geistigen Auge tauchte das Dickschiff plötzlich auf. Vor der offenstehenden Seitentür lag der Idiot im Liegestuhl. Auf dem Kopf trug er eine lächerliche giftgrüne Baseball-Mütze, seine Augen waren von einer riesigen Sonnenbrille verspiegelt. In der Hand schwenkte der Typ ein Champagnerglas und war gerade im Begriff mit jemandem anzustoßen. Das Bild verschwamm und er riss sich von den Trugbildern los.

„Suchen Sie etwas Bestimmtes?", fragte der Betreiber, der ihn wie erstarrt stieren sah.

Er fuhr zusammen und antwortete: „Nein, das nicht. Ich überlege nur, ob ich meinen nächsten Urlaub auf diesem schönen Platz verbringen soll. Ein Bekannter fuhr öfter hierher."

„Eine gute Idee. Ich kann Ihnen unsere Camping-Oase nur wärmstens empfehlen. Im Sommer haben wir häufig gutes Wetter und dann und wann sogar eitel Sonnenschein, auch wenn man dies an der Ostsee oft anzweifelt", sagte der Mann und trollte sich.

Es würde ihn nicht wundern, wenn der blöde Affe auch einen Kurs auf dem nahegelegenen Golfplatz belegt hatte. Der Reichensport passte perfekt zum vornehmen Dünkel dieses unmöglichen Menschen. Wie er diese ekelhafte Blasiertheit hasste, dieses wichtige Gehabe, mit dem so viele Leute durch ihr armseliges Leben schritten. Auch in heimischen Lokalen waren ihm diese Schnösel häufig begegnet. Odenwälder Füße in Pariser Schuhen, witzelte man über jene ihm so unsympathische Klientel. Er hatte solche Schnösel noch nie gemocht und nie verstanden, wie man so werden konnte. Doch er musste aufpassen und durfte seinen Jagdtrieb nach der Schimäre nicht allzu präsent zeigen. Empfindsame Menschen könnten stutzig werden und unangenehme Fragen nach dem werten Befinden stellen.

Er schlenderte am Ufer entlang und stieß auf das Restaurant Traveblick, das auf einem Ponton stand und gleichermaßen wie ein Fährhaus und ein Dampfer wirkte. Das schwimmende Lokal machte einen guten Eindruck. Hier würde er das kühle Blonde und den prima Brand sicherlich bekommen. Die Speisekarte hing an der Reling und versprach Dorschfilet im Speckmantel. Dem würde er schlecht widerstehen können und das Matjesbrötchen von vorhin war ja keine Mahlzeit im eigentlichen Sinne. Die rustikalen Stühle aus hellem Rattan wirkten einladend, der Rundblick über die Flussmündung war einmalig. Er setzte sich an einen Ecktisch und inspizierte die Gäste. Viele junge Familien saßen im Speisezimmer, nervöse Mütter redeten auf nörgelnde Kinder ein, deren Väter ihre Ehefrauen zu mehr Gelassenheit animierten und teilweise schon kräftig dem Alkohol zugesprochen hatten. Zufrieden leerte er sein Bierglas und nippte am formidablen Fischergeist. Da saß dieser Drecksack und fixierte ihn mit einem Blick, der töten konnte. Was wollte der Kerl? Konnte das überhaupt möglich sein? Wer war die fremde Frau, die neben ihm hockte, dort aber nicht sitzen sollte?

Er begann zu schwitzen. Ein Gefühl zwischen Wut und Verlegenheit hatte sich in Bruchteilen von Sekunden eingestellt. Er würde ihn ansprechen und fragen. Jetzt lachte der Bengel, der zwischen den vermeintlichen Eltern saß. Der Trottel hatte doch kein Kind. Oder etwa doch?

„Entschuldigung, dass wir Sie so direkt ansehen", sagte der Typ plötzlich. „Aber Ihnen ist ein kleines Stückchen vom Fisch über der Oberlippe hängengeblieben. Das hat uns an die Szene mit der Nudel bei Loriot erinnert. Verzeihen Sie bitte."

„Ach, das macht nichts. Jetzt weiß ich es wenigstens, bevor mich jemand darauf anspricht", sagte er mit gekünsteltem Humor und dankte dem Mann, der ganz anders aussah als derjenige, den er glaubte gesehen zu haben.

Drehte er jetzt durch? Er ermahnte sich zur Ruhe und befahl seinem Verstand jetzt nicht abzudriften. Er musste wieder Herr über seine Gefühle werden. Der abschließende Espresso vertrieb die fatalen Tagträume und holte ihn auf den Boden der Tatsachen zurück. Und die waren so sicher wie das berühmte

Amen in der Kirche. Hätte er hierherkommen sollen? Es war der Zwang, der ihn trieb. Dieses Aufsuchen der Lieblingsorte und das Beschreiten der Wege des Schnösels waren wie ein Auftrag. Er quälte sich, das wusste er. Aber es ging nun mal nicht anders. Wenn der ganze Mist ausgestanden war, würde er den alten Dr. Bittenstein aufsuchen, der schon so viele Patienten aus ihren psychischen Notlagen und depressiven Tälern befreit hatte.

Der kleine Camper hatte ihn im wahren Wortsinne gefangengenommen. Wie im Kino liefen die Szenen vor seinem inneren Auge ab. Er lag auf dem Rücken und sah, dass sich ihm die Wände näherten. Das Herz beschleunigte seinen Rhythmus und er fühlte den Puls am linken Handgelenk. Dabei bemerkte er, dass die Hände schweißnass waren. Auch die Atmung war schneller geworden. Eine diffuse Unruhe nahm von ihm Besitz und er war nah vor einer Panikattacke. Jetzt wusste er, was das Wort Klaustrophobie in seiner praktischen Umsetzung bedeutete. Er zwang sich dazu, langsamer zu schnaufen. Doch es wollte ihm nicht gelingen. Auch wenn er diese Zustände ansatzweise kannte, war ihm dieser plötzliche Überfall doch fremd und beunruhigte ihn dermaßen, dass er Bedenken hatte, in einen Zustand der Angst zu rutschen, aus dem er nicht mehr alleine herauskam. Wo war nur dieses verflixte Tavor, das er schon so lange nicht mehr gebraucht hatte?

Sein Hausarzt hatte es ihm als Notfallmedikament aufgeschrieben, als diese üblen Zustände immer häufiger wiedergekehrt waren. Für alle Fälle hatte er das Benzodiazepin vor der Abfahrt eingepackt. Er setzte sich auf und fingerte in den Schubfächern. Seine Finger zitterten, die Feinmotorik der Glieder wollte seinen mentalen Befehlen nicht gehorchen. Verdammt, verdammt, wo waren nur diese vermaledeiten Tabletten? Fahrig und völlig verschwitzt riss er die letzte Schublade im Einbauschrank auf und stieß auf Socken. Als er diese durcheinandergezwirbelt hatte, sah er endlich das weiße Plastikröhrchen mit der schwarzen Schrift. Er schüttete sich zwei Tabletten auf die Hand und leckte sie mit der Zunge auf.

Gleich spürte er, wie sich die leicht mehligen Pillen aufzulösen begannen. Wenig später merkte er die zügig einsetzende Beruhigung, die ihn vor dem Schlimmsten bewahren würde. Er legte sich wieder hin, klammerte sich an einem Zipfel des Kopfkissens fest und fiel in einen bleiernen Schlaf.

26

„Ausnahmsweise streckt die Kumpf ja mal ihren Presskopf nicht aus dem Fenster, wenn ich heimkomme", murmelte Karl Kunkelmann in seinen nicht mehr vorhandenen Bart, als er den gelben Käfer in die Einfahrt fuhr. Thomas hatte gemeint, die Rotzbremse auf der Oberlippe des Vaters erinnere nicht an den vom alten Herrn verehrten Tatortkommissar Horst Schimanski, sondern an einen etwas abgetakelten Zuhälter aus dem Frankfurter Bahnhofsviertel.

„Na, Herr Kunkelmann, alles im grüne Bereisch?", fragte die Nachbarin und schüttelte auf dem Balkon eine Badematte derart vehement aus, dass sich die auf ihr befindlichen Noppen zu lösen drohten.

„Nein, leider nicht. Irgendwie habe ich den Eindruck, dass irgendwer eine Detektivin auf mich angesetzt hat, die mein Bewegungsprofil kontrollieren soll", scherzte der Angesprochene, denn prinzipiell war Adele Kumpf in Ordnung und half immer aus, wenn es bei Kunkelmanns mal brannte. Einmal sogar im wahren Wortsinne: Lena hatte beim Verlassen des Hauses vergessen, die Herdplatte mit der gebackenen Leber für ihren Gatten auszuschalten und es entwickelte sich ein Schwelbrand in der Küche. Nur durch die Aufmerksamkeit der Kumpf war die Feuerwehr schnell gekommen und hatte Schlimmeres verhindern können.

„Apropos Profil", rief der gute Geist dem Davoneilenden hinterher, „klopfe Se Ihr Schuh an der Treppe vorsichtshalber ab. Ihr Frau hat grad de Flur gebutzt und da muss mer ja jetzt nischt einfach blind reintrambele." Sie schien ihn zu kennen, denn Vorsicht war zwar die Mutter der Porzellankiste, aber nicht unbedingt die Stärke des Hausbesitzers, wenn es um Sauberkeit ging. Oftmals war Lena mit Nachwischen beschäftigt, da ihr Mann den frisch gewienerten Boden schlicht nicht wahrnahm. Er tat, wie ihm befohlen, trat mit einem der beiden Schuhe kurz an die Treppenstufe, schloss auf und betrat die Diele.

Dort empfing ihn der unverwechselbare Duft nach Kartoffelpuffern, eine seiner vielen Leibspeisen und er erinnerte sich an den Spruch seiner Großmutter, die immer sagte: „Warum werden die Kartoffelpfannkuchen in Asselbrunn nur auf einer Seite gebacken?" Immer wieder stellte er sich unwissend und die Oma freute sich stets aufs Neue: „Ei, weil in Asselbrunn nur auf einer Seite der Straße Häuser stehen!" Das war lange her und die Bebauung in diesem Weiler hatte nun auch die andere Straßenseite ergriffen. So werden Sprichwörter durch das Voranschreiten von Maurerkolonnen zerstört, dachte er sich und streifte die Treter von den Füßen.

„Alles klar, Herr Kommissar?", grüßte Thomas und schlurfte am Vater vorbei.

„Noch total verpennt, der Herr Student?", schoss Karl Kunkelmann ab und war über seine Schlagfertigkeit überrascht. Wie von einem Magneten angezogen, taperten die beiden in die Küche, wo Lena am Herd stand und ihre frisch gewaschenen Haare mit einem Kopftuch vor dem Fettgeruch schützte.

„Vermummungsverbot!", polterte der Gatte scherzhaft und merkte nicht, dass er mit seinem Verweis irgendwie etwas verwechselt hatte. Sie ließen sich am eingedeckten Küchentisch nieder und von der Köchin die Teller füllen. Der Haushaltsvorstand schob Gabel und Messer beiseite, denn die Pfannkuchen aß er so, wie von der Oma einst gelernt, nämlich aus der Hand. Er klatschte reichlich Apfelbrei zwischen die Fladen, rollte sie zusammen und versenkte diese in solch unglaublicher Geschwindigkeit im Mund, dass man glauben konnte, er müsse sie vor Fressfeinden retten. Dementsprechend sah dann auch sein weißes Hemd aus. Er hatte wieder vergessen, die wohlwissend von Lena bereitgelegte Schürze umzubinden.

„Babba, du siehst ein bisschen so aus, als hätten mehrere Eichhörnchen unter Durchfall gelitten und ihre Notdurft auf deinem Oberteil verrichtet", feixte Thomas, der zum wöchentlichen Wäschewaschtag aus Frankfurt angereist war.

„Apropos Durchfall: Wie ist es eigentlich mit der Prüfung zum zweiten Staatsexamen gelaufen? Und wenn du dann vielleicht mal irgendwann endlich fertig sein wirst, bist du dann ein richtiger Doktor oder nur ein einfacher Arzt?", fragte der alter Herr.

„Das erste Examen habe ich erst demnächst, was ich dir aber schon mehrmals erzählt habe. Und ob ich eine Doktorarbeit schreibe, das weiß ich noch nicht. Heutzutage ist die Promotion nicht mehr so auschlaggebend für eine gute Stelle."

„Da habe ich aber anderes gehört. Auf HR3 haben sie neulich gesagt, dass eine gute Promotion das A und O für den Erfolg sei. Was die aber mit A und O meinen, haben sie nicht erwähnt. Die Radiomotoratoren sind auch nicht mehr das, was sie mal waren. Im Dudelfunk können sie anscheinend jeden, der ein paar gerade Wörter sagen kann, vor ein Mikrofon setzen."

„Papa, da kenne ich zufällig einen Kriminalbeamten, der nie Radiomoderator werden wird."

„Der Heiner hätte dazu auch gar keine Lust, denn er weiß, dass er nach einigen Teegetränken die Sprache manchmal etwas verschleift. Dann lieber bei uns im Büro, wo das zwar jeder weiß, aber zu akzeptieren scheint."

„Ja, auch bei der Polizei spiegelt sich der Durchschnitt von Menschen mit Suchtproblemen. Das geht vom Straßenkehrer bis hoch zum Jetpiloten. Gesellschaftliche oder berufliche Stellungen spielen da keine Rolle. Auch Bewegungsmangel scheint ein Thema bei der hessischen Kripo zu sein", schob Thomas nach und begutachtete das Brauereigeschwür des Vaters, das durch die regelmäßige Zufuhr frischen Weißbieres beachtliche Ausmaße angenommen hatte.

„Der Geist ist willig, aber das Fleisch ist schwach", behalf sich der Kriminale, der über die Jahre Raubbau mit seiner Gesundheit getrieben hatte und nun zum Diabetiker geworden war. In dieser Hinsicht tat er sich mit den fettigen Pfannkuchen und ihren vielen Kohlenhydraten nicht unbedingt einen Gefallen. Aber er war schon auf Spaghetti aus Vollkorn umgestiegen und Fisch aß er auch für sein Leben gerne. Der Langzeitzucker hielt sich in einem akzeptablen Rahmen. Und Dr. Berger, der Hausarzt der Kunkelmanns, meinte beim letzten Check: „Na, da sind wir aber froh, dass Sie die 60 fast erreicht haben und bald pensioniert werden. Soweit hätte ich mit meiner Prognose vor einigen Jahren gar nicht gehen wollen. Sie sind anscheinend ein zäher Knochen. Aber gehen Sie bitte regelmäßig spazieren und fahren Sie mit dem Rad zur Arbeit. Jede körperliche Betätigung senkt das Infarktrisiko und wirkt sich günstig auf Ihren hohen Blutdruck aus."

Als Karl die letzte Fladenrolle inhaliert hatte, sich zufrieden den Kugelbauch streichelte und genüsslich gähnte, fragte dessen Sohn: „Wie geht es eigentlich gerade im Dienst? Seid Ihr an einer heißen Sache dran oder müsst Ihr die alten Akten abstauben?"

„Mich beschäftigt der Arm und der ist kalt", informierte der Hauptkommissar kryptisch.

„Das könnte auf eine Durchblutungsstörung hinweisen", meinte der angehende Mediziner.

„Stimmt, mein Sohn. Da fließt überhaupt kein Blut mehr, denn der Arm ist ab." Nur ganz kurz schaute der Bub auf die beiden oberen Gliedmaßen des Vaters und überzeugte sich von deren Vorhandensein. „Liest du keine Zeitung? Kugelst du nur in den sogenannten Sozialen Medien? Da war doch neulich dieser Fund von dem abbene Arm in der Kelterei Kabel. Und zu dem suchen wir jetzt die Leiche. Aber die scheint sich in Luft aufgelöst zu haben."

„Es gab Fälle, in denen Menschen solch einen Verlust überlebt haben. Aber nur, wenn diese doch recht große Wunde fachgerecht versorgt worden war. Ansonsten schießt nach anfänglichem Schock das Blut aus den verletzten Arterien gerade so heraus und das Herz pumpt die Opfer quasi leer."

Kunkelmann dachte an die Geschichte von der tödlichen Oberschenkelverletzung mit der Flex, von der Kriminaldirektor Wagenknecht erzählt hatte. „So einen Arm verliert man doch nicht wie einen Geldbeutel oder einen Schlüsselbund. Auch wenn man das in Kriegszeiten so nennt. Die Soldaten fallen ja auch nicht, sondern verrecken elend auf dem Schlachtfeld. Diese Euphemismen kotzen mich an", sagte Thomas, der überzeugter Pazifist war. Karl grübelte über ein Wort im Satz, gab dem Buben aber prinzipiell recht.

„Was ich meine ist, dass da ein Arbeitsunfall passiert sein könnte."

„Sehr schlau, Kommissar Maigret, aber dann wären ein Krankenhaus und der Rettungsdienst in den Vorfall involviert gewesen. Wir haben überall gefragt. Nirgends wurde ein Mann mit einer entsprechenden Verletzung eingeliefert. Und die Hausärzte hätten bestimmt die Polizei benachrichtigt, wenn so jemand an deren Praxistür geklingelt hätte. Denn ein einfacher Arzt, wie du einer zu werden gedenkst, kann mit einer solchen Verletzung wohl kaum fertig werden. Da braucht es schon mehrere Chirurgen in einer Fachklinik. In der Berufsgenossenschaftlichen in Frankfurt wäre so jemand gut aufgehoben. Auch die hatten wir auf der Liste. Einer der Ärzte meinte, dass bei einer solch gravierenden Verletzung gute Teamarbeit gefragt sei. Und falls der Arm postwendend mitgeliefert werde, sei das Annähen nicht unbedingt die Kunst, aber dass der Körper das Teil nicht abstoße und auch die Nerven mitspielen müssten, um die Bewegung des hochkomplexen Muskelapparates wieder hinzubekommen, dies sei das Problem. Köpfe habe man in der Mainmetropole auch nur ganz wenige mit Erfolg wieder aufgepflanzt. Ich glaube, da hat sich der Typ einen Spaß mit mir erlaubt. Obwohl …"

„Lass mal gut sein. Die moderne Medizin kann zwar vieles leisten. Aber abgetrennte Köpfe annähen, das wird ihr nicht gelingen. Dies sind Verletzungen, die nicht mit dem Leben vereinbar sind. Nach dem Verlust des Kopfes ist der Mensch tot. Deswegen hat man ja so erfolgreich die Guillotine eingesetzt. Den Störtebeker hat man in Hamburg erfolgreich enthauptet und dessen Kopf der Sage nach zur Abschreckung den Menschen tagelang präsentiert."

Kunkelmann kannte Heinz Becker aus dem Fernsehen und Georg Becker aus der Nachbarschaft. Auch Boris Becker konnte er einordnen. Dieser Störte Becker aber war ihm gänzlich unbekannt. Doch er vermied es, Thomas zu fragen. Wie sollte er jemanden aus Hamburg kennen, wo er doch immer seinen Jahresurlaub in Seefeld in Österreich verbrachte? Er erinnerte sich an die Ferien vor ein paar Jahren, die er mit grotesken Ereignissen im dortigen Olympiabad verband und an eine ältere nackte Dame mit hängenden Brüsten, die ihm eindeutige Avancen gemacht hatte.

27

Auf dem langen und hellen Flur roch es nach einer Mischung aus Linoleum, abgestandenem Kaffee und irgendeinem undefinierbaren Desinfektionsmittel. Hinzu mischte sich ein unverwechselbares Odeur nach Urin, dessen Penetranz man durch das Aufhängen sogenannter Duftbäumchen zu kaschieren versuchte, was aber nur mäßig gelang. Die Wände waren hellgrau gestrichen und mit bunten Bildern aller Stilrichtungen behängt. Abstrakte Kunst konkurrierte mit Kubismus, expressionistische Drucke wechselten sich mit realistischen Darstellungen idyllischer Landschaften aus der Provence ab.

Die bunte Mischung war bei der Konzeption Absicht gewesen. Jeder Patient sollte sich an den Bildern erfreuen können. Den Pfleger erkannten Kunkelmann und Ehrenreich nur an einem kleinen Namensschild, das ihn als Axel Hofstetter auswies. Dienstkleidung trug er keine, nichts sollte an eine Klinik erinnern. Auch die anderen Angestellten, die ihnen entgegenkamen, waren in Gespräche vertieft und trugen ihre private Kleidung. Aus unsichtbaren Lautsprechern tropfte leise, unaufdringliche Musik, wie man sie aus Kaufhäusern zur Berieselung der Kunden kennt. Die Fenster waren gekippt und mit Gitterstäben versehen. Zwar war dies eine sogenannte offene Station, doch man wollte kein Risiko eingehen. Schließlich konnte man nie genau wissen, ob jemand suizidale Gedanken hegte oder diese spontan entwickelte und umsetzen wollte. Die Sonne lächelte herein und versuchte sich in ihren therapeutischen Fähigkeiten.

„Sieht hier gar nicht aus wie in einem psychiatrischen Krankenhaus", bemerkte Karl Kunkelmann, um etwas zu sagen und die auf ihm lastende Stille zu unterbrechen.

„Wie sollte es denn Ihrer Meinung nach dort aussehen?", fragte der Mann mit dem Namensschild am Hemd.

„Na ja, wenn man diesen Roman mit dem Kuckucksnest, über das einer geflogen war, gelesen hat, macht man sich ein eher düsteres Bild von so einer Einrichtung", behalf sich der Kriminale.

„Also, dieser Roman spielt in der Mitte der 1970er Jahre und in den Vereinigten Staaten von Amerika. Und eine Erzählung ist eine Fiktion. Da darf auch manches erfunden sein, um die Dramaturgie der Geschehnisse zu strukturieren", erklärte Axel Hofstetter. „Aber ganz falsch ist diese Darstellung nicht, damals passierte viel Unrecht in den Psychiatrien. Auch bei uns in Deutschland." Sprach hier ein Pfleger, ein Literaturwissenschaftler oder ein Kulturhistoriker? Kunkelmann war sich unsicher. „Doch Sie müssen wissen: Wir sind hier nicht auf einer psychiatrischen Station, sondern auf der psychosomatischen. Das ist ein gewaltiger Unterschied", erläuterte der Dozent.

Kunkelmann wollte keine Unterhaltung über die Differenzierungen anstoßen und sagte: „Aha, ja klar. Ich verstehe."

Im Gemeinschaftsraum waren viele der runden Tische besetzt und die Menschen waren mit vielerlei Dingen beschäftigt. Brettspiele dominierten, einige waren in ihre Tablets vertieft, in gemäßigter Lautstärke lief ein Fernsehgerät. Hans Vierheller saß alleine an einem kleinen Tisch und schaute auf einen imaginären Punkt an der Wand. Erst als sich das Dreiergrüppchen unmittelbar vor ihm befand, wurde er seines Besuchs gewahr.

„Hallo Hans, wie geht es dir heute?", fragte der Namensschildträger mit aufmunternder Stimme.

„Wie gestern und wie vorgestern. Auch morgen wird es so sein", antwortete der Angesprochene etwas schleppend.

Nach dem Vorfall mit Linda und dem offensichtlichen Grund für deren Tod hatten den Bauern immer öfter außergewöhnliche Erregungszustände ereilt, die ihn aggressiv und wankelmütig im Wesen machten. Sein Freundeskreis erkannte diesen ruhigen Vertreter der lokalen landwirtschaftlichen Zunft nicht wieder und machte sich Sorgen. Auch plagten Vierheller bisweilen diffuse Angstzustände. Peter Röder, der Tierarzt, war aufmerksam geworden und hatte den Psychiater Dr. Bittenstein eingebunden, der einen Hausbesuch machte und Hans Vierheller eine depressive Erkrankung attestierte, die er über kurze Zeit medikamentös behandelt hatte. Nach Abklingen der körperlichen Symptome hatte er ihm einen kurativen Aufenthalt in einer psychosomatischen Klinik empfohlen und die Einweisungspapiere vorbereitet. Vierheller wollte wieder zurück in sein normales Leben und hatte dem Ansinnen des Mediziners zugestimmt.

„Die beiden Herren sind von der Kripo in Erbach und würden sich gerne einmal mit dir unterhalten", bereitete Axel Hofstetter seinen Patienten vor. Dass man sich hier duzte, war normal und sollte die Distanz zwischen dem Personal und den Klienten minimieren, wodurch sich die Klinikleitung einen besseren Zugang zu ihren Schützlingen versprach.

„Hallo, Herr Vierheller. Ich heiße Karl Kunkelmann und das ist Heiner Ehrenreich, mein Kollege. Was betrachten Sie denn da so aufmerksam an der Wand?", fragte der Hauptkommissar, worauf der Pfleger nicht nur innerlich mit den Augen rollte.

„Worum geht es hier eigentlich?", fragte der Beschilderte und Kunkelmann antwortete: „Das würden wir gerne unter sechs Augen mit Herrn Vierheller besprechen. Die ärztliche Leitung hatte keine Einwände gegen unseren Besuch und Herr Vierheller hat uns bis jetzt auch nicht weggeschickt."

Hofstetter nickte ein wenig indigniert und sagte: „Falls Sie mich brauchen, Sie finden mich vorne am Eingang im Stationszimmer."

„Was ich betrachte? Nichts, warum? Sehen Sie etwa etwas an der Wand da drüben?"

„Äh, nein. Nur einen Nagel, an dem man wohl vergessen hat, ein Bild aufzuhängen."

„Nee, da war bis vorgestern eine Uhr. Aber die haben sie nach dem Batteriewechsel nicht mehr aufgehängt. Wahrscheinlich vergessen. Oder sie haben gemerkt, dass hier eh alles zeitlos ist."

„Falls Sie einverstanden sind, würden wir Sie gerne in einer Sache befragen, über die Sie uns sicherlich Auskunft geben können, falls Sie etwas darüber wissen", radebrechte Kunkelmann umständlich. Einerseits wusste er um das Befinden seines Gegenübers, andererseits drängte die Zeit, die hier stillzustehen schien. Wagenknecht erwartete so langsam Ergebnisse. „Das mit Ihrer Kuh tut uns leid. Sie sollen sich über die Gründe ihres Todes mächtig aufgeregt haben."

„Diese verfluchte Kelterei mit ihren beschissenen Dosen beraubt uns noch alle unserer Existenzgrundlage. Dieser neumodische Schnickschnack ist doch völlig für die Füße. Seit Jahrzehnten haben es Flaschen getan. Jetzt glaubt man, den Absatz von Apfelwein durch Büchsen erhöhen zu können."

„Was, wie man sieht, wohl erfolgreich geschieht. Das Zeug ist in aller Munde."

„Die Metallspäne auch, nämlich in den Mäulern unserer Rinder! Bevor dieses Arschloch von Schneider beim Kabel angefangen hat, war so ein Schwachsinn nie Thema gewesen. Dieser Profitgeier denkt doch nur an sich selbst!"

Kunkelmann merkte, wie sich auf der Oberlippe des Bauern kleine Schweißtropfen sammelten und der Landwirt zusehends nervöser wurde. „Wenn es Sie zu sehr anstrengt, hören wir mit der Befragung auf. Das ist kein Problem."

„Nein, machen Sie weiter, es geht schon. Ich bekomme nachher sicher etwas zur Beruhigung."

„Gut, Herr Vierheller. Es ist nämlich so, dass im Apfellager der Kelterei ein linker Arm gefunden wurde und wir den Besitzer suchen. In die Hand hat jemand so einen Zipper eingenäht, wie er sich an Getränkedosen findet. Wir glauben, jemand will uns ein Zeichen geben. Zudem ist dieser Herr Schneider wie vom Erdboden verschwunden. Haben Sie eine Idee dazu?"

„Meine Idee wäre es gewesen, diesen Stenz umzubringen und im Apfellager zu verscharren. Aber da war er ja nicht. Und ermordet habe ich ihn auch nicht, da ich zu so etwas im Endeffekt doch nicht fähig bin. Aber hoffentlich ein anderer!"

„Sie schieben ja mächtig Brass auf den Geschäftsführer."

„Nennen Sie mir nur einen meiner Kollegen, der das nicht tut. Sie haben doch sicher schon mit einigen gesprochen."

„Mal etwas anderes. Haben Sie Hieb- oder Stichwaffen zu Hause?"

„Jeder Bauer hat Mistgabeln auf seinem Hof, mit denen man aber keine Körperteile abtrennen kann. Ich selbst habe eine Machete, die ich mal von einem Urlaub aus Ecuador mitgebracht habe. Ein Kumpel von mir lebt seit Jahren dort und entwickelt biologisches Schädlingsbekämpfungsmittel für die Kaffeeplantagen der Campesinos. Ich nutze das Teil, um buschigem Unkraut den Garaus zu machen. Falls Sie mich verdächtigen und das Haumesser als Tatwaffe in Betracht ziehen sollten, können Sie sich das Ding gerne bei mir daheim abholen und mikroskopisch untersuchen lassen."

Kunkelmann konnte mit dem Familiennamen Campesino nichts anfangen, denn er war nie in Südamerika gewesen, beruhigte aber den aufgelösten Mann und sagte, dass er ihn lediglich als Informant befragt habe.

„Dann wünsche ich Ihnen viel Glück beim Auffinden der Leiche und hoffe, dass es sich tatsächlich um diesen ekelhaften Schneider handelt, der einige Rinder unserer Bauern auf dem Gewissen hat und sich noch nicht mal dafür zu schämen scheint. Demjenigen, der ihn über den Jordan befördert hat, wünsche ich ebenfalls viel Glück, in der Hoffnung, dass Sie ihn nie schnappen mögen, denn dies muss ein anständiger Mensch mit Zivilcourage sein", sagte Hans Vierheller, hob kurz die Hand und nahm wieder das kleine Loch an der Wand ins Visier.

28

„So, meine Herren was haben wir heute im Fall der anhängenden Sache zu berichten?", fragte Kriminaldirektor Wagenknecht bei der morgendlichen Besprechung und rieb sich erwartungsvoll die Hände. Am Wochenende war er mit seinen Freunden vom Lions-Club zusammen gesessen, die ihn wegen der Fortschritte bezüglich des gefundenen Armes Löcher in den Bauch gefragt hatten.

„Wenn Sie von dem Leichenteil in der Kelterei reden, dann hängt die Sache ja genau genommen weder an noch ab, sondern befindet sich losgelöst von der Schulter in der Obhut des Gerichtsmediziners Dr. Volker Stahlmann in Frankfurt, also in einem seiner Kühlschränke, um exakt zu sein", versuchte es Heiner Ehrenreich auf die lockere Art und Karl Kunkelmann konnte ein spitzbübisches Grinsen nicht unterdrücken.

„Hoffentlich taut er ihn, in der Vermutung eine Riesenhaxe vor sich zu haben, nicht auf und haut ihn in die Pfanne", erwiderte Wagenknecht, ohne eine Miene zu verziehen.

„Nein, da ist der Doktor recht umsichtig und außerdem seit Jahren schon Vegetarier. Deswegen hat er ja, als wir neulich zusammen in Sachsenhausen in einer Kneipe gewesen sind, lediglich am Handkäse geknabbert und nichts von der gebackenen Blutwurst genommen", setzte Karl Kunkelmann noch einen drauf.

„Das einzige, was man hier in die Pfanne zu hauen versucht, das bin wohl ich. Mein schlechter Scherz scheint Sie zu amüsieren. Ja, gütiger Gott, ist Ihnen denn klar, dass wir hier nicht im Kabarett sind, sondern in einer diffizilen Ermittlung feststecken, die auf dem besten Wege ist, sich zum Mordfall zu entwickeln?", polterte Wagenknecht mit hochrotem Kopf und schlug mit der Faust auf die Platte seines Schreibtisches.

Sekunden betretenen Schweigens wurden nur von der Arbeit des Fräulein Bachmann, Wagenknechts Sekretärin, unterbrochen, die im Vorzimmer des Chefs auf der Computertastatur klapperte und einem leisen Knistern, das sich hinter dem Rücken von Karl Kunkelmann zu manifestieren schien. „Wagen Sie es nicht, gerade jetzt vor meinen Augen einen Ihrer unverzichtbaren Granatsplitter zu verzehren!", drohte der Kriminaldirektor, dessen Ohren das feine Rascheln der Papiertüte wahrgenommen hatten. „Ein wenig Respekt darf ich sicherlich von Ihnen erwarten, ohne gleich als autoritär diffamiert zu werden, Kollege Kunkelmann."

Das Knistern erstarb augenblicklich, Karl nahm die Hände mit hochrotem Kopf wieder nach vorne und legte sie wie ein bei einer Schandtat ertappter Primaner züchtig auf den Oberschenkeln ab.

„Äh, weitergekommen sind wir in der Hinsicht, dass wir die betreffenden Landwirte nach ihrem Verhältnis zu dem abgängigen Frank Schneider befragt haben. Alle hassen ihn wegen der Idee mit den Dosen, die ja dann als kleine Splitter in den Mägen der Kühe gelandet sind, woran selbige teilweise verblutet sind."

„Danke, Herr Kunkelmann, ich habe mich in die Akten eingelesen", konstatierte der Kriminaldirektor und bedachte den Kollegen mit einem alles sagenden Augenaufschlag.

„Und wir haben die Wohnung dieses Herrn Schneider observiert und festgestellt, dass er entgegen der Aussagen des Keltereibesitzers Kabel nicht an die Ostsee gefahren ist, weil nämlich sein Wohnmobil, mit dem er stets zu verreisen pflegt, immer noch auf dem Parkplatz in Laudenau steht", ergänzte Heiner Ehrenreich und begann zu schwitzen, als er mit seinem kurzen Bericht fertig war und plötzlich gewahr wurde, dass er sich beinahe verplappert hatte.

„Wenigstens sind Sie nicht widerrechtlich in die Wohnung eingedrungen und haben dort herumgewühlt." Scheinbar war bei Wagenknecht noch keine Rechnung des Schlüsseldienstes eingetroffen.

„Auch haben wir einem kommunistischen Arbeiter der Kelterei und einem hervorragend kochenden Türken auf den Zahn gefühlt", schob Kunkelmann eifrig nach.

„Und mit was für einem Ergebnis?"

„Ja, also, ähm. Die sind beide nicht verdächtig, auch wenn sie ebenfalls den Schneider nicht gemocht haben."

„Wieso gemocht haben?"

„Weil er nicht mehr da ist. Wo er sich aber aufhält, das weiß wohl nur er selbst. Oder sein Mörder."

„Nun, meine Herren. Da Sie mir keine weiterführenden Fakten präsentieren können, warte ich, der Mann vom Schreibtisch, nun mit Ergebnissen auf und lasse die Katze aus dem Sack."

Sollte jemand tatsächlich Rosemarie bei der Kripo abgegeben haben? Kunkelmann spähte unauffällig in alle Ecken, ob er nicht etwas übersehen hatte. „Ich habe nämlich einen anonymen Brief erhalten, der in seiner Diktion so deutlich ist, dass sich der Täter beinahe schon rein inhaltlich offenbart und wir von einem Tötungsdelikt ausgehen müssen", sagte Wagenknecht süffisant und verteilte Kopien des eingegangenen Schreibens.

29

Ich hätte es wissen müssen. Euch Bagage interessiert nur die Kohle, die Ihr mit eurer Brühe macht. Jahrelang hab ich euch mit meinen Äpfeln beliefert und habe euch getraut. Doch nun lerne ich euch von einer anderen Seite kennen, nämlich der wahren. Was mit uns passiert, ist euch völlig egal und geht euch am Arsch vorbei. Ihr gehört zum Stamme Nimm und habt keine Achtung vor der Kreatur. Viele unserer Kühe sind an euren beschis-

senen Dosen verreckt und wir bangen um unser Auskommen. Wir sind ja nicht mehr viele, da sich die Landwirtschaft im Odenwald nicht mehr rentiert. Aber wir paar Verbliebenen lieben unseren Beruf, den wir von unseren Vätern und Großvätern übernommen haben. Die Scholle war die Ernährungsgrundlage unseres Volkes und dieser fühlen wir uns verpflichtet. Auch in diesen schwierigen Zeiten, wo deutsche Bauern von einer korrupten Regierung über den Tisch gezogen werden. Soll nur einer von euch es wagen, meinen Grund und Boden zu betreten. Dem werde ich es zeigen, wie einst der Joß Fritz mit seiner Bundschuh-Bewegung. Eure skrupellose Brut gehört mit Stumpf und Stiel ausgerottet, wie dies mit anderen in unserem Land auch schon geschehen ist. Glaubt bloß nicht, dass Ihr sicher seid. Ausmerzen lautet das Gebot der Stunde. Wir wissen, wie wir euch am Wickel kriegen. Ihr verkommenen Drecksäcke seid es nicht wert, weiter auf Gottes Erde zu wandeln. Unser Beil wird euch richten!

Unterschrieben war der Brief mit den beiden Großbuchstaben HJ und zwar in der gleichen Frakturschrift, wie sie in den Büchern zur Zeit des Nationalsozialismus verwendet wurde.

„Fällt Ihnen dazu etwas ein?", fragte Wagenknecht, als seine beiden Mitarbeiter den Text gelesen hatten. Ohne deren Antwort abzuwarten sagte er: „Mir schon, meine Herren. Sagt Ihnen das Kürzel dieser Unterschrift etwas?"

„Hitlerjugend?", wagte sich Ehrenreich vor.

„Richtig, das Schriftbild lässt diesen Schluss zu. Aber HJ deutet auch auf den Bauern Herbert Jäger hin, der sich ja zweifelsohne zu erkennen gibt und ihnen aus ihren Nachforschungen bekannt sein dürfte. Vielleicht hegt der ja zu allem Elend auch noch rechtsextremistische Gedanken und wir müssen den Staatsschutz hinzuziehen? Zudem scheint er religiös verblendet zu sein, wenn ich mir den letzten Satz in seiner Ausgestaltung so anschaue. Dazu redet dieser Landwirt von Scholle und ausmerzen. Das ist eindeutig Nazisprache. Einen Joß Fritz kenne ich nicht. Wahrscheinlich ein Radikaler aus der braunen Zeit."

Karl Kunkelmann stellte Überlegungen zum Namen Bundschuh an. Mit einem Martin Bundschuh war er in der Schule gewesen. Und geturnt hatte die Sportskanone schon immer gerne. Ob der aber eine Bewegung ins Leben gerufen hatte, wusste Karl nicht zu sagen. Er hatte den Burschen schon lange nicht gesehen.

„Und jetzt?", riss ihn Wagenknecht aus seinen Gedanken.

„Wir werden umgehend den Mann in Fränkisch-Crumbach aufsuchen und ihm auf den Zahn fühlen."

„Eine gute Idee. Da können Sie ja vorher in Ober-Kainsbach vorbeifahren und sich einen Ring Fleischwurst von der Metzgerei Kaffenberger um den Hals hängen. Das gibt bestimmt ein gutes Bild ab."

In Karls Augen wuchsen Fragzeichen und sein Gesicht nahm die Farbe einer reifen Tomate an. „Äh, woher wissen Sie denn, dass ich Fleischwurst mag? Hier esse ich doch nur Granatsplitter."

„Mensch Kunkelmann, Ihre Frau soll Ihnen mal etwas Ordnung beibringen. Neulich habe ich kurz Ihren Dienstwagen gebraucht, weil mein Mercedes einen Werkstatttermin hatte. Da fielen mir die Semmelbrösel auf dem Beifahrersitz auf, die sich um eine vertrocknete Wursthaut versemmelt, ich meine natürlich versammelt, hatten. Und auf dem Boden lag eine zusammengeknüllte Papiertüte mit dem Aufdruck dieser Metzgerei. Was glauben Sie, was das für einen Eindruck hinterlässt, wenn andere Kollegen den Opel mal nehmen müssen?"

„Das Auto ist laut Plan seit Jahren nur uns zugeordnet ...", setzte Kunkelmann zu einer hilflosen Verteidigung an.

„Sie haben meinen Appell an Ihre Vernunft gehört und ich gehe davon aus, dass Sie ihn auch verstanden haben", schloss Wagenknecht.

Karl Kunkelmann wollte zum Spaß salutieren, unterließ dies aber, da er vom Humor seines Vorgesetzten gerade heute nicht besonders überzeugt war.

Am Empfang vorbei ging er die Treppe hinunter zur Garage, in der die Dienstwagen der Erbacher Polizei geparkt waren. Heiner Ehrenreich wollte sofort nachkommen, zuvor aber noch schnell seinen Tee austrinken. Als die beiden in den wie von Zauberhand gereinigten Opel kletterten, stießen sie auf Thomas Linn und Helge Ostermann, die gerade von einer

Streifenfahrt zurückgekommen waren und einen ortsbekannten Trunkenbold im Schlepptau hatten, der glaubte, in der Fußgängerzone sein Geschlecht präsentieren zu müssen.

„Na, die hehren Ritter der Gerechtigkeit. Geht es zum Kaffeekränzchen?", flachste Ostermann und grüßte die zivilen Kollegen mit einem breiten Lächeln. Die spaßhaften Neckereien zwischen den Uniformierten und der Kripo gehörten zum Dienst wie die Handschellen am Gürtel. Die Ermittler in Zivil wurden als Edelpolizei bezeichnet und diese wiederum ulkten bisweilen über die Maskierten.

Karl löste sorgsam die Handbremse und der Wagen glitt ohne reibende Verzögerungen aus der Einfahrt.

„Was mir neulich eingefallen ist", sagte Ehrenreich mit leichter Alkoholfahne, „warum bringt jemand einen anderen um und hinterlässt dann so deutliche Hinweise wie einen abgetrennten Arm? Ist das nicht irre? Die Gefahr entdeckt zu werden, ist doch viel größer, als wenn er dies gelassen hätte. Man wäre vielleicht gar nicht auf das Verschwinden dieses Menschen aufmerksam geworden."

„Wenn ich genau darüber nachdenke, hast du natürlich recht. Es sei denn, der Mörder hat dies wohlüberlegt getan und will uns damit etwas sagen, was wir noch nicht sehen. Zumindest ist er ein gewisses Risiko eingegangen. In so einer Kelterei herrscht ja meistens reger Betrieb. Und wenn da einer mit drei Armen herumläuft, fällt dies auf."

„Nun, so offensichtlich wird er die Extremität nicht transportiert haben. Vielleicht war die ja in einem der zahlreich vorhandenen Apfelsäcke verborgen?"

„Wir werden es hoffentlich noch herausbekommen. Auch der Einäugige unter den Blinden findet mal einen Korn", zitierte Karl das Sprichwort unabsichtlich verkehrt und freute sich heimlich über seine Belesenheit.

Bei bestem Wetter passierten sie die Metzgerei Kaffenberger in Nieder-Kainsbach und Ehrenreich nickte fragend mit dem Kopf.

„Nein, lass mal. Mir ist gerade nicht so nach fleischlichen Genüssen", brummelte Karl und ließ den Opel weiter in Richtung Fränkisch-Crumbach schnurren. Dabei überlegte er still, ob es nun fleischlich oder fleischig heißen musste, kam aber zu keinem Ergebnis. An der Bundesstraße 38 bogen sie links ab, um kurze Zeit später nach rechts ins Industriegebiet der Odenwaldgemeinde einzuschwenken.

Mitten in der Ortschaft hielten sie vor einem großen Tor, hinter dem sich das Anwesen der Familie Jäger verbarg. Diese stemmte tapfer den einzigen noch im Vollerwerb tätigen landwirtschaftlichen Betrieb in der Gemeinde, was den Bürgermeister mit Stolz erfüllte, aber auch öfter Thema in den Versammlungen des Gemeinderats war, denn der tägliche Viehtrieb über die Hauptstraße schien vielen Vertretern nicht mehr zeitgemäß und bremste stets den regen Verkehr aus, was Staus und fluchende Autofahrer zur Folge hatte.

Als die beiden Kriminalen das mächtige Tor aufgeschoben hatten, blickten sie in eine vergangene Zeit: Rechterhand duftete ein riesiger Misthaufen, über dem an einem Kran eine Greifgabel schwebte. Der weitläufige Hof war mit Sandsteinen gepflastert, die mit Resten alten Strohs verklebt waren. In den Fugen dümpelte eine Mischung aus Urin, Kot und Wasser, die Ammoniakschwaden in die Luft entließ. Linkerhand, neben dem Wohnhaus, standen einige riesige Milchkannen und warteten auf ihren Einsatz. Wie aus dem Bilderbuch stolzierte ein krähender Hahn auf dem Misthaufen herum, dessen Harem bei Ankunft der Besucher laut gackernd und aufgeregt über die Hoffläche irrte. In einer alten Hütte lag der zum Bild passende Schäferhund mit einer Kette um den Hals und ließ, abgesehen von einem leisen Knurren, nur wenig von sich hören.

Hinter der mächtigen und etwas baufälligen Scheune waren regelmäßige Schläge zu vernehmen. Ohne Zweifel hackte da jemand Holz und pfiff ein flottes Liedchen dazu. Als Kunkelmann und Ehrenreich um die Ecke bogen, wurden sie sofort von Herbert Jäger herzlich begrüßt: „Ah, Kundschaft. Hier sind Sie vollkommen richtig, wenn Sie sich für den Winter eindecken wollen. Ich habe nämlich den einzigen Brennholzverleih bei uns im Ort."

Kunkelmann fiel seine alte Ölheizung ein und er registrierte nicht den recht offensichtlichen Scherz der Offerte.

„Nein, Herr Jäger, Sie dürfen uns schon etwas leihen, allerdings kein Brennholz, sondern Ihr Gehör", hakte Ehrenreich sanft aber deutlich ein und zeigte seinen Dienstausweis.

Der Landwirt rammte das Beil in den Hackklotz, wischte sich den Schweiß von der Stirn und versuchte einen Zusammenhang herzustellen.

„Lassen Sie uns doch da drüben auf der Bank Platz nehmen. Im Sitzen bespricht sich alles leichter", schlug Kunkelmann vor.

Jäger rückte einen groben Holztisch vor die Bank, worauf er seine Arbeitshandschuhe und die Stallmütze ablegte. Karl Kunkelmann war geneigt, seine ihm in den Hüftspeck drückende Pistole dazuzulegen, überlegte es sich aber anders.

„Nun es ist so, dass der von Ihnen anonym verfasste Brief an uns einige Fragen aufwirft", eröffnete Heiner Ehrenreich.

„Wie bitte? Welcher Brief? Ich soll an Sie geschrieben haben? Warum das denn?"

„Wissen Sie das nicht mehr?"

„Ich hatte bis jetzt nur einmal mit der Polizei zu tun. Das war wegen meines abgelaufenen TÜV-Stempels auf meinem Geländewagen. Und da war es mit einem freundlichen Verweis geschehen."

Karl Kunkelmann wunderte die gut gespielte Arglosigkeit im Gesicht des Landwirts. „Wer ist Joß Fritz und was ist diese Bundschuhbewegung?", fragte er.

„Nun, ich weiß zwar nicht, ob Sie jetzt meine Geschichtskenntnisse abfragen wollen, aber Joß Fritz war um 1500 eine zentrale Gestalt des Bauernkrieges und ein Sozialrebell. Als Bundschuh-Bewegung bezeichnet man die Organisation der aufständischen Bauern im damaligen Südwestdeutschland."

„Wieso wissen Sie das so genau?"

„Weil ich in der Schule war und mich für das Thema interessiert habe. Wir hatten dies in der zehnten Klasse, glaube ich", antwortete Herbert Jäger ohne die geringste Spur von Zynismus.

„Apropos Bauernkrieg. Im Ochsen waren Sie ja recht aufgebracht wegen dieser Splitter in den Mägen einiger Kühe. Ich darf aus dem Gedächtnis zitieren, wir haben nämlich den Wirt nach dem Verlauf dieser Versammlung befragt: Sie wetterten gegen die Touristen, die auf den Weiden ihren Dosenabfall entsorgen und denen die Natur egal sei."

„Ja, das stimmt, aber was hat das denn mit Ihrem Besuch hier zu tun?"

„Wir befragen alle Ihre Kollegen, die im Gasthaus waren und einen Hals auf die Kelterei Kabel haben."

„Ich kenne keinen, der einen Hass auf die Kelterei hat. Nur auf diesen Schneider, der die Dosen eingeführt hat. Den könnten wir alle auf den Mond schießen."

„So weit weg müssen Sie ihn gar nicht befördern. Wenn Sie uns einen Hinweis zu seinem Aufenthalt geben könnten, wäre das prima."

„Woher soll ich denn wissen, wo der sich herumtreibt? Ich kenne ihn ja kaum."

„Sagen Sie mal, sind Sie in der Kirche?"

„Wie jetzt? Nein, da bin ich mit 18 Jahren ausgetreten. Ich möchte denen mein bisschen Geld nicht in den Hintern schieben."

„Und warum reden Sie im Brief dann von verkommenen Drecksäcken, die es nicht wert sind auf Gottes Erdboden zu wandeln und durch das Beil gerichtet werden müssen?" Dabei fixierte Karl die Axt, die friedlich im Hackklotz ruhte.

„Was? Fangen Sie schon wieder mit diesem ominösen Brief an?"

„Wie stehen Sie politisch, weil Sie das Geschmeiß mit Stumpf und Stiel ausmerzen wollen, oder so ähnlich jedenfalls? Haben Sie Kontakte zur AfD oder gar zu weiter rechts befindlichen Gruppierungen?"

„Jetzt ist es aber genug. So würde ich mich nie im Leben ausdrücken. Ich bin Humanist und ein guter Freund von Albert Schubert, einem Kommunisten aus Ueberau. Was ist hier eigentlich los?"

„Sagen Sie mal, nutzen Sie das Beil eigentlich nur, um Ihren Vorrat an Brennholz zu mehren?"

„Nein, natürlich nicht. Auch manche meiner Hühner sind ihm schon zum Opfer gefallen. Ich habe noch welche in der Kühlung, falls Bedarf besteht."

„Lassen Sie mal gut sein. Dann kann es also sein, dass wir Blutspuren an der Klinge dieses Werkzeuges finden?"

„Das weiß ich nicht, ob dies sein kann. Ich bin kein Kriminaltechniker. Aber denkbar ist das natürlich schon", gab der Bauer arglos zu. „Ah, jetzt ja. Bin ich schon dement?", rief Jäger beinahe froh. „Nun weiß ich, was Sie wollen. Sie glauben, ich hätte etwas mit diesem Arm zu schaffen, den der Gerhard Kabel in der Sammelanlage gefunden hat. Da sind Sie leider auf dem Holzweg. Ich war wochenlang nicht auf dem Gelände."

„Woher wissen Sie, dass der Arm in der Sammelanlage gefunden wurde und nicht im Haus oder im Keller?"

„Lesen Sie regelmäßig das ECHO?" Kunkelmanns hatten das Blatt abbestellt, da es immer teurer geworden war und langsam das Budget eines Beamten des Gehobenen Dienstes überschritt. „Ähm, ja natürlich. Da war neulich ein Artikel über den Fall gestanden. Aber wir halten uns lieber an die Fakten der Akten", reimte der Hauptkommissar unabsichtlich.

„Weshalb sind Sie sich denn so sicher, dass ich diesen Brief verfasst habe? Ich denke, er war anonym, also quasi ohne Absender?"

„Also so ganz inkognito war er nun auch wieder nicht. Sie haben mit ihren Initialen HJ unterschrieben. Und das im Schriftbild der Nationalsozialisten."

„Sind Sie schon mal auf die geistreiche Idee gekommen, dass mich hier jemand anschwärzen, vielleicht sogar auf das Übelste benutzen will?"

„Wir ziehen sämtliche Erwägungen in Betracht", sagte Heiner Ehrenreich und wand sich aus der etwas eigenartig werdenden Situation heraus.

„Nehmen Sie mich jetzt mit aufs Revier?"

„Nein, Sie sind ja lediglich ein Teilnehmer dieser hitzigen Versammlung gewesen und haben kritische Dinge über Dosen gesagt, die nicht verboten sind. Wir haben noch nicht mal einen Anfangsverdacht gegen Sie, müssen aber jedem Hinweis nachgehen."

„Und von wem kam der Tipp, dass Sie mich befragen sollen oder sind Sie da selbst drauf gekommen?" Heiner mutmaßte, dass der Bauer sie für ein wenig naiv hielt.

„Das nennt sich Quellenschutz. Darüber dürfen wir nichts sagen. Aber nichts für ungut. Bitte halten Sie sich zur Verfügung", stolperte Karl Kunkelmann aus dem Gespräch und über einen hervorlugenden Pflasterstein, der ihn beinahe zu Fall gebracht hätte. Als sie den Hof überquerten, sorgte Herbert Jäger wieder hörbar für das Anwachsen seines Brennholzverleihs und nahm eine andere Melodie auf die Lippen, die Karl sofort erkannte. „Das ist die Scholze Gret", sagte er erfreut zu Heiner Ehrenreich, der verwundert nach einer Frau auf dem Hof Ausschau hielt.

„Glaubst du, der sagt die Wahrheit?", fragte der Teetrinker.

„Also wenn der lügt, fresse ich einen Besen. Irgendwie habe ich im Gespür, dass der Jäger in dieser Hinsicht das Tal der Ahnungslosen bewohnt, auch wenn er sich auf der Versammlung in unsichere Höhen aufgeschaukelt hat", brillierte Kunkelmann mit frisch kreiertem Wortspiel.

Auf dem Rückweg hielten sie dann doch vor der Metzgerei in Nieder-Kainsbach, denn den frischen Leiterchen, die man anderswo als Schälrippchen bezeichnete, konnte Karl nicht widerstehen.

„Dass du dir immer diese Cholesterinbomben reinfahren musst, ist mir ein Rätsel.", monierte Ehrenreich.

„Tja, wie heißt es so schön bei uns im Odenwald: Geschmackssache hat der Affe gesagt und die Toilettenseife gefressen."

„Würde mich nicht wundern, wenn du auch da noch zugreifst."

Heiner fuhr und Karl nagte genüsslich an seinen erstandenen Knochen, von denen er gleich eine ordentliche Portion auf Vorrat gekauft hatte.

30

Das Gewusel im angemieteten kleinen Saal der Bürgermeisterei machte Karl Kunkelmann schon vor Beginn der Veranstaltung nervös. Jeder der gekommenen Journalisten versuchte, einen Premiumplatz zu ergattern, den die schreibende Meute mit Jacken und Taschen belegte, damit kein Konkurrent diesen besetzen konnte, während draußen die Zigaretten glühten. An der Decke zuckte unentschiedenes Neonlicht aus reparaturbedürftigen Röhren und tauchte den provisorisch eingerichteten Raum in einen kalten, abweisenden Farbton. Er hatte sich wieder einmal in seine einzige Krawatte gezwängt, die den Specknacken betonte und ihm in Verbindung mit dem zugeknöpften Kragen, schier die Atemluft zu nehmen schien. Auch das weiße Hemd spannte bedenklich an der Knopfleiste und erlaubte den Blick auf ein Feinrippunterhemd, das schon bessere Zeiten gesehen hatte.

Diesmal war Kriminaldirektor Wagenknecht nicht in die Bresche gesprungen und hatte sich als Amtsleiter zur Verfügung gestellt. In einem früheren Fall hatte der Chef dies liebend gerne übernommen, um vor der versammelten Presse glänzen zu können. Doch der Gute lag mit einer fiebrigen Halsentzündung zu Hause im Bett, was ihm einen öffentlichen Auftritt verbot.

„Kunkelmann, Sie schaffen das", hatte er einen Tag zuvor ins Telefon gekrächzt und der Veranstaltung und seinem Untergebenen einen guten Verlauf gewünscht.

Schon beim Frühstück hatte der zum Pressesprecher der Behörde Verdammte in den Akten geblättert und Eigelb auf die wenigen Seiten des aktuellen Falles gekleckert. Mit schweißnassen Händen arbeitete sich der Hauptkommissar durch den Leitz-Ordner. Was er sagen sollte, wusste er nicht, da er ja keine Ahnung hatte, was gefragt werden würde. Somit blieb ihm nichts anderes übrig, als alle Aussagen, Bemerkungen und Protokolle zumindest in ihren Grundzügen zu erfassen und ein etwaiges Konzept seiner Statements zu entwickeln. Denn Karl Kunkelmann sagte sich, dass Angriff die beste Verteidigung sei.

Links neben ihm hatte sich Heiner Ehrenreich mit seiner dampfenden Teetasse eingerichtet, zu seiner Rechten saß ein junger Mann, der demnächst die Öffentlichkeitsarbeit der Kripo übernehmen sollte und Kunkelmann mit Kuhaugen anstarrte, um etwas von dem erfahrenen Kollegen im Umgang mit der Presse zu lernen. Ehrenreich prüfte die Funktion der Tischmikrofone, indem er das seine tüchtig anblies und eine dezente Schnapsfahne in die Peripherie schickte. Probeweise zuckten die Blitze der Fotoreporter auf und erinnerten in ihrer schnellen Abfolge an das Flackern eines Stroboskops. Auch wurden Fernsehkameras justiert, was dem Berichterstatter wider Willen ein Kribbeln der Kopfhaut bescherte und er sich permanent auf dem Schädel kratzte. Eine Bürste benötige er nicht, erst kürzlich hatte er sich das Haar auf Millimeterlänge stutzen lassen, was die Pflege desselben erheblich erleichterte. Lediglich eine sorgsame Rasur und das Entfernen der hervorlugenden Nasenborsten waren die Vorbereitung für den öffentlichen Auftritt gewesen. Zum Stutzen der struppigen Haare des Riechkolbens hatte Lena geraten. Sie meinte, dass dies schlicht eine Frage des Anstands sei und nichts mit Pingeligkeit zu tun habe.

Kunkelmann erledigte dies mit einer Nagelschere, weil er die von der Gattin zu diesem Zwecke gekaufte Schneidemaschine nicht finden konnte. Die blutenden Verletzungen stoppte er mit einem Alaunstift, der noch in der Badeschrankschublade gelegen hatte. Der zukünftige Öffentlichkeitsarbeiter schnüffelte mit weit geöffneten Nüstern in seine Richtung und fragte, ob Kunkelmann diesen aufdringlichen Duft auch rieche.

„Nein, ich habe etwas Schnupfen", log dieser. Er hatte auf die Schnelle und im Halbdunkel an diesem frühen Morgen sein Rasierwasser mit dem Patschuli-Flacon von Lena verwechselt, die sich nach einem kurzem Abschied wieder selig schlummernd in Morpheus Arme gekuschelt hatte.

Der Zeiger der Wanduhr im Saal wanderte unaufhaltsam der anberaumten vollen Stunde entgegen. Gleich würde es losgehen. Schon kamen die ersten Raucher von ihren Inhalationen zurück. Der erste, den Kunkelmann erkannte, war ein bärtiger Mann, den er schon öfter im Fernsehen gesehen hatte und der erst kürzlich mit einem Journalistenpreis für seine gründlichen Recherchen bedacht worden war. Sein Namensschild wies ihn als Volker Seiler von der Hessenschau aus. Gelassen scherzte er mit der Kamerafrau, die gerade genüsslich ein Wurstbrötchen verzehrte, was Kunkelmanns fast leeren Magen knurren ließ und Ehrenreich an die Lautäußerungen von Rosemarie erinnerte. Karl dachte an die im Nebenraum deponierten Leiterchen, verwarf die aufkeimende Idee aber sofort wieder. Stattdessen nippte er am naturtrüben Apfelsaft der Kelterei Kabel, den er wegen seines diabetischen Problems tunlichst meiden sollte. Das ihn plagende Sodbrennen bei süßen Getränken blieb diesmal aber aus.

Verpflichtend war natürlich ein Vertreter vom Odenwälder Echo, dem regionalen Ableger der größten Darmstädter Zeitung. Dort hatte man die Zeichen der Zeit erkannt, den Redaktionsleiter in Altersteilzeit geschickt und dessen Vertreter zum Nachfolger ernannt. Damit war zumindest das mittlere Alter in die einzige journalistische Schreibstube des Odenwaldkreises eingezogen. Einige Jungredakteure und Volontäre komplettierten das kleine Team. Mit Sandra Schleunig, die ihrem Namen alle Ehre machte, hatten die Darmstädter eine taffe Frau eingekauft, die schnell und beißend in ihrer Arbeit war, nichts dagegen hatte, auch mal selbst einen Fotoapparat in die Hand zu nehmen und ebenso stilistisch etwas zu bieten hatte. Ihre flotte Schreibe gefiel den Lesern und die verkaufte Auflage des Blattes hielt sich einigermaßen stabil. Sie hatte zuvor für den Odenwald Kurier gearbeitet, ein im gesamten Kreisgebiet verteiltes Werbeblatt, das sich mit einem kleinen redaktionellen Teil von den anderen Gazetten dieser Art abhob.

An ihren Platz war ein bebrillter Jüngling getreten, der Kunkelmann aufmerksam anschaute und aufgeregt mit dem Tablet in den Händen auf den Beginn der Pressekonferenz wartete. Vom Main-Echo war wieder Manfred Siebenhain aufgeschlagen, der sich in einem zurückliegenden Fall bei Kunkelmann als Freier vorgestellt hatte, was den Kriminalbeamten aus Bad König sichtlich irritierte und zu der Frage verleitete, ob er den Journalismus quasi nebenher betreibe, also wenn er als Freier frei habe. Siebenhain glaubte damals, Kunkelmann hätte einen Scherz gemacht und herzlich gelacht.

Vom Hörfunk sah er eine Frau von Radio Radar aus Darmstadt, die geschäftig an ihrem Rekorder nestelte und leise vor sich hin schimpfte. Ansonsten waren noch HR4 und Radio-FFH gekommen, was man an den farbigen Aufdrucken der Mikrofone erkennen konnte.

Als alle ihre Plätze eingenommen und das Hüsteln, Räuspern und Hantieren mit den Schreibblöcken eingestellt hatten, blickte die vierte Gewalt im Staate erwartungsvoll den vor ihr sitzenden Beamten an, der gleichfalls gespannt auf die lauernde Meute schaute. Mit einem leichten Stoß ans Bein signalisierte Heiner Ehrenreich dem Kollegen, dass es nun an der Zeit sei, die Konferenz zu eröffnen.

„Meine Damen und Herren, verehrte Anwesende", begann Karl Kunkelmann mit etwas brüchiger Stimme, „es freut mich, dass Sie so zahlreich unserer Einladung gefolgt sind und den Weg hierher gefunden haben. Wir sind heute hier versammelt, weil es das Platzangebot auf der Dienststelle nicht hergibt, was an den mangelnden Räumlichkeiten für solch eine Versammlung liegt, die wir dort einfach nicht haben, weil das Gebäude zu klein ist und deswegen keine Zimmer für Öffentlichkeitsarbeit zur Verfügung stehen." Volker Seiler, der gewiefte Reporter von der Hessenschau, verkniff sich ein Schmunzeln ob der beinahe schon greifbaren Unsicherheit des Redners.

„Wie Sie ja alle wissen, geht es um die Auffindung eines Armes in der Kelterei Kabel."

Und nun suchen wir nach dem rechtmäßigen Besitzer desselben, sprach Sandra Schleunig im Geiste weiter und überlegte, ob diesem armen Tropf da vorne nicht ein Psychologe oder ein Intensivkurs in freier Rede guttun würde.

„Und nun suchen wir nach demjenigen, dem er gehört. Und da stoßen wir an unsere Grenzen."

Siebenhain vom Main-Echo hob die Hand. „Kann es sein, dass dies daran liegt, dass es bei der Kripo in Erbach keine richtige Mordkommission gibt, sondern nur ein Dezernat für Gewaltverbrechen aller Art, das sich im Falle eines Falles auch um Tötungsdelikte kümmern muss, obwohl die Erfahrung in solchen Dingen fehlt?"

„Nun, Herr Siebenklein, ich hoffe, ich habe Ihren Namen richtig gelesen? Was wir hier gerade machen, ist kriminalistisches Handwerk. Da braucht es noch keine hochspezialisierten Kompetenzteams oder gar geschulte Profiler. Sollten wir nicht weiterkommen, wissen wir schon, was wir zu veranlassen haben. Aber vielen Dank für Ihre Einlassung, die doch eher eine Auslassung war. Denn eine Frage zur Sache habe ich aus Ihren messerscharfen Analysen jetzt nicht herausgehört." Karl schwoll innerlich der Kamm vor seiner rhetorischen Meisterleistung in dieser gepfefferten Schärfe. „Außerdem reden Sie von Mord, was noch nicht erwiesen ist. Es könnte auch Totschlag gewesen sein. Sie kennen den Unterschied? Allerdings ist auch ein Unfall hundertprozentig noch nicht ausgeschlossen, aber aufgrund unserer bisherigen Ermittlungen doch unwahrscheinlich. Einen Verletzten konnten wir nach intensivster Recherche nämlich nicht finden und eine Leiche fehlt uns auch."

Immer, wenn ein Fotoblitz aufzuckte, versuchte sich Karl Kunkelmann an einem gefälligen Gesichtsausdruck, was ihm aber nur mit Mühe gelang.

„Wenn es denn schon keine Leiche gibt, gibt es doch auch keine Verdächtigen, oder?", fragte die junge Frau von Radio Radar ohne eine Spur von Ironie.

„Nun, das kann man so nicht sagen. Es gibt da schon diverse Personen, die ein Interesse daran haben könnten, eine gewisse andere Person aus dem Weg zu räumen. Zumal diese gewisse Person vom Erdboden verschluckt zu sein scheint", sagte der Gastgeber der illustren Runde.

„Wie jetzt?"

„Nun ja, es ist ja kein Geheimnis, dass man in der Kelterei den Geschäftsführer Schneider nicht leiden kann. Die Bauern haben eine furchtbare Wut auf ihn, weil er diese Dosen für den Apfelwein eingeführt hat, an denen jetzt schon einige Kühe eingegangen sind."

„Haben die Landwirte im Odenwald kein Heu mehr, weil die Rinder Dosen fressen müssen?", ulkte der Mann von FFH und errötete ein wenig.

„Das ist kein Spaß. Natürlich fressen die nicht die ganzen Dosen, sondern die kleinen Späne, die die Mäher oder die Häcksler der Erntemaschinen aus ihnen erzeugen und die sich in ihren Mägen festsetzen, weil sie nämlich mit in die Heuballen und ins Grünfutter eingearbeitet werden. Wenn jetzt jemand auf die glorreiche Idee eines prophylaktischen Magneten kommen sollte, muss ich Ihnen leider sagen, dass diese Getränkebüchsen aus Aluminium sind."

„Aber taugen Antipathie und Hass als Beweggründe für ein Tötungsdelikt?", wagte sich der neue Mann vom Odenwald Kurier mit leisem Stimmchen hervor.

„Dazu müssen Sie eigentlich nur mal in Ihr altes Geschichtsbuch aus der Schulzeit gucken, die bei Ihnen noch nicht allzu lange zurück liegen dürfte. Dort werden Sie eine Antwort auf diese Frage finden. Und wenn dann noch genügend gestänkert wird und sich die Massen verbinden, lodern Hass und das, was

Sie recht harmlos Antipathie nennen, wie ein flammendes Feuer auf und der gesunde Menschenverstand tritt in den Hintergrund", dozierte Kunkelmann süffisant und war von seiner Eloquenz sichtlich geplättet.

„Glauben Sie, dass ein Vergleich mit Nazideutschland und den schrecklichen Folgen dieser diktatorischen Staatsform hier angebracht ist?", fragte Siebenhain.

„Der Schoß ist fruchtbar noch, aus dem dies kroch", verstieg sich Kunkelmann, ruderte aber ein wenig zurück. „Nicht, dass Sie glauben, ich wolle hier eine politische Debatte anstoßen. Ich habe lediglich auf dieses Beispiel hingewiesen, damit Sie erkennen, dass Hass immer wieder auf den gleichen fruchtbaren Boden fallen kann und an sich unmögliche Handlungen auszulösen vermag."

„Was haben Sie denn bis jetzt konkret?", hakte Seiler sachlich nach.

„Alles können wir aus ermittlungstechnischen Gründen in diesem Rahmen hier natürlich nicht offenbaren, aber selbstverständlich gebe ich Ihnen für Ihre Berichterstattung relevante Details an die Hand. Wir haben da zunächst mal den aufgefundenen Arm, der in einer Lage aus Kelteräpfeln steckte. Als wir die Leiche oder den Schwerverletzten darunter bergen wollten, waren weder die eine noch der andere da. Aufgrund des scharfkantigen Verletzungsmusters, das uns auf einen beabsichtigten Schnitt oder Hieb hingewiesen hat, können wir, wie schon erwähnt, einen Unfall beinahe ausschließen. Zudem war in die Hand einer dieser Dosenzipper eingenäht, was uns wohl einen Hinweis auf die Sache mit den Apfelweinbüchsen geben soll. Ob das Teil nun postmortal oder zu Lebzeiten des Opfers unter dessen Haut platziert wurde, kann unser Gerichtsmediziner nicht genau bestimmen."

„Aber da stellt sich die sich mir aufdrängende Frage, weshalb der Täter oder die Täterin denn diesen Arm in den Apfelberg gesteckt hat. Da ist es doch offensichtlich, dass eine clevere Behörde, wie die Ihrige, den Mörder oder Totschläger irgendwann finden wird", sagte der Radioreporter des Hessischen Rundfunks.

„Lieber Freund, ich höre aus Ihrer Bemerkung ein wenig Kritik ob der Zeitdauer unserer Ermittlungen heraus. Versuchen Sie sich aber mal in unsere Lage zu versetzen. Wir müssen ja mit sämtlichen infrage kommenden Personen reden, die zu der Sache auch nur ansatzweise etwas wissen könnten. Da kommen ihnen so alltägliche Dinge wie Abwesenheit durch Kuraufenthalte oder auch ein Urlaub im Ausland in die Quere. So konnten wir beispielsweise Anette Kabel, die Frau des Keltereibesitzers nicht erreichen, da sie im benachbarten südlichen Ausland weilt und telefonisch nicht erreichbar ist. Warum der Arm dort deponiert wurde, ist uns ebenso ein Rätsel wie Ihnen, bis auf den Hinweis zum Kontext."

„Wir erwarten nicht, dass Sie diese Dame mit dem Alphorn auf einer Alm rufen und nach Hause bitten, aber irgendwie scheint die Sache zu klemmen", antwortete der Kritiker des Frankfurter Senders.

Kunkelmann überlegte, ob er etwa zu wenig verklausuliert gesprochen hatte, da der Mann gleich auf eine österreichische Alm gekommen war. „So, jetzt bitte ich Sie um eine kleine Pause, da Sie ja sicher einen Kaffee trinken und eine Kleinigkeit zu sich nehmen möchten. Wie Sie schon gesehen haben werden, haben wir im Eingangsbereich ein bescheidenes Büffet vorbereitet, nach dessen Genuss Sie gestärkt wieder Ihre Fragen stellen können." Kunkelmann nickte dankend mit dem Kopf und verschwand in Sekundenschnelle mit seinen Kollegen durch eine Trennwand ins Nebenzimmer.

„Uff, das war der Tragödie erster Teil", ließ sich Heiner Ehrenreich beim Anblick des etwas derangierten Ermittlungspartners und unfreiwilligen Pressesprechers zu einem Kommentar hinreißen.

„Wieso? So schlecht lief das doch gar nicht, dafür dass ich zum ersten Mal als Dompteur vor dieser Meute sitze", entgegnete Karl mit sich entspannenden Gesichtszügen. „Die wollen halt alle, dass wir ihnen das Opfer sowie den Täter, das stimmige Motiv und womöglich noch die zu erwartende Haftdauer präsentieren. Aber wir sind eben mal keine eierlegende Wolfsmilchsau", erläuterte Kunkelmann.

„Also ich finde, dass Sie das gar nicht schlecht machen", lobte der zukünftige Öffentlichkeitsarbeiter, hob den rechten Daumen und langte mit der anderen Hand nach der Wasserflasche.

Karl dankte, angelte sich die deponierte Portion Leiterchen, hieb seine Zähne in das saftige Schweinefleisch und schmatzte genussvoll. Ehrenreich brühte sich einen schwarzen Tee auf. Im Vorraum wurden fleißig belegte Brötchen vertilgt und unzählige Tassen Kaffee getrunken. In weiser Voraussicht hatte Karl bei der Bäckerei Strasser in Zell zwanzig Granatsplitter besorgt und hoffte darauf, sich mehrere Tage an den übrigbleibenden Kalorienbomben laben zu können.

„Wir halten also fest, dass es nichts festzuhalten gibt und Sie uns hier nicht länger festhalten wollen?", wortspielte Siebenhain nach der kurzen Unterbrechung.

„Ich hoffe, auch Sie haben ein Ihrer Wahl entsprechendes Brötchen gefunden? Falls nicht, können Sie sich gerne einen Granatsplitter holen, der Zucker darin beruhigt und macht geduldig", parierte Kunkelmann den inhaltlichen Affront. „Keineswegs wollen wir Sie loswerden. Aber wir können nicht mehr sagen, als wir wissen. Alles Mutmaßende wäre Spekulation und Spekulatius liefern wir nur zur Weihnachtszeit", versuchte er humorvoll die kleine Attacke abzuwenden.

Seiler bedeutete der Kamerafrau, das Gerät kurz zu stoppen und sagte: „Bis jetzt haben Sie ja nicht um die Mitarbeit anderer Dienststellen ersucht und ermitteln auf eigene Faust, was vollkommen legitim ist, wenn ich dies so sagen darf. Aber haben Sie einmal in Erwägung gezogen, die Verwandtschaft dieses Frank Schneider in Ihre Nachforschungen einzubinden? Ich möchte und kann Ihnen nicht in Ihr Fachgebiet hineinreden, Herr Kunkelmann. Doch oftmals gehen wichtige Dinge einfach unter, weil man betriebsblind geworden ist. Ich kenne das aus meiner Arbeit und bin über Anregungen von außen immer froh."

„Ja, Herr Seiler da sprechen Sie eine oft verschwiegene Wahrheit aus. Manchmal sieht man vor lauter Wald die Bäume nicht mehr. Das kennen wir natürlich auch und sind dankbar für Ihre Erinnerung. Aber ich kann Ihnen versichern, dass wir uns gekümmert haben. Und im Falle des abgängigen Schneider wissen wir, dass es keine Verwandtschaft mehr gibt. Die Umstände des Lebens haben alle Angehörigen früh abberufen, um mal mit den Worten eines Geistigen zu sprechen. Und sollten Sie auf dessen Freundeskreis anspielen, auch hier sieht es miau aus. Außer einer Leopardenkatze, scheint es da niemanden zu geben. Womit ich auch eine feste Partnerschaft ausschließen kann, denn der Gesuchte scheint eher ein Freund loser Behältnisse, äh, Verhältnisse zu sein."

„Womit wir wieder bei den Dosen wären, die er ja angeblich eingeführt hat", unterbrach Siebenhain frech und nutzte den Versprecher als willkommene Steilvorlage.

Bei den eingeführten Dosen flammte bei Kunkelmann kurz ein anrüchiger Gedanke auf, den er aber sogleich wieder abschüttelte. „Ich weiß, dass Sie nicht gerade in einen Freudentaumel verfallen ob der spärlichen Informationen, die wir Ihnen heute geben konnten. Aber ich bin sicher, Sie werden diese korrekt nach außen zu Ihren Lesern, Hörern und Sehern transportieren und auch Verständnis für unsere Arbeit zeigen, die nicht immer einfach ist. Besonders dann nicht, wenn sich trotz eifrigster Bemühungen immer nur kleine Erfolge einstellen. Falls keine Fragen mehr offen sind, bedanke ich mich, auch im Namen des Dienststellenleiters Herrn Kriminaldirektor Wagenknecht, der leider erkrankt ist, für Ihre geschätzte Aufmerksamkeit und wünsche einen guten Rückweg in die jeweiligen Redaktionen. Ich hoffe, Ihre Rezessionen über diese Pressekonferenz fallen nicht allzu negativ aus. Das könnte die Öffentlichkeit zur aktuellen Lage der Polizeiarbeit irritieren, denn zu allem Elend leiden wir auch noch unter erheblichem Personalmangel", verabschiedete Kunkelmann die Journalisten.

„Eine Frage habe ich noch", meldete sich Volker Seiler zu Wort: „Wenn Sie vermuten, dass der Arm diesem Frank Schneider gehört oder gehörte, dann dürfte es doch gar nicht so schwer sein, anhand eines DNA-Abgleichs mit Körpermaterial von ihm, dies herauszufinden. Das sieht man doch in jedem Krimi, oder irre ich mich da?"

„Nun, Herr Seiler, da liegen Sie richtig. Aber da das zuständige Labor noch mit der Analyse beschäftigt ist, habe ich davon abgesehen, dies heute schon zu erwähnen. Wir rechnen jeden Tag mit den Ergebnissen und werden Sie darüber zeitnah unterrichten."

31

Otto Gräber war gegen 7 Uhr in der Frühe mit Kopfschmerzen aufgestanden. Immer wieder war er aufgewacht und ärgerte sich über das, was sein Großneffe beschlossen hatte. Er sah keinen richtigen Sinn in dem Unterfangen, der alten Kneipe wieder neues Leben einzuhauchen, doch seine Kritik war zwecklos. Müde schlurfte er in die Küche und brühte sich den letzten Rest Filterkaffee auf, dazu nagte er an einem Marmeladenbrot. Im klammen Bad nahm er die übliche Katzenwäsche vor und pflanzte sich vor sich hinbrütend in seinen abgewetzten Ohrensessel. Gegen 7.30 Uhr setzten die Geräusche ein und Otto stakste zum Fenster.

Mit einem lauten Ausatmen der Druckluftbremsen kam ein riesiger Lastkraftwagen auf dem Vorplatz zum Stehen, unweit davon stieß eine gewaltige Raupe ihre Rauchfahne in den trüben Himmel. Arbeiter rammten Spitzhacken in den Boden, andere hantierten mit ihren Schippen. Der Pfau hatte sich in eine einigermaßen ruhige Ecke des Anwesens verzogen und schmollte. Stellenweise wurde Schotter von einem ratternden Rüttler festgeklopft, dem ein Mann mit Gehörschutz die Richtung wies. Das Moped hatten sie, ohne ihn zuvor um Erlaubnis zu fragen, hinters Haus verbannt. Manchmal schauten die Arbeiter hoch zu dem alten Mann, aber ohne ihn zu grüßen. Er existierte für sie nur als ein neugieriges Etwas, das nichts zu melden hatte. Alleiniger Auftraggeber war dessen Großneffe.

Ob der Bub eventuell doch recht hatte? Dann und wann kamen einsame Wanderer vorbei und schauten sowohl mit missbilligendem als auch mitleidigem Blick auf die abgehalfterte Kulisse des einstmals so beliebten Ausflugslokals. Konnte man dem Tourismus in dieser Gegend noch eine Chance geben? Otto wusste es nicht wirklich. Die Odenwald-Tourismus-Gesellschaft gab sich jedenfalls alle Mühe, das kleine Mittelgebirge zwischen Rhein, Main und Neckar werblich wie den Schwarzwald zu behandeln, was in Ottos Augen falsch war und den Besuchern mehr suggerierte, als tatsächlich geboten werden konnte. Man muss ja sein Licht nicht unter den Scheffel stellen. Aber die Leute an der Nase herumzuführen und mit kaum zu haltenden Versprechungen zu locken, hat einen unangenehmen Beigeschmack, dachte der alte Gastronom, als er seinen Blick über die Wiesen zum Waldrand schweifen ließ.

Dort führte jetzt zumindest ein prämierter Wanderweg vorbei, der in den einschlägigen Prospekten der umliegenden Gemeinden mit hübschen Bildern illustriert war. Vielleicht gab es ja doch noch Hoffnung für die Gaststätte? Aber wie sollte das mit den Investitionen ablaufen? Gerade war der Junge dabei, die Hütte von Grund auf sanieren zu lassen. Hatte er auch an die Rückzahlung der Kredite gedacht?

Schon kam ein neuer Lastwagen die Anhöhe herauf und lud Baumaterial ab. Holzverblendungen sollten die marode Fassade aufhübschen und gleichfalls ein wenig Voralpenlandstimmung in die idyllische Einsamkeit der abgelegenen Wirtschaft transportieren. Wenigstens hatte der Bub an die heimischen Firmen und Gewerke gedacht. Alle Zulieferer hatten ein Erbacher Nummernschild. Das stimmte Otto froh, denn er war überzeugter Lokalpatriot. Niemals wäre er ins Ausland gefahren, wo allenthalben Tagediebe, Gaukler und Fallensteller lauerten. Als seine Frau noch lebte, gönnten sie sich einmal im

Jahr einen Urlaub im Allgäu. Dort lernte er in einer Wirtschaft in Oberstdorf schnell Leute seiner Gesinnung kennen, die auch auf die Jagd gingen und die guten, alten Zeiten unter dem Führer noch miterlebt hatten. Kerniges Volk, auf das Verlass war. Nicht, dass Otto alles gut geheißen hätte, was der Adolf so gemacht hat, aber dessen Ideen allesamt in Grund und Boden zu verdammen, war in seinen Augen auch nicht richtig. Gut, das mit den Juden hätte nicht sein müssen, aber man merkte ja weltweit, wie sich das Finanzkapital wieder in unermessliche Höhen schwang. Und die Namen der Finanzmagnaten wiesen doch wieder unmissverständlich auf deren Herkunft hin. Goldman, Rothschild und wie sie alle hießen. Hier im Ort waren auch viele abgeholt worden. Die Zuckermanns, die Neus und die Familie Marx, die ein gut gehendes Bekleidungsgeschäft führte. Mit Ludwig, deren ältestem Sohn, war Otto in der Schule gewesen. Brave Leute, die sich nichts zu Schulden hatten kommen lassen.

Das Klingeln an der Tür riss ihn aus seinen Gedanken. Langsam ging er die Treppe hinunter. „Wir müssen für einige Zeit den Strom abschalten. Nur damit Sie informiert sind", sagte ein junger Bursche und war schon wieder auf dem Rückweg zu seiner Kolonne. Eine Antwort hatte der erst gar nicht abgewartet. Ein bisschen fühlte er sich als Opfer der Willkür dieser Menschen, doch er war machtlos. Jetzt läutete das Telefon: „Hallo Otto", grüßte der Großneffe, „ich komme gleich mal vorbei und mache dich mit den nächsten Schritten unseres Umbaus vertraut."

„Kein Problem, Junge. Ich bin da. Denn selbst wenn ich wollte, könnte ich dieses Paradies nicht verlassen, da man mir mein Moped versteckt und den Vorplatz in eine Ackerlandschaft verwandelt hat."

„Ach komm, Otto. Stell dich nicht so an, sondern freue dich auf das, was kommen wird. Tolles Ambiente, gediegene Getränke und erlesene Gerichte. Dies alles in einer Atmosphäre, die der in Vielbrunn in nichts nachstehen wird. Also bis gleich." Dein Wort in Gottes Gehörgang, dachte der alte

Mann, ließ sich wieder in den Ohrensessel sinken und nickte ein.

Er tagräumte von riesigen Kakerlaken, die sich langsam durch sein Haus fraßen und beschlossen hatten, auch ihn zu verspeisen. Über den Fußboden scharrend, krochen sie auf ihn zu und hieben ihre Mundwerkzeuge in sein Fleisch. Sehenden Auges konnte er beobachten, wie sich die Insekten in seine Beine gruben und nach der Muskelmasse in den Waden hackten. Wie gelähmt schaute er den immer wieder von neuem startenden Angriffen auf sein bisschen Leben zu, ohne sich wehren zu können. Jetzt machten sich diese Biester auch über sein schlaffes Bauchfleisch her und sogen ihm die Säfte aus den Gedärmen. Einige der Eindringlinge waren schon dabei, das Zwerchfell zu durchstoßen und begaben sich auf den Weg zu seinem kranken Herzen. Den Schrittmacher würden sie geflissentlich ignorieren und sich in den Vorhöfen und Kammern festsetzen. Seine Rhythmusstörungen wären den gefräßigen Plagen egal, da sie hier die bestimmenden Taktgeber waren. Dass er auf diese Weise sein Leben aushauchen würde, war ihm unangenehm. Gefressen zu werden, hielt er für unwürdig und schämte sich dafür. Doch er konnte nichts tun. War da nicht ein Knarzen zu hören, das von außerhalb seines Körpers kam? Im Halbschlaf und vom Traum eingesponnen, hörte er den sich im Schloss drehenden Schlüssel.

„Hallo Onkel, bist du ein wenig in dich gegangen?", witzelte der Großneffe, als er forschen Schrittes das Zimmer durchmessen hatte.

„In meinem Alter kommt das öfter vor, dass einen der Schlaf übermannt und manchmal unangenehme Träume anfliegen. Gut, dass du gekommen bist, sonst hätten mich diese ekelhaften Kreaturen bis auf das Skelett abgenagt."

„Wenn wir schon beim Essen sind, lieber Otto. Ich stelle mir das folgendermaßen vor: Den ganzen Plunder unten schmeißen wir raus und richten die Einkehr völlig neu ein. Natürlich passend zu dem, was wir vorhaben."

„Und was haben wir vor?"

„Wir kreieren einen modernen Landhausstil mit hell gebeizten Möbeln, offenen Fluchten, damit die Gäste atmen können und bieten eine Karte, die dem Restaurant in der Ortsmitte von Reichelsheim in nichts nachstehen soll. Nur werden wir auch unsere Neuankömmlinge mit ins kulinarische Programm aufnehmen."

„Und die wären?"

„Nutria und Nilgans. Die einen nerven die Fischer, weil sie an unseren Seen das Ufer untergraben und den Schilfbewuchs minimieren, die anderen scheißen die Wiesen der Schwimmbäder zu und bringen über ihren Kot und die daraus resultierende Algenbildung die Gewässer zum Kippen. Bis jetzt werden die Nager nur entnommen, wie das in deiner Jägersprache heißt, und als Abfall entsorgt. Das ist nicht nachhaltig. Wenn schon töten, dann auch essen. In anderen Ländern gelten diese Sumpfbiber als Spezialität. In Frankfurt hatten neulich mehrere Restaurants Nilgans im Angebot. Dazu bieten wir sortenreine Apfelweine an und natürlich den unübertroffenen Wein aus Assmannshausen am Rhein. Den hat schon der gute Datterich gerne getrunken. Verschiedene Kulturprogramme, wie Kabarett oder Gesangseinlagen, könnten die Speisefolgen künstlerisch begleiten. Wir haben doch in Spachbrücken den Jürgen Roth, der diese Odenwälder Shanties singt, und unsere Berta Wacker, die mit ihren Mundarteinlagen glänzt. Ich glaube, wir gehen goldenen Zeiten entgegen."

„Und wie stellst du dir diesen Umbau konkret vor?"

„Naja, dich betrifft er kaum, da du ja in deiner Wohnung hier oben bleiben kannst. Wenn die da draußen fertig sind, kommen der Gastraum und das Nebenzimmer dran. Natürlich muss auch die Küche mit neuer Einrichtung und neuem Inventar aufpoliert werden. Ich sehe schon den Edelstahlglanz in der doch eher bescheidenen Kombüse. Natürlich muss auch ein Fettabscheider her und wir müssen auf die Vorschriften achten. Anders wird es Probleme mit der Konzession geben. Der Kühlraum wird neu gestrichen, die Aggregate können vorerst bleiben, die sind noch intakt."

„Und du meinst, dass du das alles finanziell geregelt bekommst?"

„Aber Otto, dafür gibt es doch die Banken!"

„Ja, aber die wollen ihre Kredite irgendwann auf Heller und Pfennig zurückhaben, vergiss dies nicht", warnte der Großonkel.

„Das wird schon werden. Schiffbruch werden wir jedenfalls bei diesem durchdachten Konzept nicht erleiden. Da bin ich mir sicher. Aber mal etwas anderes. Demnächst solltest du mir das Anwesen überschreiben. Nur zu deinem Besten natürlich. Nicht, dass doch irgendwas schiefgeht und die Kredithaie wollen dir ans Leder. Das wäre mir unangenehm und dies lasse ich nicht zu. Wenn wir ehrlich miteinander sind, dann ist dies doch lediglich eine Formsache."

„Das stimmt, aber dann muss der Vertrag auch einen Passus über mein Sitzrecht auf Lebenszeit enthalten. Denn in eines dieser komischen Altenheime möchte ich nicht. Und wenn ich pflegebedürftig werde, soll sich eine adrette Polin um den alten Jägersmann kümmern. Die sind nicht schlecht, ich habe einige dieser Mädels beim Einmarsch damals kennen und schätzen gelernt", schmunzelte der Greis und hustete trocken.

„Das sollte kein Problem sein. Polinnen gelten als genügsam, fleißig und ehrlich. Außerdem sollen sie zu ihren Arbeitgebern schnell eine feste Bindung aufbauen, heißt es. Bezahlbar sollen sie auch sein, da sie ja mehr Lohn bekommen als im Heimatland und nicht viel benötigen. Du könntest ja die Abstellkammer ausräumen. Groß genug ist sie für ein Einzelbett."

„Oder sie kommt gleich zu mir ins Doppelbett und kümmert sich dann und wann um das darbende Gemächt", kicherte der Hauseigentümer.

„Übertreibe nicht, Otto. Wir reden hier von eventueller Pflege im Falle eines Falles und nicht von buchbaren Diensten amouröser Natur."

„Lass gut sein, Bub. Noch komme ich alleine zurecht, wenn auch etwas mühselig. Und zur Not hängt im Wohnzimmer noch die Knarre, wenn alle Stricke reißen."

„Willst du es nicht zuerst mit klassischem Erhängen versuchen?"

„In Polen habe ich das ein paarmal an anderen erfolgreich geübt. Leider besitze ich keine Zyankalikapsel, wie sie der Göring wohl hatte. Einmal mutig zugebissen und fertig ist die Laube."

„Mach langsam, Otto. Du wirst merken, der Plan geht auf. Ich sehe dich schon veritable Köstlichkeiten speisen. Ob ich mich selbst in der Küche versuche oder einen Koch anstelle? Auch benötigen wir ein neues Kassensystem und müssen die Einkehr internetmäßig anbinden. Schließlich sollen sich die Gäste ihre Mahlzeit schon auf dem Computer anschauen und ihren Platz auf Wunsch reservieren können. Wenn der Laden erst brummt und die Hütte voll ist, geht ohne Vorbestellung natürlich nichts", fantasierte sich der Großneffe in eine paradiesische Zukunft hinein.

„Lieber Junge, ich drücke dir die Daumen für alle deine Vorhaben, aber ein gesundes Misstrauen hat sich schon immer ausgezahlt. Dann ist man nicht so maßlos enttäuscht, wenn etwas nicht klappen sollte. Wie damals im Krieg bei meiner geplanten Beförderung. Da hat sich irgend so ein aufgeblasener Goldfasan gegen mich gestellt, weil ich ihn vor der Truppe mal als arrogantes Arschloch bezeichnet habe. Und ich war mir so sicher, dass das klappt. Kleine Mitgliedsnummer in der Partei, früher Eintritt in die Schutzstaffel und meinen Vorgesetzten gegenüber immer loyal. Bis auf diesen unbedachten Ausrutscher. Dafür habe ich dem Zuträger so die Fresse poliert, dass der eine Woche keine feste Nahrung zu sich nehmen konnte. Dieses Kameradenschwein hat mir meine ganze militärische Karriere damals versaut. Doch es hat sich gerächt. Eines schönen Tages hat ihm eine Salve aus einer Maschinenpistole des Feindes die Schädeldecke weggeblasen. Ich bin ja weder gläubig noch abergläubisch, aber da hat der liebe Gott oder sonst wer mal was Gutes getan. Ich habe dem Kerl keine Träne nachgeweint."

„Der Onkel und die alten Zeiten. Bin mal gespannt, ob ich später auch nur noch Erinnerungen verkläre."

„Wenn man sonst nichts mehr hat, ist dies ein schöner Zeitvertreib. Diesen Schwachsinn in der Glotze kann man sich ja nicht angucken." Der Besucher führte die Hand an die Stirn und verließ soldatisch grüßend die stickige Stube.

In der Wirtschaft zog er einen Plan aus der Tasche, welcher den Rundumschlag der Entkernung jener maroden Kaschemme offenbarte. Sinnierend schritt er durch den Gastraum, wobei die Sohlen der Schuhe stellenweise am Boden kleben blieben und sich mit einem leisen Schmatzen unwillig lösten. Ekel stieg in ihm auf. Mitleidig betrachtete er die fleckige Tapete, die schon bessere Zeiten gesehen hatte, ging hinter die abgehalfterte Theke und holte sich eine Flasche Bier aus der Kühlung, deren Ablaufdatum bedenklich näher rückte. Dabei wunderte er sich, dass die Kontrollbehörden das Lokal noch nicht auf der Abschussliste hatten. Normalerweise waren die nämlich äußerst kleinlich, wenn sie erstmal Lunte gerochen hatten. Da fiel ihm ein, was Otto vor einiger Zeit mal erwähnt hatte: Die Wirtschaft existierte als solche in den Papieren der Behörden gar nicht mehr. Der Betrieb folgte den Gesetzen des Schwarzmarktes, wie alles, was es hier gab. Rechnungen gab es keine, Abrechnungen und Nachweise über die konsumierte Ware schon gar nicht.

Unweit von hier boomte ein Flaschenbierhandel, Hilton genannt, der ebenfalls nicht unter dem Begriff der Kneipe lief, und seine Kundschaft trotzdem mit alkoholischen Kaltgetränken und auf Nachfrage mit belegten Broten versorgte. Somit betrieb der Alte die Beize quasi illegal und führte demnach auch keine Steuern ab. Dies war der Grund, warum ihm die Behörden nicht auf den dürren Leib rücken konnten. Doch da der Großneffe gute Beziehungen zu den zuständigen Ämtern hatte, sah er im Wiederaufleben der Erlaubnis zum Führen eines Lokals erstmal keine Schwierigkeiten. Auch war sein Leumund tadellos und damit die Kreditbeschaffung aussichtsreich. Zudem konnte er auf sogenanntes altes Geld zurückgreifen, das er sicher gebunkert hatte. Auch der Verkauf einiger Grundstücke, manche davon waren zu erwartendes Bauland, würde zur Finanzierung des Vorhabens beitragen.

Natürlich machte ihm der Großonkel Sorgen. Unmöglich konnte er ihn in der kleinen Wohnung belassen. Denn die Räumlichkeiten waren bereits verplant. Hier sollten drei komfortable Zimmer zur Übernachtung jener Gäste entstehen, die die hiesige Landschaft schätzten und wandern gehen wollten oder für solche, die nach der zünftigen Kost zu viel von den begleitenden Bränden genossen hatten und nicht mehr nach Heidelberg, Darmstadt oder Frankfurt fahren mochten. Dies war das Einzugsgebiet, in dem er die zukünftige Kundschaft verortete. Zufrieden setzte er die Bierflasche ab und freute sich über den in die Jahre gekommenen Pfau, der, warum auch immer, gerade eben ein Rad schlug. Wenn das kein gutes Omen ist, dachte er sich und griff zum schwarzgebrannten Schnaps, der ihn wärmte und in beste Stimmung versetzte.

Nun galt es, Otto vom schnellstmöglichen Überschreiben des Anwesens auf seinen Namen zu überzeugen. Sollte dies trotz intensiver Bemühungen zeitnah nicht funktionieren, war eine andere Idee, alleiniger Besitzer des zukünftigen Event-Gasthofs zu werden, bereits gereift. Das Alter plötzlichen Abtretens aus der Gesellschaft hatte Otto ohne Frage erreicht. Auch plagten ihn diverse Vorerkrankungen und er zeigte bisweilen Anzeichen einer Depression. Jäger war der Großonkel ebenso und das Gewehr hing immer geladen an der Wand. Was sprach dagegen, dass sich der senile Depp aus Lebensüberdruss erschoss? Nichts, nur dass man erst herausfinden musste, ob die Waffe tatsächlich geladen war. Falls nicht, brauchte es einen Grund dies nachzuholen. Vielleicht lieh ihm Otto die Knarre ja mal zum Schießen auf Blechdosen? Aber bis dahin war es noch weit. Wie er den Verwandten kannte, würde er auf inniges Bitten irgendwann reagieren. Er war ja sozusagen vom Wohlwollen des Großneffen abhängig. Sonst gab es niemanden mehr, der sich aus verwandtschaftlicher Verpflichtung Otto Gräber würde zuwenden können. Das

Licht, das der Großonkel vielleicht am Ende des Tunnels in Vorfreude auf die Polinnen vermutete, gehörte in diesem Falle zu einem entgegenkommenden Schnellzug, dachte er und musste über den Vergleich schmunzeln.

Er genehmigte sich noch einen Apfelbrand und stieß mit sich selbst auf seinen Ideenreichtum an. Wie er dann die Leiche des Wirtes entsorgen würde, war ihm ebenfalls bereits klar gewesen. Gedankenverloren schlüpfte er durch die Eingangstür und übersah eine Trittstufe der hohen Treppe, was ihn beinahe zu Fall gebracht hätte.

„Na, Meister. Wird Zeit, dass jemand die Stiegen erneuert und ein solides Geländer anbringt", rief einer der Arbeiter, die mit dem Schotterbett beschäftigt waren. „Das wäre beinahe schiefgegangen. Haben Sie sich verletzt?"

„Danke der Nachfrage. Ich kenne diese verdammte Treppe von Kindesbeinen an und immer war es diese Stufe, die mich zu Fall bringen wollte. Aber es ist ja nochmal gutgegangen. Wie geht es denn voran?"

„Sie sehen ja, bald werden die Außenarbeiten abgeschlossen sein. Die Tage kommt die Asphaltdecke drauf und fertig ist der Lack, wie man so sagt. Dann müssen nur die Pflasterer noch die Sandsteinquader einpassen und anständig verfugen. Danach können Sie die Fassade in Angriff nehmen lassen. Wäre schön, wenn da wieder Leben einkehren würde. Steht ja nicht umsonst Ei kehr drauf."

„Ja, das stimmt. Ich habe einiges vor in diesen heiligen Hallen. Mit etwas Glück bekomme ich sogar Fördermittel aus entsprechenden Töpfen des Landes. Damit ist natürlich einiges leichter zu stemmen. Ich muss mich mal schlau machen, ob der Denkmalschutz auch noch mitreden will. Schließlich ist das Gebäude bereits 1782 errichtet worden. Die Burschen sollte man nicht übergehen, sonst kann einem das übel aufstoßen. Aber ich sehe mich auf einem guten Weg. Und wenn ich mir betrachte, was Sie bisher geleistet haben, kann ich nur stolz auf meine Wahl der Baufirma sein. Richten Sie Ihrem Chef einen schönen Gruß und meine Anerkennung aus. Ich werde ihm bei

Gelegenheit meinen persönlichen Dank aussprechen. Man läuft sich im Ort ja beinahe zwangsläufig über den Weg. Sie sind eine prima Truppe."

„Ob der alte Mann, der manchmal aus dem Fenster guckt, auch so denkt? Da bin ich mir nicht ganz sicher. Er schaut recht missmutig. Das kann ich verstehen. Wir sind ja recht laut hier draußen." „Nein, haben Sie keine Bedenken. Auch mein Großonkel betrachtet mit Stolz das Fortschreiten der Arbeiten. Wenn ich überlege, wie dies hier vorher ausgesehen hat, kein Vergleich. Ich mache mich dann mal auf den Heimweg. Zur Eröffnung können sich Ihr Chef und die Betriebsleitung bereits als eingeladen betrachten. Das exklusive Menü wird ihnen sicherlich munden."

32

Die Wohnung befand sich im zweiten Stock eines schmucken Gründerzeitgebäudes in der Sophienstraße im Frankfurter Stadtteil Bockenheim. Karl Kunkelmann und Heiner Ehrenreich waren nicht oft in Mainhattan, wie sie die Metropole scherzhaft nannten, und hatten deshalb ein wenig mit der U-Bahn zu kämpfen, um das Prozedere des Bezahlens zu verstehen. Den Dienstwagen hatten sie in Erbach gelassen und waren mit dem Zug ins Sündenbabel gefahren. Sie trafen auf die Falkstraße und gingen nach links in die Basaltstraße, in der sich früher einmal Linas Pizzeria befand, ein Kultlokal der 68er-Bewegung, in dem auch schon Joschka Fischer seine Turnschuhe unter den Tresen gestreckt hatte. Ehrenreich kannte das Lokal aus der kurzen Zeit, in der er als Jurastudent an der Goethe-Uni eingeschrieben war. Er hatte aber die Seminare bei Lina Lunardi vorgezogen, wo deren Ehemann Arno herrlich frisches Pils zapfte und geniale überbackene Auberginen servierte.

Die Kriminalen wunderten sich, denn die Hausnummer stimmte, ebenso die Etage, nur der Name war ein anderer. Hier wohnte laut Klingelschild Martina Maier. Sie läuteten trotzdem. Vielleicht wusste ja Frau Maier etwas über den Verbleib der Vormieterin. Nach gefühlten zehn Sekunden surrte der Summer und sie passierten die Tür aus solidem Eichenholz. Eine breite Steintreppe mit geschmiedetem Geländer führte nach oben. Dann standen sie vor der Wohnungstür, auf der ein kleines Schild eine Martina Madeleine Maier als Bewohnerin auswies.

„Nachtigall, ick hör dir tapsen", flüstere Kunkelmann, drückte spitzbübisch ein Auge zu und gleichzeitig auf den Knopf der Klingel.

Aus den Zimmern drang dezente Musik nach draußen. Ehrenreich glaubte den Bolero von Maurice Ravel zu erkennen. „Passt", sagte er zu seinem Kollegen und steckte den rechten Daumen zwischen Zeige- und Mittelfinger. Nach kurzer Zeit des Wartens wurde die Tür aufgestoßen und ein Mann im Nadelstreifenanzug ging grußlos an ihnen vorbei. Hinter ihm zeigte sich eine adrette weibliche Person, die einen seidenen Kimono trug, der knapp unter den Pobacken endete. Den Büstenhalter hatte die Schöne wohl vergessen oder nicht nötig gehabt, wie das Ermittlerteam einvernehmlich konstatierte.

Ein süßer und schwerer Duft nach Cacharel Lou Lou flog sie an. Die leichte Ahnung von Moschus erinnerte Kunkelmann an das versehentlich aufgetragene Parfüm von Lena, das er in der Hektik vor der Pressekonferenz mit seinem Rasierwasser vertauscht hatte. Als sie pflichtgemäß ihre Ausweise als Legitimation zum Eintritt in das begehrte Boudoir gezückt hatten, sagte Madame Madeleine, dass dies nicht nötig sei. Schließlich bekomme sie öfter Besuch von der Kripo, die bei ihr Entspannung vom harten Dienstalltag suche. Auch aus der Kreisstadt des Odenwaldes hätten sich schon Beamte von ihr verwöhnen lassen. Ehrenreich hatte einen Verdacht, ließ ihn aber gleich wieder fallen.

„Wir haben hier Ihre Visitenkarte. Die haben wir in der Wohnung eines gewissen Frank Schneider in Reichelsheim gefunden", erklärte Kunkelmann und hielt ihr das Kärtchen vor die Nase.

„Das kann durchaus sein, schließlich mache ich auf Wunsch auch Hausbesuche", entgegnete die Frau im Kimono gelassen.

„Dürfen wir hereinkommen?", fragte Ehrenreich.

„Dafür bin ich da. Bei mir darf jeder anständige Mann gerne hineinkommen", lächelte Madeleine verführerisch, was Kunkelmann die Schamesröte ins Gesicht trieb.

Als sie den kleinen Flur passiert hatten, standen sie in einem rot gestrichenen Raum, dessen Mitte ein rundes Bett dominierte, das an die berühmte Spielwiese erinnerte. Am metallenen Kopfteil baumelten Handschellen, die Kunkelmann reflexartig nach den eigenen am Gürtel greifen ließ. Zu ihnen hatten sich mehrere Versatzstücke ihres Metiers gesellt, die der Hauptkommissar nicht kannte. Lediglich eine kleine Lederpeitsche und einen auf dem Bettpfosten ausharrenden erigierten Penis aus fleischfarbenem Kunststoff konnte er identifizieren, wobei ihn, ohne auch nur ansatzweise Vergleiche anzustellen, Größe und Umfang des Geschlechtsteiles irritierte, das frappierend an die Länge eines Unterarms erinnerte. Unter der Liegestatt lugte verschämt ein vergessenes Kleenex hervor.

Madeleine räumte zwei Stühle frei und bat die Polizisten Platz zu nehmen. Den offerierten Kaffee lehnten die beiden ab und kamen gleich zur Sache. „Frau Maier, erzählen Sie uns doch mal was zu Herrn Schneider aus Ihrer Sicht", begann Ehrenreich.

„Nun, ich habe ihn so genau nie gesehen, da er am liebsten den doggy style gepflegt hat, wenn ich mich recht erinnere", antwortete die vornehme Kurtisane mit nachdenklichem Gesichtsausdruck. „Wie? Was? Sie müssen wissen, ich bin seit gefühlten 40 Jahren mit Frau Kunkelmann verheiratet und unseren Thomas haben wir vor rund 23 Jahren gezeugt, wenn ich mich nicht täusche", flocht der Hauptkommissar ein und bat um fachliche Erläuterung. „Wenn Sie beim Geschlechtsverkehr gegen die Wand gucken, können Sie kein Gesicht sehen", verdeutlichte Madeleine.

„Also Sie konnten ihn nicht leiden, weshalb Sie sich abgewendet haben. Verstehe ich das richtig?"

„Nicht so ganz. Aber das macht ja nichts. Ich kann mich an einen etwas eigensinnigen und leicht arroganten Menschen dort in diesem Kaff erinnern, der mich nicht nur sexuell erniedrigte. Irgendwie war mir der Typ suspekt, weil er ständig von seinem Geld sprach, das er verdiente. Er hat zwar geprahlt, mich aber auf der anderen Seite anständig bezahlt."

„Was nehmen Sie denn so?"

„Keine harten Drogen, nur manchmal etwas Koks, wenn mir danach ist. Nein, das war jetzt ein Spaß. Ich glaube, je nach Programm, könnte das Ihre Beamtenbörse sprengen", konkretisierte die Gunstgewerblerin.

„Dann sind Sie also eher für gut gefüllte Geldbeutel zuständig?"

„Ja, unweit von hier hat ja auch die Nitribitt gearbeitet. Nur der schwarze Mercedes fehlt mir noch zu meinem Glück."

Kunkelmann hatte den Namen schon mal gehört, konnte ihn jedoch nicht sofort einordnen. Beiläufig fragte er sich, welcher Kollege sich die Künste dieser Dame denn leisten konnte und landete gedanklich bei Kriminaldirektor Wagenknecht.

„Außerdem ist mir Rosemarie oftmals auf die Nerven gegangen. Sie hat mir ständig in die Fußsohlen gekratzt", schob Madeleine nach.

„Nun, wie Sie Ihre Besuche zu zweit nun ausgestalten, das interessiert mich wenig."

„Wieso zu zweit? Ich rede von diesem wilden Tier, das er bei sich im Haus hält."

Jetzt wusste Kunkelmann, dass sie von der Leopardenkatze sprach. „Hat Herr Schneider bei Ihren Zusammenkünften vielleicht einmal die Ostsee erwähnt?"

„Einmal? Er redete häufig von den ausufernden Urlauben, die er dort zu verbringen pflegt und lobte sein rollendes Eigenheim für unabhängige Aufenthalte an der Küste."

„Und er hat nicht zufällig verraten, ob er bald wieder dorthin fahren möchte?"

„Doch. Als ich das letzte Mal bei ihm war, brüstete er sich damit, bald wieder dort oben mausen zu wollen. Ich meine natürlich schmausen zu wollen. Labskaus, Matjes und Krabbencocktail liebt er wohl über alles."

„Sonst fällt Ihnen nichts mehr ein?"

„Och, mir fällt da so einiges ein, wenn ich mir Sie und Ihren Kollegen so betrachte. Sie sehen ja richtig ausgehungert aus", lockte Madeleine und leckte sich lasziv über die geschminkten Lippen.

„Deswegen gehen wir jetzt auch was essen. Ich kenne da von früher eine alte Bierkneipe an der Bockenheimer Warte", sagte Ehrenreich und brachte im Geiste die Tätigkeit der Edelnutte mit dem Namen des bekannten Fachwerkturmes in Verbindung.

Als sie von Madeleine zur Wohnungstür gebracht wurden, hob ein schwacher Luftzug den Kimono ein wenig mehr als erlaubt an und eröffnete für den Bruchteil einer Sekunde den Anblick auf das, wo die erlesene Kundschaft gerne hineinkommen durfte. Als sie das Treppenhaus betraten, kam ihnen diesmal ein Mann mit Designerklamotten, einem Lederköfferchen und einem Strauß Rosen entgegen.

„Entweder der kommt gerade aus dem Bankenviertel und will sich auf zweierlei Weise erleichtern oder das ist der persönliche Drogenkurier der Martina Maier", merkte Heiner Ehrenreich flachsend an.

Sie betraten den Bürgersteig und kämpften sich kurz darauf durch das Gewusel auf der Leipziger Straße in Richtung Bockenheimer Warte, wo sie bei Doctor Flotte durch die Pforte schlüpften. Auch hier hatte einst Joschka Fischer seine Spuren hinterlassen, da die Bierkneipe gegenüber der Uni lag, an der er zwar nicht studiert, aber fleißig agitiert hatte. Als Ehrenreich in diesem Zusammenhang den Pflasterstrand erwähnte, dachte Karl Kunkelmann an einen mit Steinen befestigten Parkplatz an der Ostsee. Frikadellen und Rindswurst waren die Klassiker in dieser Kneipe, über der schon mehrmals der Abgesang des Dichtmachens ertönte, sich jedoch stets als Gerücht entpuppt hatte. Dichtmachen war weiterhin möglich, aber auf die gewohnte Art. Da die beiden Polizisten hier niemand erkennen würde und sie außerdem Zivil trugen, bestellte Kunkelmann ein Pils und Ehrenreich ein Weißbier. Vorsichtshalber ließen sie ihre lang geschnittenen Jacken an, da diese die Pistolen am Gürtel gut verdeckten. Auf die ebenfalls vorrätigen Schulterholster hatten beide verzichtet, da diese unbequem waren und den Bauch noch unvorteilhafter betonten.

Die Lautstärke der diskutierenden Gäste war enorm. Hier versoffen Studenten und Arbeiter gleichermaßen ihre Barschaft. Die Inneneinrichtung erinnerte entfernt an historische Eckkneipen in Berlin, ein Rauchverbot gab es nicht.

„Weißt du was", meinte Kunkelmann nach dem zweiten Bier, „wir rufen mal den Stahlmann an. Vielleicht hat er ja Lust und Zeit auf einen Schoppen mit zwei Gendarmen vom Land." Schon fischte er das Handy aus der Tasche, in dem er die Nummer des Mediziners notiert hatte. Nach gefühlten fünf Minuten konnte er diese auch finden, trat vor die Tür und ließ es läuten. „Hallo Herr Medizinaloberhauptrat, hier Gendarm Kunkelmann aus Erbach. Wir sitzen hier bei einem Ihrer Kollegen, der Doctor Flotte heißt und in der Gräfstraße praktiziert. Es geht um eine komplizierte Operation. Könnten Sie freundlicherweise assistieren?"

„Also, wenn dieser Kollege um Hilfe bittet, ist es mir eine Ehre diese zu leisten. Von der Gerichtsmedizin ist es ja nicht so weit bis dahin und ein paar Schritte an der frischen Luft, falls man das in Frankfurt sagen kann, tun mir bestimmt gut. Ich beeile mich, bis gleich."

Und?", fragte Ehrenreich.

„Klar", sagte Kunkelmann, hob den rechten Daumen und orderte noch einen Schoppen.

Hier hatte der Begriff der Volkswirtschaft wohl seinen Ursprung, dachte Ehrenreich und schaute sich in der ihm aus früheren Tagen bekannten Beize um. Er blickte auf einen

Querschnitt der Gesellschaft. Da las ein nickelbebrillter Glatz- kopf älteren Semesters irgendwas von Adorno, am Tisch ge- genüber stritten sich zwei angetrunkene Damen, wer denn nun mit dem Bezahlen des nächsten Likörchens dran sei. Neben ihnen am Tresen lümmelte ein junger Bursche, der wohl aus dem Bahnhofsviertel kam und einen Weißwein in sich hineinzitterte. Hinten in der Ecke hatten ein paar Japaner den Stadtplan von Frankfurt ausgebreitet und diskutierten anschei- nend über das nächste touristische Ziel, das sie ansteuern woll- ten. Es hatte sich nichts verändert. Ehrenreich bat die Wirtin darum, abermals aus seinem Glas die Luft herauszulassen.

Als sich das Weißbier vom Zapfhahn in Ehrenreichs Glas er- goss, sprang die Tür auf und ein drahtiger, braungebrannter Mann herein. Der neue Gast schaute sich um und lief schnur- stracks auf Karl Kunkelmann zu, den er gleich erkannt hatte. Er streifte seine Jeansjacke ab und setzte sich auf den freien Barhocker neben dem Polizisten.

„Ei guude wie, wo machst'n hie?", grüßte die Koryphäe der ärztlichen Leichenbeschauer gut gelaunt und klopfte den bei- den Hauptkommissaren abwechselnd auf die Schulter.

„Eher wo kommst'n her", antwortete Kunkelmann, stieß dem habilitierten Doktor spaßeshalber mit der Faust vor die Brust und fragte, was er trinken möchte.

„Ich nehme einen Patschnassen", entgegnete dieser, „denn ich muss nachher nochmal ans Band, um in Vertretung meines Assistenten einen Körper zu öffnen. Ah, du weißt nicht, was ein Patschnasser ist? Darunter versteht man in der ehrlichen Gastronomie unserer Mainmetropole einen Apfelwein mit ganz viel Wasser gespritzt oder auch ein Mineralwasser mit einem Schuss Apfelwein. Ganz wie du willst. Was führt euch in dieses gastliche Haus?"

„Wir waren gerade bei einer netten Dame des horizontalen Gewerbes", antwortete Heiner Ehrenreich.

„Oh, dann tut es mir leid, diese indiskrete Frage gestellt zu haben."

„Nein, um Himmels willen. Natürlich nur dienstlich. Sie hatte Kontakt zu diesem Frank Schneider, dem ja der Arm in Ihrem Kühlschrank gehören könnte. Konnten Sie diesen schon dem Mann zuordnen oder ihn als Besitzer ausschließen?", fragte Kunkelmann.

„Ich glaube, wir waren beim letzten Fall beim Du gelandet. Ich behalte dies gerne bei, mein lieber Karl."

„Stimmt, das habe ich ganz vergessen, lieber Holger."

„Volker heiße ich und empfehle dir die regelmäßige Einnahme von Ginkgo, das ist gut gegen das Vergessen. Denn besser wird der Arm ja nicht, wenn er da so bei mir in der Kühlung liegt."

„Wir hatten ein paar Haare aus der Bürste des Herrn Schneider und einige Stränge gebrauchter Zahnseide zu euch schicken lassen wollen. Aber scheinbar hat das die Kriminaltechnik nicht weiterverfolgt. Ich werde deren Chef, dem Marco Wiesemann, auch mal Dingo empfehlen."

„Hunde wird er wohl keine essen", antwortete der Mediziner lachend und Kunkelmann fragte nicht nach.

„Wäre das nicht eher was für euer Labor?"

Wieder fiel dem Hauptkommissar die Notlüge bei der Pressekonferenz ein. Sie hatten diesen Grundpfeiler der Ermittlungsarbeit einfach nicht beachtet. Er machte sich ernsthaft Gedanken über sein Alter und die uneingeschränkte Dienstfähigkeit. So etwas war ihm in all den Jahren noch nicht passiert.

„Mach dir keinen Kopf, wo Menschen arbeiten, werden Fehler gemacht", trug Ehrenreich ein wenig zur Schadensbegrenzung bei. Um nicht angetrunken im Odenwald einzutreffen, schoben die beiden Kriminalen noch einen Handkäs hinterher, den sie mit je einem Patschnassen ablöschten, schauten erschrocken auf ihre Uhren und entschuldigten sich bei Volker Stahlmann für den plötzlichen Aufbruch. „Wir sind nämlich mit dem Zug gekommen und müssen noch nach Hause bevor die Schranke runtergeht."

„Ich verstehe, Karl. Die Odenwaldbahn ist nicht der Nachtzug nach Lissabon", konstatierte dieser mit breitem Lächeln.

Bevor sie den Doctor Flotte verließen, huschte Karl noch mal schnell aufs stille Örtchen, denn er hätte nicht gedacht, dass sich die Musik beim Handkäse so hurtig bemerkbar machen würde. Da kündigte sich kein langsamer Walzer an, dies schien eine flotte Polka zu werden.

33

Sie hatten sich zuvor besprochen und wollten versuchen, auf den Keltereibesitzer Einfluss zu nehmen, ohne ihn allzu sehr unter Druck zu setzen. Schließlich war er ja prinzipiell einer von ihnen. Schon immer im Ort verhaftet und aus einer alten Bauernfamilie hervorgegangen, deren Stammbaum sich bis kurz nach dem Dreißigjährigen Krieg zurückverfolgen ließ. Erst später hatten die Kabels mit dem Keltern begonnen und ihren Lebensunterhalt darauf ausgerichtet.

Dabei sahen sie sich als Vertreter der regionalen Bauernschaft, die sie zum Handeln in deren Sinne berechtigt hatte. Herbert Jäger, Schorsch Eitenmüller und Fritz Hubinger hatten sich als Trio gefunden. Zum Quartett fehlte Hans Vierheller, der sich in einer psychosomatischen Klinik befand und als Sprachrohr der Landwirte ausgefallen war. Natürlich hatten sie sich bei Gerhard Kabel zuvor angekündigt und um einen Termin gebeten. Auch war dem Kelterer zuvor ein Schreiben mit den wichtigsten Forderungen der lokalen Landwirte zugegangen, damit er sich auf das Gespräch vorbereiten konnte.

Am Eingangstor angekommen, empfing sie der etwas unfreiwillige Gastgeber mit einer Runde Apfelkorn, was von keinem als Bestechung gewertet, sondern als nette Geste gesehen wurde. Zudem war das Thermometer an diesem Samstagmittag derart gefallen, dass die Erwärmung fast schon als Pflichthandlung verstanden wurde. Für den weiteren Verlauf hatte Kabel ebenfalls vorgesorgt, gut gewürzte Steaks mit Knoblauchbutter bestrichen und dazu ofenfrisches Bauernbrot bereitgelegt.

Die Versammlung fand im Verkostungszimmer des Betriebes statt, wo bei Bedarf genügend Nachschub an vitaminreichen Getränken zur Verfügung stand. In der Ecke bollerte ein kleines Kanonenöfchen und hauchte der Besprechung eine behagliche Wärme ein. Die Atmosphäre glich eher einem gemütlichen Beisammensein nach einer abschussreichen Jagd als einem Krisengespräch. Doch das täuschte. Bei aller Stubengemütlichkeit wussten die Besucher genau, was sie wollten und unterstrichen ihre Forderungen mit verbaler Deutlichkeit.

„Gerhard, du weißt ja, warum wir heute gekommen sind", begann Hubinger und drehte dabei das vor ihm stehende Gerippte im Kreis. „Wir leiden mittlerweile fast alle unter dem Dosenabfall, der massenweise auf unsere Weiden geworfen wird. Es war ja mehrfach in der Presse zu lesen."

„Werden wir doch gleich konkret", übernahm Eitenmüller. „Viele Kollegen können die anfallenden Tierarztkosten nicht mehr stemmen, besonders die, die im Nebenerwerb tätig sind. Durch die Bank weg sind das doch alles kleine Milchbauern. Da kann man täglich den Verfall des Literpreises verfolgen. Und guck mal, wie viele wir im Odenwald überhaupt noch sind. Es reichen beinahe zehn Finger, um die tapferen Helden der deutschen Scholle zu zählen."

„Ja, das ist mir alles bekannt und tut mir auch aufrichtig leid. Aber das Dosenproblem haben ja nicht wir in die Welt gehoben. Die Büchse aus Metall hat sich 1810 bereits ein Brite patentieren lassen und die Amis sind auf die Idee gleich draufgesprungen. In den beiden letzten Kriegen waren die Dosen extrem praktisch. Sie gingen nicht kaputt und nahmen wenig Platz in den Tornistern weg. Richtiges Konservieren wurde dadurch problemlos möglich."

„Gerhard, also bitte. Wir brauchen hier keine historischen Ausführungen über die Erfindung und Verwendung dieser Blechbehälter."

„Außerdem sind es nicht nur wir, die unser Getränk darin verkaufen. Es gibt ja schließlich auch Bierdosen", parierte Kabel.

„Klar, aber hier greift man beim Gerstensaft zur Flasche und du füllst deine prima Schoppen in Alu ab."

„Weißt du auch warum?"

„Ich hoffe, du hast eine überzeugende Erklärung parat. Aber auch die stellt uns wahrscheinlich nicht zufrieden."

„Ganz einfach. Apfelwein in Flaschen läuft nicht mehr. Das sind die Zeichen der Zeit. Auch der Bembel ist zu bäurisch geworden. Die Jugend denkt modern und trinkt modern. ‚Brieh in de Bix' boomt, um es mal so zu beschreiben."

„Geht es dir denn nur um deinen Scheiß-Profit? Rede mal mit dem Schubert von der Abfüllung. Der sagt dir, was Anstand und Moral bedeuten", echauffierte sich Herbert Jäger.

„Ich sag dir mal was. Ohne die Umstellung auf Dosen wären wir samt Albert Schubert den Bach hinuntergegangen. Gott sei Dank kam der Schneider auf diese Idee. Das hat uns das Überleben gesichert und unseren Angestellten übrigens auch."

„Diesen Schneider kann man in der Pfeife rauchen. Das ist ein Neokapitalist, wie er im Buche steht. Aber dass du auch so denkst, das überrascht uns. Die Kühe verrecken und du steckst den Kopf in den Sand und tust so, als ob dies eine Kleinigkeit sei, die dich nicht berühren müsste?"

„Nein, aber ich weiß nicht, wie ich das ändern könnte. Die Dosenabfüllung einzustellen, das käme einem Offenbarungseid nahe. Schließlich habe ich ja Personalverantwortung, wenn ihr schon Anstand und Moral ins Feld führt."

„Könnte nicht ein anständiges Dosenpfand das Problem lösen?", frage Hubinger.

„Das ist leider eine Sache der Politik. Da können wir nicht mitentscheiden. Aber ich spreche mal mit dem Schneider, wenn der aus dem Urlaub wieder zurück ist."

„Scheinbar wird der von den Behörden gesucht. Und die Kripo hat uns befragt, ob wir einen Hass auf den Typen hätten. Was natürlich nicht von der Hand zu weisen ist. Schließlich hat er Prokura bei dir und, wenn uns nicht alles täuscht, das Dilemma mit den Dosen hauptsächlich zu verantworten", holte Hubinger aus.

„Er wollte an die Ostsee fahren, hat er zu mir gesagt. Und während seiner freien Tage meldet er sich nie. Der Schneider ist auch sonst nicht zum Rapport verpflichtet. Als mein Geschäftsführer und Prokurist hat er so genannte offene Stunden und kann seine Arbeitszeit planen, wie er dies möchte."

„Die Kripo glaubt, dass der Arm, den du in den Äpfeln gefunden hast, ihm gehören könnte und einer von uns ihn dort hingeschafft hat."

„Ist euer Brass auf den Schneider denn so schlimm, dass ihr zu solchen Mitteln greifen würdet? Ich weiß, er ist ja nicht gerade des Dorfes liebstes Kind. Aber Mord oder Totschlag? Das ist jetzt doch arg weit hergeholt", empörte sich der Keltereibesitzer und legte mehrere Steaks auf den draußen vorbereiteten Grill.

„Wie wäre es denn mit einem mahnenden Aufdruck?", wollte Fritz Hubinger wissen. „So nach dem Motto: Diese Dose gehört in den Wertstoff, nicht auf die Weide."

„Glaubst du wirklich, dass das einer liest?", bezweifelte Herbert Jäger den Einfall seines Mitstreiters.

„Naja", wog Kabel die Idee ab und wendete die Steaks. „Einen Versuch wäre es wert. Und die Druckkosten tragen wir ja sowieso. Ein Satz mehr oder weniger stürzt uns nicht in den Ruin. Aber ich sage euch nochmal, dass der Hauptgrund für die Misere beim nicht erhobenen Dosenpfand auf Weingetränke liegt."

„Mal was anders", flocht Eitenmüller ein. „Wie kann es eigentlich sein, dass der Schneider den Al-Abadi rausgeschmissen hat? Bei dem war nämlich auch die Kripo. Er hat den Porsche von diesem Wichtigtuer mit Farbe beschmiert."

„Ganz einfach, weil er der Geschäftsführer ist. Er wird schon seine Gründe gehabt haben", entgegnete Kabel.

„Kann es sein, dass du dem Idioten gerade die Stange hältst?"

„Keinesfalls, mein Freund. Aber das nennt man Loyalität. Jeder kümmert sich bei uns um seine Angelegenheiten. Ich habe mich für die Repräsentation und die Gesamtverantwortung samt Bestellung entschieden. Frank Schneider regelt mit Unterstützung von Anette alles andere. Außerdem bin ich in einem Alter, wo man gerne mal einen Schritt rückwärtsgeht und sich über Entlastung freut."

„Wir sollten uns keinesfalls bekriegen und Zwietracht säen, schließlich wirft die Kelterei Kabel ja einiges an Gewerbesteuer ab, was der Gemeinde zugutekommt", suchte Eitenmüller den Ausgleich, säbelte sich ein Stück von seinem Steak ab und fragte: „Es würde mich brennend interessieren, wer die Dreistigkeit besessen hat, dir diese Hand unter die Äpfel zu mischen. Da braucht es schon reichlich Chuzpe und Kaltblütigkeit so etwas zu tun. Und wem die nun gehört oder gehörte, ist auch von Interesse. So eine Hand findet man ja nicht zufällig im Vorübergehen."

„Darüber zermartere ich mir schon seit Tagen den Kopf. Derjenige oder diejenige ist ein großes Risiko eingegangen. Wie ihr wisst, sind bei uns ja überall Kameras installiert. Ich tue mir sehr schwer mit meinem Verdacht, aber ich vermute den Täter in den eigenen Reihen. Nur wer sollte so etwas fertigbringen? Ich kenne doch meine Leute. Euch Landwirte hatte ich nie in Betracht gezogen. Dafür ist der Anlass meines Erachtens bei aller Schwere und Bedeutung für euer Metier doch zu gering. Ich bin gespannt, ob die Kripo herausfindet, zu wem der Arm passt. An einen Unfall glaube ich nicht. Dafür haben wir gar nicht die Maschinen. Und ob jemand so mir nichts dir nichts den Schneider überfällt und ihm einen Arm abhackt, das wage ich ebenso zu bezweifeln. Da hätte ja ein Kampf stattfinden müssen. Und der Kerl hat Kraft. Soweit mir bekannt ist, trainiert der regelmäßig unten im Studio. Ich kann euch gar nicht sagen, was das für ein Schock war, diese Hand zu finden. Ich dachte zuerst an einen verdorrten Zweig, der da ins Keltergut geraten war. Warum die Kripo nach dem Schneider sucht, weiß ich ehrlich gesagt nicht so recht. Der hat sich an die Ostsee verabschiedet und ist nicht zu erreichen. Ich habe es bereits mehrmals versucht."

„Wer möchte dir so zusetzen, dass er dich in eine solche Misere stürzt?", wollte Hubinger wissen.

„Wenn ich das wüsste, wären wir ein Stück weiter. Aber ich weiß es nicht, verdammt. Das einzige, was ich weiß, ist, dass mich diese ganze Geschichte extrem belastet und, mit Verlaub, sich auch in einem zurückgehenden Umsatz niederschlagen kann."

Schorsch Eitenmüller salzte sein Steak etwas nach und griff nach einem weiteren Stück Brot. Dazu hob er eine Flasche naturtrüben Apfelwein aus dem Kasten und holte sich zuvor mit einem kurzen Nicken des Kopfes Kabels Erlaubnis ein. Es wurden noch diverse Apfelbrände verkostet, schließlich befand man sich ja an der Rohstoffquelle. Da ging die Tür auf und Tina, die Auszubildende, betrat den Raum. Sie war zu dieser ungewöhnlichen Stunde in den Betreib gekommen, um sich in ihrem nun verwaisten Büro auf die bald anstehende Prüfung in aller Ruhe vorbereiten zu können. Die Diskretion wahrend, bat sie den Chef kurz nach draußen.

„Herr Kabel, Sie werden es nicht glauben", sprudelte sie los. „Als ich vorhin nach der Post geschaut habe, ist mir diese Ansichtskarte in die Hand gefallen. Was ist denn mit dem Schneider los? Der schreibt doch sonst nie."

Gerhard Kabel schaute etwas konsterniert auf die Karte und las: „Hallo Herr Kabel, Matjes und Krabben wie immer frisch. Beste Grüße an die Gattin und frohes Schaffen! Frank Schneider."

„Naja, freundlich grüßen hätte er mich ja auch mal können. Aber bestens. Vielen Dank, Tina. Damit klärt sich einiges." Das Dokument schwenkend, kehrte Kabel zu seinen Gästen zurück, reichte die Karte herum und sagte: „Jetzt wissen wir wenigstens, dass der Herr Geschäftsführer die frische Seeluft genießt, dass es ihm gut geht und dass er einen gesegneten Appetit zu haben scheint. Der Arm muss einem anderen gehören."

Das Foto zeigte die im Meer versinkende Sonne und Kabel heftete sie zu weiteren Feriengrüßen von Mitarbeitern an die Pinnwand.

34

An Urlaub war während der Ermittlungen nicht zu denken. Lediglich ein paar freie Tage wurden Karl Kunkelmann von Wagenknecht gewährt. Allerdings unter der Prämisse, dass er stets telefonisch erreichbar war und sich in einem Radius von höchstens 50 Kilometern bewegen würde. Dies war für Lena ein gefundenes Fressen. Denn sie konnte ihren Göttergatten zu einer Einkaufsfahrt nach Darmstadt verhaften, wo sie viele Besorgungen zu machen gedachte und dafür noch einen gutmütigen Packesel benötigte.

Der Hauptkommissar war auf die Heiner nicht gut zu sprechen, da sie einer seltsamen Verkehrsführung folgten, die häufig zu Auffahrunfällen führte. Dies war amtlich und statistisch bewiesen. Deshalb parkte er seinen gelben Käfer am liebsten vor dem Finanzamt nahe beim Ostbahnhof. Dort war er als Kind immer mit der Oma ausgestiegen, um die Schwester des Großvaters, die bucklige Tante Lisbeth, zu besuchen. Als Belohnung war ihm immer eine gut gefüllte Waffel bei Eis-Roth sicher gewesen. Heutzutage saß er am liebsten im bestens besuchten Café Chaos, las in einem Heimatroman und wartete bei Kaffee und Kuchen, Granatsplitter gab es dort keine, auf das Wiederauftauchen der Gattin. Zudem wohnte die Freundin seines Sohnes um die Ecke in der Riedlinger Straße, wo er immer mal auf die Toilette durfte. Denn Ausflüge in die Fremde bekamen seinem nervösen Magen nicht gut. Und unter all den Menschen im Café wollte er sich, ob der zu erwartenden Geräuschkulisse, nur in Notfällen erleichtern.

Diesmal hatte er sich geschnitten. Lena bestand auf polizeiliche Begleitung in die Stadtmitte, die Kunkelmann mit dem

Auge des Orkans verglich. Schon zu Hause wurde er von Blähungen geplagt, die er nur mühsam unterdrücken konnte. Sie fuhren die Landgraf-Georg-Straße hinunter, nahmen den Bogen an der Technischen Universität und reihten sich in eine der vielen Fahrspuren ein. Links begleitete sie ein Stadtbus auf ihrer Höhe, rechts zog ein Lastwagen mit ihnen gleich. Kunkelmann wurde immer langsamer, da er sich in die Zange genommen fühlte. „Dass man diese Deppen überhaupt in den öffentlichen Verkehr lässt, verstehe ich nicht", brummelte er und begann mit dem Lenkrad zu rudern. „Was machst du denn? Die fahren doch ganz normal in ihrer Spur. Nur du scheinst neben selbiger zu stehen", gab ihm Lena zu verstehen.

Plötzlich hupte es hinter ihnen. Kunkelmann schaute auf den Tacho und stellte fest, dass er mit der atemberaubenden Geschwindigkeit von beinahe 25 Kilometern die Bleichstraße hinunterschlich. Sie bogen rechts in die Grafenstraße ein, ließen das Klinikum links liegen und querten die Bismarckstraße, in der sich das Erste Polizeirevier der Stadt befand. Über die Sieboldstraße gelangten sie in die Julius-Reiber-Straße zu einem Sportgeschäft, wo Lena Station machen musste. Eine ihrer Freundinnen hatte von Nordic-Walking-Stöcken gehört, die dort im Angebot sein sollten.

„Was willst du denn mit diesen Krötenspießern? Du gehst doch immer freihändig in den Wald", fragte Kunkelmann und versuchte über die Rückspiegel den Käfer in eine schmale Parklücke zu manövrieren, vor der selbst einer der historischen Messerschmitt-Kabinenroller äußersten Respekt gehabt hätte und schabte prompt an einer der Begrenzungsstangen entlang.

„Na toll", kommentierte Lena dieses quietschende Reiben. „Hätte mich auch gewundert, wenn wir nicht ein neues Andenken mit nach Hause brächten."

Kunkelmann schimpfte und verfluchte die winzigen Parklücken. „Noch nicht mal das kriegen diese Woogs-Hammel hin. Aber der Name der Gasse passt: Reiber-Straße."

„Ich finde das gar nicht lustig. Wer verursacht eigentlich die meisten Schäden an eurem Dienstauto? Hat man euch bewusst diesen alten Opel zugeschustert?" Der Hauptkommissar schwieg.

„Wer hat überhaupt gesagt, dass die Walking-Stöcke für mich sind? Ich bewege mich genug." Nachdem er seinen Hintern über den Schalthebel gehievt hatte, verließ der zukünftige Sportsmann unter Zuhilfenahme der Halteschlaufe den Wagen durch die Beifahrertür. Die seinige war durch eine impertinente Stange blockiert. Missmutig schulterte Kunkelmann den sperrigen Neuerwerb und verstaute ihn im Käfer, wobei er die Stöcke längs in den Wagen legte, wodurch sie beim Bremsen immer wieder nach vorne rutschten und den Schaltvorgang behinderten.

Als nächstes Ziel lotste Lena ihren Mann zu einem Großmarkt für Elektrogeräte. In der Abteilung für Weißware fiel der Blick der Polizistengattin auf einen Kühlschrank mit dem Namen Polarbär, der ihr anhand seiner beeindruckenden Ausmaße imponierte und viel Fassungsvermögen versprach. Kunkelmann ahnte nichts Gutes und bemerkte, dass sie bereits solch ein Gerät besäßen und dieses auch anstandslos funktioniere. „Stimmt, aber die Fächer sind ständig mit deinen auf Niedrigtemperatur zu haltenden Weißbierflaschen belegt und ich weiß nicht, wo ich mein Gemüse unterbringen soll. Hier benötigt es dringend des Dopplereffektes", sagte Lena und gab dem Gatten ein Rätsel auf. „Also wenn dieses Gerät mit nach Bad König soll, dann frage ich mich, wo wir es verstauen."

„Im Käfer natürlich. Wenn wir uns geschickt anstellen und die Sitze verschieben, findet der Polarbär mit etwas gutem Willen auf der Rückbank Platz. Wie du dich sicher erinnerst, hatten wir auch schon den Wäschetrockner damit transportiert." Lena zückte die Geldkarte, gab zuvor dem Verkäufer anweisende Worte und marschierte zur Kasse.

Vor dem Eingang stand dann der Polarbär und wartete auf seine Abholung durch den Käferfahrer. Lena packte mit an, um die gefühlten zehn Meter bis zum Volkswagen zu bewältigen. Doch im Moment des Hochhebens fuhr dem Hauptkommissar ein solcher Schmerz in die Lendenwirbelsäule, dass sich eine laute Flatulenz löste und eine just in diesem Moment vorbeikommende Kundin erschreckte.

„Huch, solch einen Knall habe ich erst gestern gehört, als unser alter Röhrenfernseher implodiert ist", sagte sie im Vorbeigehen und lief mit ihrem Flachbildschirm unverschämt lachend am Verursacher vorbei.

Nach kurzer Erholungspause nahmen die beiden den Transport des Aggregats abermals in Angriff und setzten es vor dem gelben Volkswagen ab. Mit vereinten Kräften und einigen logistischen Tricks war dann auch das Gerät auf der Rückbank platziert. Kunkelmann drückte sich auf den Fahrersitz, wobei der Bauch fast das Lenkrad umschloss.

„Ich plädiere ja schon lange für einen geräumigen Kombi, aber du kannst ja in deiner Sturheit Gewohntes nicht aufgeben und klebst an diesem Teil wie eine Mücke am Fliegenfänger", merkte Lena an. Mit angewinkelten Armen setzte Kunkelmann zurück und die Reise durch Darmstadt fort. An der Kasinostraße passierten sie einen Gebrauchtwagenhandel, der mit dem Spruch „Lassen Sie Ihren Alten bei uns und nehmen einen Neuen mit" warb, was der Kriminale doppeldeutig verstand und inständig hoffte, dass Lena anderweitig beschäftigt war.

„Weißt du was", begann Lena.

„Ja, ich muss aufs Klo."

„Dann gib mal ein bisschen Gas. Soviel ich weiß, ist die Gefährtin deines Sohnes heute nicht an der Fachhochschule und du kannst ganz entspannt deren Lokus benutzen."

Dies ließ sich Kunkelmann nicht zweimal sagen, trat das Pedal durch und wurde mit schweißnasser Stirn und verkniffenem Blick von einer stationären Radaranlage abgelichtet. Lena freute sich bereits auf das Beweisfoto, das sich an der Pinnwand in der Küche bestimmt gut machen würde.

„Nachher gehen wir zur Feier des Tages ins Vivarium", eröffnete sie dem unter Magenkrämpfen leidenden Fahrer.

„Dann können wir ja gleich den Polarbär dort abgeben", sagte Kunkelmann mit gepresster Stimme.

Die Wohnung in der Riedlinger Straße war zu allem Unglück verwaist, was Karl Kunkelmann mit den schnellen und eckigen Bewegungen eines Gehers dazu veranlasste, die gefühlten 200 Meter bis zum Café Chaos auf sich zu nehmen. Gerade noch rechtzeitig kam er dort an und erhob sich um einiges erleichtert nach mehreren Minuten vom stillen Örtchen. Ob die drei Teller Sauerkrautsuppe am Vorabend eine abführende Rolle gespielt hatten, war ihm im Nachgang egal. Den Polarbären beließen sie dann doch im Käfer und Kunkelmann beobachtete lange einen Alligator, der wie eingefroren auf seinem Liegeplatz verharrte.

„Keine Bewegung, starres Nichtstun, warten auf Nahrung", kommentierte Lena, die neben ihm am Geländer lehnte.

Fasziniert sagte Kunkelmann: „Das muss man erstmal können", und blickte andächtig weiter auf das ruhende Reptil. Seine Anerkennung fand auch die Riesenschildkröte, welche gemächlich ihr Terrain abschritt und genussvoll Salatblätter schmatzte.

Auch jetzt wusste Lena geschickt zu intervenieren und sprach: „Tja, Karl. Hier siehst du eine praktizierende Veganerin, die auch ohne Sport steinalt werden kann. Aber dies ist bei Menschen anders."

„Woher weißt du, dass das eine Dame ist?"

„Das weiß ich nicht. Aber das Wort Schildkröte ist weiblich." Als Lena konzentriert in die erworbene Broschüre über die Geschichte und den Tierbestand des Vivariums schaute, bückte sich Karl unauffällig und begutachtete suchend die Unterseite des gepanzerten Wesens.

Im angegliederten Café war die Buttercremetorte der lukullische Renner. Zumal sie das durch Loriot berühmt gewordene Zitronenbällchen zierte, das eigentlich zum Kosakenzipfel gehört. Aber weder diese noch Granatsplitter waren auf der Karte vermerkt. Kunkelmann aß zwei Stücke, Lena eines und fragte sich, ob der Magen ihres Gatten womöglich gefliest sei und ihm nichts etwas anhaben könne. Die Sauerkrautsuppe ist schließlich durch, dachte der Hauptkommissar kurz in Anbetracht der opulenten Speise.

Frisch gestärkt, setzte das Paar seine Exkursion durch den heimatnahen Zoo fort und kam bei den Kamelen vorbei. Karl Kunkelmann machte sich gerade seine Gedanken über den überheblichen Gesichtsausdruck der Trampeltiere und dachte an Wagenknecht. Arrogant schauten die beiden Steppenbewohner an ihm vorbei und gönnten dem Betrachter nicht einen einzigen Blick. Karl reagierte prompt und wendete sich von dieser eingebildeten Spezies ab.

Bei den Fischen fiel Lena das Goldfischglas ein, das sie einst hatten, und sie bekam ein schlechtes Gewissen. Der einsame Balthasar war immer nur im Kreis geschwommen und wurde vom damals noch kleinen Sohn abgöttisch geliebt, was er durch permanentes Füttern bewies. Heute würde sie eine solche Haltungsform als Tierquälerei bezeichnen. Ein tragisches Ende fand das Ganze damals, als Karl angetrunken von einer Faschingsfeier nach Hause kam, beim Ausziehen der Hose kurz den Halt verlor und das Glas vom Beistelltisch im Wohnzimmer fegte. Balthasar kämpfte auf dem Teppichboden mit dem Leben und klappte im Todeskampf ständig das Maul auf und zu. Der beschwipste Halter des Tieres hob drohend den Zeigefinger und rief: „Na, du wirst doch nicht nach deinem Herrchen schnappen?" Für Thomas war der abwesende Balthasar damals eine Tragödie und die Eltern erzählten dem Buben, dass er jetzt bei Karls alter Tante im Taunus sei, um die Einsamkeit der betagten Dame ein wenig zu lindern.

Plötzlich war Karl weg und nirgendwo zu sehen. Sie vermutete ihn auf der Toilette. Doch den Hauptkommissar zog es ins Affenhaus, wo er amüsiert vor der Glasscheibe der winzigen Totenkopfäffchen stand und die süßen Geschöpfe beim Verzehr ihrer Obstrationen beobachtete. Fasziniert vom Sozialverhalten der Tiere, die es seiner Meinung nach direkt aus dem Amazonasbecken hierher verschlagen hatte, bewunderte er deren gegenseitige Fürsorge. Da wurde gekrault, gezärtelt und liebkost. Eine gewisse sportliche Übung, die er bei den Bonobos im Frankfurter Zoo gesehen hatte, fiel ihm nicht auf. Er führte dies auf ein von der Natur angelegtes Gefühl für Anstand zurück. Zu gerne hätte der Hauptkommissar einen der drolligen Zwerge gestreichelt, denn ganz anders als die blöden Kamele, nahmen die Winzlinge Blickkontakt mit dem Betrachter auf. Besonders ein ganz junges Exemplar schien Interesse an dem Polizisten gefunden zu haben. „Na, du kleines Putzelchen, du würdest gerne mal bei dem Onkel auf den Arm kommen und dir ein paar Zärtlichkeiten abholen", sprach er unüberlegt laut.

Daraufhin warf ihm ein neben ihm stehender Familienvater einen strafenden Blick zu und zerrte den ungefähr dreijährigen Sprössling noch näher an sich heran. „Sie sollten Ihre perversen Neigungen schnellstens behandeln lassen, Sie Ferkel", blaffte der Mann. „Sind Sie vielleicht gar katholischer Priester?"

„Äh, nein. Ich rede doch nur mit dem kleinen Mann da", entgegnete Karl sichtlich vor den Kopf geschlagen und zeigte auf den Affen.

„Ja, ja. So seid Ihr Brüder. Bloß nicht Farbe bekennen", sagte der Typ und eilte schnellen Schrittes mit seinem Kind davon. Gerade als Karl Kunkelmann krampfhaft darüber nachdachte, warum ihn dieser wildfremde Mensch für einen Geistlichen hielt, läutete das Telefon in seiner Jackentasche.

„Karl, wo bist du?", fragte Ehrenreich ein wenig hektisch.

„Bei den Äffchen, warum?"

„Weil du sofort kommen musst, in der Sache tut sich was."

35

Johannes Keck und Erhard Grünewald waren von einer ihrer ausgedehnten Wanderungen durch die Natur des Odenwaldes auf dem Rückweg zu Kecks Pension, wo sie sich mehrere Kölsch gönnen wollten. Die rheinische Frohnatur hatte in einer Kühltasche etliche Flaschen davon mitgeführt, da sie nicht wusste, ob ihr der Gerstensaft im südhessischen Mittelgebirge schmecken würde. Plötzlich wurde Tim nervös und zog dermaßen an der Leine, dass sich der arme Hund zu strangulieren drohte. Dabei winselte er Mitleid erregend, wedelte aber gleichzeitig mit dem Schwanz.

Sie befanden sich kurz vor dem vergessenen Erdspeicher, wo sich einige Tage zuvor das Tier an einem Metallspan die Pfote verletzt hatte. Dort angekommen, kratzte Tim hektisch an der maroden Tür und begann laut zu bellen.

Die beiden Wandersleute schauten sich um. Es befand sich niemand in der Nähe, trotzdem flüsterte Grünewald und sagte: „Wollen wir doch mal gucken, ob da nicht ein gut abgehangener Schinken auf uns wartet."

„Wie willst du das anstellen? Die Tür ist mit Sicherheit immer noch abgeschlossen."

Daraufhin langte Grünewald unter seine lange Lodenjoppe und förderte einen stattlichen Hirschfänger zu Tage.

„Du willst doch nicht etwa da einbrechen?"

„Nein, nur den komischen Geräuschen nachgehen, die aus dem Bunker kommen. Hörst du das nicht? Vielleicht ist ja Gefahr im Verzuge?"

„Ich würde das eher als gefährliche Neugierde bezeichnen. Wobei mich natürlich auch interessiert, weshalb sich mein Tim so unflätig gebärdet."

Nachdem sie sich von ihrer Zweisamkeit in weiter Flur abermals überzeugt hatten, setzte der ehemalige Redakteur die stabile Klinge des Jagdmessers an und bohrte dilettantisch im Schlüsselloch herum, was die Holztür nicht interessierte. Dann setze er das Messer in den klaffenden Spalt zwischen Tür und Zarge, hebelte und drückte, bis das angefaulte Holz zögernd nachgab. Jetzt konnte er die Finger einsetzen und zog kräftig, worauf sich der Bretterverschluss unter hörbarem Ächzen der Angeln öffnen ließ. Licht strömte ins Dunkel und Tim zog seinen Herren förmlich in das Verlies hinein.

Der Raum war leer, lediglich auf dem Boden befanden sich dunkle Flecken, an denen der Vierbeiner wie besessen leckte. Mit einem alten Taschentuch war das Herrchen gerade dabei, die Schnauze zu säubern, als er aus dessen Maul den Geruch nach Eisen wahrnahm.

Etwa gleichzeitig sagte Grünewald erschrocken: „Hier riecht es nach altem Blut. Ich kenne den Geruch vom Hausschlachten, wenn danach nicht blitzsauber geputzt wurde. Diese metallische Süße verwechsele ich nicht. Komisch."

Johannes Keck machte einige Schritte rückwärts und trat dabei in etwas Weiches. Als er den Wanderstiefel hob, stank dessen Sohle fürchterlich nach Kot. Dieser verdeckte eine kaum mehr als solche zu erkennende Unterhose, die in einen der Risse im Boden gestopft worden war. „Wo sind wir hier gelandet?", fragte er mit zitternder Stimme.

„Jedenfalls tragen Schweine keine Unterwäsche, falls es sich hier um eine Hausschlachtung gehandelt haben sollte", antwortete Grünewald mit zweifelhaftem Humor. Der Eindringling besprach sich mit seinem Begleiter, zückte sein Handy und meldete den Sachverhalt bei der Polizei. Diese bat den Anrufer, bis zu deren Eintreffen vor Ort zu bleiben.

Thomas Linn und Helge Ostermann hatten den Auftrag über Funk erhalten und auch gleich übernommen, da sie sich zufällig im unweit entfernt liegenden Brensbach aufhielten, um nach einem angeblich falsch messenden Radargerät zu schauen.

„Mal gespannt, was das wieder für ein unnötiger Mist ist", meinte Linn, als er auf den beschriebenen Feldweg einbog.

„Wahrscheinlich hat jemand seine Schlachtabfälle dort illegal untergebracht und wir dürfen einen Bericht über die Sauerei verfassen", vermutete Ostermann.

Als sie neben dem Erdschuppen hielten, blickten sie in die Gesichter zweier lebender Leichen. So blass hatten sie noch selten jemanden gesehen. Lediglich Tim schlug aufgeregt an, da sich im Heck des Polizeiautos der Diensthund der beiden Beamten befand.

„Sie kenne ich doch. Sie sind doch der Herr Grünewald vom Echo", sagte Linn zu dem Mann im Lodenjanker.

„Ich war der Herr Grünewald vom Echo. Also, nein. Ich bin natürlich immer noch der Herr Grünewald, aber nicht mehr vom Echo, da mittlerweile im Ruhestand", korrigierte der einstige Journalist etwas umständlich.

„Dann wollen wir uns die Sachlage doch mal genauer anschauen, ob das was für die Kripo ist. Sagen Sie mal, war das Schloss hier schon vorher beschädigt?"

„Nein, das habe ich aufgebrochen."

„Wie bitte?"

„Naja, der Hund meines Bekannten, das ist der Herr Keck aus Köln, hat furchtbar gejault und an der Tür gekratzt. Da sind wir neugierig geworden. Ich dachte, meinem Mitwanderer einen vergessenen, geräucherten Schinken präsentieren zu können."

„Und dann haben Sie was unternommen?"

„Mein Messer angesetzt und den Verschlag aufgehebelt."

„Herr Grünewald, darüber werden wir uns noch unterhalten müssen. Eigentlich ist das Hausfriedensbruch und der Tatbestand des Einbruchs ist zweifellos auch erfüllt. Aber da Sie ja ein Verbrechen vermuten, sollen über das weitere Vorgehen andere entscheiden."

Die beiden Polizisten streiften sich Einmalhandschuhe über und betraten den Raum.

„Haben Sie etwas angefasst?" fragte Helge Ostermann.

„Nein, das haben wir nicht. Ist ja auch nichts da zum Anfassen", antwortete der Kölner folgerichtig.

Durch die mittlerweile eingedrungene Wärme war der Geruch intensiver geworden und die beiden Beamten atmeten durch den Mund.

„Tja", meinte Linn, „das ist wohl eine Nummer zu groß für uns. Da muss die Edelpolizei her." Sie forderten die beiden Wanderer auf, draußen zu warten, was diese aufatmen ließ.

Kurze Zeit später trafen Heiner Ehrenreich und Karl Kunkelmann am Ort des Geschehens ein. Nachdem die zwei Maskierten die wesentlichen Fakten berichtet hatten, inspizierten die beiden Hauptkommissare das Areal. Die eingetrockneten Blutlachen sprachen für eine etwas länger zurückliegende Tat. Was sich hier abgespielt hatte, konnten sie nicht wissen, doch die Umstände rochen nach einem Verbrechen.

Ehrenreich hatte eine Taschenlampe aus dem Opel geholt und leuchtete die hinteren Ecken des niedrigen Raumes aus. Vereinzelt lagen Metallspäne herum, aber so, als seien sie beim Reinemachen unabsichtlich vergessen worden.

„Denkst du, was ich denke?", fragte er seinen Kollegen.

„Ich fürchte, ja. Da muss der Wiesemann mit seinem Team rein und den Boden akribisch untersuchen. Aber Vorsicht ist die Mutter der Porzellankiste. Noch ist nichts bewiesen. Und die Indizien müssen erst auf Spuren untersucht werden. Mir wäre es am liebsten, dass sich das alles schnell aufklärt und wir auf Schlachtreste gestoßen sind. Zu denken gibt mir diese Unterhose da. Die ist eindeutig einem Mann zuzuordnen. Ich bin Laie und trage Doppelripp, was sich dem Körper wunderbar anpasst, weil es so elastisch ist. Aber dieses Teil da muss aufgrund der noch zu erahnenden Muster und der Farbe einem jüngeren Mann gehören oder gehört haben. Sieht mir nach Seide und schweineteuer aus. Hoffentlich täuschen wir uns."

Wenig später hatte der Kriminaltechniker mit seiner Truppe das Areal für sich eingenommen. In ihre weißen Overalls gekleidet, mit Handschuhen, Füßlingen und Mundschutzen bewehrt, erinnerten sie an ein Seuchenkommando, das sich vor Viren oder Bakterien schützen musste. Lichtstarke Scheinwerfer wurden in den Ecken postiert und bei zwei Kollegen baumelten Fotoapparate mit aufgesteckten Blitzen um den Hals. Gesprochen wurde wenig, jeder schien sich seiner Aufgabe bewusst. Klaus Thalstädt kroch auf dem gestampften Lehmboden herum, kratzte die oberen Schichten an einigen Stellen mit einem Spatel ab und verwahrte sein Sammelgut in einem mit einer Nummer versehenen Plastikbeutel. Hans Deckert war dabei, den Vorgang der Untersuchung zu filmen, um nachher darauf zugreifen und eventuelle Fehler entdecken zu können.

Schon bevor die nervigen Dokumentationen über jeden noch so kleinen Arbeitsschritt bei der Kripo Einzug gehalten hatten und manches dafür an Arbeit liegen bleiben musste, war das exakte Festhalten jedes noch so winzigen Schrittes in der Technik das tägliche Brot der Mitarbeiter gewesen. Eine junge Frau, die Kunkelmann noch nie in diesem Team gesehen hatte, zeichnete anscheinend mit ihrem digitalen Rekorder sogar die wenigen Gespräche auf, um bei Nachfragen darauf Bezug nehmen zu können. An den in Betracht kommenden Flächen wurde Rußpulver aufgetragen und mit einem speziell beschichteten Klebestreifen wieder abgenommen, um eventuelle Fingerabdrücke zu sichern.

Jetzt zog ein Kollege mit einer großen Pinzette die kotbeschmierte Unterhose aus dem Spalt und steckte sie unter Abwendung des Gesichts in einen der nummerierten Beutel, den er anschließend sorgsam verschloss. Auch die wenigen Metallsplitter wanderten in Tütchen und wurden als Asservate archiviert. Mittlerweile war der Geruch intensiver geworden und die Kriminaltechniker beeilten sich, um ihre Arbeit zügig abschließen zu können.

„Was meint ihr zu diesen Umständen?", fragte Karl Kunkelmann den Leiter der in Fachkreisen scherzhaft Putztruppe genannten Techniker.

„Also den Umstand, dass du jetzt in deinen Straßenschuhen den Boden kontaminierst, finde ich, gelinde gesagt, höchst unprofessionell."

„Wieso? Die sind doch sauber."

„Das meine ich mit unprofessionell. Hast du schon mal was von Spureneintrag gehört?" Karl dachte scharf nach. „Aber prinzipiell ist das ja so: Wir meinen zu keinen Umständen an eventuellen Tatorten etwas. Wir sind die Neutralen, die sich tunlichst mit Mutmaßungen zurückhalten. Schließlich sind die Kripobeamten die Ermittler. Da wollen und dürfen wir uns nicht einmischen. Wir liefern quasi die einzelnen Steine und ihr müsst dann das Mäuerchen bauen", erklärte Wiesemann nicht zum ersten Mal. „Dafür werdet ihr auch besser bezahlt als wir", schob er mit vorgeschobener Unterlippe nach.

Ehrenreich, der von draußen zugehört hatte, erinnerte sich an den ewigen Zwist zwischen den verbeamteten Kripoleuten und manchen angestellten Kriminaltechnikern, die sich ab und an über ihren geringeren Lohn mokierten.

„Aber ihr habt genau festgelegte Methoden und standardisierte Verfahren, die euch vertraut sind, während wir oft im Trüben fischen müssen, um ein Korn zu finden wie das berühmte blinde Huhn", sagte Kunkelmann, was bei Wiesemann ein mildes Lächeln auslöste.

„Mein lieber Karl. Ich werfe jetzt mal alle Prinzipien über den Haufen, wie ich das auch in unserem letzten Fall getan habe. Du erinnerst dich?"

Damals ging es um einen religiös geleiteten Kindermörder, als Wiesemann unerlaubt in der Wohnung eines verdächtigen Pfarrers geschnüffelt hatte, was ihn beinahe den Job gekostet hätte. „Ich behaupte mal, hier geht etwas nicht mit rechten Dingen zu und ich bin davon überzeugt, dass hier kein Schwein in Unterhose gemeuchelt wurde. Oder vielleicht doch. Aber wenn, dann eines der menschlichen Sorte."

„Na dann, vielen Dank für deine grundierte Einschätzung. Da haben wir ja jetzt einige Nüsschen zu knacken."

Als die Arbeiten erledigt waren, schob Ehrenreich die Tür wieder notdürftig zu und versah sie mit dem Siegel seiner Behörde. Wahrscheinlich mussten in Kürze Handwerker bestellt werden, um einen Zutritt Fremder zu verhindern.

„Wissen Sie zufällig, wem dieses Erdreservoir gehört?", fragte Kunkelmann den immer noch in sicherem Abstand wartenden Erhard Grünewald und zeigte mit der Hand über das schmale Tal.

„Keine Ahnung, aber in regulärem Gebrauch scheint die historische Speisekammer nicht mehr zu sein", antwortete der einstige Zeitungsmann. „Aber ich könnte mir vorstellen, dass da in früheren Zeiten die Besitzer des ebenso historischen Gasthauses da drüben dort frische Waren zur längeren Haltbarmachung eingelagert hatten. Wie Sie sehen, scheint man am Erscheinungsbild zu arbeiten. Vielleicht gab es ja Förderprogramme vom Land. In Michelstadt war das auch der Fall. Da haben sie den ‚Schwarzen Adler' wieder wunderbar hergerichtet und zur Apfelweinkneipe gemacht", informierte der berentete Redakteur umfassend.

Johannes Keck stand etwas gelangweilt dabei und kraulte seinem Tim das Fell. „Darf ich mich vorstellen, denn Sie werden im Zuge Ihrer Ermittlungen ja auch meinen Namen wissen wollen. Ich bin Johannes Keck aus Köln und mache im Odenwald Urlaub. Den Herrn Grünewald kenne ich aus beruflichen Gründen. Außer einer etwas ausholenden Schreibe hat der Gute nichts verbrochen", versicherte der Mann vom Rhein.

„Wissen Sie, dass es in Köln guten Rotwein gibt, der aber leider unverkäuflich ist?", begann Kunkelmann plötzlich und sprudelte schon vor Lachen.

„Äh, nein."

Der Polizist hob den Zeigefinger und sagte das erste Wort deutlich betonend: „Merlot se de Dom in Kölle!"

Keck verstand kein Wort, während Grünewald sich fremdschämend ein wenig errötete.

„Naja, das nur so nebenbei. Ist mir gerade eingefallen. Wenn Sie möchten, können Sie gerne nach Hause gehen. Aber halten Sie sich bitte zu unserer Verfügung. Mein Kollege notiert rasch Ihre Personalien."

Heiner Ehrenreich zog Block und Stift hervor, zürnte optisch dem Auftraggeber und begann zu schreiben. „Nochmal kurz zu dem Scherz, Herr Kommissar. Was in Köln bleibt, ist doch der Dom. Nur durch die Lautung funktioniert dieser Gag nicht", schob Grünewald nach, hob grüßend die Hand und machte sich samt Keck und Tim auf den Weg ins Dorf.

„Mein lieber Scholli, ich fürchte da kommt ein Haufen Arbeit auf uns zu, Karl."

„Und in diesem müssen wir die Stecknadel suchen. Ich bin gespannt, wie sich das Ganze noch entwickeln wird. Mit schwant nichts Gutes. Auf jeden Fall hat jetzt der Stahlmann etwas zu tun. Mal sehen, was dessen Leute herausfinden."

„Stimmt. Schlamperei kann uns jetzt wenigstens keiner mehr vorwerfen. Wir werden liefern", sagte Ehrenreich mit fester Stimme und klopfte dem Kollegen und Freund auf die Schulter.

36

In der Einkehr herrschte emsiges Treiben. Balken wurden ersetzt und Böden abgeschliffen. Eine lokale Firma hatte die Arbeiten zu einem recht vernünftigen Preis übernommen. In der Küche wurden die neuen Fliesen von einem versierten Fachmann aus Michelstadt gelegt, dessen Frau ein Blumengeschäft betrieb und schon im Vorfeld mit dem floristischen Schmuck für die Eröffnungsfeier beauftragt wurde. Er hatte Schiefergrau als Farbe gewählt. So würde man nicht gleich jeden Flecken sehen, wenn mal etwas nachlässig geputzt worden sein sollte. Edelstahl galt für Spüle und Ablageflächen als gesetzt, das war mittlerweile Standard. Als die Arbeiter den alten Wasserstein aus der Verankerung brachen, wurde Ottos Großneffe melancholisch. Dort hatte ihm, als er noch Kind gewesen war, die Großtante immer mit einem angefeuchteten Taschentuch den Eckenmund von der Schokolade gereinigt, damit er sauber in der Schule eintraf und niemand über den Buben lästern konnte.

Das Übernachten in der Einkehr war immer ein besonderes Erlebnis gewesen. Die schwere Bettdecke der Tante fühlen, zuvor gemütlich vor dem Fernseher sitzen und den Tatort gucken. Samstags hatte Ilja Richter zur Disco gerufen und die Gute war im Nebenzimmer verschwunden, um Radio zu hören. Immer wenn der Großonkel aus der Kneipe hochgekommen war, hatte er einen knallroten Kopf, roch nach Schnaps und erzählte vom Krieg. Dass da noch Zucht und Ordnung herrschte, dass der Hitler sein Volk im Griff hatte und dass er dem elenden Geschmeiß gezeigt hätte, wo der Weg langführte. Der Bub hörte zu, ohne das Berichtete auch nur ansatzweise einordnen zu können.

Manchmal sang der Wirt auch irgendwas von festgeschlossenen Reihen, braunen Bataillonen, dem Sturmabteilungsmann und der Knechtschaft, die nur noch kurz dauern würde. Dabei stand er mit erhobenem rechtem Arm meist etwas unsicher vor seinem Sessel, bis er sich erschöpft in das Möbel hineinplumpsen ließ. Aufgestanden wurde früh, denn die Jagdkumpane warteten. Am Waldrand durfte er mit auf den Hochsitz und durch das Fernrohr des Gewehrs schauen. Stillschweigen war angesagt, damit das Wild nicht erschrak und Reißaus nahm. Bei klirrender Kälte wärmte den Knaben der Hagebuttentee aus der Thermoskanne, bei in der Früh zu erwartender Wärme half mit Wasser gemischter Himbeersaft gegen den Durst.

Als eines Morgens ein Reh im leichten Dunst auftauchte und friedlich zu äsen begann, legte der Onkel an und zielte. Mit dem Zeigefinger vor den Lippen verdeutlichte er dem Buben absolut still zu sein und keinen Mucks zu machen. Er hielt sich die Ohren zu und kurz darauf sank das Reh in sich zusammen. Der Onkel vollzog die notwendigen Schritte und erledigte mit dem Hirschfänger das erlernte Weidwerk. Bald war es dann soweit und eines Tages fragte der Bub, ob er denn auch mal sein Glück mit der Büchse versuchen dürfe.

„In deinem Alter habe auch ich von Waffen geträumt. Bei der Hitlerjugend wurden wir mit deren Umgang vertraut gemacht und übten anfangs mit Gewehren aus Holz. Im Gleichschritt ging es die Hauptstraße entlang. Wir hoben Schützengräben aus und verschanzten uns in ihnen. An der unweiten Frontlinie hatte sich der Feind eingerichtet und drohte mit dem Erstschlag. Das waren unsere Kameraden, die die Rolle des Angreifers spielen mussten. Aber gegen uns, hart wie Kruppstahl, flink wie Windhunde und zäh wie Leder, hatten diese Memmen keine Chance. Aber ich gerate wieder ins Schwärmen. Schön war die Jugend, sie kommt nicht mehr. Also ich sehe da kein Problem, du musst es ja nicht unbedingt deinen Kumpels auf die Nase binden."

Dann reichte Otto seinem Schützling die Waffe, erklärte den Ladevorgang, wie man entsichert, erläuterte den Druckpunkt und übte mit dem Neffen das richtige Anlegen. Er erklärte das Fernrohr und korrigierte die Haltung des Knaben. Später erinnerte sich der Neffe daran, wie schwer die Knarre ihm in der Hand lag und an das Gefühl des kalten Metalls. Dann war die Stunde gekommen samt eines der zur Plage gewordenen Wildschweine. Vor ihnen wühlte der junge Keiler in der Erde und war mit sich und seiner Nahrungssuche beschäftigt. Mit einem kleinen Stieber auf den Oberarm signalisierte Otto, dass nun der rechte Moment gekommen war. Der Neffe legte an, zielte, suchte vorsichtig den Druckpunkt am Abzug und schoss. Diesmal glaubte er, vom lauten Knall taub geworden zu sein. Nachdem die Schrecksekunde vorbei war, schaute er zum Wildschwein hin, doch da war keins. „Mach dir nix draus. Das nächste Mal, wenn du schießt, ist die Sau tot", lachte Otto schadenfroh und nahm das Gewehr wieder an sich. Lange Zeit sollte der Großneffe die Waffe nicht mehr anrühren.

Otto war alt geworden und die Jagd Vergangenheit. Sinnierend betrachtete der einstige Schütze die Büchse an der Wand, die über die Jahre Staub angesetzt hatte. Ächzend erhob er sich und nahm das Gewehr herunter. Er begutachtete es von allen Seiten und holte das Öl, das er früher zum Reinigen benutzt hatte. Zuvor polierte er den Schaft, damit das Holz wieder seinen ursprünglichen Glanz bekam. Dann sprühte er den Lauf außen ein und polierte ihn beinahe zärtlich. Auf den Putzstock setzte Otto eine winzige Bürste auf, justierte diese und führte den Reinigungsstab vom Patronenlager Richtung Mündung in den Gewehrlauf ein. Diesen Vorgang wiederholte er mehrmals. Das überschüssige Öl entfernte Otto Gräber mit Toilettenpapier. Mit einem speziellen Spray behandelte er dann das Schloss seines Lieblings. Er fuhr noch einmal zärtlich mit der Hand über den Schaft und sagte: „Irgendwann kann es sein, dass wir wieder das Vergnügen miteinander haben werden", und lud die Waffe wieder.

Danach ging er zum Fenster und beobachtete, wie verschiedene Einrichtungsgegenstände ins Haus getragen wurden. Er spähte das Treppenhaus hinunter und hörte die sich unterhaltenden Arbeiter. Einer meinte: „Ob unser Auftraggeber das auch alles bezahlen kann, was er uns da hereinschleppen lässt?"

„Das braucht uns nicht zu interessieren, aber wenn du mich fragst, melkt der Chef diesen bedauernswerten Typen, ohne dass der das merkt. Sein Anspruch ist halt die beste Qualität, die wir erzeugen und liefern können. Hoffentlich ist er nicht irgendwann selbst geliefert. Mein Riecher sagt mir, dass sich der Mann gewaltig übernimmt. Und eine Ausgeburt an Ehrlichkeit scheint er auch nicht zu sein. Oder glaubst du etwa, dass er nicht nur uns, sondern auch dem Opa mitgeteilt hat, was er mit dem oberen Stockwerk vorhat?"

Otto wurde hellhörig, denn das Gespräch setzte sich fort. „Da wird wer ganz schön ranklotzen müssen, schließlich will er die Wohnung ja vollkommen umgestalten. Es sollen Wände versetzt und dadurch die Räume vollkommen neu aufgeteilt werden. Alles soll ganz schick daherkommen, aber in kleinen Einheiten mit Dusche und allem Schnickschnack, damit sich die erlesene Klientel auch wohlfühlt. Und natürlich bei möglichst wenig Platzverbrauch. Er hat angeblich sogar einen Innenarchitekten beauftragt, der dies gestalterisch durchplanen soll."

Otto war wie vor den Kopf gestoßen. Mit keinem Wort hatte der Junge sein Vorhaben erwähnt, dafür ihn in dem Glauben gelassen, er könne tiefenentspannt den Rest seines wohl nicht mehr allzu lange dauernden Lebens hier verbringen. Wieder versank er in Erinnerungen und holte die Zeit mit seiner Frau aus dem Gedächtnis hervor.

Er hatte das aufrechte deutsche Mädel auf einem Tanzabend kennengelernt und sich nach einigen Schnäpsen auch getraut sie anzusprechen. Zöpfe hatte sie getragen, wie dies anständige und gut erzogene Mädels damals machten. Gerda stammte aus dem Nachbardorf und war die Tochter eines bestens situierten Bauern. Auch sie schwärmte von den damals geltenden Werten und schwor auf die Regierung unter dem gestrengen Österreicher. Das hatte er zuvor herausgefunden. Eine sozialdemokratisch denkende Maid, die es vereinzelt leider auch gegeben hatte, wäre für ihn nicht infrage gekommen. Oder gar eine der drei Mädels von Grünbergs, die ein Haushaltswarengeschäft an der Ecke betrieben. Pfui Teufel! Mit Untermenschen würde er sich niemals einlassen wollen, auch wenn Lily ein Ausbund an weiblicher Schönheit gewesen war. Als etwas später dann der mit einer Tarnplane versehene Lastwagen vor deren Haus hielt, hatte sich das mit den Grünbergs schnell erledigt.

Nach dem Tanz gingen die beiden vor dem Lokal etwas spazieren und unterhielten sich über verschiedene Dinge. Otto fasste sich ein Herz und Gerdas Hand. Wärme stieg in ihm auf. Dann legte er seinen Arm um ihre Schultern, was das zarte Dämchen anscheinend nicht so mochte, denn sie rückte ein Stück von ihm ab. Otto verstand das nicht und fasste seinen Griff etwas fester. Sie gab nach und ließ ihn gewähren. Wie von einem Schraubstock umklammert, folgte sie seinen Schritten, die das Paar in einen dunklen Hof führten. Dort drehte er sie zu sich, nahm ihren Kopf zwischen seine starken Hände und küsste sie auf den Mund. Gerda drückte ihn sanft weg und bat um etwas Zeit. Doch genau diese hatte Otto nicht. In ihm brannte das lodernde Feuer der Jugend. Grob schob er das Mädchen an eine Mauer, wo sie nicht mehr weichen konnte. Unter hektischem Atmen und wie von Sinnen griff er nach ihren Brüsten und drückte diese wenig einfühlsam immer wieder zusammen. Gerda versuchte die ungewollte Attacke abzuwehren, doch sie hatte keine Chance. Ihr leises Bitten stieß auf taube Ohren und auch nur ansatzweises Rufen nach Hilfe verbot sich von selbst. Zumal ihr der Bursche nun den Mund zuhielt.

Mit der freien Hand langte er ihr unter den Rock und machte sich am Schlüpfer zu schaffen. Gerda weinte und presste klagende Laute hervor, die Otto jedoch völlig anders verstand und den Bedränger in seinem brutalen Handeln bestärkten. Als er die Unterhose heruntergestreift hatte, konnte sich Gerda drehen, stolperte aber über einen unsauber verlegten Pflasterstein und stürzte auf den Boden. Schemenhaft sah sie Otto über sich, wie er an der Knopfleiste seiner Hose hantierte. Dann spürte sie einen großen Schmerz und fühlte, dass ihr etwas Flüssiges die Scham nässte. Gepinkelt hatte sie erst kürzlich, Urin konnte es nicht sein und Gerda wurde von einer kaum beherrschbaren Angst heimgesucht. Von der Mutter war sie nicht aufgeklärt worden, lediglich das wenige, was die Freundinnen ihr hinter vorgehaltener Hand verrieten, war ihr bekannt. Nach nur wenigen Sekunden hatte sich Otto erleichtert und fragte, wie es ihr gefallen hätte.

So hatte die Liebe des zukünftigen Ehepaars Gräber in jener Nacht begonnen. Hochzeit wurde dann ein Jahr später gehalten. Dem Segen des Pfarrers folgte nicht der Segen einer Kinderschar. Der Wunsch des Paares blieb unerfüllt, womit sich Otto nicht abfinden konnte. Immer wieder fragte er seine Frau, ob sie krank sei und nicht wisse, was eine anständige deutsche Frau zu leisten habe. Im Ehebett der Gräbers spielten sich immer wieder Szenen der gewaltsamen Unterdrückung ab, da sich Gerda ihrem Mann nicht zu widersetzen wusste. Innerlich hatte sie mit der Beziehung schon kurz nach deren Beginn abgeschlossen. Schon früh war das einst so aufgeweckte Mädchen zu einer verhärmten Frau geworden, die sich in ihren späten Jahren in Näharbeiten flüchtete, wenn sie nicht gerade in der Küche der immer weiter herunterkommenden Gaststätte stehen musste, um für die gestandenen Trinker Wurstbrote zu schmieren oder Frikadellen zu kneten.

Irgendwann griff sie zu einer damals gern verschriebenen Schlaftablette auf der Basis von Barbituraten, die bei Überdosierung tödlich sein konnte. Sie schluckte davon ein ganzes Röhrchen und wurde tief bewusstlos von Otto gefunden, der den Rettungsdienst gerufen hatte, um seiner Pflicht der Ersten Hilfe nachzukommen. Es schloss sich ein längerer Klinikaufenthalt an, der den seelischen Zustand von Gerda Gräber aber auch nicht verbessern konnte. Einzig der in der Region bekannte Psychiater Dr. Bittenstein fand Zugang zu der kläglich Leidenden und half ihr mit seinen einfühlsamen Gesprächen aus den tiefsten Tälern ihrer Depression wenigstens ansatzweise heraus.

Otto hielt dieses Verhalten für eine üble Masche, mit der sich Gerda vor der Arbeit drücken und den lieben langen Tag absichtlich im Bett verbringen wollte. Dass ihr anderes nicht möglich gewesen war, hatte er nie eingesehen. Später kam dann eine Krebserkrankung hinzu, die chemotherapeutisch behandelt wurde. Nach einer kurzen Phase der Besserung kehrte das Leiden verschlimmert zurück und hatte sich eines Morgens erledigt, als Otto eine aschfahle Person neben sich liegen sah. Der ehemalige Soldat der deutschen Armee hatte keinen Zweifel. Lange Zeit schaute er seine Frau mit hartem Blick an, dann drückte er ihr die Augen zu und telefonierte mit dem Hausarzt und gleich danach mit dem Bestatter. Eine Leiche wollte er in seinem Bett nicht liegen haben. Wer wusste schon, was für Krankheiten tote Körper übertragen konnten. Er nahm eines der Bettlaken aus dem Schrank, deckte Gerda damit ab und verließ unter Heben des rechten Armes grüßend das gemeinsame Schlafzimmer.

37

Karl Kunkelmann hatte sich gerade eine der dünnen Akten zum aktuellen Fall gezogen, als Fräulein Bachmann, Wagenknechts Sekretärin, an ihn herantrat. Bisweilen erledigte die junge Frau auch kleinere Schreibarbeiten für die Kommissare, doch dies war nicht die Regel. Wie die Bachmann mit Vornamen hieß, war weder Karl noch den anderen im Dezernat bekannt. Sie war einfach das Fräulein Bachmann.

Nun tippte sie ihm auf die Schulter und fragte: „Herr Kunkelmann, am kommenden Samstag feiere ich meinen Geburtstag bei mir zu Hause und ich würde mich freuen, wenn Sie kommen könnten. So gegen 19 Uhr wäre am besten. Natürlich können Sie auch ihre Gattin mitbringen."

„Äh, vielen Dank, das ist nett von Ihnen. Soweit ich weiß, bin ich für das Wochenende noch nicht verplant und habe auch keinen Bereitschaftsdienst. Frau Kunkelmann kann aber nicht mit, denn da kommt immer unser Sohn und dessen Besuch ist ihr heilig. Falls es Ihnen nichts ausmacht und Sie mich nicht für unverschämt halten, würde ich meinen Kollegen Heiner mitbringen. Er kann manchmal charmant sein, auch wenn man das auf den ersten Blick nicht glauben mag", antwortete Karl mit einem koketten Lächeln und ungeübtem Augenaufschlag.

„Schon erledigt. Ich habe ihn gerade vorhin in der Teeküche angesprochen und er hat zugesagt."

„Ich weiß, dass man das Frauen ja nicht fragen soll, aber wie alt werden Sie denn?"

„Obwohl Sie wissen, dass man Frauen nicht nach ihrem Alter fragen soll, tun Sie es trotzdem?", parierte Fräulein Bachmann und drohte scherzhaft mit dem Zeigefinger.

„Ja, nein. Also doch, denn hier ist man sich ob Ihres Alters unsicher. Ich schätze Sie auf…"

„Jetzt sagen Sie aber bloß nichts Verkehrtes!"

„Naja, ich finde, dass Sie wie 25 aussehen."

„Sie sind ein Charmeur. Nun packen Sie noch zehn Jahre drauf, dann haben Sie es erraten."

Karl tat so, als rechne er angestrengt und antwortete verwundert: „Was Sie sind tatsächlich schon 35 Jahre alt? Das sieht man Ihnen aber nun wirklich nicht an."

„Ich werde 35, noch bin ich 34 und Sie verstehen sich darauf, Komplimente zu machen, Herr Kunkelmann. Sicher waren Sie in Ihrer Jugend ein begehrter Mann bei der Damenwelt."

Karl zog den Bauch ein, versuchte ein verruchtes Schmunzeln wie Clark Gable in seinen besten Jahren und sprach: „Nun ja, Fräulein Bachmann. So ganz falsch liegen Sie da nicht, um Ihre Frage ehrlich zu beantworten. In der damaligen Diskothek in Bad König war ich als Charly der Schnapper berühmt und berüchtigt."

„Wenn ich Sie mir so betrachte, kann ich mir das leibhaftig vorstellen. Den Bauch, die Geheimratsecken und die speckige Cordhose denke ich mir einfach weg. Ich glaube, auch ich wäre damals Ihren Avancen verfallen, wenn Sie mir denn welche gemacht hätten." Hilfe, zu was habe ich mich da eben hinreißen lassen, dachte der Hauptkommissar und merkte, wie ihm ein leichter Schweißfilm auf die Oberlippe trat. „Dann kam aber Lena ganz schnell und wurde mit Thomas schwanger." Jetzt lachte die Bachmann und Karl wollte nicht nachfragen, weshalb.

„Was wünschen Sie sich denn als Geschenk?"

„Gar nichts. Dass Sie und Ihr Kollege der unscheinbaren Sekretärin die Ehre erweisen, ist mir Geschenk genug. Ich kann Sie übrigens beruhigen. Unseren Chef habe ich auch eingeladen." Karl merkte, wie ihm der Blutdruck in die Höhe stieg. „Doch er hat abgesagt, da sich zu diesem Zeitpunkt der Lions-Club trifft und er nicht fehlen darf."

Unscheinbare Sekretärin? Fräulein Bachmann füllte mit ihrer Oberweite sicherlich bestens ein Dirndl aus. Auch an die Szene in einem vergangenen Fall, als sie in die Hocke ging und er den Ansatz ihres rückwärtigen Dekolletés gewahr wurde, musste der Kriminalbeamte gerade denken. „Das ist aber schade. Zu gerne hätte ich den Herrn Wagenknecht mal lustig und locker erlebt."

„Nun, dazu haben Sie ja sicherlich irgendwann die Gelegenheit", sagte die Bachmann und verabschiedete sich mit einem schüchternen Winken der rechten Hand, ähnlich wie es die Queen immer zu tun pflegte.

Zwei Tage später standen zwei erwachsene Männer mit Blumensträußen und Geschenkpäckchen ausgestattet vor der Haustür des Fräulein Bachmann. Unsicher traten sie von einem Fuß auf den anderen, da es noch nicht Punkt 19 Uhr war und sie nicht zu früh kommen wollten. Gäbe es männliche Avon-Berater, Außenstehende hätten in dem Duo solche vermutet.

Heiner Ehrenreich hatte sich farblich kontrastierend in Schale geworfen und eine Nelke ins Knopfloch des Jacketts gesteckt, was an einen Salon-Sozialisten erinnerte. Karl Kunkelmann trug ein weißes Stehkragenhemd und darüber ein schwarze Weste, die über dem Bauch bedenklich spannte, dazu schwarze Bundfaltenhosen und weiße Sneakers, was ihm das Aussehen eines an Land gespülten Orkas verlieh.

Nachdem sie geläutet hatten, sprang die Tür auf und ein Ball ihnen entgegen, den Karl mit dem Fuß aufnahm und zurück in die düstere Diele kickte. Gleich darauf war das Klirren von Porzellan auf Steinboden zu hören und jemand rief entsetzt: „Oh, mein Gott. Die teure Ming-Vase!"

Kunkelmann schämte sich und versuchte das Missgeschick als Attentat seines Kollegen auszulegen, doch der wehrte sich verbal dermaßen heftig, dass ein lauter Disput zu entflammen drohte.

„Sie waren jetzt die zweiten meiner Gäste, die auf den Trick hereingefallen sind", freute sich ein sichtlich erheitertes Fräulein Bachmann über den Vorfall. „Ich habe fünf von diesen hässlichen Töpfen beim Schnäppchenmarkt gekauft und im dunklen Flur der Reihe nach aufgestellt. Sie hatten gar keine andere Chance, als das wertvolle Stück zu zerstören."

„Na, Sie sind mir aber eine Schelmin", sagte Kunkelmann erleichtert. „Auf solch eine geniale Idee muss man erstmal kommen. Aber ich habe schon früh die Humoristin in Ihnen erkannt. Als Sie uns im letzten Fall vor Wagenknechts Zorn gerettet haben, war mir klar, dass es eines feinen Gespürs für Witz bedarf, um das dermaßen geschickt zu deichseln. An Ihnen ist ein Scherzkeks verloren gegangen."

„Apropos Keks, kommen Sie doch herein und bedienen Sie sich. Ich habe für den Anfang ein paar Knabbereien bereitgestellt."

„Paar mit großem oder mit kleinem Paula? Bei ersterem wird mein Kollege nämlich nicht satt, da er nur zweimal hinlangen kann", lachte Heiner Ehrenreich.

„Na, Sie sind mir aber einer. Der Herr Kunkelmann ist doch nicht dick, sondern nur vollschlank."

„Also wenn du jetzt auf meine Kosten Witze machst, dann fahre ich aber ein ganz anderes Kaliber bei Fräulein Flachmann, äh, Bachmann auf", flüsterte Karl gepresst und tätschelte Ehrenreichs Oberkörper in Höhe der linken Brusttasche.

„Nix für ungut. Schwamm drüber", sagte dieser und die beiden Gäste betraten das Wohnzimmer aus dem laute Stimmungsmusik drang.

Luftschlangen zierten Möbel sowie Lampen und es flogen gasgefüllte Luftballons durch den Raum. Kunkelmann erkannte sofort die Melodie des Hiatamadl von Hubert von Goisern und begann leise mitzusingen. Als Fräulein Bachmann vorbeitanzte, fragte er sie, was sie dazu verleitet habe, genau diese Musik aufzulegen.

„Nun, Herr Kunkelmann, das habe ich Ihnen zu Liebe gemacht", antwortete das Geburtstagskind und lächelte süffisant. „Denn nicht nur einmal habe ich Sie auf dem Revier die Steirische Harmonika spielen hören. Wenn Sie tüchtig üben, können Sie es auf diesem Instrument noch weit bringen", lobte die Bachmann ohne einen Unterton in der Stimme.

Noch immer klammerten sich die Beamten an den Blumensträußen fest, bis die Jubilarin fragte, ob sie ihnen diese abnehmen dürfe bevor sie vertrockneten. Peinlich berührt trennten sich Kunkelmann und Ehrenreich von ihrer pflanzlichen Fracht und gratulierten, was sie in der Aufregung vergessen hatten. Der Bad Königer Beamte war bekannt für seine Zahlendreher, weshalb er auch öfter die falschen Leute anrief und sagte: „Fräulein Bachmann, herzlichen Glückwunsch zum 53. Geburtstag. Ich wünsche Ihnen alles Liebe und Gute, vor allem Gesundheit und dass Sie uns noch lange mit Ihrem Kaffee verwöhnen mögen. Auch das gelegentliche Mitbringen von Granatsplittern rechne ich Ihnen hoch an." Dann überreichte er der jungen Frau ein kleines Päckchen, das sie sogleich öffnete.

„Oh, Patschuli-Parfüm. Retro-Düfte sind gerade äußerst angesagt. Ich danke Ihnen vielmals. Zumal der Geruch ja wunderbar zu meinem Alter passt."

Heiner Ehrenreich hatte einen Gutschein für ein Frühstück zu zweit in seinem Lieblingscafé gewählt. Ein völlig uneigennütziges Präsent des vor einiger Zeit von seiner Frau geschiedenen Mannes. Neben den klassischen Knabbereien waren Batterien an Flaschen mit alkoholischen Getränken platziert, deren Pegelstände sichtbar sanken. Viele Freundinnen waren zugegen, aber auch Klaus Thalstädt hatte sich eingefunden. Von den Maskierten war keiner zu sehen, dafür waren die Bachmannschen Berührungspunkte mit den Gendarmen auch zu gering. Zwar munkelte man im Büro, dass sie mal was mit Thomas Linn gehabt hätte, doch blieb dies stets eine Vermutung. Tratsch war den Kriminalen in der oberen Etage der Polizeidirektion zudem vollkommen fremd.

Das den Tisch dominierende Büffet sah äußerst einladend aus und Kunkelmann fühlte sich an früher erinnert: Es gab Lachsersatz, Mett-Igel und Russisch-Ei, auch Toast-Hawaii und Cocktail-Würstchen fanden sich. Ebenso hatte Fräulein Bachmann an Schaschlik-Spieße gedacht, die in einer rotbraunen und mit Paprika gewürzten Soße siedeten. Zudem war ausreichend Puszta-Salat vorhanden. In der Mitte des Ensembles thronten zwei irdene Töpfe mit Ketchup und Mayonnaise. Ganz nach dem Geschmack des Hauptkommissars hatte ein Traditionalist der ehrlichen Küche den Kartoffelsalat mit Speck angemacht. Ehrenreich war sich einer gesunden Ernährung bewusst und läutete seine liquiden Notwendigkeiten mit Erdbeerbowle ein, die ihm die empfohlenen Vitamine auf angenehme Weise zuführen würde. Hinter der riesigen Schale lachte ihn eine stattliche Karaffe mit jenem Rotwein-Cola-Gemisch an, das in seiner Jugend unter dem Namen Korea in aller Munde gewesen war. „Mensch, Karl. Guck mal da. Selbst an Persiko und Apfelkorn hat die Kollegin gedacht", freute sich der Hauptkommissar mit vor Begeisterung hüpfendem Herzen.

Es bildeten sich schwatzende Grüppchen vorwiegend junger Leute, die alle das raffinierte Arrangement dieser Party lobten. „Das hat sie wieder toll hingekriegt", kam es aus einer Ecke. In einer anderen Nische tuschelte man über eingeladene kriminalpolizeiliche Kollegen der Gastgeberin. „Das können ja nur der gefräßige Schwertwal mit dem riesigen Appetit und der Gecko mit dem großen Durst sein", vernahm Ehrenreich aus einer anderen Nische. Ein Intervenieren hielt er unter den gegebenen Umständen für unangebracht. Gerade als Karl hoffte, dass niemand auf die Idee kommen würde, ein Gesellschaftsspiel anzuregen, beschrieb ein bärtiger Bursche Pappkärtchen mit Wörtern und tat dabei äußerst geheimnisvoll. Dann wurde jedem Gast eines dieser Schilder mit einem Klecks Papierkleber an die Stirn geheftet, dass nur die Betrachter den Namen lesen konnten. Heiteres Raten war angesagt. Jeder Pappenträger musste herausfinden, wer er war. Das Auditorium versuchte den Betreffenden mittels Pantomime und Geräuschen zu unterstützen. Viele hoben die Hände nach oben, ließen sie mit gestreckten Fingern wieder nach unten fallen und stießen dabei polternde Laute aus.

„Bin ich ein Karton?", fragte Karl und Ehrenreich, der schon reichlich Bowle genossen hatte, grölte vor Lachen.

„Nein", sagte Fräulein Bachmann sachlich.

„Bin ich ein Gewitter?", setzte Karl nach.

„Nein", wiederholte die Bachmann.

Nach zehn vergeblichen Versuchen gab der Verzweifelte auf und Heiner prustete los: „Hihi, du isst nicht nur Granatsplitter, du bist auch ein Granatsplitter!"

Ein dünner Schlacks sagte zu seinem Nachbarn: „So sieht er auch aus. Aber von der Körperform her könnte der Typ ebenso eine Glocke sein."

Dass bei Ehrenreich jeder eine Schale formte und Schlabbergeräusche machte irritierte ihn. Am Ende war er eine Teetasse, was ihm nicht so gut gefiel. Beiden war klar, dass die Begriffe auf ihren Kärtchen nur vom Geburtstagskind stammen konnten. Beim Toilettengang starrte Karl auf eine durchsichtige

Klobrille, die mit Stacheldraht durchwirkt war. Was beim Niedersitzen passieren würde, wusste er nicht und verrichtete sein kleines Geschäft im Stehen. Jetzt hätte auf seinem Pappschild auch das Wort Regenbrause stehen können. Mit reichlich Papier annullierte er seine sichtbare Anwesenheit. Als er zurück ins Wohnzimmer kam, erzählte Ehrenreich bereits seine Polizistenwitze und sagte mit leicht verschliffener Aussprache: „Ist Ihr Auto verkehrstauglich? Ja, einfach die Rückbank umklappen!" Keiner lachte, was den Beamten zu einem weiteren Korea verpflichtete und leise zeternd über die humorlose Jugend schimpfen ließ. Mit dem alten Gag: „Sagt eine Kuh zu einem Polizisten: Mein Mann ist auch Bulle!", hatte er ebenfalls keinen Erfolg und verfiel in trübseliges Schweigen. Kunkelmann, gleichfalls leicht beduselt, forderte den Kollegen zum Gehen auf und bedankte sich bei Fräulein Bachmann für den schönen Abend. „Danke, dass wir kommen durften. Das war nett von Ihnen. Sollte ich einmal Geburtstag feiern, können Sie sich als eingeladen betrachten", gab Karl Kunkelmann zum zweiten Mal kund. Dann verließ das Paar die gesellige Runde und wackelte in die bereits angebrochene Nacht hinaus. Ehrenreich schienen die acht Korea nicht bekommen zu sein, weshalb er nach einigen Metern ein unschuldiges Blumenbeet mit dem ehemaligen Kultgetränk düngte, während Karl im Stakkato pupste und drei Portionen Russisch-Ei gasförmig in die Atmosphäre entließ.

38

Montagmorgen im Büro wartete Dr. Volker Stahlmann fernmündlich mit einer Überraschung auf. „Hallo Karl. Wir sind jetzt mit den Untersuchungen soweit durch und haben sämtliche möglichen Analysen durchgeführt. Dabei haben wir festgestellt, dass die zu uns geschickte Unterhose unbedingt einen Kochwaschgang benötigt, bevor sie wieder getragen werden kann. Doch selbst dann, möchte ich mal behaupten, wird eine Restverschmutzung übrigbleiben, was das Finden eines neuen Trägers schwierig machen wird. Denn der eigentliche Besitzer dürfte damit Probleme haben."

„Lieber Volker, bei allem Sinn für deinen hintergründigen Humor, habe ich heute keine Nerven für Späße jeglicher Art, denn mir steckt der Geburtstag unseres Fräulein Bachmann im Kopf."

„Weißt du nicht, was du ihr schenken sollst?"

„Nein, der Heiner und ich waren am Samstag dort gewesen und haben tüchtig zugelangt. Sowohl bei der festen als auch bei der flüssigen Nahrung."

„Da habt ihr euch quasi die Nerven massiert, wie dieser Typ in dem Lied sang?"

„Das kann man so sagen. Also jetzt bitte heraus mit der Sprache. Was habt ihr herausgefunden?"

„Nun, das Material ist tatsächlich eine Mischung aus Seide, Viskose und Baumwolle, was eine Kollegin bestätigen konnte, die sich mit Unterwäsche auskennt. Aber Spaß beiseite. Die Bluteintragungen sind derart massiv, dass sie beeindruckende Verklumpungen verursacht haben, wie ihr dies nennen würdet. Wir reden von Koagulierung. Will heißen, von einer kleinen Läsion in Eichel oder Vorhaut, beziehungsweise einem Einreißen des Frenulums, also des Haltebändchens, wie dies bei exzessivem Geschlechtsverkehr durchaus vorkommen kann, stammen diese Verletzungen nicht", beendete der Gerichtsmediziner seinen Bandwurmsatz.

Kunkelmann spürte eine leichte Übelkeit im Magen und drängte auf die Übermittlung des eigentlichen Ergebnisses.

„Warte, darauf komme ich gleich zu sprechen. Bezüglich des Kots, der ja auch reichlich vorhanden und schwarz verfärbt ist, können wir sagen, dass der Darm zumindest im Endbereich nachhaltig verletzt wurde, zumal wir Schleimhautreste isolieren konnten, die keinen anderen Schluss zulassen. Der abgegangene Urin lässt darauf schließen, dass die Person längere Zeit nichts getrunken hat. Darauf lassen die Konzentration und die bräunliche Farbe schließen. Durch die Konservierung in dieser Spalte des Lehmbodens waren die Proben nicht vollkommen ausgetrocknet, sodass wir recht gute Voraussetzungen für unsere Bestimmungen hatten und ein Irren zwar statistisch möglich, jedoch beinahe ausgeschlossen ist."

„Volker, ich werde noch wahnsinnig. Was ist denn nun?"

„Was ist? Ich rede mit einem Hauptkommissar der Kriminalpolizei, der die Geduld zu verlieren scheint, weil er am Wochenende zu tief ins Glas geschaut hat. Lass dir folgendes sagen: Alkohol ist auch ein Nervengift und macht reizbar, was sich besonders in den Nachwirkungen zu zeigen pflegt."

Jetzt atmete Kunkelmann tief durch und sagte in gezwungen gelassenem Tonfall: „Okay, dann warte ich dein ausführliches Referat ab, bis du mich mit dem Ende desselbigen konfrontierst und ich entscheiden kann, ob etwas für uns Verwertbares dabei ist."

„Wie gnädig von dir. Also, was wollte ich gerade sagen, bevor du mich unterbrochen hast? Ach ja, auf den Arm bei uns in der Kühltruhe wollte ich zu sprechen kommen. Wir haben ihn ja nun schon einige Zeit in unserer Verwahrung und besser ist er dadurch natürlich nicht geworden. War es nicht möglich, uns etwas früher Vergleichsmaterial zu senden oder habt ihr vielleicht vergessen, eurem Landbriefträger da hinten, was mitzugeben?", ärgerte der Pathologe seinen Gesprächspartner und kicherte schadenfroh.

„Erinnere mich bitte nicht daran. Wenn das der Alte und die Presse erfahren, ist hier der Teufel los und ich kann mich wegen fahrlässiger Verschleppung von Ermittlungen dienstrechtlich verantworten."

„Das würde ich doch niemals tun. Wie lange kennen wir uns jetzt schon? Ich glaube, dass dies einige Jahre sind und noch mehr werden können, wenn Sie dich nicht in Dieburg einfahren lassen."

„Jetzt hör gefälligst mit dem Blödsinn auf. Mir tritt schon der Schweiß auf die Stirn."

„Eine vegetative Reaktion auf deinen Rausch ist das", feixte der Doktor und verunsicherte den ängstlichen Polizisten, dessen Kreislauf sich gerade meldete. „Eben wird mir ganz matt im Kopf und deine Stimme klingt so komisch."

„Lege dich sofort hin und atme ruhig. Dann kann dir nichts passieren." Kunkelmann tat, wie befohlen und fühlte sich gleich ein wenig besser. „Das ist psychosomatisch. Körper und Seele reagieren gemeinsam. Jetzt müsste sich der Kreislauf gefangen haben. Hast du schon was gegessen?"

„Nein, mir war nicht danach."

„Was hast du denn da?"

„Einen Granatsplitter."

„Hinein damit, das hebt den Zucker, falls du als leichter Diabetiker auch noch in eine milde Hypoglykämie hineingerutscht sein solltest. Und viel trinken, am besten Wasser. Wahrscheinlich bist du auch ein bisschen dehydriert." Kunkelmann klaubte den Leckerbissen vom Schreibtisch, stopfte sich den süßen Berg Sünde in den Mund und spülte mit Mineralwasser nach.

„Volker? Hallo, Volker?"

„Ja, ich höre dich gut."

„Waff ifft denn nun mit dem Arm?"

„Mehr Wasser, mein Lieber. Damit dir der Mund nicht verklebt und ich dich besser verstehen kann."

„Was ist denn jetzt mit dem Arm?"

„Also pass auf, wir haben diese abgetrennte Gliedmaße wie ein rohes Ei behandelt und mit größter Sorgfalt die organischen Proben entnommen. Meine beste Assistentin war damit beschäftigt, da sie über die diversen Methoden der Analysen von Blut promovieren möchte und sich eine Stelle bei uns im Institut erhofft. Die Chancen hierfür sind nicht schlecht, da ja die meisten Ärzte lebende Patienten behandeln möchten und Erfolge sehen wollen. Dies ist bei uns zwar kaum möglich, dafür richten wir weniger Schaden an. Ob du es glaubst oder nicht. Außerdem beschweren sich die unsrigen nicht und müssen nicht mehr leiden. Wo war ich? Beim Erfolg?"

„Ja, um Himmels willen!"

„Also den haben wir mit dem Arm definitiv gehabt. Rate mal!"

„Nein!"

„Doch!"

„Man kann es drehen und wenden wie man will, aber die DNA des Materials aus der besagten Unterhose und die jener Person, der dieser Arm gehört, ist absolut identisch."

39

„Sag mal Papa, ist noch ein Weißbier im Kühlschrank? Ich hätte mal Lust auf einen guten Schluck", fragte Thomas, als er am Sonntagabend den Vater beim Fernsehen störte. Gerade lief eine Tatort-Folge mit Horst Schimanski, der dem Odenwälder Kriminalpolizisten ein Vorbild war. „Vorhin war noch eins da. Jetzt ist es weg. Die Mama hat es nicht getrunken", sprach der Vater salomonisch und leckte sich einen Rest flüssiges Brot von der Lippe. „Wenn deine Mutter wieder runtergeht, um Wäsche in die Maschine zu räumen, kann sie ja aus dem Keller welches mitbringen."

„Die Mama wird gleich hochgehen!", schallte es aus der Küche. „Ich bin doch nicht euer Laufmädchen. Bewegung tut gut. Karl, komm in die Hufe und hole dein unverzichtbares Getränk selber aus dem Kasten. Natürlich nur, wenn noch was drinnen ist. Was ich bei deinem Konsum nicht versprechen kann."

Die Kunkelmänner hörten Bratwürste brutzeln und schalteten auf selektives Gehör um. Gerade als Horst Schimanski einen seiner legendären und markigen Sprüche dem Kollegen Christian Thanner entgegenrotzte, erkundigte sich Thomas nach dem aktuellen Stand der realen Ermittlungen in der Sache mit dem amputierten Arm. „Wie weit seid ihr eigentlich mittlerweile mit eurem Fall gekommen?"

„Mit was für einem Fall? Dem Jäger von Fall?", hakte Karl schelmisch nach. Denn der Hauptkommissar prahlte gerne mit seinem Wissen über Heimatromane und liebte die Erzählungen von Ludwig Thoma und Ludwig Ganghofer über alles. Besonders der fiktive Briefwexel des bayrischen Landtagsabgeordneten Jozef Filser von Thoma hatte es ihm angetan, da er darin gewisse Parallelen zu seiner eigenen Auffassung von Rechtschreibung finden konnte. „Nun ja, sagen wir mal so", begann der Vater weit ausholend und den nicht mehr vorhandenen Schnurrbart streichend. „Eigentlich darf ich darüber ja gar nichts sagen, wie du weißt. Aber weil ich mir sicher bin, dass du schweigen kannst, will ich mal eine Ausnahme von der Regel machen. Wir fischen weiterhin im Trüben, haben keinen Beweis für ein Verbrechen, dazu keine Leiche und ob der fraglichen Straftat erst recht keinen Ermordeten. Da wir es in unserem schönen Odenwald selten mit Tötungsdelikten zu tun haben, müssen wir uns anstrengen, um nichts Offensichtliches zu übersehen."

„Aha", kommentierte Thomas gelangweilt.

„Noch dazu stehen uns im übertragenen Sinne der Wagenknecht, die Presse und natürlich der Landrat auf den Füßen, der damit eigentlich nix zu schaffen hat. Aber da er eine Art Landesfürst ist, will er selbstverständlich auch Erfolge sehen, um sich und die Polizei loben zu können. Doch das Problem ist die Zeit. Genau diese läuft uns nämlich davon."

„Wie? Ihr seid bisher keinen Schritt weitergekommen? Keine Verdächtigen?"

„Verdächtige schon. Alle haben einen Hass auf einen gewissen Menschen in der Kelterei. Aber ob dieser als Grund für Mord oder Totschlag genügt, das ist zu bezweifeln. Eine tote und mehrere kranke Kühe in der Gegend treiben die Bauern um und schüren glühenden Ärger in deren Herzen", sagte Kunkelmann in fast literarischer Diktion. „Aber eines ist nun sicher: Der abbene Arm und die gesicherte DNA aus einem vergessenen Erdschuppen gehören ein und derselben Person."

„Jetzt mal der Reihe nach: Kühe fressen Dosen, werden davon krank und deswegen wurde der Mensch, dessen Hand, oder besser dessen Arm, die Rindviecher gefüttert hat, gekillt?"

„Das hast du anschaulich zusammengefasst, mein Sohn. Das Dosenblech der leeren Gebinde landet auf den Wiesen, die Mäher häckseln das klein, die Kühe sehen das nicht und verletzten sich ihre Speiseröhren, Mägen und Därme."

„Das hört man öfter. In der halben Republik kommt das vor", wusste Thomas. „Nämlich überall da, wo Getränkedosen aus Metall im Umlauf sind. Da flammen natürlich Streitigkeiten über Verantwortung und Schadensersatz auf. Auch wurden schon Brauereien und Hersteller von Süßgetränken mehrfach verklagt. Aber von todbringenden Attacken auf die Produzenten oder Vertreiber dieser Dosen habe ich noch nie etwas gelesen. Das wäre meines Erachtens auch über das Ziel hinausgeschossen und überreagiert. Ich kann mir nicht vorstellen, dass diese Misslichkeiten, so schlimm sie auch sein mögen, einen dazu verleiten, jemandem den Arm abzuhacken oder gar den Verursacher zu eliminieren."

„Es ist total vertrackt. Dieser Geschäftsführer der Kelterei ist wie vom Erdboden verschwunden. Seine Rosemarie haben wir zwangsuntergebracht, weil die sonst verhungert wäre."

„Wie bitte? Der verschwindet und lässt seine Frau verrecken?"

„Nein, eine Frau in dem Sinne hat er nicht, aber dafür mehrere. Das ist so ein Lebemann. Da ist mir anfänglich immer der Gunter Sachs eingefallen."

„Wer?"

„Egal, kannst du nicht wissen, das ist lange her. Der war auch so ein Payboy."

„Wie jetzt? Wird der Geschäftsführer für Liebesleistungen bezahlt?"

„Was? Wieso?"

„Nein, er ist es, der dafür bezahlt."

„Dann meinst du einen Playboy."

„Habe ich doch gesagt. Jedenfalls ist Rosemarie eine Leopardenkatze, die wir aus seinem Haus gerettet haben."

„Und wie kommt Ihr zu der Annahme, dass dieser Arm dem abgängigen Geschäftsführer gehören könnte?"

„Das nehmen wir gar nicht an. Aber wir versuchen unsere Puzzleteile zusammenzufügen."

„Manchmal lassen die sich auch mit Gewalt verbinden, wenn sie nicht passen wollen. Ich glaube, Ihr müsst aufpassen, dass Euch da keine eklatanten Fehler unterlaufen. Dann haben sie euch nämlich am Wickel und Ihr könnt gucken, wie Ihr aus der Misere wieder herauskommt. Im Prinzip habt Ihr jetzt einen Arm, den jemand in einen Apfelhaufen gesteckt hat und irgendwelche DNA, die mit der jener Gliedmaße identisch ist. Sehe ich das richtig?"

„Ich denke schon."

„Warum deponiert jemand einen Arm in einer Lage Äpfel und lässt nur die Finger rausgucken?"

„Damit sie gesehen werden?"

„Logo, aber den ganzen Arm hätte man besser wahrgenommen. Ich glaube, dass eine Botschaft dahinter steckt."

„Jetzt hör aber auf. Für Mysteriöses habe ich wenig Sinn. Oder meinst du etwa, dass da jemand Maradona-Fan ist und die Hand Gottes imitiert hat? Oder dass jemand eine der berühmten, sich fast berührenden Hände von Leonardo da Vinci kopieren wollte?"

„Ich bewundere deinen Kunstverstand, Papa. Irgendwie erinnert mich das an einen christlichen Fingerzeig."

„Du meinst, dass uns der Täter etwas mit dieser Hand sagen will?"

„Natürlich. Denn wenn einer einen anderen verschwinden lassen möchte, dann legt er am besten überhaupt keine Spuren. Dann kann ihm so schnell keiner auf die Schliche kommen. Und die Erbacher Kripo schon gar nicht."

„Jetzt mach mal halblang, junger Mann. Du steuerst gerade auf den Straftatbestand der üblen Nachrede zu. Wir tun schließlich, was wir können. Mir wäre es auch lieber, dass die

Sache flotter voranginge. Da gibt es nämlich einige, die schon ungeduldig mit den Hufen scharren", sagte Karl, hievte seinen schweren Körper aus dem Sessel und taperte in Richtung der Kellertreppe. Dabei rief er in die Küche: „Durst ist schlimmer als Heimweh!"

Die zwei geborgenen Weißbierflaschen packte er ins Gefrierfach und schnupperte dabei in die Pfanne. „Wie lange dauert es noch, Lena?"

„Bis es fertig ist", entgegnete die Gattin bissig.

Als die beiden eiskalten Biere in ihren Gläsern verortet und mehrere erfrischende Schlucke genossen waren, nahmen die beiden ihre Unterhaltung wieder auf.

„Einmal angenommen, Ihr kommt in absehbarer Zeit keinen Schritt weiter. Was geschieht dann?"

„Gute Frage. Wir schöpfen schon die Macht der Medien aus, aber die können auch nichts Besseres als einen aufgefundenen Arm vermelden. Und dass dieser Schneider, also der Geschäftsführer, abgängig ist, muss ja nix bedeuten. Vielleicht hat er einfach keine Lust mehr und hat sich klang- und sanglos verabschiedet. Dagegen spricht allerdings das Zurücklassen dieser wertvollen Katze, die ihm wohl viel bedeutet."

„Habt Ihr schon mal daran gedacht, dass euch da wer ganz bewusst veräppelt, um im Sprachbild der Obstverwertung zu bleiben? Es ist so gut wie unmöglich, dass jemand mit solch einer gravierenden Verletzung nirgendwo auftaucht, um sich behandeln zu lassen. Stell dir den Schmerz und den Blutverlust vor. In den letzten Kriegen sind an solchen massiven Einwirkungen Menschen verstorben, wenn sie nicht rechtzeitig in ein Lazarett mit fähigen Chirurgen eingeliefert wurden. Nur mal so eine Abbindung der Gefäße durch einen beherzten Sanitäter, das funktioniert nicht. Wenn du mich fragst, ist diese Person tot und wurde noch nicht gefunden oder es hat sie jemand absichtlich außer Reichweite der Exekutive gebracht", kombinierte Thomas."

„Du meinst, jemand hat sie exekutiert?"

„Das vielleicht auch, aber die Exekutive ist die vollziehende und ausübende Gewalt."

„Die Mama?"

Thomas musste lachen über diesen hoffentlich absichtlichen Scherz des Vaters. „Nein, dein Arbeitgeber, also die Polizei."

„Wir hoffen natürlich auch auf den äußerst fähigen Kollegen Kommissar Zufall, der im Prinzip die erfolgreichste Ermittlungsarbeit leistet, wenn man ehrlich ist. Oft ergeben sich überraschende Dinge, die einem den Täter quasi auf dem Silbertablett präsentieren. Also kleine Ereignisse, die auf den ersten Blick gar nichts mit den gegebenen Umständen zu tun haben. Dann braucht es gewiefte Leute mit guter Kombinationsgabe, die solche losen Enden verbinden können, bis am Schluss dann die Handschellen klicken."

„Und den Schlüssel für diese nicht ständig suchen müssen, wenn der Verdächtige der Acht entledigt werden darf", merkte Thomas an. „Kein Problem, der Heiner Ehrenreich hat seine immer im sogenannten Kondomtäschchen der Jeans verwahrt. Darauf habe ich stets freien Zugriff. Apropos Zugriff: Kann man in der Küche schon zugreifen? Guck du mal, ich traue mich nicht in die Nähe der Exekutive."

Bei Tisch wechselten die kriminalistischen Analytiker das Thema und lobten Lenas Kochkünste. Zu den genau auf den Punkt gebratenen Würsten von der Traditionsmetzgerei Schlößmann aus Bad König gab es wunderbar braune und in Butterschmalz gebadete Bratkartoffeln. Dem Ganzen setzten saure Gurken die Krone auf, was Kunkelmann an seine Großmutter denken ließ, die ihre Fähigkeiten als Köchin um das Jahr 1915 im Darmstädter „Goldenen Anker" gelernt hatte, wo sie, wie man hier sagte, in Stellung war.

„Wie läuft es eigentlich in Frankfurt? Du erzählst so wenig vom Studium. Musst du dich nicht langsam auf das Physikum vorbereiten?", wollte Lena wissen.

„Ich dachte, der Bub studiert Medizin?"

„Tue ich auch. Aber so nennt sich die erste und angeblich schwerste Prüfung im Fach. Da gibt es eine hohe Durchfallquote."

„Apropos Durchfall", holte Karl aus. „Als ich neulich mit dem Heiner aus dienstlichen Gründen in Frankfurt gespeist habe, da ist es mir ganz plötzlich …"

„Karl, bitte nicht hier beim Essen. Ich glaube nicht, dass irgendwen hier am Tisch deine Verdauung interessiert."

„Aha, wie es mir geht, ist euch also egal. Hauptsache der Beamte bringt brav seinen Sold nach Hause, damit sich die Gattin weitere Bücher von diesem Henning Maxwell kaufen kann", schoss Kunkelmann in gepfefferter Schärfe ab.

„Bitte Papa, jetzt nicht. Ich komme mir vor wie bei Heinz Becker oder Alfred Tetzlaff."

Jetzt freute sich der Aggressor und zitierte letzteren: „Pizza! Weiß doch kein Mensch, woraus die besteht. Da wird so ein Stück Kuhfladen ausgerollt, dann kommt ein Klecks Tomatensoße drauf und das Ganze kostet dann fünf Mark. Und schmecken tut´s wie toter Friseur." Dabei musste Kunkelmann so lachen, dass ihm ein Stück Bratwurst in die Luftröhre rutschte und der Lachkrampf einen Hustenanfall erster Güte auslöste. Thomas schlug ihm mehrmals zwischen die Schulterblätter, bis sich das Brustbeben wieder beruhigt hatte.

„Bitte nicht diese chauvinistischen Sprüche. Das geht heute in Zeiten von Gendern und Alltagsrassismus überhaupt nicht mehr. Auch wenn du das immer noch lustig finden magst", empörte sich Lena.

„Ja, da hat die Mama was Wahres gesagt. Aber irgendwie hat das was. Da merkt man noch die ungezähmte Kernigkeit früher Fernsehunterhaltung", steuerte Thomas bei und solidarisierte sich mittels erhobenem Daumen mit seinem Vater.

„Gut, dass ich dich immer habe mitgucken lassen. Andere in deinem Alter kennen diese Preziosen kabarettistischer Filmkunst gar nicht mehr."

„Die neue Zeit hat auch was Gutes. Die jungen Leute sind sensibler gegenüber abwertender Sprache geworden und achten selbst genau darauf, wie sie sich ausdrücken. Es gibt sogar Informationsbroschüren und Volkshochschulkurse darüber. Ich kann dir gerne mal einen heraussuchen. Das würde dir und deiner von Männern dominierten Truppe ganz gut stehen. Eine moderne Kripo, die einen frauenfreundlichen Umgangston pflegt."

„Wieso? Wir machen dem Fräulein Bachmann immer Komplimente, wenn es uns wieder mal mit einer neuen Bluse beglückt. Ist das jetzt verboten?"

„Kommt darauf an, ob diese Komplimente höflich verbaler Natur sind oder ob ihr vorwiegend visuell tiefblickend lobt. Wie der Brüderle kürzlich."

Karl überlegte lange und antwortete: „Jo, geh fort."

40

„Na, alter Mann, wie geht es uns denn heute?", begrüßte der Großneffe den Gaststättenbesitzer, als er ihm an diesem Donnerstag wieder einmal seine Aufwartung machte.

„Wie es dir geht, das weiß ich nicht. Mir jedenfalls geht es beschissen."

„Oh, warum das denn?"

„Da ist zum einen die verdammte Gicht, die mich immer wieder anfallsartig überfällt und zum anderen mein Verwandter, der mich zu belügen scheint."

„Wie kommst du auf so eine abwegige Vermutung?"

„Ich habe zwar eingerostete Glieder aber keine tauben Ohren."

„Und das heißt?"

„Deine Arbeiter haben sich darüber unterhalten, dass du meine Etage hier in schicke Gästezimmer umwandeln willst. Ist da wenigstens eines für mich reserviert? Denn lebend bekommst du mich hier nicht raus."

„Das will ich auch nicht. Ich habe mir lediglich Gedanken über eine spätere Verwendung der Räumlichkeiten gemacht und diese Träume laut geäußert. Da ist überhaupt nichts beschlossen. Übrigens, hast du dir das mit dem Überschreiben des Eigentums mal überlegt? Das sollte recht zügig vonstattengehen, denn nur so kann ich konkret planen. Ich will dir sicherlich nix wegnehmen, aber juristisch sollten wir uns schon auf den neuen Eigentümer einigen. Am Ende bin ich ja doch der Alleinerbe."

„Deine Dreistigkeit überrascht mich. So kaltschnäuzig war noch nicht mal mein Vorgesetzter im Krieg, als er mich fragte, ob ich das mit den Polen regeln könnte."

„Ich würde auch einen Termin beim Notar vereinbaren, damit du keine Arbeit mit diesem bürokratischen Kram hast."

„Was macht dich so sicher, dass du dies alles hier bekommen wirst?"

„Sonst ist doch niemand mehr da."

„Oh doch, mein Lieber. Da wäre noch die Jagdgenossenschaft zu nennen oder der Tierschutzbund. Beide sind für neue Domizile dankbar. Und wenn unten eine moderne Kneipe drinnen ist, sind die bestimmt auch nicht böse. Oder vielleicht die Kirche, die in bitterer Armut lebt?"

„Otto, hör bitte auf, mir Angst zu machen. Ich will die Einkehr zu einem Lichtblick in diesem Tal machen. Da muss eben einiges geregelt werden. Und dazu gehört der Besitzerwechsel."

„Wie stellst du dir das finanziell vor? Wie viel gedenkst du mir zu geben für dieses Anwesen mit all dem Grund, der Scheune und der Garage?"

„Du willst für diese Ramschbude auch noch Geld haben? Das wäre keine gute Idee, denn ich muss die Kredite bedienen. Wir haben uns doch bis jetzt immer gut verstanden."

„Du denkst doch nicht etwa, dass ich meine Heimat verschenke? In den Vertrag, den ich vielleicht unterschreibe, muss hinein, dass ich bis zu meinem Tode hier bleiben kann. Das nennt man glaube ich Sitzrecht."

„Aber Otto, das habe ich dir doch quasi in die Hand versprochen. Ich will dich in deiner Entscheidung auch nicht beeinflussen oder dich auf Gedeih und Verderb hier raushaben. Aber rein statistisch ist meine Lebenserwartung länger als deine. Du kannst hier in deinem Alter nix mehr reißen, das muss dir doch klar sein."

„Ich will auch nix mehr reißen, nur noch scheißen. Und zwar in aller Ruhe und in meinen vier Wänden", rief Otto nun aufgebracht.

„Also das sollten wir heute klären, weil ich die kommende Woche für ein paar Tage verreisen muss. Da hätte ich die Sache schon gerne unter Dach und Fach. Mich nervt der Prozess ja auch, aber so ist es nun einmal."

„So, du setzt mich nicht unter Druck? Und wie nennst du das, was du eben gerade vor deinem Großonkel, der immer für dich gesorgt hat, hier abziehst?"

„Bittere Notwendigkeit!"

„Ha, dass ich nicht lache. Aber wenn du schon von Prozess redest, den kannst du gerne haben. Denn freiwillig und auch noch ohne die geringste Entlohnung gebe ich gar nichts her. Noch bin ich nicht tot!", schrie Otto jetzt und fasste sich ans Herz.

„Reg dich nicht so auf, sonst geht das schneller als du es glaubst."

„Das würde dir so gefallen, gell? Herzschlag und aus. Das war es gewesen mit dem alten Otto. Und da er nix geschrieben hat, wirst du alles ohne Probleme dann dein Eigen nennen können. Aber halt, mein Bub. So haben wir nicht gewettet", echauffierte sich der Gastwirt weiter und langte nach einer Schachtel mit Beruhigungstabletten. Mit zitternden Händen drückte er einige davon aus dem Blister, stopfte sie sich in den Mund und spülte mit einem Schluck Apfelwein nach.

„Jetzt lass uns vernünftig sein und über die Eckpunkte der notariellen Beurkundung reden. In gewissen Dingen bin ich gerne bereit dir entgegenzukommen. Ich bin ja kein Scheusal und will meinen alten Großonkel Otto nicht übervorteilen.

Alles soll gerecht und in Ruhe und Frieden über die Bühne gehen. Wir wollen doch schließlich Freunde bleiben. Daher suchen wir jetzt nach einer Lösung, die uns beiden passt."

„Ich befürchte, dass es die nicht geben wird. Ich will hierbleiben und du willst mich raushaben. Die Arbeiter haben dies gesagt und ich wüsste nicht, warum ich daran zweifeln sollte. Schon als Kind hast du gerne geflunkert und deine Freunde an der Nase herumgeführt. Dir scheinen das Schwindeln und die Unaufrichtigkeit im Blut zu liegen, wenn es um deinen eigenen Vorteil geht. Leider muss ich dir ein großes Maß an Verderbtheit attestieren. Im Krieg haben wir mit einem wie dir kurzen Prozess gemacht. Ehrlichkeit, das war eine Selbstverständlichkeit. Meine Ehre hieß Treue."

„Lass mich bitte in Frieden mit deinen ewigen Nazi-Geschichten. Das kann ich auf die Dauer nicht mehr hören. Ich möchte wissen, wie man überhaupt damals diesem Gröfaz hinterherlaufen konnte."

„Verhöhne den Führer nicht! Auch wenn er in Berlin angeblich umgekommen sein soll, so ist er doch noch in unseren Herzen."

„Was glaubt du, hätte dir der Adolf in unserer Sache geraten? Deine eigene Sturheit durchzusetzen, ohne an die anderen zu denken oder eher die Gemeinschaft im Blick zu haben, die sich an dem neu Entstehenden erfreuen kann. Auferstanden aus Ruinen."

„Du bringst hier einiges durcheinander und der Vergleich hinkt. Ich bleibe hier und weiche keinen Meter", sagte Otto und lehnte sich erschöpft in seinem Sessel zurück.

„Ich mache uns mal eine schöne Tasse Kaffee, da redet es sich besser", sagte der Großneffe und ging in die Küche.

Er füllte Wasser in die Kanne, gab Pulver in den Filter und startete den Vorgang. Die Kaffeemaschine kannte er aus Kindertagen. Dieses altmodische Ding schien ewig zu halten. Er beobachtete, wie sich unter lauter werdendem Blubbern die Glaskanne füllte und das Gerät am Ende wie in Agonie röchelte. Als sie ihren letzten Atemzug getan hatte, befüllte er zwei

Henkeltassen mit der teerschwarzen Flüssigkeit, begab sich
wieder ins Wohnzimmer und stellte fest, dass der alte Mann
eingeschlafen war. Leise stellte er die Tassen ab und drückte
den Inhalt eines neuen Blisters der Beruhigungspillen in die
eine hinein. Jetzt bloß nichts verwechseln, dachte er und mahn-
te sich zu äußerster Konzentration. Vorsichtig rührte er mit
einem Löffel um, bis sich die weißen Tabletten vollkommen
aufgelöst hatten. Dann betrachtete er eine Zeit lang den
hübsch gewordenen Vorplatz und malte sich die bald in neuem
Glanz erwachende Gaststätte und die feinen Gästezimmer aus.
Vor seinem inneren Auge sah er die Gäste bei der Eröffnungsfeier, wie sie das wunderbare Werk allesamt lobten. Der Bürgermeister würde eine ausufernde Rede halten und den Schaf-
fenswillen des Gastgebers als beispielhaft für private Innovati-
onen in der Gemeinde bezeichnen, der Vorsitzende des Hotel-
und Gaststättenverbandes würde sich in Hymnen auf ihn über-
schlagen und die Chefin der Odenwald-Tourismus-Gesellschaft würde nicht umhin können, ihn als einen Seher für die
herrliche Zukunft dieses Landstriches zu verklären. Vielleicht
trudelte ja sogar die Zusage des Landrats ein, dessen Terminkalender so überaus voll war. Er tagträumte, wie man sich mit
gefüllten Sektschalen zuprostete und wie alle bei den raffinier-
ten Snacks zugreifen würden, die er zuvor eigenhändig kom-
poniert hatte. Für diese kulinarischen Happen würde er all seine Kochkünste aufwenden und den Gästen herzhafte Snacks
offerieren, wie sie sie noch nie gegessen hatten. Rezepte und
Zutaten hatte er bereits im Kopf. Jetzt riss er sich von den bald
wahr werdenden Visionen los und wendete sich wieder um.
Der Dickschädel des Großonkels war zur Seite gekippt und aus
dem rechten Mundwinkel seilte sich ein zäher Faden aus Spu-
cke ab. Die Atmung ging etwas unregelmäßig, der Alte zuckte
bisweilen mit dem ausgezehrten Körper. Er schien zu träumen.
Vielleicht quälten ihn ja Bilder aus dem Krieg, vielleicht sogar
Szenen von Erschießungen im Feindesland, an denen er nach
eigener Aussage teilgenommen hatte. Mittlerweile war es
Abend geworden und die Dämmerung sickerte ins Tal. Bald

würde die Dunkelheit nachschwappen. Zuvor waren die Jäger der Genossenschaft unterwegs, um im wahren Wortsinne kapitale Böcke zu schießen. Im Zwielicht des Zimmers kam dem Großneffen eine Idee. Waidgerecht sollte es sein. Das hatte sich der alte Depp verdient. Und warum auf die Chemie hoffen, wenn die Lösung des Problems mehr oder weniger vor ihm hing? Auf leisen Sohlen schlich er zur gegenüberliegenden Wand und hängte das Gewehr ab. Dass die Büchse immer durchgeladen war, das wusste er. Otto hatte stets panische Angst vor Einbrechern oder, so unwahrscheinlich dies auch war, vor sich rächenden Enkeln aus den ehemaligen deutschen Ostgebieten. Er trat hinter den schlummernden Greis und zielte auf das Genick. Als der Schuss krachte, gab lediglich der Pfau einen heiseren Krächzer von sich. Sonst störte sich um diese Zeit niemand an dem Knall in dieser Waldeinsamkeit. Es war Jagdzeit und ein weiterer Bock zur Strecke gebracht.

41

Korbinian Außenhofer war mit Holzhacken vor seinem Haus in dem kleinen Tiroler Dörfchen gerade fertig geworden, schnaufte tief durch und bewunderte die idyllische Bergwelt vor seiner Tür. Mit einem zarten Rosa kündigte sich das Alpenglühen an. Da ging dem früheren Bergsteiger das Herz auf und er war vor Rührung fast den Tränen nahe. Ein Gottesgeschenk, hier leben zu dürfen, sagte er sich und genoss den beinahe schon kitschigen Anblick. Jetzt meldete sich nach getaner Arbeit der Hunger und Korbinian betrat die Küche, in der es nach frisch gebackenem Brot duftete. Maria hatte den Tisch gedeckt und Schinken, Käse als auch geräucherte Würste auf einem von ihrem Ehemann geschnitzten Brett bereit gelegt.

„Sag einmal, wann wollte die Anette nochmal kommen? Was hat sie dir denn gesagt?", fragte sie und goss für beide ein Helles in die bereitstehenden Humpen.

„Wie du weißt, bleibt unsere Tochter ja immer gerne im Ungefähren und will sich nicht festlegen. Das habe mit ihren geschäftlichen Terminen zu tun, schließlich müsse sie die Buchhaltung und einen Teil der Geschäftsführung in dieser Kelterei ganz alleine stemmen."

„Dass wir uns Sorgen um das Mädel machen, ist ihr dabei anscheinend noch nicht aufgegangen. Wie wollte sie denn anreisen?"

„Mit dem Zug und dann weiter mit dem Bus. Wir müssten sie nicht abholen, wenn sie da sei, sei sie da, hat die Anette gesagt. Aber weder eine Uhrzeit noch einen bestimmten Tag benannt. Und wie ich die Bahn in Deutschland einschätze, ist das auch nicht möglich. Die Züge haben alle 30 Minuten eine Verspätung und jede volle Stunde einen Totalausfall", lachte der Kleinbauer und schnitt sich ein respektables Stück geräucherte Leberwurst vom Ring. „Vielleicht macht sie ja auch zuvor noch eine Bergtour. Sie ist ja geradezu auf das Kraxeln versessen."

„Ja, ich weiß, dass sie meine Bedenken um ihr Wohlbefinden blöd findet. Als sie noch die Schule in Reutte besucht hat, warf sie mir immer vor, eine Helikoptermutter zu sein. Ich konnte mit dem Begriff nichts anfangen, bis sie mir etwas von Umkreisen erzählte und das Beispiel des Hubschraubers brachte. Du, Korbinian, hoffentlich ist da nichts passiert, weil sie sich doch schon so lange angekündigt hat."

„Meinst du, die Bergwacht sollte sie mit dem Hubschrauber suchen? Ich habe noch gute Kontakte zur Station und frage gerne mal nach."

„Hör bitte auf, mich für naiv zu halten. Aber ein Mutterherz schlägt halt so."

„Das verstehe ich ja auch. Aber wir kennen die Kleine nun von Geburt an. Und immer wieder hat sie ihren Sturkopf durchgesetzt. Deswegen hat sie auch kein Handy, wo sogar ich einen dieser Quälgeister mit mir herumschleppe."

Maria ging ins Wohnzimmer und kam mit einem Schuhkarton alter Fotos zurück. „Schau, hier wurde die Anette eingeschult. Siehst du, wie stolz sie in die Kamera lächelt? Dabei war ihr vor lauter Nervosität in der Früh schrecklich übel gewesen. Mit einem Becher Pfefferminztee habe ich das aber wieder hinbekommen. Und da, das ist vor der Kirche nach der Kommunion aufgenommen. Ich mit der Maria. Warum bist denn du da nicht mit drauf?"

„Weil ich das Bild gemacht habe und immer noch nicht weiß, wie dieser verflixte Selbstauslöser an der Kamera funktioniert."

„Stimmt, in feinmotorischer Hinsicht bist du ein wenig grobmotorisch."

„Vorsicht! Lege dich nicht mit mir an. Sonst gehen wir zusammen Holzhacken. Da kannst du deine Fähigkeiten ja unter Beweis stellen."

„Und da, ist das nicht süß? Ihr elfter Geburtstag mit den anderen Mädels. Schau, die Vroni, die Franzi und die Traudl. Komisch, dass sich hier bei uns diese alten Namen gehalten haben."

„Dem Himmel sei Dank. Eine Cleo, Zoey oder Tabea-Carlotta braucht es hier nicht. Wir sind ja fortschrittlich, aber wenn gestandene Buben Kevin, Finn oder Fiete heißen, das geht mir dann doch über meine Tiroler Hutschnur."

„Du solltest dich etwas der neuen Zeit öffnen. Auch was die Mode betrifft."

„Die geht mir am Allerwertesten vorbei. In meiner Strickjacke, der Krachledernen und den derben Wanderschuhen fühle ich mich eben am wohlsten. Ich bin doch kein Glöckner oder wie dieser komische Typ da im Fernsehen heißt. Um mich zum Affen zu machen, muss ich nicht unbedingt Leggins und Satinhemd tragen."

„Ich habe ja nix dagegen, wenn du diese Kluft bei den Trachtenumzügen anhast. Aber im Alltag?"

„Komm, jetzt sei aber stad, sonst muss ich noch mit dem Schimpfen anfangen. Ich sage ja auch nix, wenn du in Pumps auf die Dürrenberg Alm stöckelst", zwinkerte Korbinian und nahm einen tiefen Schluck Bier.

„Guck doch mal da. Das Hochzeitsfoto mit unserem Schwiegersohn vor dieser kleinen Kapelle. Da bist du im Hintergrund zu sehen."

„Ja, weil auf einem Hochzeitsfoto im Vordergrund gewöhnlich das Brautpaar abgelichtet ist."

„Das ging damals recht schnell mit ihrem Apfelweinfürsten vom Odenwald."

„Ja, etwas zu schnell. Dabei ist sie bis heute nicht schwanger und wir sind noch immer keine Großeltern", bedauerte Korbinian Außenhofer.

„Ich möchte mal wissen, was die Anette damals geritten hat."

„Der Gerhard vielleicht?"

„Och, jetzt lass diese Sprüche. Das ist auch sowas, was du dir mal abgewöhnen könntest", krittelte Maria.

„Der feine Herr Schwiegersohn war übrigens erst einmal zu Gast in unserer bescheidenen Hütte gewesen. Scheinbar sind wir ihm von Standes wegen nicht gut genug", sprach der einstige Bergsteiger.

„Das glaube ich nicht, der hat eben einen Schaff mit der Kelterei, die ja einen guten Namen im Südhessischen haben soll. Und der will eben gepflegt werden."

Nach dem Essen setzte sich Korbinian Außenhofer auf die Bank vor dem Haus und entlockte seiner Steirischen die traurige Melodie, in deren Begleittext ein Fischer mit dem Boot übern See fährt und später die Fische in der Pfanne schwimmen müssen. Drinnen läutete der Festnetzanschluss. Nach dem Gespräch kam Maria recht aufgeregt vors Haus gelaufen und sagte: „Du, da hat eben ein gewisser Kommissar Kunkelmann von der deutschen Kriminalpolizei angerufen und gefragt, ob er die Anette sprechen könne."

„Wie jetzt?"

„Er sagte, dass man sie gerne in einer bestimmten Sache als Zeugin befragen wolle, wir uns aber keinerlei Gedanken machen sollten, es sei nichts Weltbewegendes."

„Bestimmt hat der Apfelweinfürst gepanscht. Hat er sonst noch was gesagt?"

„Ja, er hat gefragt, wie das Lied heißt, das da wer gerade im Hintergrund spielt. Er selbst sei blutiger Anfänger, liebe aber den Klang der Steirischen Harmonika."

42

Unter den Anwesenden Journalisten konnte Karl Kunkelmann nur wenige neue Gesichter ausmachen. Dafür war die Stimmung eine völlig andere an diesem Morgen. Ob das stickige Klima im Raum dafür verantwortlich war, wusste er nicht. Jedenfalls spürte er die Ungeduld im Verhalten der Presseleute, die endlich Fortschritte sehen oder gar Ergebnisse haben wollten. Zeitig war er aufgestanden, hatte gefrühstückt und sich dabei die vorzutragenden Fakten immer wieder durchgelesen, um nicht durch Desinformiertheit aufzufallen. Nun saß er wieder auf seinem Büßerbänkchen und harrte dem, was da kommen mochte.

Als er die Pressekonferenz eröffnet hatte, warteten alle auf eine Zusammenfassung der neuen Ermittlungsergebnisse, doch die kam nicht.

„Haben Sie uns nichts zu berichten?", fragte Siebenhain vom Main-Echo und Seiler, der HR-Reporter, sagte auffordernd und mit brüskem Unterton in der Stimme: „Wir hören?"

Karl Kunkelmann hatte sich nur Stichpunkte auf seinen Zettel gemacht, die aber keineswegs geordnet waren. Er zog das Blatt näher ran, inspizierte die handschriftlichen Notizen aus den Akten und stellte fest, dass er plötzlich seine eigene Schrift nicht mehr lesen konnte.

„Liebe Reporterinnen und Reporter", richtete er sich etwas unsicher hüstelnd an die Anwesenden, „ich glaube, dass es besser ist, wenn Sie mich fragen, dann kann ich nämlich konkret antworten, ohne Sie mit Petitessen belästigen zu müssen."

Sandra Schleunig vom Odenwälder Echo schmunzelte, denn sie roch sofort Lunte und ahnte den wahren Grund des eher ungewöhnlichen Anfangs der Sitzung.

„Herr Kunkelmann, was gibt es Neues in dem Fall mit dem aufgefundenen Arm?", fragte sie geradeheraus.

Der Hauptkommissar sammelte sich kurz und sagte: „Also, Frau Schleunig, das ist so. Wir haben da in einem alten Erdschuppen, wie sie früher zur Lagerung von leicht verderblichen Lebensmitteln genutzt wurden, Blutspuren gefunden."

„Sicher von vergessenen Blutwürsten!", schoss ein junger Bursche ab, der aufgrund seines Alters höchstens Praktikant sein konnte.

„Herr, äh, Sie da. Das ist nicht lustig. Wenn Sie Blutwürste mögen, kann ich Ihnen gerne eine gute Metzgerei im Anschluss an diese Versammlung empfehlen. Aber bitte bewahren Sie den nötigen Ernst", warnte Karl Kunkelmann das vorlaute Großmaul. „Sonst muss sich Sie leider darum bitten, den Raum zu verlassen."

Nachdem Heiner Ehrenreich einen Schluck Tee genommen hatte, flüsterte er dem Kollegen ins Ohr: „Du, das mit den Blutwürsten war doof."

„Weiß ich, deswegen habe ich den Kerl ja auch gerügt", pisperte Karl zurück, worauf Heiner leicht mit den Augen rollte. „Ja, die Dame mit dem Rekorder dahinten bitte."

„Ich frage jetzt ganz konkret: Was haben Sie und Ihre Ermittler an neuen Erkenntnissen gewonnen?"

„Nun, ich habe ja bereits gesagt, dass wir in dem alten Erdschuppen Blutwurstspuren …, Entschuldigung, also natürlich Blutspuren gefunden haben. Zudem sind wir auf eine eingekotete Unterhose gestoßen, die jemand, wahrscheinlich war es nicht deren Besitzer, vor ihrer Entdeckung verbergen wollte. Außerdem konnten wir kleine Metallsplitter finden, die von Getränkedosen stammen könnten. Diese Asservate haben wir ins Labor und zum zuständigen Gerichtsmediziner nach Frankfurt geschickt."

„Herr Kunkelmann lassen Sie sich doch bitte nicht die Würmer aus der Nase ziehen!", sagte Volker Seiler.

„Ja, genau, das ist ja unerträglich zäh, was Sie da von sich geben", schob der bekannte Gerichtsreporter Eike Boruska nach.

In diesem Moment griff Karl Kunkelmann instinktiv in die Hose, zog ein Taschentuch hervor und schnäuzte sich ausgiebig.

„Was ist dabei herausgekommen?", fragte Sandra Schleunig.

Jetzt hoffte Ehrenreich, dass der Kollege nicht wie gewohnt in das karierte Viereck aus Stoff linste, um den Ertrag zu begutachten.

„Das kann ich Ihnen sagen: Die DNA-Analyse der Sekrete hat ergeben, dass sie mit den Proben vom Arm dieses Menschen identisch sind."

„Ziehen Sie jetzt auch eine irgendwie gelagerte Beteiligung dieser renitenten Bauern in Betracht? Ich meine wegen der Splitter und den verletzten Kühen?", fragte Manfred Siebenhain.

„Es ist alles noch ergebnisoffen, wie man so sagt. Wir schließen weder etwas aus noch ein."

Jetzt meldete sich wieder der Journalistenpreisträger Seiler und wollte wissen, ob man endlich neue Erkenntnisse über den Verbleib des Geschäftsführers habe.

„Lieber Herr Seiler, da muss ich Sie leider enttäuschen. Wir haben quasi jeden Misthaufen und jeden Heuhaufen der Gegend umgedreht und konnten auch durch Ihre geschätzten einhundert Presseaufrufe keinen Schritt weiterkommen. Der Mann scheint sich aufgelöst zu haben."

„In Säure oder in Luft?"

„Fangen jetzt bitte nicht auch noch Sie mit zweifelhaften Späßen an."

„Nein, ich meine das durchaus ernst. Wenigstens das mit der Säure. Landwirte haben doch immer zumindest Natronlauge in der Scheune, um ihre Ställe zu säubern und zu desinfizieren."

„Jetzt werden Sie aber sehr theoretisch."

„Apropos theoretisch", nahm Siebenhain den Faden auf, „rein theoretisch könnten ja auch schon Haarproben von diesem Schneider analysiert und spezifiziert sein."

„Aber wir haben ihn doch nicht, wir suchen ihn ja." Dann füllte leises Gelächter den Raum.

„Das weiß ich auch, ich meine aus dessen Wohnung. Er wird ja nicht mit all seinen gebrauchten Haarbürsten und Waschlappen an die Ostsee verreist sein, wo er sich angeblich aufhalten soll." „Das stimmt. Aber dafür brauchen wir einen Durchsuchungsbeschluss von der Staatsanwaltschaft und den bekommen wir nur bei dringenden Angelegenheiten oder wenn direkte Gefahr im Verzug ist. In Deutschland werden die Bürgerrechte nämlich hochgehalten", beantwortete Kunkelmann die Frage, die er gar nicht in Erwägung gezogen hatte.

„Haben Sie dem zuständigen Staatsanwalt denn von der Brisanz dieser Angelegenheit berichtet?"

Jetzt griff Heiner Ehrenreich ein: „Sie können sich sicher sein, dass wir alles, was möglich war, auch unternommen haben."

„Ja, dann", sagte Kunkelmann und erhob sich, „wenn Sie keine weiteren Fragen und wir keine weiteren Erkenntnisse mehr haben, bedanke ich mich für Ihr Kommen und schließe die Pressekonferenz."

Nachdem sich der Saal geleert hatte, fragte Ehrenreich: „Sag mal, haben wir die Bürste und das andere Zeug aus der Wohnung tatsächlich auch dem Wiesemann mitgegeben und ihn beauftragt, die Dinge ins Labor zu bringen?"

In diesem Moment rutschte Karl Kunkelmann das Herz in die Hose. „Heiner, wir fragen gleich morgen nach. Weil der Wagenknecht so einen Terz wegen unseres Eindringens bei Schneider gemacht hat, bin ich mir nicht sicher. Kann sein, dass das bei Stahlmann gelandet und versandet ist. Das wäre ein schöner Schlamassel, den wir da ausbaden könnten."

„Könnten? Müssten! Das wäre eine mittlere Katastrophe."

„Meinst du, die gehen an unsere Pensionsansprüche? Bei mir ist es bald soweit."

„Malen wir mal den Teufel nicht an die Wand. Es wird sich alles, alles wenden."

„Das ist Ludwig Uhland." Jetzt schaute sich Heiner nach einer im Raum verbliebenen Person um.

43

Bis auf Hans Vierheller, der sich noch in stationärer Behandlung befand, waren sie im Wohnzimmer von Fritz Hubinger zusammengekommen und diskutierten ihr weiteres Verhalten und Vorgehen.

„Also dass wir jetzt fast alle Besuch von der Kripo bekommen, ist mir unangenehm. Meine Kühe haben nun seit geraumer Zeit keine Symptome mehr aufgewiesen, die ich auf diese Dosenreste zurückführen könnte. Zwar wissen wir, dass uns keine Schuld trifft, aber ich möchte, dass wir jetzt die Füße still halten und den Kabel nicht weiter unlauterer Dinge bezichtigen", sagte Schorsch Eitenmüller aus Brombachtal.

„Aber das mit diesen Blechbüchsen ist doch wirklich eine Sauerei. Ich rede hier von Körperverletzung oder ist das immer noch Sachbeschädigung, wenn man Tiere leiden lässt?", wollte Herbert Jäger wissen.

„Wir wollen uns jetzt nicht auf juristisches Glatteis begeben, lieber Herbert. Verboten ist diese Art der Vermarktung ja nicht. Guck dir das boomende Geschäft mit den Bierdosen an. Nur werden die meisten davon in Städten weggeworfen und landen nicht auf unseren Wiesen."

„Das stimmt. Ich finde, dass wir auch mal überlegen sollten, weshalb die Dosen auf die Feldern geworfen werden und ob es tatsächlich so viele sind. Denn guckt mal: Wenn sich die jungen Leute zum Umtrunk treffen, dann machen sie dies meist in ihren Autos oder am Wegesrand, wo eine Bank steht. Da kann man sich dann praktischerweise auch noch anderem widmen. Also, die sitzen da, knutschen und bechern. So, wie wir das in unserer Jugend auch getan haben. Mal ehrlich: Wer hat noch keine leere Bierflasche auf eine Wiese gepfeffert, obwohl da Pfand drauf ist?", legte ausgerechnet der Hitzkopf Hubinger dar.

„Auf was willst du denn hinaus? Wir sind doch nicht in einer politischen Debatte. Raus mit der Sprache!", forderte Herbert Jäger.

„Na, da wäre ich mir nicht so sicher. Ich denke da an die Kommunen, die mit genügend Papierkörben dafür sorgen könnten, dass diese wilde Entsorgung nachlässt."

„Glaubst du, dass dies das Problem lösen könnte, wo doch der öffentliche Säckel angeblich leer ist?"

„Wir reden hier nicht von der Finanzierung von Schwimmbädern, sondern von Abfallbehältern. Das ist ein großer Unterschied."

„Und du meinst, diese Flegel werfen ihren Müll tatsächlich in Abfallbehälter, wenn da welche stehen?"

„Jetzt erkläre unsere Kids mal nicht für doof. Natürlich würden sie dies tun. Zumal sie ja in den sogenannten sozialen Netzwerken sicherlich von der Problematik gehört haben dürften."

„Und wenn die Teile dann nicht geleert werden, weil die Gemeindearbeiter gerade frische Tulpen in Waschbetonkübel setzen müssen?"

„Da muss man dann auf das Organisationstalent der Kommunen vertrauen."

„Oh, ich weiß noch, wie wir damals wegen dem runden Geburtstag unserer Großmutter das Dorfgemeinschaftshaus mieten wollten. Abgesehen von einem irre langen Vertrag, mussten wir noch beinahe den Geburtsnamen ihrer Uroma angeben. Als wir alles beisammen hatten, sagte uns so ein Schreibtischhengst, dass der Termin schon vergeben sei. So viel zum Organisationstalent von Behörden. Wir werden noch zu Tode verwaltet in diesem Land."

„Jetzt vergleiche mal nicht Äpfel mit Birnen und gebe der Sache eine Chance. Ich werde die Tage mal zum Bürgermeister gehen und diesbezüglich nachfragen. Oben am Waldrand bei Rohrbach klappt das wunderbar. Die Körbe werden stets benutzt und auf den Weiden liegt nix rum. Sogar den Gegenstand unseres Anstoßes habe ich in einem der Abfallkörbe gesehen: Zwei Dosen ‚Brieh in den Bix' waren dort sauber entsorgt.‟

„Apropos Anstoß. Prosit auf bessere Zeiten!‟, unterbrach der Vorredner und führte sein Geripptes zum Mund. „Jetzt mal was anderes. Kann man denn die Rinder nicht krankenversichern? Bei Pferden geht das doch auch‟, wollte Herbert Jäger wissen.

„Du meinst, wenn eine Operation ansteht? Ich weiß nur, dass es Geld gibt, wenn ein Rind vom Blitz erschlagen wird. Das war nämlich mal bei uns der Fall gewesen und die Versicherung hat gezahlt. Aber ob dies auch bei einer OP möglich ist? Und ob sich das rentiert? In der Regel werden die Viecher ja geschlachtet. Es sei denn, es handelt sich um einen teuren Zuchtbullen. So ein Vertrag ist bestimmt schweineteuer, um in der Nutztiersprache zu bleiben. Ich erkundige mich mal die Tage bei Franz Lautenschläger, unserem Kreislandwirt. Der könnte da Bescheid wissen.‟

Nach einigen Gerippten nahm der Mann aus Fränkisch-Crumbach wieder das Gespräch auf: „Das muss man sich mal vorstellen. Da hackt irgend so ein Idiot einem anderen Typen den Arm ab und steckt ihn beim Kabel in eine Lage Kelteräpfel. Schon das ist meines Erachtens krank. Wie sich herumgesprochen hat, war ja in den Daumenballen der Hand eine Metalllasche eingenäht, wie man sie von den Apfelweindosen kennt. Da hat sich wer ganz schön viel Arbeit gemacht, um dem Gerhard Kabel zu schaden. Dabei war es doch der Schneider, der die Idee mit den Büchsen hatte. Ich frage mich, wie viel kriminelle Energie jemand aufwenden muss, um das zu tun. Dies sieht nach längerer Vorplanung aus. Und es muss jemand sein, der einen unglaublichen Hass auf die Kelterei schiebt. Ob das einzig und allein mit der Umweltverschmutzung und den Problemen mit den Kühen zusammenhängt, wage ich zu bezweifeln. Der Gerhard jedenfalls ist fix und fertig nach diesem Vorfall. Denn wer weiß, vielleicht geht dieser gestörte Depp ja noch weiter und hat es auf den Kabel selbst oder auf seine Frau, die Anette, abgesehen. Ich fürchte, da läuft ein Psychopath durch unsere Dörfer und die Kripo fischt im Trüben."

„Nun ja, wenn ich diesen Kommissar Kunkelmann sehe, denke ich immer an Inspektor Columbo, der auch immer ein wenig trottelig daherkam und nicht der schnellste Ermittler war."

„Richtig", ergänzte Hubinger, „aber der kam immer wieder zurück und hatte dann die Lösung parat. Als der Kunkelmann mit seinem Kollegen bei mir war, hoffte ich auch, dass er nochmal zurückkommen würde und mir einen Hasen oder ein paar Würste abkauft. Aber das war nicht der Fall. Einen gesegneten Appetit muss dieser Bulle schon haben. So eine Trommel über dem Gürtel kommt nicht von ungefähr. Mit den sportlichen Verpflichtungen bei der Polizei scheint es auch vorüber zu sein, sonst hätte der Bauch nicht solche Ausmaße erreichen können."

„Sag das nicht", schlug sich einer aus der Runde auf Kunkelmanns Seite, „vielleicht hat der Kommissar ja einen Medizinball verschluckt und nur noch nicht den richtigen Operateur gefunden?"

Mittlerweile war man beim Apfelkorn angekommen und dachte laut darüber nach, wie man die unfähige Kripo unterstützen und damit weiteres Leid verhindern könne. Bauernschläue sei schließlich kein leerer Begriff, man müsse sie nur wieder unter Beweis stellen. Bis Mitternacht hatte sich eine wehrhafte Truppe formiert, die allerdings den Feind nicht ausmachen konnte. Denn der blieb unsichtbar.

44

Kreislandwirt Franz Lautenschläger war ein überlegter Mann, kommunalpolitisch aktiv und hatte gut Beziehungen zu Friedrich Hübner, dem Landrat des Odenwaldkreises. Gelegentlich gingen sie gemeinsam am Marbachsee fischen oder auf die Pirsch, um ein Stück Wild zu erlegen. Von seinen Bauern über das Vorgehen der Kriminalpolizei informiert, setzte sich Lautenschläger an den Schreibtisch und verfasste eine Protestnote, gerichtet an den Chef des Landratsamtes in Erbach:

„Lieber Friedrich, wie Du weißt, treibt gerade ein Scharlatan mit unserem lieben Gerhard Kabel sein Unwesen und versetzt diesen in Angst und Schrecken. Doch nicht nur er, auch die Bevölkerung ist beunruhigt ob des geschehenen Vorfalls und hätte den Übeltäter lieber heute als morgen hinter Schloss und Riegel. Denn erst dann können wieder Ruhe und Frieden in unser beschauliches Gemeinwesen einkehren. Doch leider muss ich feststellen, dass die Ermittlungsbehörde sich verhält wie der berühmte Elefant im Porzellanladen.

Ohne jeglichen Anfangsverdacht fühlen die Beamten unseren Landwirten auf den Zahn, nur weil die sich über diese Dosenverschmutzung auf ihren Feldern beschweren und sauer darüber sind, dass durch die Mäharbeiten Metallsplitter ins Viehfutter eingearbeitet werden, was die beste Milchkuh von Hans Vierheller das Leben gekostet hat. Die Versicherung macht ihm übrigens Probleme mit der Schadensersatzleistung und Vierheller befindet sich stationär in psychiatrischer Behandlung. Das sind natürlich alles unangenehme Dinge, aber kein Grund, dass irgendeiner dieser aufrechten Burschen, die unsere nahrungstechnische Grundversorgung sicherstellen, irgendwem den Arm abhacken würde.

Trotzdem tauchen die Ermittler auf den Höfen auf und fragen nach vorhandenen Hiebwaffen. Nur weil man angeblich Reste von Federn und Fell an diesem Arm gefunden hat. Ist das nicht zu weit hergeholt? Jeder Bauer hat selbstverständlich Beile zu Hause und auch die eine oder andere Machete, um dem Unkraut auf den Leib zu rücken. Und natürlich wird auch mal ein Huhn, das später ganz frisch verkauft wird, Opfer einer Axt. Sollen meine Bauern das Federvieh mittels Todesspritze hinrichten oder auf den elektrischen Stuhl setzen?

Zudem haben sich meine Landwirte mit dem Gerhard Kabel in dessen Betrieb getroffen und ihre Situation dargelegt. Dabei hat der Kelterer auch seine Standpunkte geäußert und sie sind bei einem zünftigen Mahl und ein paar Schoppen, wie das hier so üblich ist, in Frieden auseinandergegangen. Der Böse muss also woanders zu suchen sein und nicht bei unseren harmlosen Kollegen, denen diese Büchsen zwar übel aufstoßen, die aber keinem Menschen ein Haar krümmen können.

Lieber Friedrich, ich weiß, dass dies nicht primär in Deine Zuständigkeit fällt, aber Du hast eine gute Reputation bei der Polizei und kennst auch den einen oder anderen der Beamten. Bitte verstehe mein Anliegen nicht falsch, keineswegs möchte ich unsere Freundschaft missbrauchen. Aber mir liegt es am Herzen, dass diese braven Leute aus der Schusslinie der Kripo genommen werden. Wie gesagt, es gibt keine faktisch haltbaren Gründe, die Odenwälder Bauernschaft vorzuverurteilen und ihr den schwarzen Peter zuzuschieben. Sollten sich nachvollziehbare Verdachtsmomente ergeben, dass einer von ihnen dieser Hackepeter war, dann räume ich der Justiz alle Freiheiten und sogar die Pflicht zum Handeln ein. Aber momentan kann ich mich des Eindrucks nicht erwehren, dass da ein wirrer Aktionismus stattfindet, der kaschieren soll, dass es noch zu keinen Ermittlungsergebnissen gekommen ist.

Vielleicht kannst Du ja mal beim Direktionsleiter der hiesigen Polizei vorsprechen und die Sachlage im Sinne meiner Bauern erläutern. Dann ist es vielleicht möglich, dass der Vorgesetzte seine Untergebenen zu mehr Feingefühl und weniger Ruppigkeit anweist. Wie mir einer meiner Bauern gesagt hat, heißen die Kommissare Kunkelmann und Ehrenreich.

In diesem Sinne verbleibe ich mit der Hoffnung auf Besserung unserer Kriminalpolizei im Umgang mit unbescholtenen Bürgen,

Dein Franz Lautenschläger.

PS: Wann ziehen wir mal wieder einen dicken Fisch an Land?

PPS: Die Frage passt meines Erachtens prima zum Thema meines Briefes. "

Zufrieden mit seiner schriftlichen Eingabe, informierte Lautenschläger telefonisch sofort Hubinger, Jäger und Eitenmüller, die umgehend auch Hans Vierheller in der Klinik von seiner Intervention Bescheid geben sollten. Nicht, dass der Kreislandwirt gelobt werden wollte, er war ein recht bescheidener

Mensch, der sich selbstlos für seine Bauern einsetzte. Und das nicht nur qua seines Amtes, sondern auch von ganzem Herzen. Auf der anderen Seite standen bald Neuwahlen an und da konnte er durch die gezeigte Empathie ein wenig punkten. Denn obwohl der Posten des Kreislandwirts mit reichlich Arbeit, wie öffentlichen Auftritten und Einlesen in Fachartikel verbunden war, konnten die Stelleninhaber auch eine reiche Ernte einfahren.

Man wurde nämlich mit den Persönlichkeiten der hessischen Politik bekannt, konnte Einfluss nehmen und etwas von der Macht schnuppern, die so mancher brauchte, um sich als vollwertiger Mensch zu fühlen. Deswegen war die Kandidatenliste eher umfangreich und mit cleveren Köpfen besetzt. Da hieß es aufpassen, schließlich war dies ja keine Stelle auf Lebenszeit und zudem ein Ehrenamt. Lautenschläger klebte zwar nicht daran, doch war diese Funktion damals mitentscheidend, dass er mit seiner Frau nicht nach Kanada ausgewandert war, wo er auf bessere Bedingungen für einen gestandenen Farmer und günstigere wirtschaftliche Voraussetzungen gehofft hatte.

Viele Kollegen intervenierten und wollten den sympathischen Mann mit dem großen Fachwissen nicht weglassen. Schorsch Eitenmüller sammelte sogar Unterschriften der Bauern im ganzen Odenwald, um den Franz zu halten. Es gab keinen einzigen Kollegen von Hainstadt bis Rothenberg und von Hesselbach bis Fränkisch-Crumbach, der damals den Aufruf nicht unterzeichnet hatte. Auch wenn jetzt einige davon auf der Bewerberliste für die neue Legislaturperiode des Kreislandwirts kandidierten. Um etwas bewirken zu können, musste man sich manchmal einmischen. Davon war der oberste Bauer der Region überzeugt. Zwar gab es im Haus auch einen Computer und Lautenschläger konnte diesen in seinen Grundzügen sogar bedienen, doch er war der Ansicht, dass ein mit der Maschine geschriebener Brief mit dem Dienststempel des Kreislandwirts bei einer Behörde mehr Eindruck machen würde als eine lapidare E-Mail. Da war er konservativ geblieben und entsprach dem Klischee eines sturen Bauern.

Auf dem Weg zum Postamt, wo er das Kuvert per Einschreiben aufzugeben gedachte, begegnete er dem Großneffen von Otto Gräber, der in seinem Kombi allerlei neues Kochgerät mit sich führte.

„Na, hast du jetzt die Generalvertretung von Fissler übernommen?", fragte Lautenschläger mit einem Lächeln den mit offenen Seitenscheiben fahrenden Bekannten.

„Nee, du. Das ist alles für die neue Küche im Restaurant gedacht. Mit dem alten Plunder von Otto kann ich da nicht aufwarten und es geht ja schnurstracks in Richtung Eröffnung. Die Außenarbeiten sind abgeschlossen und die Inneneinrichtung ist ebenfalls verbaut. Um die Gerätschaften für die kulinarischen Spezialitäten kümmere ich mich selbst."

„Prima, wenn man zwei Standbeine hat. Stockt das eine Unternehmen, kann man sich auf dem anderen etwas ausruhen."

„Genau dafür habe ich jetzt keine Zeit, mach´s mal gut Franz!"

„Nur kurz: Wie geht es denn dem Otto? Ich habe gehört, dass er immer mehr unter Alterserscheinungen zu leiden hat?"

„Das stimmt. Gestern ist es ihm zu allem Elend auch noch ins Kreuz geschossen. Er kann sich nicht mehr bewegen."

„Oh, dann richte ihm gute Besserung von mir aus und dass er bald wieder auf die Beine kommen soll."

„Klar, den alten Kämpfer hat bis jetzt nichts umgehauen."

45

In der kleinen Turnhalle von Bad König herrschte Hochstimmung und die Sitzplätze waren schon vier Wochen zuvor nahezu alle vergeben. Das Städtchen war von der Einwohnerschaft etwas überaltert, dazu kamen mehrere Seniorenheime, in denen sich wohlhabende Bürger aus dem Rhein-Main-Gebiet einen angenehmen Lebensabend gönnten. Somit konnte man die sogenannten Altennachmittage schon vor deren Beginn als

Erfolg im städtischen Kulturbetrieb verbuchen. Immer wieder hatten die zuständigen Organisatoren der kommunalen Verwaltung motivierte Hobby-Künstler gefunden, die für ein Taschengeld dort ihre jeweiligen Steckenpferde präsentierten. Eine unangefochtene Ikone unter den Vortragenden war Babette Strauß gewesen, die in freier Rede ellenlange, aber lustige Gedichte vortrug, was die Gäste stets erheiterte.

Auch Erich Müßner mit seinem Akkordeon wurde stets frenetisch beklatscht, konnte aber diesmal aufgrund einer hartnäckigen Erkältung nicht an der Veranstaltung teilnehmen. Auf dem Amt zerbrach man sich den Kopf, wer den Musiker ersetzen könnte, denn ein Akkordeon musste sein. Heimatlieder ohne dieses Instrument waren schlicht undenkbar und ohne instrumentale Begleitung fand die Sängerin das Ganze zu fade. „Da muss Butter bei die Fische, aber nicht aus der Konserve", legte sich Erika Grasmück fest und bestand damit auf Live-Musik.

Als Kunkelmann den Umschlag mit dem Wappen der Stadt öffnete, dachte er erst an eine Mahnung wegen vernachlässigter Grabpflege auf dem Friedhof und war dann über den völlig anders gearteten Inhalt des Briefes überrascht:

„Sehr geehrter Herr Kunkelmann, lieber Mitbürger, wie wir von Ihrer Nachbarin Adele Kumpf gehört haben, pflegen Sie in Ihrer Freizeit das Spiel auf der Steirischen Harmonika. Deswegen möchten wir Sie höflich darum bitten, mit diesem Instrument unsere Seniorinnen und Senioren auf dem diesjährigen Altennachmittag in der kleinen Turnhalle zu unterhalten. Eine genaue Absprache und der Zeitpunkt Ihres freundlichen Einsatzes für den erkrankten Erich Müßner können wir gerne im Vorfeld telefonisch besprechen oder Sie schauen mal in meinem Büro vorbei. Selbstverständlich gibt es auch eine kleine Aufwandsentschädigung, die Ihrer Verpflichtung als hessischem Beamten nicht im Wege stehen dürfte. Mit Ihrer Zusage kommen Sie uns entgegen und wir drücken in der Sache mit dem Friedhof ausnahmsweise mal ein Auge zu. Wir freuen uns auf Sie und auf Ihr munteres Spiel. Mit freundlichen Grüßen, Axel Huhn, Bürgermeister der Stadt Bad König."

Jetzt wusste Karl Kunkelmann, wie es sich anfühlt, wenn einem das Herz in die Hose rutscht. Diese penetrante Kumpf, irgendwann gehe ich ihr an die Gurgel, dachte er und überlegte bereits, welche Titel er zum Besten geben würde. ,Tief im Odenwald' und die ,Scholze Gret' waren gesetzt. Auch ,Die Griene Boams Lies' und ,Die Sens uff'm Buckel' würde er erklingen lassen. Doch dem Unterfangen stand etwas im Wege, das ihn zweifeln ließ: Schon nach der Lektüre der wenigen Zeilen glaubte der Hauptkommissar Lampenfieber zu entwickeln, lief ins Schlafzimmer und schob sich das Thermometer unter die Zunge. Der ermittelte Wert von 37,5 Grad ließ ihn etwas schwitzen und er holte sich aus dem Kühlschrank ein Weißbier, was der Hitze entgegenwirken sollte. Dann dachte er an die dienstlichen Pressekonferenzen und daran, dass er diese auch ohne größeren Schaden überstanden hatte. Aber das waren alles fremde Menschen. Ein Auftritt vor Bekannten würde ihn sicherlich schrecklich beanspruchen und er stellte sich Adele Kumpf vor, wie sie ihm in die Augen blickte und förmlich auf einen Fehler in der Melodie zu warten schien. Aber eine Absage wäre unhöflich gewesen, zumal man ihm in Aussicht stellte, eine eventuell drohende Strafe wegen mangelhafter Grabpflege unter den Tisch der Behörde fallen zu lassen und er sagte mit schweißnassen Händen telefonisch zu.

Jetzt stand er in der Tracht eines Odenwälders mit Dreispitz auf dem Kopf und in schwarze Kniebundhosen gewandet vor der Turnhalle und kontrollierte den richtigen Sitz des Hutes. Als verheirateter Mann musste die Spitze unbedingt nach hinten zeigen, denn nur die Junggesellen trugen den schwarzen Gewitterspalter mit der symbolischen Spitze nach vorne. Nicht auszudenken, wenn ihm eine der anwesenden Damen den Hof machen würde. Peinlicher könnte es nicht werden. Dann schnappte er sich den Instrumentenkoffer und betrat den Saal. Dass diese Art Harmonika eher nach Bayern oder Österreich gehörte, würde niemanden stören und die kräftigen Bässe würden tüchtig in die Seelen der Gäste fahren.

Die Halle war gut geheizt und man roch bereits, dass das eine oder andere Deodorant schon versagt hatte. Mit Handschlag begrüßte ihn der Bürgermeister am Eingang und sagte: „In Fürstengrund sind die Quadrate rund!", womit er immer eine Hommage an sein Dorf unweit der Kernstadt verband. Dann wurde er Erika Grasmück vorgestellt, deren Großeltern in der Badestadt einst ein bekanntes Café betrieben hatten.

„Hallo Herr Nachbar, hawwe Sie die Harmonika schon gestimmt?", rief die unvermeidliche Kumpf euphorisch winkend von ihrem Sitzplatz.

„Wenn die Babette mit ihrem Vortrag fertig ist, sind Sie dran", informierte der Unterhaltungschef des Nachmittags und führte den Ersatzmusiker an seinen Platz, der unweit des Stuhles von Adele Kumpf lag. Vor ihm dampfte bereits eine Tasse Kaffee, die von zwei Granatsplittern auf einem Teller begleitet wurde.

„Isch habb mal vorgesorscht!", rief die Nachbarin, drückte das linke Auge zu und hob ermunternd den rechten Daumen.

Hinter der Bühne übte das ungewohnte Duo sein Zusammenspiel ein, wobei Erika etwas Mühe hatte, den recht hektisch hingedrückten Melodien der Ziehharmonika zu folgen. Doch bald fanden sie ein für beide angenehmes Tempo und hatten Spaß an ihren musikalischen Exerzitien. Sie einigten sich darauf, dass ‚Die Griene Boams Lies' von einem Mann gesungen werden sollte und Erika wusste auch von wem. Bürgermeister Axel Huhn war Mitglied des Gesangsvereins Liederkranz und kannte den Text dieser Volksweise, die einen Tanzabend in einem Odenwälder Wirtshaus beschreibt, auswendig. Dies sei das gewöhnliche Vorgehen bei den Altennachmittagen und jedes Mal tue das Stadtoberhaupt total überrascht, wenn es um diese Darbietung gebeten werde, verriet Erika. Schon beim Gang zur Bühne bade Huhn im Vorschussapplaus der Menge und liefere mit seinem Gesang einen sauberen Bariton ab. Deswegen harre Huhn auch bis zum Schluss aus, denn man wisse nie genau, wann der Conférencier den alten Gassenhauer ansagen würde. Hiermit meine sie natürlich das Lied und nicht den Bürgermeister.

Die Menge bebte, Babette Strauß bedankte sich herzlich bei ihren Zuhörern und wurde von einem Helfer untergehakt von der Bühne geführt. Ihre Auftritte zu diesem Anlass ließ sich die alte Dame mit ihren 90 Jahren nicht nehmen. Kunkelmann fasste die Halteriemen seiner Harmonika schnell etwas weiter. Während der vier Wochen, in der sie ungenutzt im Koffer ruhte, schienen die Gurte eingegangen zu sein. Dann stapfte er los und nahm auf einem Stuhl Platz, der verdächtig knackte, sich dann aber unauffällig verhielt.

Neben ihm stand Erika Grasmück und stimmte die ersten Töne von ‚Tief im Odenwald' an. Sogleich fielen die Besucher ein und sangen kräftig mit, was den einen oder anderen falschen Tastendruck Kunkelmanns übertönte und dem Hauptkommissar mehr Sicherheit gab. Auch wurden so die Blähungen unhörbar, die den Musikanten aus Nervosität gemeinerweise heimsuchten. Lediglich dessen Gesangspartnerin schnüffelte bisweilen unauffällig und leicht die Nase rümpfend zu dem Akkordeonisten hinüber.

Stehende Ovationen, dann Pause. Karl Kunkelmann wischte sich mit seinem Taschentuch die nasse Stirn trocken und taperte zu seinem Sitzplatz.

„Gell, Herr Inspektor, so ein unlösbarer Kriminalfall treibt einem den Schweiß auf die Stirn", sagte ein älterer Herr, der sich als Cousin dritten Grades des Bauern Hubinger aus Böllstein zu erkennen gab. „Bei dem Fritz waren Sie ja auch gewesen, wie er mir erzählt hat. Aber ich kann Ihnen eines versichern: Dieser Olwel mag zwar etwas stürmisch und vorlaut sein. Aber einen Menschen verletzt der nie und nimmer. Das mit dem Schafbock damals sollten Sie ihm nicht mehr vorwerfen. Dafür hat er seine Strafe erhalten und sich danach besänftigt. Seitdem betreibt er seinen Hof als Bio-Landwirtschaft und achtet peinlich auf die Regeln. Zwar geht er auf die Jagd, aber immer gesetzestreu. Wenn Sie mich fragen, kann er keinesfalls der Mörder sein."

„Äh, Sie sprechen von Mord. So weit sind wir noch gar nicht und hoffen auch nicht auf einen solchen zu stoßen", antwortete Kunkelmann und ärgerte sich sofort über diese Einlassung. Denn mittlerweile führten mehrere in der Nähe sitzende Senioren ihre Hand an die Ohrmuschel und lauschten dem Gespräch.

„Übrigens, um das Thema zu wechseln, beim letzten Stück haben Sie sich auf der Bassseite ein wenig verspielt und sind auf der Melodieseite in die falsche Reihe geraten. Ich habe nämlich in meiner Jugend Club-Harmonika gelernt und liebe das Instrument immer noch. Aber für öffentliche Auftritte hat es nie gereicht. Das habe ich mich nie getraut, wenn Sie wissen, was ich meine", kritisierte der Cousin dritten Grades unverhohlen. Adele Kumpf schien ihr Hörgerät nachjustiert zu haben, denn die alte Vettel nickte zustimmend mit dem Kopf. Karl Kunkelmann tat so, als sei ihm dies einerlei, zuckte mit den Schultern und versenkte seine Zahnreihen im zweiten Granatsplitter.

„Naja, macht ja nix. Sie werden auch noch besser und ruhiger auf dem Instrument", schob der Verwandte des Bauern nach. „Man weiß ja, dass Ungeduld die Zierde der Jugend ist." Der blinde Fleck auf dem Auge seines Gegenübers schien recht groß zu sein, sonst hätte dieser das Lebensalter des Hauptkommissars anders eingeschätzt. Zudem wusste er glücklicherweise nicht, dass Karl dieses Hobby schon über zehn Jahre pflegte. Nach der kleinen Unterbrechung schaukelte das Duo noch drei Walzer, die dem Akkordeonisten gut von den Fingern glitten und beendete mit der Zugabe den Auftritt. Dies war der anfängliche Dauerbrenner ‚Tief im Odenwald' gewesen. Als Erika die Zeile „… steht ein Bauernhaus so hübsch und fein" ihren Stimmbändern abrang, dachte Kunkelmann spontan an die in den Fokus der Ermittlungen genommenen Landwirte und verpatzte den Schluss. Er stand auf, traktierte das Instrument nach allen Regeln der Kunst, zog unter scheinbarer Kraftanstrengung den Balg weit auseinander und drückte ihn dann wieder fest zusammen. Dies wiederholte sich mehrmals und Kunkelmann verzog dabei das Gesicht wie ein Rockstar, der gerade ein flottes Gitarrensolo reißt. Dabei ließ er den wuchtigen Oberkörper immer wieder nach vorne kippen und betonte so diese Einlage. Mit den Worten: „Auch tief im Odenwald sind wir musikalisch nicht stehengeblieben", schulterte er die Harmonika und kletterte von der Bühne.

Er vernahm ausgelassenes Johlen und ein frenetisches Klatschen. Die jubelnden Geräusche kamen vom Enkel der Babette Strauß, der als Fahrdienst für die Oma eingesprungen war und gerade auf Heavy-Metal stand. Der Rest des Auditoriums changierte zwischen überraschtem Staunen und betretenen Blicken auf die leeren Teller.

„Lieber Herr Kunkelmann", setzte der Bürgermeister an, „Sie haben unsere Gäste als Musikkabarettist einmalig und einzigartig unterhalten. Vielen Dank dafür. Der erkrankte Erich Müßner hätte sicher seine wahre Freude an Ihren extravaganten Darbietungen gehabt. Wir sind eine moderne Stadt und offen für alles. Ob dies aber die griene Boams Lies auch gewesen wäre, wage ich zu bezweifeln. Aber das war ja auch eine ganz andere Zeit. Eigentlich wollte ich Ihnen eine Tonleiter überreichen, doch da der Transporter der Gemeinde gerade in Reparatur ist, habe ich mich anders entschieden."

Jetzt nestelte Axel Huhn in einem Weidenkorb herum und förderte zwei herrliche Blutwürste und eine stattliche Flasche Apfelkorn hervor. Die Wurstwaren stammten vom Hoflädchen Hubinger und die Spirituose aus der Kelterei Kabel. „Und dann habe ich auf die Schnelle noch etwas ganz Besonderes gefunden, was Ihnen sicherlich Freude machen wird. Aber das dürfen Sie erst daheim aufmachen." Aus einer Anzugsjacke zog das Stadtoberhaupt einen Umschlag und drückte ihn dem Musiker in die Hand. Karl nickte höflich und schlich damit in Richtung der Toiletten, denn er wollte nicht der Bestechlichkeit verdächtigt werden.

Nervös riss er das Kuvert auf und las: „Gutschein über den zehnmaligen Besuch zum Erlernen der Steirischen Harmonika beim Odenwälder Kärntner." Hinter diesem Pseudonym verbarg sich der kreisstädtische Bürger Gerd Schlehmich, der als Virtuose auf der Steirischen galt, mehrere CDs aufgenommen hatte und von Kunkelmann ob seines Könnens heimlich verehrt wurde.

46

Als Heiner Ehrenreich und Karl Kunkelmann die Etage der Kripo in der Polizeidirektion betraten, brannte die Luft. Fräulein Bachmann kam ihnen aufgeregt entgegengestöckelt und sagte, dass sie sich auf etwas gefasst machen könnten.

Sich keiner Schuld bewusst, fragte Kunkelmann unbedarft: „Wieso? Gibt es belegte Brötchen, weil jemand ein Dienstjubiläum hat und wir essenstechnisch daran teilhaben dürfen?"

„Schön wäre es, aber leider falsch getippt. Der Alte ist außer sich vor Wut. Sie sollen sich hier im Vorzimmer zur Verfügung halten, bis er Sie aufruft."

„Klingt ja wie in der Schule", bemerkte Ehrenreich und langte nach der Kaffeekanne.

„Wissen Sie zufällig, was er von uns will?", tastete sich Karl Kunkelmann vorsichtig vor.

„Leider nicht. Ich habe nur mitbekommen, wie er vor einer geschätzten halben Stunde mit hochrotem Kopf in sein Büro gestürmt ist, und, ohne mich zu grüßen, die Tür zugeschlagen hat." Wie zwei bei einem Vergehen ertappte Schüler saßen die beiden Hauptkommissare im Schreibzimmer der Bachmann und harrten der Dinge, die da kommen mochten. Plötzlich flog Wagenknechts Tür auf und ein äußerst erregter Kriminaldirektor schrie: „Kunkelmann, Ehrenreich, sofort hereinkommen!" Da die beiden zwar die manchmal recht rigide Art ihres Chefs kannten, doch einen solchen Kasernenton von dem Beamten des Höheren Dienstes noch nicht gehört hatten, fuhren sie zusammen, als wäre gerade ein Schuss gefallen.

„Hinsetzen!", befahl der Vorgesetzte militärisch knapp und wanderte dabei hinter seinem Schreibtisch auf und ab wie der berühmte Tiger im Käfig. „Sagen Sie mal, Sie unzertrennliches Gespann mit dem kriminalistischen Feingefühl. Sind Sie denn von allen guten Geistern verlassen?" Wäre Kunkelmann alleine einbestellt worden, hätte er geglaubt, dass Wagenknecht von dessen Auftritt beim Altennachmittag erfahren habe und jemand die Sache mit dem Kuvert durchgestochen hat. „Wie können Sie denn ohne jegliche Verdachtsmomente und nur auf äußerst vagen Indizien fußend, die halbe hiesige Bauernschaft zu dem Fall mit dem Arm in einer derart grotesken Weise befragen?"

„Entschuldigung, aber wir haben die Landwirte doch lediglich als Zeugen oder Informanten vernommen", wandte Kunkelmann ein.

„Selbst da kommt es auf den Ton an. Und den treffen Sie angeblich auch im Privaten nicht immer richtig. Aber das nur nebenbei." Also doch, dachte Karl und errötete ein wenig.

„Was glauben Sie, was ich mir vom Landrat habe anhören müssen? Nein, das können Sie nicht wissen. Aber es ist ein ungemein schlechter Stil, bei den Bauern reinzuplatzen, dort quasi das Geschirr zu zerschlagen und sämtliche Formen guten Benehmens außer Acht zu lassen. Ich weise Sie nicht zum ersten Mal darauf hin, dass wir als Polizeibehörde eine Vorbildfunktion haben und in erster Linie der Freund unserer Bürger sind. Nur damit Sie es wissen: Jeder Bauer hat selbstverständlich Beile zu Hause und auch die eine oder andere Machete, um dem Unkraut auf den Leib zu rücken. Und natürlich wird auch mal ein Huhn, das später ganz frisch verkauft wird, Opfer einer Axt", zitierte Wagenknecht aus einem Brief den er aufgebracht zitternd in den Händen hielt. „Ich habe nicht die geringste Lust, mich mit Landrat Hübner anzulegen und werde dies auch nicht tun. Aber die Beschwerde kam über dessen Amt herein und man bittet mich um klärende Worte. Wie ist übrigens der derzeitige Sachstand bezüglich dieses verflixten Armes?"

„Nun, Herr Wagenknecht. Da treten wir noch immer etwas auf der Stelle. Die Ermittlungen machen nur wenig Fortschritte", erläuterte Kunkelmann.

„Genau das ist es. Sie treten auf der Stelle und machen keine Fortschritte. In diesem Kontext, aber nur nebenbei: Kann es sein, dass Sie etwas zugenommen haben? Egal. Falls Sie nicht endlich zu Potte kommen in dieser Angelegenheit, sehe ich mich gezwungen, mich an die Darmstädter Kollegen zu wenden und um Unterstützung zu bitten. Die haben da angeblich einen jungen Kommissar Dobermann, der schon mehrere komplizierte Fälle gelöst haben soll. Auch hätten wir noch die erfahrenen Teams vom Landeskriminalamt aus Wiesbaden in der Hinterhand. Doch das möchte ich nicht. Mir ist es wichtig, auch die Kompetenz und das kriminalistische Können unserer Direktion unter Beweis zu stellen. Wir sind hier doch nicht die tumben Gendarmen vom Land, die außer bei Eierdieben und Schwarzbrennern überall versagen. Was sollen denn die Leute von uns denken? Und wie stehen wir vor der Presse da? Wie ich gehört habe, haben Sie in Vertretung meiner Person die vergangenen Konferenzen gut über die Bühne gebracht. Kollege Kunkelmann, Sie waren doch auch auf der Polizeischule und haben die Regeln gelernt. Das ist zwar eine Weile her, aber die Fortbildungen haben Sie doch regelmäßig und mit Erfolg besucht, wenn ich mir das so ins Gedächtnis rufe. Mein Gott, Kunkelmann, wir sind doch keine Idioten, die Nachhilfe aus der Heinerstadt brauchen, oder? Also, wacker voran und dranbleiben. Aber mit der gebotenen Höflichkeit und dem notwendigen Feingefühl, darum bitte ich Sie inständig. Schließlich sind Ihre Sperenzien bezüglich eines unangebrachten Umgangstons schon bis zu den lokalen Rotariern durchgedrungen. Vor diesen möchte ich mich natürlich nicht zum Gespött machen, wenn Sie verstehen, was ich meine." Er zupfte an seinem Bart und wirkte dabei etwas indigniert. „Was hat denn die Kriminaltechnik herausgefunden und wie weit ist ihr Freund, dieser Gerichtsmediziner Dr. Strahlemann, oder wie der heißt?"

„Ja, das ist also so. Die sind natürlich auch nicht die schnellsten und noch am Arbeiten. Jedenfalls wissen wir jetzt, dass die DNA des aufgefundenen Armes und die der Blutspuren in dem alten Erdlagerraum von ein und derselben Person stammen."

„Na, das ist doch wenigstens was. Kleinvieh macht auch Mist, wobei wir wieder bei den Bauern wären. Achten Sie demnächst bitte auf Ihren Umgangston und dieses ‚auch nicht die schnellsten‘ habe ich überhört. Das war es von meiner Seite." Mit den etwas gelasseneren Worten: „Einen schönen Tag und viel Erfolg", verabschiedete der Kriminaldirektor seine Untergebenen und wandte sich wieder seinen Unterlagen zu.

„Mensch, der hat aber Dampf auf dem Kessel gehabt", sagte Ehrenreich draußen vor der Tür und atmete erleichtert aus. „Dem Himmel sei Dank, dass er nicht vollkommen ausgerastet ist. Du erinnerst dich sicher an den Fall mit den von diesem Irren getöteten Kindern."

„Wie könnte ich den vergessen? So etwas braucht keiner in seiner Laufbahn als Polizist."

„Das waren Eindrücke, die mich geschafft haben. Ich weiß gar nicht mehr im Einzelnen, wie damals unsere Vorgehensweise war. Ist ja auch schon einige Jahre her. Aber der Fall hat sich bei allen Beteiligten tief in die Seele eingegraben. Besonders zwei der uniformierten Kollegen hatten damals erhebliche Probleme."

„Ja, der Ostermann und der Linn waren das gewesen. Die waren lange Zeit krankgeschrieben."

„Oh, von wegen Probleme. Ich werde langsam senil. Lass uns gleich am Montag mal gucken, ob wir irgendwo was über die Untersuchungsergebnisse vom Genmaterial dieses abgängigen Frank Schneider erfahren. Das wird höchste Zeit. Notfalls rufe ich den Volker in Frankfurt an. Sonst stehen wir wirklich da wie die Idioten."

47

Der große Tag war gekommen und dazu alles, was Rang und Namen hatte. Zur Neueröffnung hatte der Betreiber des Restaurants unter anderem den Landrat Hübner, den Bürgermeister, viele weitere Vertreter aus Politik und Kultur sowie die Geschäftsführerin der Odenwald-Touristik-Gesellschaft eingeladen. Auch Vertreter der Baufirma waren darunter. Vor der Nobelgaststätte waren Stehtische mit Sekt aufgebaut, der von herzhaftem Kleingebäck begleitet wurde. Blank polierte Wagen der Oberklasse zierten den Parkplatz und eine ausgesuchte Abendgarderobe deren Fahrer. Hübner hatte sich gar in seinen Frack gezwängt, der sonst nur für Besuche im Darmstädter Staatstheater oder der Oper in Frankfurt herhalten musste. Im Kleinen Schwarzen war die Touristik-Geschäftsführerin gekommen, die sonst aus Repräsentationsgründen der wunderbaren und wanderbaren Gegend nur leichte Bergschuhe trug. Dezente Klänge tropften leise aus versteckt angebrachten Lautsprechern und hüllten den Empfang in eine feierliche Kulisse ausgesuchter Kammerkonzerte.

Alle bestaunten die gelungene und imposante Fassade, die im passenden Landhausstil und mit reichlich verbauten Edelhölzern angelegt war. Hübsche Servierfräuleins huschten unauffällig umher und füllten die geleerten Gläser wieder auf. Die Grüppchen an den Tischen lobten den vortrefflichen Geschmack des Gastronomen und den Mut in diesen doch wirtschaftlich eher unruhigen Zeiten, ein solches Prestigeobjekt anzugehen.

„Ein gastronomisches Aushängeschild für unseren Odenwald und sicher eine lukullische Überraschung für Feinschmecker", bemerkte die Dame von der Touristik-Gesellschaft euphorisch. Dann brach die Musik plötzlich ab und auf der Außentreppe erschien der Star des heutigen Abends in blendend weißer Kochuniform, den entsprechenden Hut auf dem Kopf und mit einem Mikrofon in der Hand.

„Liebe Gäste, Sie werden es nicht glauben, wie glücklich ich bin, dass Sie alle so zahlreich meiner Einladung gefolgt sind. Wie ich sehe, haben Sie sich, soweit dies überhaupt in Ihrem erlesenen Kreis notwendig ist, miteinander bekannt gemacht und schwelgen in reger Unterhaltung", sprach sichtlich aufgeregt Ottos Großneffe. „Wie ich am Rande mitbekommen habe, denn ich bin gerade mit Ihren exquisiten Speisen in unserer Hightech-Küche beschäftigt, scheint Ihnen das, was Sie hier sehen, zu imponieren. Da geht es Ihnen wie mir. Die regionalen Handwerksbetriebe haben Großartiges geleistet und diese einstige Kaschemme, Sie entschuldigen den Ausdruck, in einen wahren Tempel der ländlichen Gemütlichkeit verwandelt."

Nun beklatschten alle frenetisch den zuvor bis auf die Grundpfeiler entkernten Neubau und prosteten anerkennend dem Redner zu. „Jetzt möchte ich Sie nicht länger auf die Folter spannen und lade Sie in mein Reich ein, um meine neuen Kreationen zu probieren. Ich gebe zu, die eine oder andere Anregung von Armin Keusch aufgegriffen zu haben, doch habe ich diese so abgewandelt, dass nur geübte Zungen den Spitzenkoch unserer Gegend herausschmecken werden. Hiermit meine ich natürlich dessen kulinarischen Fingerabdruck und nicht ihn selbst." Bei diesem Scherz lachten die Gäste herzlich, nickten vor Begeisterung mit den Köpfen und reckten die Daumen in die Höhe.

Im Innern herrschte hektische Betriebsamkeit und es wurden letzte Tischarrangements platziert. Blutrote Servietten hoben sich als Farbtupfer von den vor Sauberkeit blitzenden Tellern ab, die Bestecke imponierten mit derben Holzgriffen, die einen gelungenen Kontrast setzten und auf die waldreiche Gegend anspielen sollten. Die Touristik-Fachfrau war begeistert und vermutete nicht nur einen versierten Innenarchitekten, sondern auch einen äußerst fähigen Designer hinter den stimmigen Kombinationen. Für die Unterhaltung beim erlesenen Dinner konnte der Restaurantchef Gerd Schlehmich gewinnen, jenen erfolgreichen Odenwälder Kärnter, der von Karl Kunkelmann ob seiner Künste auf der Harmonika verehrt wurde. Zufällig hatte sich eine Lücke in dessen eng getaktetem Terminkalender aufgetan, denn die Aufnahmen in Innsbruck für die neue CD waren verschoben worden. Seine Lebensgefährtin war mit der Verkabelung des Künstlers fertig und es erklang ein Tusch. „Griaß Gott oder guude ehr Leit", begrüßte der bestens gelaunte Musikant die Anwesenden und warf ihnen gleich eine flotte Polka zwischen die Füße. Wie von einem Magneten gezogen, strömte die Gesellschaft zur kleinen Tanzfläche und hüpfte wild im Takt der Musik.

Aus der Küchentür linste Ottos Großneffe und freute sich über die lockere Stimmung und auf das, was er später vom Herdfeuer nehmen würde. Geschäftig hantierte er mit Pfannen und Töpfen, drehte die eine Gasflamme höher und regelte die andere herunter. Dabei salzte er tüchtig nach und gab auch reichlich Pfeffer hinzu. Weitere Gewürze verbot ihm sein Selbstverständnis von gediegener Kochkunst. Lediglich bei manchen Spezialitäten nahm er mit einem Spritzer Maggi eine störende Spitze weg. Die Dunstabzugshaube arbeitete verlässlich und beförderte die Dämpfe nach draußen. Bei seiner Arbeit duldete er keine Helfer und schon gar keine Zuschauer. Selbst die mehrmaligen Gänge zu den Kühltruhen absolvierte er selbst. Auf einer glänzenden Edelstahlfläche tranchierte er das Fleisch, das er zuvor mit einem scharfen Filettiermesser von den Knochen getrennt hatte. Geschickt schnitt er die dicken Sehnen heraus und löste, wo dies nötig war, ebenso störende Knorpel. Ob er auch eine Speise aus Hirn zubereiten sollte? Er entschied sich dagegen, denn er schätzte den Aufwand dafür zu groß ein. Ein Genuss würden die Lenden werden, da war er Spezialist. Auch fein Geschnetzeltes sollte die Gaumen der Gäste erfreuen. Mit einer schönen Reisbeilage würde er die Fleischbröckchen vermengen und eine italienische Raffinesse daraus zaubern. Ligurien, der Apennin und die Römer. So gedachte er, den Odenwald mit dem historischen Limes kulinarisch zu verschmelzen. Natürlich sollte es auch demnächst Bratkartoffeln und Schweinesülze sowie Handkäs mit Musik geben. Heute jedoch nicht. Peinlich achtete er darauf, dass er sich bei den zerlegten Teilen nicht vergriff und die passenden Portionen aus der Truhe nahm. Bestimmte Anteile seines Vorrats an Fleisch hatte er mit den Geschmack gebenden Knochen zu einer Boullion verarbeitet, die aber heute nicht serviert werden würde. Die gehaltvolle Brühe hatte er für später eingefroren.

„Hier stimmt aber auch alles", sagte der Bürgermeister zu seiner Frau und erklärte, dass selbst in den besten Restaurants seines Wissens ein Fähnlein des Küchenduftes in die Gasträume drang und die Speisenden neugierig machte. „Hier scheint es eine hermetische Schleuse zu geben. Dieser Spitzenmann setzt ganz und gar auf Überraschung." Man hatte sich hingesetzt und löschte seinen Durst mit sortenreinen Apfelweinen der Kelterei Kabel und ausgewählten Bierspezialitäten von regionalen Brauereien. Mancher schlenderte durch den Gastraum und ließ die eindrucksvollen Fotografien, die auf großformatige Bilderrahmen gezogen waren, auf sich wirken.

Landrat Hübner blieb längere Zeit vor einem Motiv stehen, das einen unbekannten Jägersmann zeigte, der seine Büchse angelegt hatte und konzentriert auf einen imaginären Punkt in der Ferne zielte. So träumte der gestandene Waidmann gedankenverloren vor sich hin und ließ vor dem Gewehr einen kapitalen Hirsch vorüberstolzieren, den der Schütze in Kürze in die ewigen Jagdgründe befördern würde. Ein weiteres Motiv zeigte das Flüsschen Gersprenz, das sich im wabernden Morgennebel durch eine grüne Wiese schlängelte und beim Chef der Kreisverwaltung ein andächtiges Gefühl für die Schönheiten seiner Heimat entfachte.

„Na, Friedrich. Da schlägt das Herz doch höher, wenn man diese tollen Bilder sieht und auf sich wirken lässt", kommentierte der Bürgermeister, der neben den obersten Wahlbeamten des Odenwaldkreises getreten war.

„Wenn man nur Zeit hätte. Dieser ständige Druck mit all den Forderungen, Ansprüchen und den unvermeidlichen Dokumentationen frisst einen noch auf. Wie soll man seine Freizeit genießen, wenn man gar keine hat?", monierte Hübner. „Selbst der Termin hier ist quasi eine dienstliche Veranstaltung. Was glaubst du, wie sich die Dingsda von der Touristik-Gesellschaft später äußern würde, wenn der Landrat hier nicht erschienen wäre? Die gucken doch alle auf diese überkandidelte Etikette und die Gepflogenheiten der gesellschaftlichen Regeln. Ich möchte wissen, wer die mal aufgestellt hat. Manchmal wäre ich wieder lieber Landwirt. Da konnte ich mich wenigstens frei bewegen und die Landschaft in Natura genießen."

„Ja, das Amt drückt. Und nachher der Bauch. Ich bin schon hungrig und auf die Köstlichkeiten unseres Kochs und Gastgebers gespannt", meinte der Bürgermeister, umfasste den Landrat bei den Schultern und begleitete ihn zurück zum Tisch.

Wie auf Kommando sprühten nun Wunderkerzen ihren Funkencharme von einem aufgebauten Buffet am schmalen Ende des Raums. Zeitgleich rollten vom Servicepersonal geschobene Wagen in die erleuchtete Szenerie. Die verborgenen Gerichte hielten sich unter goldenen Hauben versteckt. Eine davon war ein wenig verrutscht und man konnte einen dampfenden Teller darunter hervorlugen sehen. Schon entfaltete sich der Duft der kreierten Speisen und hüllte das Lokal in einen Mantel olfaktorisch angeheizter Erwartungen.

Freudestrahlend und ungemein stolz dirigierte der Küchenmeister seine Crew an die zuvor abgesprochenen Standorte, was dem Zeremoniell einen feierlichen Rahmen gab.

„So ein übertriebenes Tamtam habe ich noch nicht erlebt. Aber die Aufführung folgt einer überlegten Dramaturgie", sagte anerkennend Dirk Daniel Bucht, der in der Gemeinde eine kleine Theaterschule betrieb, zu seiner Gattin, die gerade am dritten Glas sortenreinen Apfelweins nippte und die Erzeugnisse der Kelterei über alles liebte. Besonders hatten es ihr die lieblichen Noten der ausgewählten Stöffchen angetan.

Als der Gastgeber wie ein Kapitän vor seine Mannschaft getreten war und mit der alten Schelle des ehemaligen Gemeindedieners läutete, waren alle begeistert und applaudierten dem Gastwirt unter sich wiederholenden Bravo-Rufen.

„Bekanntmachung!", eröffnete denn auch der Redner seine Ankündigung. „Liebe Gäste, ich erspare es mir, alle beim Namen zu nennen. Heute ist für die Einkehr ein besonderer Tag, denn sie hat ihre fehlenden Buchstaben im Wirtshausschild wieder zurückbekommen. Ich habe keine Ahnung, wer diese herausgenagt hat. Aber ich vermute, es war der Zahn der Zeit. Nun prangt der Name als Aushängeschild vor dem Gebäude und steht für eine solide, aber auch etwas gehobene Gastronomie. Denn die Tage, da unsere Urlauber mit einem Blutwurstbrot zufrieden waren, sind vorüber. Und damit wäre ich auch schon beim zentralen Punkt dieses Abends angelangt, nämlich der Zufriedenstellung Ihrer Mägen." Wieder brandete Beifall auf und der Bürgermeister tätschelte zärtlich seinen Bauch. „Ich habe mir für diese Eröffnung ein paar ganz besondere Spezialitäten einfallen lassen und ich bin mir sicher, dass Sie noch nie etwas Vergleichbares geschmaust haben. Wie Sie wissen, bin ich ja ein großer Freund der Küche unseres Starkoches Armin Keusch und habe auch bei ihm etwas gespickt. Wer aber jetzt auf ein Ebbelwoi-Hinkelsche hofft, den muss ich enttäuschen. Diese Delikatesse gelingt nur dem Armin. Ich meinerseits habe mich von der Kreativität beflügeln lassen und bitte Sie nun ans Buffet, wo ich Ihnen die einzelnen heißen Happen gerne vorstellen möchte."

Brav wie gut erzogene Schüler stellten sich die Neugierigen in Reih und Glied vor dem Küchenmeister auf und spitzten die Ohren. „Herr Landrat, bitte heben Sie doch mal dieses Häubchen hier hoch", bat der kreative Koch. „Was Sie hier sehen und auch gleich schmecken werden, habe ich zu Ehren meines Großonkels ‚Risotto di Otto' genannt. In ein Bett aus Reis, das erntefrischen Thymian atmet, habe ich scharf angebratenes Geschnetzeltes eingearbeitet, das zuvor in einer speziellen Tunke eingelegt war und dort mehrere Tage ungestört marinieren durfte. Genießen Sie die Aromen der Toskana und erleben Sie ein außerordentliches Gaumengefühl, das Sie mit meinen ausgesuchten Zutaten bekannt macht. Guten Appetit!" Hübner wedelte mit der Hand wie ein prüfender Chemiker, atmete schwelgerisch ein, füllte sich seinen Teller und ging zurück zu seinem Platz.

„Herr Bürgermeister, mein Lieber. Ich bleibe mal beim Du und stelle dir ‚Ottos Ossobuco' vor, ein tolles Gericht aus der kalabrischen Küche. Wie üblich habe ich die Haxe verwendet, mit viel Rosmarin abgeschmeckt und kross gebraten. Zuvor durfte das Beinstück in einem Fond aus Knoblauch, Tomaten und Zwiebeln schmoren. Abgeschmeckt habe ich mit reichlich Zitrone, damit eine dominierende Frische den ersten Zungenkontakt bestimmt. Natürlich ist auch Salbei dabei, welches die Kreation adelt und Ottos Kräutergarten in Erinnerung ruft. Ich wünsche dem Schultheißen ebenso einen guten Appetit!" Beseelt und ausgestattet mit einem bis zum Rand gefüllten Teller marschierte der hungrige Mann auf seinen Platz, versenkte die Gabel im Teller und begann lustvoll zu schaufeln.

„Ah, ich sehe die Geschäftsführerin unserer Touristik-Gesellschaft. Kommen Sie, kommen Sie Frau Born. Hier wartet ein herzhafter Happen auf Sie." Sogleich kam die Angesprochene gestöckelt und erkundigte sich nach ihrer Überraschung. „Die Spanier sagen Milanesa, in Italien heißt es Cotoletta, ich habe es verfeinert und zu einem Saltimbocca gemacht. Also mit gut abgehangenem Schinken und Salbei veredelt. Lassen Sie sich diesen Gruß vom römischen Limes schmecken. Guten Appetit wünsche ich auch Ihnen!" Die Nase über dem dampfenden Teller, stakste Aurelia Born zurück und machte sich über das veredelte Schnitzel her.

Nach den Honoratioren folgten die anderen Gäste und wählten zwischen den drei Gerichten.

„Ganz vorzüglich, wirklich ganz vorzüglich", lobte der Theatermann Bucht, „gerade weil ich diese Art Geschmack bisher nicht gekannt habe. Im Biss erinnert es ein wenig an Pferd, aber das stört nicht. Zudem es ja früher viele Pferdemetzgereien bei uns gegeben hat", meinte er zu seiner Frau, die sich bereits mit dem vierten Schöppchen angefreundet hatte.

„Das hat was", merkte Landrat Hübner an, „ich weiß nur noch nicht, was." Nachdenklich stocherte er mit der Gabel im Risotto und salzte nach.

„Sag bloß, du hast was an dieser Köstlichkeit auszusetzen", drohte der Bürgermeister mit dem Zeigefinger und schaufelte vom Ossobuco, was das Zeug hielt und der Teller hergab.

Als Nachspeise wurde gut gewürzter Pfeffer gereicht, ein Gericht das früher im Odenwald häufig serviert, aus frischem Blut angerührt und mit richtigem Pfeffer abgeschmeckt wurde. Kabels feiner Apfelwein floss in Strömen.

Bei der anschließenden Besichtigungsrunde der modernen Zimmer im oberen Stockwerk fragte ein Gast, wo denn der Otto abgeblieben sei und sein Großneffe antwortete. „Sie werden es nicht für möglich halten, aber der alte Zausel hat sich vor ein paar Wochen unerwartet und stillschweigend abgesetzt. Das wird den meisten Leuten sicher schmecken. Schließlich war er ja etwas schwer verdaulich. Er wird uns allen in leibhaftiger Erinnerung bleiben. Da bin ich mir sicher."

48

Sofort nach Dienstbeginn stiefelten Karl Kunkelmann und Heiner Ehrenreich zur Kriminaltechnik hinüber, die in einem kleinen Klinkerbau gegenüber der Direktion untergebracht war. Dies war das Reich von Marco Wiesemann und dessen Team, das im Grunde nur aus den zwei Spurenexperten Klaus Thalstädt und Hans Deckert bestand. Beide hatten zuvor andere Berufe ausgeübt und sich irgendwann über diverse Lehrgänge für die Arbeit bei der Kripo qualifiziert. Die Suche und Sicherung von Fingerabdrücken, DNA- und Substanzspuren jeglicher Art sowie Prüfung von Urkunden gehörten zu deren abwechslungsreichem Aufgabengebiet. Alle drei verfügten über diverse praktische Fähigkeiten, konnten Daten auswerten, Sachverhalte mit Situationsspuren kombinieren und diese nach dem Prinzip der Logik zusammenführen. Wegen ihrer weißen Spurensicherungsanzüge wurden sie intern scherzhaft als Schneemänner bezeichnet.

„Geht das auch etwas leiser, Karl?", fragte Thalstädt, als die Kriminalbeamten den überheizten Raum betraten.

„Wieso? Ich habe doch gar nix gesagt."

„Nein, aber bei deinem Getrampel verrutscht mir der Objektträger unter dem Mikroskop und es gibt seismografische Ausschläge auf der Richterskala."

Als die Polizisten näher kamen, sahen sie, wie der Techniker über ein Mikroskop gebeugt mit dessen Feinjustierung beschäftigt war.

„Was machst du da gerade, wenn ich fragen darf?", wollte Ehrenreich wissen.

„Darfst du eigentlich nicht, aber du hast es schon. Daher ist diese Bitte völlig unnötig", grummelte der Kollege in seinen nicht vorhandenen Bart. „Langes Fädchen, faules Mädchen", murmelte Klaus Thalstädt kryptisch.

„Wie bitte?"

„Ach, das hat meine Mutter immer gesagt, wenn meine Schwester beim Nähen zu viel Zwirn gebraucht hatte. Angeblich verheddert man sich dann eher als mit einem kürzer gefassten Faden. Ich untersuche gerade eine Blutspur an einer Textilfaser."

„Wir wollen dich auch gar nicht lange aufhalten, sondern lediglich nachhören, ob ihr mit dem Haupthaar und der Zahnbürste eines gewissen Frank Schneider beschäftigt wart."

„Lieber Karl, wir sind weder Maskenbilder oder Frisöre und schon gar keine Dentisten."

„Ha, gut gesprochen. Aber Scherz beiseite. Wisst ihr da was?"

„Also der Hans hat erzählt, dass irgend so ein Hirni diese Proben an die Gerichtsmedizin nach Frankfurt geschickt hat. Dort sind sie dann, da nicht als vorrangig, wenn nicht gar als falsch adressiert angesehen, in einer Art Asservatenkammer gelandet. Nur der Aufmerksamkeit einer aufgeweckten Mitarbeiterin des leitenden Pathologen sei es angeblich zu verdanken, so die Vorzimmerdame des Sektionsbereiches, dass nämliche Proben von einer Praktikantin nach Wiesbaden ans Landeskriminalamt gesendet, dort analysiert und mit dem mitgeschickten DNA-Material verglichen worden sind. Wir Landtechniker hatten also damit rein gar nichts zu tun."

„Aha, und wo sind diese Proben jetzt?"

„Das wiederum ist eine gute Frage, die ich aber leider nicht beantworten kann. Denn übers Wochenende haben wir ja nur Rufbereitschaft und unser Zauberladen hier ist geschlossen. Die heiligen Hallen ruhen verwaist und die Angestellten sich aus."

„Und wie ist dann der übliche Weg, wenn am Wochenende wichtige Spuren eintreffen?"

„Wieder eine gute Frage. Da wir ja auch viel können und nicht auf die hehren Herren aus Wiesbaden angewiesen sind, kommt das eigentlich nicht vor. Ihr informiert dann nämlich immer den Bereitschaftsdienst, wenn was Dringendes anliegt. Schon mitbekommen, Herr Wachtmeister Dimpfelmoser?"

„Ja, Herr Zwackelmann. Auch ich kenne Astrid Lindgren", antwortete Kunkelmann stolz, was den Techniker milde lächeln ließ.

„Also ist ja auch egal", presste der Hauptkommissar sichtlich nervös werdend hervor, „doch wir brauchen unbedingt diese Ergebnisse."

„Wo würdest du denn als Expresslieferant des LKA, der vielleicht noch mehr verschluderte Proben auszuliefern hat, diese abgeben, wenn das auf der Adresse angegebene Labor geschlossen ist?"

„Bei der gegenüberliegenden Polizei an der Pforte?"

„Merkst du was? Vielleicht kam ja auch eine Mitteilung per E-Mail oder Fax und gar keine spektakuläre Warensendung? Schon alles gecheckt?"

Jetzt wurden die Hauptkommissare rot, drehten sich um und stürmten ohne Abschied zurück in die Direktion.

„Du, ich glaube, der Schneemann hat uns verarscht", sagte Ehrenreich, als Karl Kunkelmann schon zielstrebig auf den diensthabenden Beamten in der Zentrale zusteuerte. „Die schicken doch keine Haare und Zahnbürsten mit der Eilpost und kleben gelbe Zettel dran, was bei den Analysen herausgekommen ist."

„Und jetzt?"

„Wir sollten schnellstens unsere Computer hochfahren und im System nachsehen, ob eine Nachricht aus Wiesbaden eingetroffen ist."

Als die beiden ihr Arbeitszimmer betraten, lugte ein Blondschopf unter der Tischplatte hervor und meinte, dass die beiden Rechner gerade nicht zugänglich seien, da irgendwer, vielleicht die Putzfrau, ein wichtiges Kabel gekappt habe und dieses erst repariert werden müsse. Dass man sich auch an den Computern der anderen Beamten einloggen konnte, kam den Kriminalen nicht in den Sinn. So warteten sie bei Fräulein Bachmann, die gerade Kaffee gekocht hatte und die Unglücksraben auf eine Tasse einlud. Als Karl aus seiner Schreibtischschublade zwei etwas überfällige Granatsplitter exhumierte, trat er dem IT-Menschen auf die Hand und entschuldigte sich überschwänglich.

„Seit wann sind Sie denn beide so begierig, die von Ihnen als Blechdeppen bezeichneten Geräte derart zügig zu starten?", fragte das Fräulein Bachmann schelmisch.

„An der Technik kommt heute keiner vorbei, sogar der Herr Kunkelmann nicht, weil der bei dem Versuch eben den armen Menschen beinahe krankenhausreif getreten hätte", witzelte Heiner Ehrenreich und prustete Partikel seines Granatsplitters in den Drucker der Chefsekretärin. „Wo ift denn der Wagenkneft heute?" erkundigte sich der Kauende.

„Oh, der hat einen Termin beim Polizeipräsidenten in Darmstadt. Irgendeine unangenehme Sache, die sich über Wochen hinzuziehen scheint und keine Fortschritte machen will, hat er gesagt." Die beiden Kriminalen wären am liebsten im Erdboden versunken, hätte sich denn ein Loch aufgetan. „Da sollte ein Kollege vom Diebstahl befördert werden. Aber anscheinend spricht etliches dagegen. Er behauptet, sein Konkurrent habe ihm die Höherstufung nach A12 gestohlen und sich die stellvertretende Leitung der Abteilung dreist erschlichen. Also Personalangelegenheiten."

Jetzt hörte die Bachmann ein erleichtertes Aufatmen und sah auf sich entspannt senkende Schultern. „Ich gebe Ihnen zum Abschied mal nicht die Hand und morgen mache ich keinen Finger krumm", sagte der IT-Mann als er mit zerknirschter Miene unter dem Schreibtisch hervorgekrochen war. „Sie können Ihren Computer nun wieder nutzen."

Kunkelmann startete das Gerät und blickte nach den erforderlichen Tastenkombinationen gebannt auf den Bildschirm. Dann öffnete er die Mail des Landeskriminalamtes und erstarrte: Die kurze Mitteilung der Kollegen besagte, dass die eingereichten Genproben in allen Merkmalen mit dem Vergleichsmaterial absolut identisch waren. Der Arm gehörte zweifelsfrei Frank Schneider, dem Geschäftsführer der Kelterei Kabel.

49

„Ich weiß gar nicht, wie wir das diesem geschundenen Gerhard Kabel beibringen sollen. Der arme Mann war doch schon ein nervliches Wrack, nachdem er den Arm in den Äpfeln entdeckt hat. Wenn wir ihm jetzt sagen, dass die Gliedmaße ohne jeglichen Zweifel seinem Angestellten gehört, tickt der doch vollkommen aus", sagte Karl Kunkelmann zu Heiner Ehrenreich.

„Ja, das ist zu befürchten. Wir sollten die Leute der Krisenintervention vom Roten Kreuz und die Notfallseelsorge mitnehmen oder zumindest in der Hinterhand haben. Wie ich gehört habe, ist der Kabel ein fleißiger Kirchgänger."

„Und seit ein paar Tagen erfolgreicher Gastwirt. Er hat wohl drunten im Tal die Einkehr renoviert und sich ein zweites Standbein eröffnet."

„Kann man sich ein Standbein eröffnen? Da muss ich mal einen Fußballspieler fragen. Das klingt nach einer üblen Form von Selbstverletzung, wie dies mittels Ritzen manche Menschen mit Borderline-Störung machen. Das ist übrigens eine schlimme psychische Erkrankung und hat mit der Leine eines Border-Collies nichts zu tun."

„Heiner, verkaufe mich nicht für blöder, wie ich eh schon bin. Das ist mir klar, Herr Doktor Ehrenreich. Ich versuche mal, diesen Kabel in der Kelterei zu erreichen."

Am Telefon meldete sich die Auszubildende Tina und informierte den Hauptkommissar darüber, dass der Chef immer ab 17 Uhr in der neuen Gaststätte anzutreffen sei, da er dort noch allerlei Vorbereitungen zu treffen habe. Gerne würde sie das Kommen der Beamten ankündigen und hoffen, dass der frischgebackene Gastronom ein kleines Zeitfenster finden könne. Wenig später läutete Kunkelmanns Apparat und Gerhard Kabel meldete sich am anderen Ende der Leitung: „Guten Tag, Herr Kunkelmann. Wie kann ich Ihnen behilflich sein?"

„Nun, es gibt Neuigkeiten im Fall mit dem Arm, die wir Ihnen gerne mitteilen wollen."

„Großer Gott, ich höre?"

„Nein, das möchten wir Ihnen persönlich sagen. Am Telefon ist dies eher ungünstig."

„Gut, dann kommen Sie doch gegen 19 Uhr hier vorbei, da bin ich mit der Küche vorangekommen. Ich nutze den Ruhetag immer für das, was liegengeblieben ist. Essen Sie gerne Hausmacher Wurst?"

„Äh, ja. Für mein Leben gerne. Das gebe ich zu."

„Dann passt das perfekt. Ich habe nämlich noch mehrere Teller frischer Metzelsuppe in der Kühlung. Die würde ich für Sie selbstverständlich auf unserem neuen Herd heißmachen, damit Sie einen Eindruck von unserer außergewöhnlichen Speisekarte bekommen. Wurstsuppe, dieses bodenständige Gericht, kriegen Sie heute ja nur noch als Schlachtabfall bei manchen Metzgern. Eine Schande ist das."

„Ja, Kaffenbergers in Kainsbach haben manchmal welche, wenn ich dort deren hervorragende Fleischwurst kaufe. Freut mich, nett von Ihnen. Dann bis nachher." Die Zwischenmahlzeit ließ der Hauptkommissar ausfallen, um sich später den Bauch reichlich mit jener Köstlichkeit aus der Kabelschen Küche vollschlagen zu können.

Bei der Krisenintervention des Roten Kreuzes hatte die Sozialarbeiterin Lena Laubach Dienst und der zweite im Team war Volkmar Haabe von der Notfallseelsorge, ein praktizierender Christ und katholischer Diakon. Diese Profis für den Notfall an Bord zu haben, war den beiden Ermittlern äußerst wichtig. Im privaten Wagen und ohne ihre Dienstkleidung in Signalfarben folgten sie dem zivilen Polizeifahrzeug und warteten auf dem Parkplatz der Gaststätte, falls sie gebraucht werden würden.

Gerhard Kabel hatte die Tür der Gaststätte bereits aufgeschlossen, war aber nicht zu sehen. Im Gastraum duftete es nach Geschlachtetem und Kunkelmann sah schon Wellfleisch und Sauerkraut vor seinem inneren Auge.

„Hallo, Herr Kabel? Wir wären dann da!", rief Heiner Ehrenreich.

Sich die blutigen Hände an der nicht mehr so ganz weißen Schürze abwischend, kam Gerhard Kabel hinter dem Tresen hervor. „Gut, dass Sie schon da sind. Die Suppe ist bald fertig", begrüßte er die Kommissare mit Handschlag. „Darf ich Ihnen einen Apfelsaft oder alkoholfreien Apfelwein anbieten, Sie sind ja noch im Dienst?"

„Stimmt, das dürfen Sie gerne", sagte Kunkelmann.

„Was denn nun?"

„Ach so, wir nehmen den Saft bitte. Apfelwein ohne Alkohol ist wie Gulasch ohne Fleisch", versuchte sich Ehrenreich an einem Witzchen.

„Tja, Herr Kabel, da haben Sie sich aber ein schönes zweites Standbein geschaffen", eröffnete Karl mit psychologischem Gespür.

„Ich habe lange darüber nachgedacht. Aber nachdem das mit den Dosen bei den Bauern geschehen war, habe ich etwas

Angst um das Fortbestehen unseres Traditionsbetriebes bekommen und die Gelegenheit beim Schopf gepackt. Gefällt es Ihnen?"

„Ausgesprochen gut."

„Warten Sie, ich hole geschwind die Suppe." Mit zwei dampfenden Tellern kam der Koch aus der Küche und stellte sie den Ermittlern hin. Karl Kunkelmann langte sofort zu und begann heißhungrig zu löffeln. „Wir müssen Ihnen eine Mitteilung machen, die Ihnen sicherlich nicht gefallen wird", sagte er und pausierte kurz. „Unsere Ermittlungen haben ergeben, dass der von Ihnen gefundene Arm Ihrem Geschäftsführer gehört. Es bestehen keine Zweifel, alle Untersuchungen haben dies nachgewiesen."

„Ach du lieber Himmel, heiliger Heiland. Wie kann das sein? Kürzlich hat er mir eine Ansichtskarte von der Ostsee geschrieben. Beim letzten Bauerntreffen habe ich sie vorgelesen. Was geht hier vor?", stotterte Kabel, dem bereits ein Schweißfilm auf der Oberlippe stand.

„Das kann ich mir kaum vorstellen, mit so einer Verletzung schreibt man keine Karten. Wenn man überhaupt noch schreiben kann, um das mal vorsichtig anzudeuten."

„Vielleicht mit der verbliebenen Hand?", warf Ehrenreich ein.

„Heiner, jetzt ist kein Platz für makabre Scherze", maßregelte Kunkelmann den Kollegen. „Ich frage mich, wo der Herr Schneider abgeblieben ist und wer einen solchen Hass auf ihn haben könnte, dass man dem Mann den Arm abhackt?"

Jetzt bebten Kabels Lippen, aus seinen Augen kullerten Tränen und er begann jämmerlich zu schluchzen. „Herr Kabel, bitte beruhigen Sie sich. Sie waren ja nun nicht immer gut auf den Mann zu sprechen."

„Was wollen Sie damit andeuten?"

„Gar nichts. Ich möchte nur, dass Sie Ihre Nerven kontrollieren."

„Wer soll denn sonst die Karte geschrieben haben?"

„Der Heilige Geist bestimmt nicht."

„Hören Sie sofort auf, so blasphemisch zu reden. Man versündigt sich nicht an Gott."

Jetzt konnte der Keltereibesitzer und Gastwirt nicht mehr still sitzen und rieb sich ständig die Oberschenkel. Sein Blick flackerte und er atmete immer schneller. Geistesgegenwärtig zückte Ehrenreich sein Handy. Dass plötzlich zwei weitere Personen anwesend waren, registrierte Gerhard Kabel nicht. Mit Engelszungen redete der lebenserfahrene Diakon auf den Mann im Ausnahmezustand ein und die Frau vom Roten Kreuz hielt Kabels Hand. Nun warf der Kelterer seinen Oberkörper hin und her und begann hysterisch zu schreien. Die Augen weit aufgerissen, triefte zäher Speichel aus dem Mund und er schnaufte wie eine bergauffahrende Dampflock. Sämtliche Beschwichtigungsmethoden der psychologisch geschulten Helfer versagten. Kabel war kurz vor dem Kollabieren. Kunkelmann, den der Aktionismus des Wirts furchtbar aufregte, griff zum Handy und rief über die 112 den Notarzt.

Wenige Minuten später hörten die Helfer eine Signalanlage und sahen zuckendes Blaulicht auf dem Hof. „Endlich kommen sie", sagte Kunkelmann zu Heiner Ehrenreich, „wenn man auf etwas wartet, werden Minuten zu Stunden."

Zielstrebig eilten die Notfallsanitäter Stefan Fink und Henning Schulz zum mittlerweile wild um sich schlagenden Patienten, der von Kunkelmann und Ehrenreich unter großer Kraftanstrengung festgehalten wurde. Fink krempelte den rechten Hemdsärmel von Kabel hoch, legte das Stauband um den Oberarm und versenkte einen Zugang erfolgreich in einer großen Vene. Schulz hatte bereits eine Ampulle Midazolam vorbereitet, wovon ihm der begleitende Notarzt Dr. Florian Eurich drei Milligramm applizierte. Dann schob er dem Tobenden noch eine Tablette Tavor unter die Zunge. In wenigen Sekunden war Kabel brav wie das sprichwörtliche Lamm und schlummerte wie ein kleines Kind.

„Typischer Fall von hysterischer Hyperventilation", sagte der Mediziner. „Wir lassen den Mann hier. So schlimm ist das nicht. Aber es wäre gut, wenn jemand von der Krisenintervention ihn ein wenig betreuen könnte, bis er wieder wach und bei klaren Gedanken ist. Übrigens: Ich kenne mich ja mit Schauspielern nicht aus, aber ein derart ausgeprägtes Bild dieses Zustandes habe ich noch selten gesehen. Der Herr hier hat ja agitiert wie ein Berserker."

„Wollen Sie damit sagen, dass der Herr Kabel uns diese Szene vorgetäuscht hat?", fragte Kunkelmann den jungen Mediziner.

„Das möchte ich nicht beurteilen, aber man kann solche Aktionen mit etwas Talent auch selbst provozieren. Wir kennen das von Schülern, wenn sie keine Klassenarbeit schreiben wollen."

„Ja, dann vielen Dank für Ihren Einsatz und Grüße an Ihren Kollegen Dr. Kraus. Der hat mich mal behandelt."

„Oh, das muss mindestens 25 Jahre her sein. Denn der Hartmut genießt schon lange seine wohlverdiente Rente."

„Da sehen Sie mal, wie die Zeit vergeht", schob Kunkelmann etwas unnötig nach.

Langsam erholte sich Gerhard Kabel von der Spritze und dämmerte etwas abwesend vor sich hin.

„So, Herr Kabel, es scheint Ihnen ja wieder etwas besser zu gehen. Die Krisenintervention bleibt noch etwas bei Ihnen und kümmert sich, falls Sie etwas brauchen sollten." Dann sprach Karl Kunkelmann einen Satz, den er schon gefühlte tausend Mal in seinem Berufsleben gesagt hatte: „Bitte halten Sie sich zu unserer Verfügung. Es kann sein, dass wir noch Fragen haben."

Im Auto angekommen, tupfte Ehrenreich etwas Fett vom hellen Hemd und sagte: „Das mit dem Brief von der Ostsee will mir nicht in den Sinn. Das Schreiben existiert bestimmt, sonst hätte der Kabel das doch nicht erwähnt."

„Stimmt, das ist seltsam. Da müssen wir unbedingt dranbleiben und dürfen diese ominöse Postkarte nicht vergessen."

„Logo, haben wir schon mal etwas vergessen?"

50

„Ja, Hubinger?"

„Hallo Herr Hubinger, hier spricht Karl Kunkelmann von der Kripo in Erbach."

„Haben Sie es sich jetzt mit den Würsten überlegt? Ich habe noch einige in Reserve. Oder wollen Sie mich wieder wegen diesem Frank Schneider ausfragen?"

„Das heißt bei uns befragen, aber egal. Nein, oder ja. Waren Sie eigentlich auch dabei, als sich ein Teil der Bauernschaft neulich in der Kelterei Kabel zum Krisengespräch getroffen hat?"

„Natürlich, was glauben denn Sie? Ich bin seit Jahren in der Kommunalpolitik tätig und setze mich für unsere Berufsgruppe ein. Wieso wollen Sie das wissen?"

„Da hat doch der Kelterer Kabel eine Ansichtskarte seines Geschäftsführers aus dem Urlaub vorgelesen."

„Richtig, deswegen wundert es mich, dass Sie den immer noch suchen. Ich nehme an, der macht unbezahlten Urlaub und sich da oben wichtig. Von mir aus könnte er auch nach Indien oder Madagaskar auswandern."

„Weshalb das jetzt?"

„Ei, weil dort der Pfeffer wächst."

„Aha, schön. Erinnern Sie sich zufällig, wo der Herr Kabel dieses Postkarte abgelegt hat?"

„Wo die anderen auch sind. Er hat sie an die Pinnwand im Probierstübchen genagelt. Wieso?"

„Weil das für uns wichtig sein könnte. Hören Sie jetzt gut zu: kein Wort zu Herrn Kabel über den Inhalt dieses Telefonats. Haben Sie mich verstanden? Sonst könnte es mir einfallen, die zuständigen Kollegen über Ihr Waffenarsenal zu informieren und mittels Gerichtsbeschluss sämtliche Genehmigungen prüfen zu lassen."

Der Hauptkommissar hatte hoch gepokert, doch Fritz Hubinger sagte: „Jawohl, Herr Kriminalrat. Ich werde kein Sterbenswörtchen darüber verlieren."

„Noch was, Herr Landwirtschaftsrat. Legen Sie mir bitte vier von diesen luftgetrockneten Würsten zurück." Heiner Ehrenreich hatte zugehört und fragte, was dem Kollegen jetzt vorschwebe. „Hast du Lust, mit dem Kollegen Wiesemann und mir einen draufzumachen? Ich muss nur gucken, ob es da, wo ich hinwill, auch terminlich passt."

„Du lädst mich ein? Was ist denn jetzt passiert?"

„Die Staatskasse lädt uns ein. Wir gehen zu einem ermittlungstechnischen Umtrunk."

Dann erst sprach Karl Kunkelmann bei Wagenknecht vor und erzählte ihm von seinem Vorhaben. „Wenn es denn der Sache dient", meinte der Vorgesetzte und nickte das halblegale Unterfangen mit etwas Bauchschmerzen ab.

Zurück in seinem Büro wählte Karl die Nummer der Kelterei Kabel und verlangte nach der Auszubildenden Tina. Wie er mitbekommen hatte, oblagen dieser die Planungen für die Verkostungen in der Kelterei. „Nein, Fräulein Tina, das macht nichts. Ich weiß, dass der Chef zu dieser Stunde in der Einkehr weilt. Das ist eine private Veranstaltung. Sie müssen weder eine Führung durch den Betrieb buchen noch Personal wegen der Erläuterung zu den Getränken aufwenden. Lediglich die Etikette könnten Sie von den Flaschen entfernen. Ich habe da nämlich mit den Kollegen eine Wette laufen."

„Ah, Sie wollen sich als Apfelwein-Sommelier beweisen. Dann wünsche ich Ihnen viel Spaß. Termin und Uhrzeit habe ich eingetragen. Das Stübchen ist auf die Kripo reserviert."

„Bitte nicht. Das ist eher eine intime Angelegenheit. Reservieren Sie auf den Namen Wiesemann."

Drei Tage später fanden sich die drei Apfelweinverkoster im Probierstübchen ein und wurden von Tina herzlich begrüßt. Auf den rustikalen Tischen standen mehrere sortenreine Weine, darunter Jonagold, Coxorange, Bohnapfel und Braeburn. Auch der heimische Boskoop war vertreten, ebenso der Glockenapfel. Alle ruhten sie in ihren Bembeln, die mit Ziffern gekennzeichnet waren. Auf einer gesonderten Liste hatte Tina die Namen der Weine vermerkt. Bevor sich die Gastgeberin verabschiedete, stellte sie noch eine Platte mit dünnen, rohen Fleischscheiben in die Mitte der Tafel, die sie als ‚Carpaccio di Otto' anpries und hervorragende Begleiter der tollen Tropfen seien. Seit Kabels Debüt als Koch biete er den Gästen immer eine Kleinigkeit aus der mediterranen Küche an. Dazu wurde geröstetes Weißbrot gereicht, das man auf Wunsch in Olivenöl baden könne. Als Gewürze standen Pfeffer und Salz zur Verfügung.

Sogleich füllte Karl Kunkelmann die Gerippten und der Spaß begann. Alle lagen sie meistens falsch mit ihren Tipps, doch die Gläser wurden stets bis auf den Grund ausgetrunken. Das zarte Fleisch mundete, Ehrenreich würzte mit Pfeffer nach, da er eine dezent süßliche Note herauszuschmecken meinte.

„Warum schlemmen wir denn hier auf Staatskosten? Wird die Kelterei jetzt ins Präsidium oder gar in unsere Direktion inkludiert?", wollte Wiesemann wissen.

Als Antwort legte Kunkelmann den erhobenen Zeigefinger vor den Mund, griff mit der anderen Hand in seine Hosentasche und holte ein Paar Einmalhandschuhe heraus, die er beinahe feierlich dem Spurenfachmann überreichte. „Jetzt kommen wir zum eigentlichen Zweck unserer fröhlichen Runde heute Abend. Lieber Marco, drehe dich doch bitte mal um. Siehst du diese Pinnwand mit den Postkarten?"

„Ich bin ja nicht blind. Willst du uns jetzt Urlaubsziele erraten lassen?"

„Falsch. Ich bitte dich, dir die Handschuhe überzuziehen und die vordere Karte mit dem Motiv der Ostsee abzunehmen."

„Ob das die Ostsee ist, weiß ich nicht. Das könnte auch die Nordsee sein."

„Genau, doch dazu gleich." Dann förderte Kunkelmann ein Asservatentütchen hervor, das er zuvor bei den Schneemännern stibitzt hatte. „Stecke die Karte bitte da hinein und verwahre das Ganze, bis wir es vielleicht brauchen können."

„Ich verstehe nur Bahnhof."

„Macht nix, aber der clevere Kunkelmann hat einen Verdacht. Dass das Foto so allgemein gehalten ist, hat, so glaube ich zumindest, seinen guten Grund."

Dann ordnete Kunkelmann die Karten etwas um, damit man glauben konnte, jemand habe sich für die Reisen der Mitarbeiter und deren Ziele interessiert. Bald entdeckte Ehrenreich ein altes Radiogerät in einer Ecke und suchte einen passenden Musiksender. Nach mehreren Runden und vielen falschen Ergebnissen waren die Bembel leer und die Gäste voll. Mit einem Taxi fuhren sie nach Hause. Die Rechnung würde auf dem Dienstweg über das Spesenkonto beglichen werden. Wie mit Tina verabredet, schlossen sie zuvor das Stübchen ab und warfen den Schlüssel in den hierfür vorgesehenen Briefkasten. Ehrenreich war irgendetwas anscheinend nicht bekommen und er musste den Taxifahrer um eine kurze Pause zum Durchatmen bitten. Am rechten Fahrbahnrand der Bundesstraße 38 kotzte sich der Hauptkommissar beinahe die Trinkerseele aus dem Leib. So etwas kannte er nicht. Ob er doch mal den alten Dr. Berger aufsuchen sollte? Schließlich hatte der auch Kunkelmanns leichten Diabetes bestens im Griff. Da würde er seine Leber bestimmt auch wieder hinbekommen.

51

Als Karl Kunkelmann aufgewacht war, glaubte er seine Zunge sei eine tote Maus und in seinem Kopf arbeitete ein Pressluft-hammer, der sich durch meterdicken Beton fraß. Sein Herz klopfte ein unregelmäßiges Stakkato und vor den Augen zuckten grelle Blitze. Wohlwissend hatte er die Couch als Schlafstätte gewählt, um Lena nicht mit seinem erschütternden Anblick konfrontieren zu müssen. Tastend griff er nach der Wasserflasche, trank gierig, rappelte sich hoch und taperte ins Bad. Nach zwei Aspirin und drei pechschwarzen Tassen Kaffee griff er zum Telefon und meldete sich krank. Als er in der Küche auf

Thomas stieß, zeigte die Uhr gegen zehn. Der Bub hatte sich einen Tag von der Uni befreit, um Mutters Kochkünste zu genießen und starrte seinen Vater an, wie einen Menschen vom Mars, der in dieser Wohnung zwischengelandet war.

„Lieber Himmel, wie siehst du denn aus? Hat man dich durch sämtliche Kloaken unseres Kurstädtchens gezogen?"

„So fühle ich mich tatsächlich. Aber wir haben ermittelt."

„Ermittelt, wie viel Alkohol ihr in möglichst kurzer Zeit trinken könnt?"

„Nein, in der Sache mit dem Arm. Da mussten wir etwas tricksen, um an eine bestimmte Ansichtskarte zu gelangen."

„Wer schreibt denn heutzutage noch Ansichtskarten? Es gibt doch WhatsApp?"

„Genau. Das ist so ein Punkt. Entweder man ist überzeugter Romantiker oder man will sich ein Alibi verschaffen, um die eigene Straftat zu vertuschen. Dann bietet sich diese Art der Urlaubsgrüße regelrecht wieder an."

„Aha. Ihr werdet schon wissen, was ihr macht. Aber pass auf. Nicht, dass dir mal der Alkohol einen Streich spielt und den Blutzucker runterhaut. Das ist dann nämlich kein Spaß und kann sogar gefährlich werden."

„Jawohl, Herr Medizinalrat. Was hilft aber gegen diese schreckliche Übelkeit?"

„Saure Heringe haben wir nicht im Haus, Kaffee und reichlich Wasser hast du getrunken, Aspirin ist auch an Bord. Ich würde sagen, hinlegen und ausschlafen, bis der Zustand verflogen ist."

„In meiner Jugend haben wir immer bei extremen Katern Konterbiere getrunken. Da war man dann zwar wieder angesoffen, aber es hat geholfen. Ob ich mal im Kühlschrank ...?"

„Ich glaube, du spinnst. Was denkst du, was hier abgeht, wenn die Mama sieht, dass du jetzt schon morgens mit deinen Weizenkuren beginnst? Da möchte ich nicht Zeuge sein." Dann wechselte er das Thema. „Erzählst du mir, natürlich unter dem Siegel meiner Verschwiegenheit, welche Fortschritte ihr in dem Fall gemacht habt?"

„Aber das bleibt unter uns. Auf der anderen Seite ist es auch nicht verkehrt, eine Stimme zu hören, die nicht in die Sache verwickelt ist. Irgendwann wird man nämlich betriebsblind und sieht vor lauter Wald die Bäume nicht mehr."

„Geht der Spruch nicht andersherum?"

„Äh, in diesem Falle nicht, weil wir auf die individuellen Beteiligten, also auf die Bäume, und nicht auf die Menge der möglicherweise involvierten Verdächtigen, also den Wald, achten müssen.", umschiffte der Hauptkommissar seine Verwechslung.

„Ich verstehe, dann leg mal los."

„Also, dieser Schneider hat angeblich eine Ansichtskarte von der Ostsee geschrieben. Das Motiv zeigt ein Schiffchen vor der untergehenden Sonne. Da aber die Sonne überall untergeht, muss das Meer auf dem Foto nicht die Ostsee sein. Soweit klar? Denn ich weiß nicht, wie jemand, dem ein Arm fehlt, in diesem entspannten Stil schreiben kann, falls er überhaupt noch lebt und nicht an dieser Verletzung verstorben ist oder gestorben wurde. Jetzt könnte man denken, dass der Schneider dies vor diesem Ereignis getan hat. Aber dann wären wir nicht involviert, weil ja nix passiert wäre. Kapiert? Ich vermute, dass dieser Gerhard Kabel, also der Besitzer der Kelterei, und mittlerweile mit zweitem Standbein auch Gastwirt, eine Spur gelegt hat, die uns in Sicherheit wiegen, beziehungsweise in die Irre führen soll."

„Aber was hätte denn der Kabel für ein Motiv, seinen Geschäftsführer zu töten? Die Sache mit den Dosen und den kranken Kühen weist doch eher auf die Bauernschaft hin."

„Thomas, das weiß ich nicht. Mein Bauchgefühl trügt mich eher selten", sagte der Vater, wobei der Sohn just auf eine imposante Kugel blickte, die sich über den Bund der Schlafanzughose wölbte und anerkennend nickte. Irgendwie musste er an den mittlerweile altersreifen Pumuckl denken.

„Und wie ist dieser Herr Kabel so?"

„Ein äußerst zuvorkommender und netter Mensch, dem die Unschuld eines Lammes aus dem Gesicht blickt. Er hat uns sogar selbst zubereitetes Capriccio als Snack hinstellen lassen. Der Ehrenreich musste sich später übergeben, aber das lag wahrscheinlich am Apfelwein. Er hat gefühlt ein ganzes Fässchen ausgesoffen und seine Leber ist ja nicht mehr die frischeste."

„Aber wie wollt ihr das denn rauskriegen, ob der Kelterer die Karte verfasst hat? Da ist doch sicher ein Poststempel drauf?"

„Der stammt von einem Briefzentrum in Norddeutschland. Das besagt gar nix."

„Mich stört irgendwie deine Fixierung auf diesen Mann. Es wurden doch Kühe verletzt und den Landwirten ist immenser Schaden entstanden. Das kann den Ruin des einen oder anderen Betriebes bedeuten."

„Ich weiß. Doch da sind die Indizien kaum der Rede wert und sie haben sich mit dem Kabel quasi ausgesöhnt. Ich werde diesen komischen Beigeschmack nicht los und die Frau des Gerhard Kabel ist auch schon einige Zeit verschwunden. Ich habe mit deren Eltern in Tirol telefoniert, wo sie zu Besuch hinwollte, aber nicht angekommen ist. Allerdings sei die Gute in dieser Hinsicht etwas unzuverlässig. So etwa wie die Deutsche Bahn. Aber das hat wahrscheinlich nix zu bedeuten. Die Außenhofers waren relativ entspannt."

„Und jetzt?"

„Also der Wiesemann, der hat diese Karte von der Pinnwand geklaut und guckt sie sich mal erkennungsdienstlich an."

„Dafür muss aber der Kabel erkennungsdienstlich behandelt werden. Wie wollt ihr das hinbekommen, ohne rechtsbrüchig zu werden?"

„Das geht mir die ganze Zeit auch im Kopf herum. Aber manchmal ergeben sich Sachverhalte ganz von selber und es werden Tatsachen geschaffen, die zuvor noch gar keine waren", antwortete Kunkelmann kryptisch.

„Noch was, warum sollte der Kabel die Hand des Frank Schneider so unter den Äpfeln platzieren, dass sie herausguckt? Da macht der sich doch angreifbar. Wenn man ein Verbrechen begeht, will man doch nicht entdeckt werden. Ich halte das alles für unlogisch. Passt bloß auf, dass euch der Wagenknecht keinen Strick aus diesen abwegigen Ermittlungen dreht!"

„Hat er schon beinahe. Wir wurden wegen unserer Befragungen bei den heimischen Bauern gehörig in den Senkel gestellt."

„Was habt ihr denn konkret, das später auch gerichtsfest sein kann?"

„Einen abbenen Arm, dessen Besitzer zweifelsfrei der Schneider ist."

„Da sehe ich primär aber immer noch keine Beweise für einen Mord oder Totschlag."

„Thomas, ich gehe jetzt wieder ins Bett, bevor mir der Kopf zerplatzt. Zerbrochen habe ich ihn mir gerade schon."

52

Die Polizisten Thomas Linn und Helge Ostermann hatten bis vor wenigen Tagen mit ihren Partnerinnen einen wunderbaren Urlaub am Gardasee genossen. Jetzt saßen sie braungebrannt und erholt im Streifenwagen und befuhren gerade die schmale Kreisstraße 75, die Reichelsheim mit Fränkisch-Crumbach verbindet. Diesmal durfte auch Diensthund Rex mit, der bei Thomas zu Hause lebte und sich durch eine manchmal unerwünschte Gutmütigkeit auszeichnete. Auf der Höhe des Wohnplatzes Michelbach, den eine Handvoll alleinstehender Gehöfte bildete, zuckelte vor ihnen ein Kastenwagen her, der manchmal bedenklich zwischen der durchgezogenen weißen Linie, welche die Fahrbahn trennte, und dem unbefestigten Seitenstreifen taumelte.

„Guck mal, Thomas. Ob es dem Fahrer nicht gut geht? Lass uns vorbildliche Freunde und Helfer sein und diesen Bruchpiloten mal anhalten. Spätestens wenn einer entgegenkommt, könnte das in den engen Kurven gefährlich werden. Dann schalteten sie das Blaulicht ein, zogen an dem Kombi vorbei und signalisierten dem Fahrer, dass er anhalten solle. Prompt fuhr der Caravan rechts ran und stoppte den Motor.

Als Helge Ostermann zur geöffneten Seitenscheibe in den Wagen schaute und grüßte, reagierte der Fahrer erst gar nicht. Nah der zweiten Ansprache drehte er den Kopf und Ostermann blickte ein Augenpaar an, dessen schwere Lider sich immer wieder kurz schlossen.

„Ihnen ist schon klar, dass Sie mit Ihrer Fahrweise ein Verkehrsrisiko darstellen?", sagte der Polizist.

„Das Leben ist ein einziges Risiko", antwortete der Mann mit schleppender Stimme.

„Steigen Sie doch bitte mal aus und zeigen Sie uns Ihre Fahrzeugpapiere", forderte Ostermann den sichtlich todmüden Mann auf.

„Die habe ich nie dabei, damit sie nicht geklaut werden."

„Dann bitte den Personalausweis."

„Auch der kann gestohlen werden. Ich führe ihn nie mit", entgegnete der Kontrollierte, gähnte herzhaft und wurde gleichzeitig ein wenig nervös. Als die Fahrertür ganz offen stand und eine leichte Brise ins Fahrzeug wehte, bemerkten die Polizisten einen Geruch, den sie von verwesenden Leichen kannten.

„Was stinkt denn da so gotterbärmlich?"

„Ich bin Koch und fahre manchmal Schlachtabfälle auf den Müll. Das eine oder andere bleibt da gerne mal hängen."

„Machen Sie mal bitte die Heckklappe auf", bat nun Thomas Linn und holte Rex aus dem Streifenwagen. Dieser hüpfte sofort ins Heck des Kombis, wedelte aufgeregt mit dem Schwanz und zerrte hinter dem linken Radkasten eine blaue Plastiktüte hervor, die er kaputtriss und danach auf einem undefinierbaren und stinkenden Klumpen herumbiss. Dann leckte er bräunliche Schlieren von der Tüte und schaute sein Herrchen mit treuen Augen an. Als er an der Leine wieder hinausgeführt wurde, jaulte Rex auf. Er war in einen Metallsplitter getreten, den Ostermann gleich entfernte und wegwarf.

Nach der Halterfeststellung schlossen die Polizisten den fremden Wagen ab und baten den Fahrer höflich, mit zur Wache zu kommen, wo man prüfen wolle, ob er fahrtüchtig sei, unter Medikamenten stehe oder andere Drogen genommen habe. Nach Alkohol roch der Mann nicht, auch hatten die beiden vergessen, ihren Vorrat an Teströhrchen aufzufüllen, die im Odenwald doch recht häufig gebraucht wurden.

Plötzlich kam der etwas angejahrte Herr in Wallung, sprang über den Straßengraben und flüchtete in Richtung der neu renovierten Gaststätte, die sich etwa 500 Meter entfernt befand. In gemäßigten Joggingschritten konnten die Beamten den Abgängigen einholen und ließen die Handschellen klicken. So eskortiert, platzierten sie den Flüchtigen auf dem Rücksitz, wo er neben Ostermann gesetzt und durch die Absperrung von Rex am Hinterkopf abschleckt wurde. Über Funk kündigten sie ihre Zufallsfracht an und baten um den diensthabenden Arzt, der sich den Gesundheitszustand dieses Menschen anschauen sollte.

Dort angekommen, beschwerte sich Gerhard Kabel über die rigide Behandlung und verlangte mit Nachdruck sofort und gleich den Kommissar Kunkelmann sprechen zu wollen, einen feinen Menschen, der im Gegensatz zu diesen uniformierten Tölpeln, wusste, was sich gehörte. Er habe erst kürzlich bei ihm in der Kelterei eine Weinprobe besucht und dazu herrliche Happen gegessen.

„Weißt du, ob die Edelpolizisten im Hause sind?", fragte Linn den Dienstgruppenleiter hinterm Tresen der Wachzentrale.

„Nun, im Funk habe ich heute noch keinen gehört. Ich gehe davon aus, dass sie wieder am Schreibtisch ermitteln. Der Kunkelmann war zwar gestern krank, aber heute Morgen habe ich ihn schon mit einem Granatsplitter in den Händen gesehen. Ich rufe mal oben an."

Als Karl den Abstieg durch das Treppenhaus bewältigt hatte und seinen unerwarteten Gast sah, bedankte sich der Kriminale im Geiste bei Kommissar Zufall. „Herr Kabel, dass wir uns so schnell wiedersehen, hätte ich nicht gedacht. Warum tragen Sie denn Handschellen?"

„Weil diese beiden Rüpel mir die Dinger verpasst haben. Ich möchte mich bei Ihnen beschweren."

„Da bin ich die falsche Abteilung. Das müssen Sie mit der uniformierten Polizei klären."

„Karl, der Mann hat irgendwas genommen, ist nicht fahrtüchtig und wollte fliehen. Sich sozusagen unserem Zugriff entziehen."

Dann kam der beauftragte Arzt, ein bis vor zwei Jahren niedergelassener Allgemeinmediziner, der sich seine Rente durch die gelegentlichen Leistungen für die hiesige Polizeidirektion etwas aufstockte und den auffällig gewordenen Mann mit ins Untersuchungszimmer nahm. Die intern als Acht bezeichneten Handeisen wurden auch unter Begleitung von Thomas Linn nicht abgenommen. Es bestünde nämlich Fluchtgefahr ob des aktuellen psychischen Zustandes des Gerhard Kabel. Eine Unterbringung konnte richterlich so schnell nicht angeordnet werden, doch Kunkelmann sagte zu dem Keltereibesitzer: „Wären Sie einverstanden, wenn wir Sie als Zeugen oder besser als möglichen Informanten befragen würden, um eine eventuelle Straftat aufzuklären?"

„Kann ich mich dagegen wehren?"

„Ja, wir sind ein Rechtsstaat. Doch aufgrund der Faktenlage kämen wir dann durch die Hintertür wieder herein, um es mal bildlich auszudrücken."

Im Vernehmungsraum der Kripo wartete bereits Heiner Ehrenreich und hatte das Aufnahmegerät schon auf dem Tisch platziert. Nachdem die protokollarischen Notwendigkeiten geregelt waren, fragte Kunkelmann: „Diese Postkarte, die der Schneider Ihnen angeblich geschrieben haben soll, was glauben Sie, was wir auf dieser gefunden haben?"

„Wieso gefunden? Die hängt doch an der Pinnwand im Probierstübchen."

„Falscher Tempus", korrigierte Ehrenreich, „sie hing an der Pinnwand im Probierstübchen. Jetzt ist sie bei der Kriminaltechnik."

„Wieso denn das?"

„Weil wir sie abgehängt und mitgenommen haben."

„Dürfen Sie das überhaupt?"

„Nein, Sie können sich gerne bei unserem Vorgesetzten beschweren. Er sagt aber oft, dass der Zweck die Mittel heilige."

„Nehmen Sie dieses Wort bitte nicht in den Mund. Heilig ist Ihnen wahrscheinlich nichts, Sie Atheist."

„Gut geraten, aber ich würde mich eher als Agnostiker bezeichnen, wenn Sie wissen, was das ist. Zudem bin ich mit 18 Jahren aus dem Club der Katholiken ausgetreten. Ein weiser Entschluss und sehr moralisch, wenn ich sehe, was diese Kuttenpisser mit kleinen Kindern veranstalten."

„Hüten Sie Ihre Zunge, sonst werden Sie es irgendwann bereuen!"

Karl Kunkelmann unterbrach die sich anbahnende Diskussion. „Wir haben Fingerabdrücke auf der Karte sichern können. Was glauben Sie von wem?"

„Von mir und dem Fräulein Tina? Wir haben diese Post schließlich angefasst."

„Richtig kombiniert. Wir bitten Sie nun, bei der Kriminaltechnik zum Abgleich Ihre werten Finger über das schwarze Stempelkissen zu rollen. Denn wir vermuten, dass wir außer den Abdrücken von Ihnen beiden, kaum andere finden werden. Die des Herrn Schneider konnten wir noch ganz gut an der von ihnen gefundenen Gliedmaße sicherstellen. Und was sagt uns das, dass wir sie auf der Ansichtskarte nicht nachweisen konnten?"

„Dass der Schneider beim Verfassen seines Grußes Handschuhe getragen hat?"

„Warum sollte jemand beim Kartenschreiben Handschuhe tragen?" Gerhard Kabels Augen flackerten und er schien krampfhaft nach einer passenden Antwort zu suchen.

In Wiesemanns Reich angekommen, rollte Deckert die Kabelschen Fingerkuppen tatsächlich über die einem Stempelkissen ähnelnde Unterlage, denn der neue Scanner, den sie erst kürzlich erhalten hatten, war wiedermal nicht einsatzbereit.

„Bin ich jetzt verhaftet?"

„Nein, warum? Wir können doch niemanden ohne Beweise festsetzen. Wenn die Uniformierten mit dem Vorgang bezüglich Ihrer Fahruntüchigkeit fertig sind, müssen Sie sich aber zu unserer Verfügung halten. Weil wir gute deutsche Beamte sind und fürsorglich handeln, fahren wir Sie sogar heim und lassen Sie durch zwei Kollegen beschützen, damit Ihnen nichts passiert. Die werden unauffällig in einem zivilen Wagen sitzen und Sie auf all Ihren Wegen begleiten. Übrigens, Herr Kabel. Das Blut in diesem Erdschuppen nahe des neuen Restaurants konnten wir auch Frank Schneider zuordnen. Und wissen Sie, von wem wir dort unter recht schwierigen Verhältnissen, aber doch ohne Zweifel, ein paar wenige Fingerabdrücke sichern konnten?"

„Denn er hat seinen Engeln befohlen, dass sie Dich behüten auf allen Deinen Wegen, dass sie Dich auf Händen tragen und du deinen Fuß nicht an einen Stein stoßest."

„Was, bitteschön?"

„Psalm 91, 11. Lutherbibel."

53

Auch die Blutspuren an der Plastiktüte von Kabels Kombi konnten eindeutig Frank Schneider zugeordnet werden und die Schlinge um den Hals des Kelterers und Gastwirts zog sich immer enger zu. Zwar gab es keinen Verletzten und schon gar keine Leiche, aber die Indizien sprachen eine deutliche Sprache. Kunkelmann und Ehrenreich ließen den Verdächtigen an der langen Leine laufen und setzten wieder auf Kommissar Zufall. Diesem zuvor kam jedoch Kriminaldirektor Wagenknecht, der die beiden Kollegen abermals einbestellt hatte. „Sagen Sie mal, wie kommen Sie eigentlich auf die Idee, fremdes Eigentum zu entwenden?"

Also hatte Gerhard Kabel die Dreistigkeit besessen, sich tatsächlich über eine schriftliche Eingabe beim Chef zu beschweren.

„Sie können nicht einfach aufgrund eines vagen Verdachts eine Ansichtskarte klauen. Wo kämen wir denn da hin in unserem Rechtsstaat? Sie hatten ja auch wieder den Marco Wiesemann dabei. Ihnen ist klar, dass der kein Polizist ist? Wenn dieser Kabel schlau ist, zeigt der ihn wegen Diebstahls an und der Angestellte kann in seinen alten Beruf zurück. Falls ihn dort noch einer nimmt, er ist ja schließlich auch keine 30 mehr. Ich darf Sie in diesem Zusammenhang an den peinlichen Vorfall im Pfarrhaus erinnern und Ihnen abermals die Dienstvorschriften als abendliche Bettlektüre empfehlen. Zwar können Sie als hessischer Beamter nicht entlassen, jedoch versetzt werden. Mensch Kunkelmann, das will doch keiner. Stellen Sie sich mal vor, wie Sie in Bad Karlshafen ermitteln. Da ist es nicht weit bis Holzminden in Niedersachsen und Sie müssten sich wegen der sibirischen Kälte da oben völlig neu einkleiden."

„Herr Wagenknecht, das wäre mir gar nicht recht. Aber die Karte habe ich konfisziert und nicht der Marco."

„Noch schlimmer. Der Rock des Beamten ist eng, aber warm. Vergessen Sie das nie. Ist denn der Kelterer tatsächlich unser Verdächtiger?"

„Also ja, eigentlich schon."

„Hat er schon etwas zugegeben oder vielleicht gar ein Teilgeständnis abgelegt?"

„Weder noch. Wir arbeiten daran. Mangels eindeutiger Beweise verfolgen wir seine Fährte und hoffen, dass ihm ein Fehler unterläuft."

„Mit Fehlern haben Sie ja Erfahrung", merkte Wagenknecht kritisch an und betrachtete die Unterredung als beendet.

„Du, Karl. Wir müssen höllisch aufpassen, dass wir keinen Mist bauen. Ich glaube, der Alte hat uns ein bisschen auf dem Kieker", sagte Heiner Ehrenreich, als sie wieder zu ihrem Büro gingen.

„Wir fahren nochmal in dieses Luxuslokal und fühlen dem Küchenmeister tüchtig auf den Zahn."

Vor der Gaststätte stand der zivile Wagen der Kripo und im Innern dösten zwei Beamte. Erschrocken blickten sie hoch, als Ehrenreich an die Seitenscheibe klopfte.

„Ist der Vogel ausgeflogen oder sitzt er im Käfig?"

„Er müsste, äh, wir waren nur kurz, also ja, er ist da."

„Was Neues?"

„Nein. Aber der Typ ist nett. Manchmal bringt er uns frittierte Fleischchips heraus, die in Mexiko als Chicharrónes bekannt seien und dort aus der Haut von Schweinen gemacht würden."

Die Uhrzeit sprach dafür, dass sich nicht viele Gäste in der Gaststätte aufhalten würden und Kunkelmann rief nach dem Besitzer. Mit blutbesudelten Händen schaute Gerhard Kabel aus der Küche und grüßte verhalten, aber höflich.

„Wie ist es denn mit Ihrem Führerschein ausgegangen?", hob Kunkelmann an.

„Noch habe ich ihn. Aber wohl nicht mehr lange. Sie haben gehörige Mengen Schlafmittel in meinem Blut nachgewiesen. Die Situation belastet mich so sehr, dass ich keine Ruhe mehr finden kann."

„Wir auch nicht, Herr Kabel. So ist es uns vollkommen schleierhaft, wie Schneiders Blut an diese blaue Tüte kommen konnte, die wir in Ihrem Auto gefunden haben."

„Ich habe schon Ihren Kollegen erklärt, dass ich öfter Schlachtabfälle transportiere."

„Das habe ich Sie doch gar nicht gefragt."

„Ach so, ja. Also der Frank Schneider benutzt den Wagen auch manchmal."

„Aber der ist doch Geschäftsführer der Kelterei. Oder verdingt er sich hier noch als Küchenjunge?"

„Der? Da wäre er viel zu fein für, dieser eingebildete Schnösel. Nein, manchmal setzen wir den Kombi auch auf dem Gelände der Kelterei ein. Vielleicht hat sich der Schneider ja irgendwo geschnitten. An einer defekten Dose vielleicht. Und dann hat er diese Tüte berührt, weswegen Sie sein Blut gefunden haben."

„Und wie kam die blutige Unterhose des Herrn Schneider in Ihren Erdkeller da drüben?"

„Vielleicht hat er ja eine unangenehme Krankheit und wollte das Teil mit den Kotresten dort loswerden?"

„Woher wissen Sie, dass wir Spuren von Kot an dem Textil gefunden haben?"

„Das haben Sie doch eben gesagt, gewusst habe ich das nicht."

„Nein", sagte Ehrenreich und schüttelte energisch den Kopf, „das hat mein Kollege mit keinem Wort erwähnt."

„Sie versuchen mich völlig durcheinanderzubringen, damit ich unter dem Druck Ihrer Befragungen einen Fehler mache. Fällt er, so wird er nicht weggeworfen; denn der Herr hält ihn bei der Hand, spricht die Bibel, Psalm 27, Absatz 24."

„Sie sind wohl ein gläubiger Mensch?"

„Wie kann es anders sein? Jeder auf Erden, der bei klarem Verstand ist, sollte seinem Schöpfer dienen und alles, was des Teufels ist, vernichten", sprach Gerhard Kabel mit bebender Stimme.

„Haben Sie etwas vernichtet?"

„Wie kommen Sie darauf?" Jetzt redete der Kelterer, als sei er aus kurzer Trance erwacht.

„Weil Sie eben gesagt haben, dass man Teufelswerk vernichten soll."

„Aber das meine ich doch im übertragenen Sinne. Durch Buße und Einsicht lässt sich vieles wieder geraderücken."

„Auch ganz schlimme Dinge? Stellen Sie sich vor, jemand verletzt einen anderen in tiefster Seele so arg, dass der Hass keinen Ausweg mehr findet. Kann es da nicht sein, dass sich dann ein guter Christenmensch zu Taten verleiten lässt, die ihm sonst niemals einfallen würden?"

54

„Wir sind auf einem guten Weg und kommen bestens voran", sagte Kriminaldirektor Wagenknecht, als alle Presseleute ihre Positionen eigenommen hatten. Diesmal leitete der Chef selbst die Konferenz, denn er wusste um die rhetorischen Schwächen seines Untergebenen. Immer im Ungefähren bleiben und nichts Konkretes verraten, lautete seine Devise.

„Was heißt das denn nun genau? Werden Sie bitte etwas deutlicher", drängte Volker Seiler vom Hessischen Rundfunk.

„Genau heißt das, geschätzter Herr Seiler, dass wir unsere Ermittlungsarbeiten forcieren und dem jeweiligen Stand der Sachlage anpassen."

„Und das bedeutet, Herr Wagenknecht?"

„Das bedeutet, dass unsere Tätigkeiten keine Konstante sind und eher mit einer Variablen verglichen werden müssen und damit einer flexiblen Prozesshaftigkeit unterliegen."

„Aha, danke für die detaillierten Schilderungen", flappte Seiler zurück.

„Dieser Typ ist eine Zumutung und ein perfekter Erzeuger von leeren Worthülsen", raunte Sandra Schleunig ihrem Kollegen vom Main-Echo zu.

„Leere Worthülsen sind aber auch nicht schlecht", gab Manfred Siebenhain zurück und stellte die Frage, ob gefüllte Hülsen überhaupt noch welche seien.

„Jetzt hör mit diesen akademischen Feinheiten auf. Dieser Wagenknecht könnte auch Karriere in der Lokalpolitik machen. Dort höre ich bei den meisten Sitzungen immer solch gedroschenes Stroh ohne jeglichen Sinn und Zweck. Hauptsache mal was in die Welt geblasen und mit einem gewinnenden

Lächeln untermalt", sagte Schleunig und richtete sich an den Referenten.

„Haben Sie denn etwas Neues in der Sache ermitteln können?", versuchte die junge Redakteurin ihr Glück.

„Sagen wir so: Wir sind auf dem Weg zur Erkenntnis, doch der muss noch eine Weile beschritten werden."

Der Vertreter des Werbeblättchens mit den redaktionellen Anteilen fragte sich gerade, ob der Mann hinter dem Mikrofon Priester sei, äußerte dies jedoch nicht. „Herr Wagenknecht, uns wurde berichtet, dass Sie einen Verdächtigen im Visier haben. Inwiefern entspricht das den Tatsachen?", wollte er wissen.

„Nun, ich empfehle Ihnen, nicht unbedingt auf das Gerede der Leute zu hören. Denn dann entsteht sofort die meistens scheiternde Behörde der stillen Post. Sie empfangen Nachrichten, die nicht den Tatsachen entsprechen und quasi schon bei der ersten Äußerung in die Irre führen und Wahrheiten verschleiern oder gar Lügen produzieren. Sollten Sie Fragen haben, nutzen Sie die einzig autorisierte Quelle. Das sind nämlich wir, die Kriminalpolizei, beziehungsweise unsere Pressestelle, die Sie mit den nötigen Informationen versorgen wird."

„Ja, was ist denn nun? Gibt es einen Verdächtigen oder nicht?", fragte recht ungehalten die Reporterin von Radio-Radar aus Darmstadt.

„Wir konnten diverse DNA-Proben abgleichen und auch manche Übereinstimmungen finden. Dazu müssen Sie wissen, dass diese Methoden oftmals Zeit brauchen und nicht von heute auf morgen durchgeführt werden können. Da sind Spezialisten und Labore eingebunden, die zusammenarbeiten und sich finden müssen. Also nicht geografisch, sondern fachlich."

„Interessant. Und was haben diese Übereinstimmungen nun für Folgen für Ihr weiteres Vorgehen?"

„Wissen Sie junge Frau, polizeiliche Ermittlungsarbeit gleicht oftmals einem komplizierten Puzzle. Für die Digital Natives unter Ihnen: Das sind diese Legespiele, wo sich ein Teil exakt in das andere fügen muss. Und da liegt die Krux. Manchmal würden wir gerne zwei offensichtlich passende Elemente vereinen. Doch dann merken wir, dass sich ein winziges Eckchen dagegen sperrt. Und schon kann das Gesamtbild nicht vervollständigt werden. Es sei denn, wir würden diese Teilchen mit der Schere anpassen. Doch dies ist nicht erlaubt und würde zu falschen Ergebnissen führen. Der Bürger, aber besonders die Menschen, die im Fokus unserer Recherchen stehen, würden ungerecht behandelt, ja vielleicht sogar unschuldig bestraft werden, wenn denn die Staatsanwaltschaft unseren brüchigen Beweisketten folgen würde. Was ich damit sagen will, ist, dass gut Ding eben Weile haben will, wie das Sprichwort sagt. Unsere Kollegen, an vorderer Front die Hauptkommissare Kunkelmann und Ehrenreich hier zu meiner Seite, unternehmen alles erdenklich Mögliche, um einem Täter, falls es einen solchen gibt, habhaft zu werden. Denn die Bevölkerung hat das Recht auf eine gut aufgestellte Kriminalbehörde hier im Odenwaldkreis. Und das sind wir, dies kann ich Ihnen versichern. Bevor Sie nach der Versammlung hier wieder in Ihre Redaktionen eilen, nehmen Sie sich gerne unser neues Faltblatt, Sie sagen wohl Flyer dazu, über unsere Ratschläge zur Sicherung von Eigenheimen gegen Einbruch mit. Für Interessierte bieten wir auch kostenlose Beratungen während der Sprechstunden der betreffenden Abteilung an. Sollten Sie selbst oder Ihre Angehörigen Bedarf haben, vergessen Sie bitte nicht, den neuen Leiter zu beglückwünschen. Er wurde erst kürzlich auf diese Stelle befördert."

Karl Kunkelmann und Heiner Ehrenreich war dieses Gesülze ihres Vorgesetzten nur peinlich und sie konnten dem sinnfreien Geschwafel bald schon nicht mehr folgen. Karl memorierte Tastenkombinationen auf der Harmonika und Heiner träumte von einem Urlaub auf Kuba, wo der Rum in Strömen floss.

„Richten sich Ihre Ermittlungen eher gegen die Bauernschaft oder fühlen Sie den Mitarbeitern der Kelterei auf den Zahn?", fragte Seiler.

„Sowohl als auch: Aber wir richten unsere Arbeit nicht gegen jemanden, sondern versuchen, durch intensive Nachforschungen der Wahrheit zu ihrem Recht zu verhelfen. Denn nur so kann eine Demokratie, die wir hier ja ohne Zweifel haben, funktionieren und weiter existieren. An den totalitären Staaten sehen Sie, wohin auf Sand errichtete Lügengebäude führen können. Dafür gibt es in jüngerer Zeit viele Beispiele, die ich aufgrund der fortgeschrittenen Stunde unmöglich alle aufzählen kann. Bitte haben Sie hierfür Verständnis."

Die beiden ihren Chef flankierenden Hauptkommissare wünschten sich sehnlichst in eine andere Welt, machten aber gute Miene zum bösen Spiel und nickten dann und wann, um die Ausführungen ihres Vorgesetzten zu unterstreichen.

„Gibt es noch Fragen aus den Reihen der vierten Gewalt?" hakte Wagenknecht nach und schaute auf seine Armbanduhr. „Falls nicht, haben wir wieder ein kleines Buffet mit herzhaften Köstlichkeiten aus dieser jüngst erst neu eröffneten Gaststätte vorbereiten lassen. Greifen Sie zu und lassen Sie es sich schmecken. Danach wünsche ich Ihnen ein gutes Händchen für Ihre Berichterstattung über die jetzt endende Pressekonferenz Ihrer Kriminalpolizei."

„Ja, ich hätte tatsächlich noch ein Anliegen", meldete sich Siebenhain. „Haben Sie Ihre bewundernswerte Beredsamkeit eigentlich in Hülsen, jener hübschen Gemeinde im Landkreis Verden, gelernt?"

„Nein, das ist, verstehen Sie es bitte nicht falsch, eine Gabe, die ich schon auf der Polizeischule hatte. Hülsen liegt übrigens in Niedersachsen, wenn ich nicht irre. Die Kollegen sind für die Ausbildung von hessischen Kriminalbeamten nicht zuständig."

55

Die beiden diensthabenden Kripoleute vor Kabels Lokal saßen in ihrem zivilen Wagen und ließen sich einige Odenwälder Chicharrónes munden. Das knusprige Gefühl auf der Zunge, verbunden mit dem Geschmacksträger Fett, kam einer lukullischen Explosion im Gaumen gleich. Sie überlegten, womit diese Köstlichkeit zu vergleichen war, doch es fiel ihnen nichts ein. Entfernt dachte der jüngere Beamte an die Schwarte des Krustenbratens, den dessen Oma so einzigartig zubereiten konnte. Dann krachte der Schuss und die beiden erschraken fast zu Tode.

Nachdem sich ihr Herzschlag etwas beruhigt hatte, sprangen sie mit gezückten Pistolen aus dem Auto und liefen die paar Meter zur Gaststätte hinüber. Keiner der beiden dachte an Verstärkung. Niemand hatte das Lokal betreten und einen anderen Eingang gab es nicht. Die Tür war verschlossen, doch der Kollege fühlte Gefahr im Verzuge und schlug mit dem Knauf der Waffe das Milchglas ein. Innen steckte der Schlüssel, er konnte jetzt hindurchgreifen und den Schlüssel mit einiger Mühe drehen und die Eingangstür öffnen.

„Herr Kabel? Hallo, Herr Kabel? Ist Ihnen was passiert?", rief Timo Haller.

Beide hielten sie mit dem Finger neben dem Abzug ihre entsicherten Waffen bereit, da keiner wusste, was im Kopf dieses Verdächtigen vorgegangen sein mochte. Der Gastraum war leer, lediglich der Geruch nach schon länger Gebratenem hing in der etwas stickigen Luft. Auch in der Küche konnten sie nichts Auffälliges entdecken.

„Hörst du das?", sagte Timo Haller zu Jonas Kurz und bedeutete dem Kollegen ganz ruhig zu sein. Abgesehen vom regelmäßigen Ticken der Uhr im Schankraum, war aus einiger Ferne ein leises Stöhnen zu vernehmen. Die Beamten folgten dem sich zum Wimmern steigernden Höreindruck und schlichen die Kellertreppe hinab. Die vier Stahltüren waren geschlossen, aber nicht verriegelt. Jetzt konnten sie das mittlerweile verzweifelte Flehen orten, stießen die betreffende Tür auf und erschraken zum zweiten Mal innerhalb weniger Minuten auf das Schlimmste: Das Bild, das sich ihnen bot, würden die jungen Polizisten lange nicht vergessen können: Vor ihnen lag blutüberströmt der mittlerweile ohnmächtig gewordene Gerhard Kabel auf dem Boden. Schweißgebadet und weiß wie eine Wand. Seine linke Schulter war quasi nicht mehr vorhanden und der Arm hing sprichwörtlich am seidenen Faden. In einem Schraubstock war ein Jagdgewehr eingespannt und daneben lag ein Spazierstock auf dem Boden, dessen Spitze abgebrochen war. Geistesgegenwärtig wählte Kurz den Notruf des Rettungsdienstes und informierte die Kollegen von der Direktion. Ebenso dachte er an die Spurensicherung. Haller zog sich seine Einmalhandschuhe über, die er immer in der Hosentasche trug, legte dem wie ein Leichentuch ausschauenden Kabel die Beine hoch und drückte beherzt in die suppende Wunde im Schulterbereich des Gastronomen.

Als der Notarzt eintraf, bestellte dessen Team nach der primären Versorgung sofort einen Rettungshubschrauber, denn Dr. Markus Marton schätzte die weitere Behandlung als dringlich und den Erhalt des Armes als fraglich ein.

Gerade als Christoph 2 gelandet war, trafen auch Karl Kunkelmann und Heiner Ehrenreich am Notfallort ein. Mit vorgehaltenen Dienstausweisen fragten sie den Piloten, ob er etwas über den Zustand des Patienten wisse, doch dieser zuckte nur mit den Schultern. Die Hauptkommissare folgten dem Team des Helikopters in den Keller und gewahrten Gerhard Kabel, der mit mehreren Infusionen und einer Spritzenpumpe verbunden war. Neben dem Schwerverletzten piepte in schnellem Rhythmus ein EKG-Gerät.

„Wie geht es ihm?", fragte Karl Kunkelmann.

„Den Umständen entsprechend", antwortete der Notarzt und sagte: „Nehmen Sie bitte die Absaugpumpe mit hoch. Das ist das kleine Kästchen neben Ihnen, danke." Kurz vor der Verladung in den Helikopter, fragte Kunkelmann den medizinischen Luftretter, ob Gerhard Kabel ansprechbar sei.

„Noch", antwortete dieser kurz angebunden. „Wir werden ihn gleich abschießen."

In diesem Moment blickte Karl Kunkelmann skeptisch auf die Waffe, die am Gürtel des Piloten der Bundespolizei klemmte.

Doch dieser sagte schmunzelnd: „Keine Sorge, Herr Kollege. Unser Doc spricht von weiteren ruhigstellenden und schmerzstillenden Medikamenten."

„Warten Sie bitte noch kurz mit dem Abschuss. Herr Kabel, falls Sie mich hören können: Warum haben Sie das getan?"

Der Angesprochene winkte den Hauptkommissar nahe zu sich heran und flüsterte mit kaum wahrnehmbarer Stimme in dessen Ohr: „Man muss Gleiches mit Gleichem vergelten."

56

In der Berufsgenossenschaftlichen Unfallklinik in Frankfurt konnte das intensiv-chirurgische Team den Zustand des Patienten mit der Schussverletzung stabilisieren und die kritische Wunde durch mehrere Operationen versorgen. Das Herz des Gerhard Kabel war glücklicherweise nicht getroffen und der Mann lag unter Polizeibewachung in einem Einzelzimmer. Ob der linke Arm erhalten und vor allem dessen Funktionsfähigkeit wieder hergestellt werden konnte, war unklar. Man musste den Heilungsprozess und eine lange physiotherapeutische Behandlung abwarten.

Karl Kunkelmann und Heiner Ehrenreich waren nach einigen Tagen der respektvollen Rücksichtnahme in die Mainmetropole gefahren, um den Patienten zu befragen. Dieser lag reglos in seinem Bett und starrte an die Decke. Das Kommen der Beamten schien er nicht bemerkt zu haben.

„Guten Tag, Herr Kabel", begrüßte Kunkelmann den Gastwirt und Kelterer, dessen linker Oberarm und Schulter mit einem kompliziert aussehenden Fixateur versorgt waren. Am rechten Arm hing ein Tropf, der ihn mit Medikamenten zu versorgen schien.

„Erinnern Sie sich noch, was Sie zu mir gesagt haben, bevor Sie in den Hubschrauber geschoben wurden?"

„Ja, mit dem Gedächtnis habe ich noch nie Probleme gehabt."

„Ich weiß ja nicht, wie Sie das sehen. Aber für mich war diese Aussage definitiv ein Geständnis. Zumal die Verletzung, die Sie sich zugefügt haben, ähnlich jener ist, die der verlustig gegangene Arm bei Frank Schneider hinterlassen haben muss."

„Das ist mir nicht bekannt."

„Wie? Sie geben zu, den Arm des Herrn Schneider abgeschnitten zu haben und wissen nicht, wie das aussah?"

„Nein. Das haben Sie falsch verstanden. Ich kann nur keinen Vergleich anstellen, weil ich meine Wunde noch nicht betrachten konnte."

„Warum um Himmels willen haben Sie denn Ihren Geschäftsführer derart schwer verletzt?"

„Das ist eine lange Geschichte, Herr Kunkelmann."

„Wir haben alle Zeit der Welt", sagte Karl und bat seinen Kollegen ihm am Kiosk zwei belegte Brötchen zu holen. Wenn er wolle, könne er sich ja auch eins mitbringen.

Nachdem Gerhard Kabel einen Schluck Wasser getrunken hatte, begann er zu erzählen: „Als wir den Frank Schneider eingestellt haben, ging es unserem Betrieb schlecht. Apfelwein war aus der Mode gekommen und fristete ein Schattendasein unter den Getränken. Der bewährte Schoppen galt als hausbacken und altfränkisch. Die braunen Literflaschen stapelten sich im Lager und unsere Bembel, die wir auch im Verkauf anbieten, waren kaum mehr gefragt. Und wenn wir mal einen losgeworden sind, musste er als Vase für irgendwelche Blumensträuße auf den Tischen der Wirtschaften herhalten. Wir waren kurz davor, einen Großteil unserer Belegschaft entlassen zu müssen. Denn allein von Apfelsaft kann eine Kelterei nicht leben. Zumal die Jugend Cola und Limonade bevorzugt." Er atmete tief durch, das Sprechen fiel ihm sichtlich schwer. „Dann kam der Schneider auf Empfehlung eines entfernten Bekannten. Er hatte Betriebswirtschaft studiert und verstand eine Menge von Marketing. Das war uns vorher vollkommen fremd, denn mit der Brühe, wie man im Odenwald die Schoppen manchmal scherzhaft nennt, hatten wir bis dato noch keine Probleme. Doch irgendwann kam dieser schleichende Rückgang im Umsatz, der uns beinahe den Garaus gemacht und somit das Genick gebrochen hätte. Das erste, was Frank Schneider verlangte, war eine herausragende Stelle im Betrieb, wo er frei schalten und walten könne und ein stattliches Monatsgehalt. Wir standen mit dem Rücken zur Wand, Herr Kunkelmann, und sind auf die beinahe schon unverschämten Forderungen eingegangen, da unser Bekannter in den höchsten Tönen von Schneider und seinen Fähigkeiten geschwärmt hat. Sie müssen wissen, wir sind weder Volks- noch Betriebswirte und überblicken geradeso unsere Buchhaltung. Ohne einen fähigen Steuerberater wären wir aufgeschmissen gewesen. Dann kam Schneider und forderte nach der Probezeit sogar Prokura. Ich war dagegen, doch meine Frau sprach sich dafür aus. So könnte ich etwas kürzer treten und das Geschäftliche dem neuen Geschäftsführer überlassen. Sie müssen wissen, dass diese Dinge, wie Verhandlungen mit den Bauern wegen der Lieferungen oder Preisfestlegungen bei der Ware immer von meiner Frau geregelt wurden. Sie ist gelernte Bürokauffrau, ich nur praktischer Kelterer. Das Schriftliche liegt mir nicht so.“

„Das kann ich verstehen“, kommentierte der Hauptkommissar.

„Und dann hatte der Schneider, der mir persönlich immer eine Spur zu affektiert war, die Idee mit den Dosen. Irgendwer hat ihm gesteckt, dass dies ein Weg sein könnte, den Saftladen zu sanieren. Dieses Wort stammt von ihm und ist ja nicht vollkommen verkehrt. Er schloss also Verträge mit dieser Dosenfirma, schaffte neue Maschinen an und füllte den Apfelwein in diese Aluminiumbehälter. Hinzu kamen Mischungen mit modernen Getränken, die im Apfelwein meines Erachtens nichts verloren haben. Doch Frank Schneider war mit seiner Idee auf Erfolgskurs. Wir schrieben wieder schwarze Zahlen und der Betrieb brummte. Der Herr Geschäftsführer ordnete unerlaubt Überstunden an und überwarf sich durch seine rigide Art mit beinahe sämtlichen Kollegen. Ein Neokapitalist, wie er im Buche steht, sage ich Ihnen. Auf das Arbeitsrecht und die Vorschriften hat er gepfiffen und unseren Betriebsratsvorsitzenden, den Albert Schubert, nur ausgelacht und gedemütigt. Auch über den Hassan Al-Abadi, unseren fleißigen Türken, ist er in menschenverachtender Weise hergezogen. Hauptsache Porsche fahren und bei den Leuten im Ort den großen Mann markieren. Dazu scheint er auch noch eine rechtsgerichtete Gesinnung zu hegen, was mir, als altem Sozialdemokrat, gehörig missfallen hat."

„Schön und gut, Herr Kabel. Aber das darf doch die Reizschwelle eines geerdeten Menschen, wie Sie einer zu sein scheinen, nicht derart überbeanspruchen, dass Sie diesem Menschen den Arm nehmen?"

„Ich bin noch lange nicht fertig."

Heiner Ehrenreich klopfte, trat ein und überreichte Kunkelmann die Bestellung. Er selbst hatte nur einen halbleeren Kaffeebecher in der Hand.

„Fahren Sie fort, Herr Kabel. Ich hoffe es stört Sie nicht, wenn ich dabei eine Kleinigkeit zu mir nehme. Ach so, das habe ich ganz vergessen. Das kleine Teil hier in meiner Hemdtasche ist ein Diktiergerät. Ich nehme unser Gespräch als Gedächtnisstütze auf, falls Sie nichts dagegen haben. Meine Frau sagt immer, ich solle Dingo einnehmen."

„Keineswegs, ich habe nichts zu verbergen. Also dann ist die Kelterei Kabel wieder gelaufen und der Schneider auch. Nämlich meiner Anette hinterher. Wie ein Hündchen hat er an ihren Fersen geklebt, ihr schöne Augen gemacht und sie mit Komplimenten überschüttet."

„Und Sie?"

„Ich habe diese Neckereien anfänglich nicht ernst genommen und einfach ignoriert. Doch dann kam ein Punkt, der mir schwer zugesetzt hat. Auf dem letzten Betriebsfest war er mit Anette nach draußen verschwunden. Ich bin unauffällig hinterher und habe sie in flagranti beim Schmusen erwischt. Das hat meinem Herzen einen Schock versetzt. Ich war Anette nie untreu und unsere Meinungsverschiedenheiten konnten wir stets wieder regeln."

„Würden Sie denn Ihre Ehe als zerrüttet bezeichnen?", wollte Kunkelmann wissen.

„Zerrüttet hat sie dieser gottlose Schneider. Er hat das sechste Gebot missachtet, Moral und Sittsamkeit in die Gosse getreten."

Plötzlich klopfte es wieder und ohne auf eine Antwort des Patienten zu warten, betrat ein vermummter Mann das Zimmer und ging langsam auf Gerhard Kabel zu. Kunkelmann und Ehrenreich dachten zuerst an eine weiße Sturmhaube, wie sie Motorradfahrer gelegentlich unter ihren Helmen tragen, sahen dann aber, dass es sich um einen Kopfverband handelte, wie er Schwerstverbrannten angelegt wird. Der Mann flüsterte dem Patienten etwas ins Ohr und verließ daraufhin grußlos das Krankenzimmer.

„Wer war denn das jetzt?", fragte Heiner Ehrenreich.

„Ein wichtiger Mensch in meinem Leben, der mich manchmal besucht", antwortete Kabel und lächelte. Hinterher müssten sie dem Kollegen vor der Tür wohl einen Rüffel erteilen.

„Gut, erzählen Sie weiter. Ihre privaten Dinge müssen uns nicht interessieren. Sie sind gläubig?"

„Das kann man so sagen. Seit ewigen Zeiten Mitglied im Kirchenvorstand der Gemeinde und früher ein eifriger Ministrant."

„Äh, wenn ich fragen darf: Diese Missbrauchsfälle stören Sie gar nicht?"

„Gott wird es richten, das ist nicht in seinem Sinne. Aber Sie wissen ja andererseits: Wer von euch ohne Sünde ist, werfe als Erster einen Stein auf sie."

„Nein, das wusste ich nicht. Hört sich nach einem Bibelvers an."

„Johannes 8, Vers 7 im Neuen Testament."

„Ja, da bin ich nicht so sattelfest. Ich kenne nur das Kleine Testament von Hannes Wader."

„Von wem bitte?"

„Ach, vergessen Sie es. Das war nur ein Scherz."

Gerhard Kabel rückte sich mit schmerzverzerrtem Gesicht ein wenig zurecht und berichtete. „Die Anette hat sich dann immer mehr entfremdet und ist auch mit dem Schneider in seinem protzigen Wohnmobil zum mondänen Urlaub an die Ostsee gefahren. So mit Schampus und Kaviar, schätze ich. Und natürlich immer so, dass es kein Gerede gibt. Nach außen waren wir noch immer das perfekte Paar. Dann warf sie mir irgendwann meine Impotenz vor und sagte, dass der Frank Schneider im Bett eine Granate sei und sie das ab und an brauche. Mein Gott, wo war nur die Frau geblieben, die ich einst geheiratet hatte?"

„Das müssen schlimme Zeiten für Sie gewesen sein."

„Haben Sie Ihre Handschellen dabei?"

„Ähm, ja. Wieso?"

„Darf ich die mal sehen?"

Kunkelmann griff unter sein Flanellhemd, hakte die Acht vom Hosengürtel und zeigte sie seinem Gesprächspartner.

„Kann man diese Dinger offiziell kaufen?"

„Also die unsrigen wohl eher nicht. Aber ähnliche Modelle gibt es bestimmt. Und die sollen sogar gut funktionieren."

„So ist es. Denn einmal hat mich der Schneider an der Heizung in unserem Schlafzimmer mit solchen Teilen festgemacht und zuvor aufs Übelste verdroschen. Dann musste ich zugucken, wie er es mit meiner Anette in unserem Ehebett getrieben hat. Wissen Sie, was dabei am Schrecklichsten war?"

„Ich stelle mir die ganze Situation furchtbar vor."

„Am Schrecklichsten war, dass Anette mich dabei ausgelacht hat. Herr Kunkelmann, da verlieren sie jegliches Selbstwertgefühl."

„Warum haben Sie diesen Typen denn nicht bei der Polizei angezeigt?"

„Weil ich meine Frau geliebt habe. Das werden Sie nicht verstehen."

„Aber jetzt lieben Sie sie nicht mehr. Das wäre auch krank."

„Ich kann sie nicht mehr lieben. Sie ist ja nicht mehr da. Sie hat mich für immer verlassen."

„Vielleicht renkt sich das ja wieder ein, wenn Sie Ihre Strafe abgesessen haben?"

„Das ist ein Ding der Unmöglichkeit."

„Ich wollte nach solchen Demütigungen wohl auch nix mehr von der Lena wissen. Wenn Sie weggehen würde, wäre dies eine Katastrophe für mich. Ich bin quasi zur Erhaltung meiner Lebenstüchtigkeit auf sie angewiesen. Wer würde die Wäsche machen? Wer würde den Boden aufwischen? Und vor allem: Wer würde kochen? Ich will Ihnen ja nicht zu nahe treten, aber meine Lena ist eine wahre Künstlerin in der Küche. Oh, ich schweife ab, Entschuldigung. Haben Sie diese Demütigungen die ganze Zeit ertragen, ohne jemandem davon zu erzählen? Das ist ja Stress pur."

„Mit dem lieben Gott habe ich Zwiesprache gehalten und der Herr hat mich beraten."

„Welcher Herr?"

„Na, der Herrgott natürlich."

„Ach so. Und was hat er Ihnen empfohlen?"

„Dass ich mich wehren soll, hat er gesagt. Auge um Auge, Zahn um Zahn. Matthäus 5, Vers 38."

„Der Herr Schneider hat angeblich ein lockeres Lotterleben geführt. Haben Sie das gewusst? Mein Kollege und ich haben eine seiner Liebesdienerinnen nämlich in Frankfurt besucht."

„Sie Ferkel, Sie sind doch auch verheiratet, wie Sie eben berichtet haben. Was denken Sie sich dabei?"

„Nein. Nicht, wie Sie denken. Natürlich nur dienstlich und in Ihrer Sache ermittelnd."

„Dieses Schwein hat sogar seine Buhlschaft betrogen. Normalerweise hätte ich ihn entlassen sollen. Doch da hat sich Anette gesträubt und unser wirtschaftliches Fortkommen angeführt. Denn der Schneider hat ja die Dosen ins Rollen gebracht."

„Und die Bauern ins Grollen, denn deren Kühe waren ja die Leidtragenden Ihres Erfolges."

„Wenn Sie mich fragen, wurde diese Thematik von der Presse aufgebauscht und dann vom Kreislandwirt hochgekocht."

„Und Sie haben mit Ihrer Aktion das Tüpfelchen auf den I-Punkt gesetzt, indem Sie diesen Öffnungsring in die Gliedmaße eingenäht haben. Damit war eindeutig ein Zeichen in Richtung der Landwirte gesetzt, die wir anfänglich des Mordes verdächtigt haben."

„Wieso des Mordes? Hier geht es um einen linken Arm, der als Zeichen auserkoren wurde und nicht um eine Leiche."

„Sie müssen doch wissen, ob der Schneider das überlebt hat. Wie haben Sie das eigentlich angestellt? Das muss doch eine unglaublich brutale Vorgehensweise gewesen sein."

„Wenn Sie mich fragen, hat er nichts gespürt."

„Das heißt, Sie geben die Verstümmelung des Frank Schneider zu, aber Sie haben ihn nicht getötet?"

„Ich glaube, ich sage jetzt ohne einen Anwalt nichts mehr. Auf alle Fälle richtet dieser unmögliche Mensch und Ehebrecher keinen Schaden mehr an, sondern tut nur noch Gutes."

„Wie meinen Sie denn das jetzt? Hatten Sie Kontakt zu ihm?"

„Das kann man so sagen. Sie schließlich auch."

„Wie jetzt?"

„Nun, Sie haben den Arm untersuchen lassen, die DNA abgeglichen und sonstige Spuren dieses Scheusals verfolgt, Sie sind dessen liederlichem Lebenswandel auf die Schliche gekommen und haben sich viel von dessen Sein einverleibt. Somit wissen Sie, um was für einen schwer verdaulichen Typen es sich hier handelt."

„Aber wir wissen nicht, wo er sich im Moment aufhält."

„Das hängt von Prozessen ab, auf die ich keinen Einfluss habe. Auch auf sein Geschäftsgebaren hatte ich den nicht. Wie ein Berserker ist er durch den Betrieb gefegt und hat unsere Leute erniedrigt. Damit ist nun Schluss. Wie es weitergeht, kann ich nicht sagen. Falls ich die Möglichkeit hierzu bekomme, würde ich gerne mit ein paar treuen Arbeitern die Zukunft der Kelterei Kabel besprechen. Vielleicht lässt sich diese ja genossenschaftlich fortführen. Mein Steuerberater weiß da sicherlich Bescheid. Hauptsache, die Leute können ihren Arbeitsplatz behalten. Bei den Bauern werde ich mich entschuldigen. Das mit dem fingierten Brief war gemein. Es war nicht rechtens, was ich den braven Kerlen und ihren Familien angetan habe. Schließlich ist das Unternehmen ohne deren reiche Apfelernten nicht denkbar. Ich kann nur hoffen, dass sie mir verzeihen werden. Wie der Herr, der mein Hirte ist."

„Das wird sich finden. Aber hoffentlich auch der Frank Schneider."

„Sie müssen sich ein wenig beeilen, denn ich fürchte, der Mann wird immer weniger."

„Haben Sie ihn etwa ohne Nahrung irgendwo eingesperrt? Ist die Verletzung versorgt?"

Kabel hüllte sich in Schweigen und nickte ein.

Als die Beamten das Krankenzimmer verlassen hatten, sprach Kunkelmann den wachhabenden Kollegen vor der Tür auf dessen Abwesenheit an. „Ich habe mir nur kurz ein belegtes Brötchen am Kiosk geholt. Ihr Partner hat mich gesehen, als er das Fläschchen Cognac für den Patienten gekauft hat. Außerdem waren Sie ja drinnen, da konnte der Kabel nicht unbemerkt raus."

„Aber ein anderer unbemerkt rein."

57

Ihren Anfang nahm die Katastrophe am Wochenende, als Thomas seinen Eltern eröffnete, dass er durchs Physikum gerasselt war. Mit hängenden Schultern saß er auf dem Wohnzimmersofa und war den Tränen nahe. „Ausgerechnet bei der Frage, welche Funktionen die Leber hat, habe ich versagt", erzählte er schluchzend. „Summa summarum war dies dann das Aus. Und dabei weiß ich es doch."

„Ha, das kann sogar ich dir sagen: Sie baut Alkohol ab!", posaunte Karl Kunkelmann und tröstete den Buben, indem er in der Küche zwei Weißbier holte.

„Papa, das ist nicht lustig. Man darf diese Prüfung nicht beliebig oft wiederholen."

„Mein lieber Thomas, als sie mich damals gefragt haben, was der Unterschied zwischen einer Pistole und einem Revolver sei, habe ich gesagt, dass James Bond eine Walther PPK benutzt, wogegen John Wayne sich noch mit dem Colt SSA 1873 herumschlagen muss. Das war zwar nicht exakt das, was die wissen wollten, doch ich wurde wegen meines Fachwissens vom Ausbilder gelobt. Was ich damit sagen will, ist, dass ein Quäntchen Fantasie und eine Prise Kreation über manchen Fehler hinweghelfen können."

„Mit Kreativität ist man bei den medizinischen Prüfungen schlecht beraten. Das Fach ist eine Naturwissenschaft."

„Ach, ziehen die immer noch den alten Kneipp mit seinen natürlichen Wassergüssen aus dem Hut, wenn es gilt Studenten zu ärgern?"

„Lass mal, ich muss mich ein wenig ablenken. Was steht denn heute auf eurem Programm?"

„Große Ereignisse werfen ihre Schatten voraus. Nachher kommt Tante Erna aus Oberursel zu Besuch und möchte mit der gesamten Familie Kunkelmann Kuchen essen, Kaffee trinken und über ihre kaputte Schulter plaudern."

„Humero", übersetzte Thomas etwas abwesend. „Ob das lustig wird, wage ich zu bezweifeln. Die Gute jammert nämlich gar zu gerne. Und ich muss auch da sein?"

„Sofern du dich zur Familie Kunkelmann zählst, wäre ich über deine Anwesenheit froh. Da müssen die Mama und ich nicht so viel reden. Außerdem hast du sie das letzte Mal gesehen, als sie vor Längerem hier zu Besuch war. Das war ungefähr zu der Zeit, als dieser schnöselige Lehrer aus München der Mama den Hof gemacht hat."

„Und du mit ihm dermaßen einen gesoffen hast, dass der Bayern nicht mehr von Preußen unterscheiden konnte."

„Na, siehst du mein Bub. Wenigstes hat sich dein Humoro nicht vollends verloren. Hermann Hesse, das ist ein berühmter Schriftsteller, hat gesagt, dass das Feststellen von Fehlern nicht Urteil, sondern Klatsch sei. Das solltest du dir merken und diesem Physikus oder wie der Prüfer des Physikums heißt, deutlich sagen. Mit schönen Grüßen von Kriminalhauptkommissar Karl Kunkelmann aus Bad König, der dein Vater ist."

In diesem Moment läutete jemand an der Klingel Sturm, als ob ein Orkan drohe und wie ein Wirbelwind fegte Tante Erna herein. Trotz ihrer mittlerweile über 90 Jahre war ihr Stechschritt, mit dem sie durchs Leben schritt, bewundernswert. Erholsame Saunabäder in der Taunus-Therme ließen sie wie 70 aussehen.

„Hallo, hallo, hallo. Ich muss erstmal aufs Klo", trötete sie mit blecherner Stimme, die der Hupe jenes alten Lastwägelchens bei den Waltons nicht unähnlich war. Dann bog sie zur Toilette ab und erzeugte Geräusche, als ob die Niagara-Fälle gerade Hochwasser hätten. „Das war jetzt aber dringend", kommentierte sie, als sie mit kleinen Küsschen ihre Verwandtschaft begrüßte. „Was hat denn der Thomas? Er guckt irgendwie so traurig."

„Unser Sohn ist bei der Leber durchgefallen", antwortete der Haushaltsvorstand.

„Ach, hat er jetzt auf Koch umgesattelt und die praktische Prüfung verhauen? Leber kann man dünsten, aber auch rösten. Am besten schmeckt sie mir mit krossen Zwiebeln. Nur falls du nochmal diesbezüglich antreten musst."

„Nein, Erna. Der Papa hat sich missverständlich ausgedrückt."

„Das ist nichts Neues. Mit dem Sprechen hat er es schon als Kind nicht so gehabt. Als Gleichaltrige es bereits konnten, hat er noch gesabbert."

„Das erste Staatsexamen in Medizin muss ich wiederholen, weil ich es nicht bestanden habe. Aber das geht vielen so. Danach wird es einfacher."

„Nun ja, Thomas. Es muss nicht jeder Arzt werden. Du bist ja noch jung, da kannst du dich bei der Post bewerben. Wenn du eine gewisse Zeit Briefe ausgetragen hast, kommst du vielleicht an den Schalter und wirst verbeamtet. Schau dir deinen Vater an. Der Rock des Beamten ist eng, aber warm. Wobei ich den Eindruck habe, dass er bei Karl immer enger wird. Apropos Lena: Mit was für einem Kuchen wirst du mich denn gleich überraschen? Ich bin schon ganz gespannt und total hungrig. Karl, du solltest auf Süßes verzichten. Sonst laufen dir die Verbrecher im Eiltempo davon und du stierst ihnen pustend und prustend hinterher. Möchtest du nicht ein wenig Sport machen?"

„Ich habe mich gerade in der Anfängergruppe für Hallenhalma angemeldet", antwortete der Angesprochene, ohne dabei eine Miene zu verziehen.

Dann servierte Lena eine selbstgemachte Buttercremetorte, die Karl Kunkelmann von weitem bewundern durfte. Sein Teller zierte ein winziges Stückchen Karottenkuchen, den die Ehefrau mit einem Zuckerersatzstoff gesüßt hatte.

„Also wenn das mit der Medizin nicht klappt, dann wirst du eben Pathologe", schlug der Vater vor.

„Mensch, Papa. Das sind doch auch Ärzte."

„Aber solche, die keinen Schaden anrichten können. Als ich neulich den Dr. Stahlmann wegen meinem Fußpilz um Rat gefragt habe, hat dieser Quacksalber geantwortet, dass er zwar wisse, wie ein solcher ausschaue, aber keine Ahnung habe, wie dies zu therapieren sei. Seine Klientel lege auf Heilung keinen Wert. Ich solle einen Dermatologen fragen. Da hätte er mir doch gleich einen fähigen Hautarzt empfehlen können. Denn weißt du, Erna, das juckt ganz schrecklich zwischen den Zehen und durch meine immensen Schweißfüße wird das nicht besser. Ständig könnte ich in den Zwischenräumen puhlen …"

„Karl, es reicht jetzt. Nicht beim Essen. Deine Erläuterungen sind an dieser Stelle vollkommen für die Füße."

„Genau das sage ich ja, aber wenn ihr so empfindlich seid, bin ich selbstverständlich still. Nur kurz: Erna, weißt du ein

Mittel gegen diese penetranten Käsefüße? Wenn ich die Schuhe ausziehe, glaubt man, einen Pferdestall zu betreten. So schlägt einem dieser scharfe Gestank nach Ammoniak entgegen."

„Versuche es mal mit Zedernholz."

„Schiebt man sich das zwischen die Zehen? Nicht, dass die Strümpfe darunter leiden und Lena sie wieder stopfen muss."

„Nein, Karl. Das sind Einlegesohlen."

„Ach, gut, dass du das erwähnst. Dann weiß ich Bescheid und gehe demnächst in die Apotheke."

„Habt ihr übrigens mit diesem Arm was erreichen können? Man liest gar nix mehr in der Zeitung darüber."

„Was soll ich sagen, wir sind auf der Suche nach fähigen älteren Damen, die bei Auffinden des Besitzers selbigen aufgrund ihrer Fähigkeiten in Handarbeit wieder annähen können. Weiß du da jemanden?", beantwortete Karl die Frage der Tante, wobei er sich wohlüberlegt die Slipper von den Füßen streifte. Erst als Ernas Gabel auf den Kuchenteller gefallen war und die Gute fragte, ob als Nachspeise Limburger vorgesehen sei und angewidert die Nase rümpfte, wechselte der Besuch das Thema und kam auf die Schulterschmerzen zu sprechen.

58

Als Gerhard Kabel die Akutphase seiner Behandlung überstanden hatte, wurde er in die Justizvollzugsanstalt Weiterstadt überstellt, wo er bis zu seinem Prozess in Untersuchungshaft sitzen musste. Nach der Sprengung des Rohbaus durch Angehörige der Rote Armee Fraktion im Jahr 1993, wurde vier Jahr später eine moderne Haftanstalt für rund 800 Straffällige eröffnet, die neben einem Schwimmbad und zahlreichen Sportmöglichkeiten, auch Werkstätten betrieb, in denen die Insassen arbeiten und verschiedene Berufe erlernen konnten. Kabel hatte eine der relativ geräumigen Zellen bezogen und sich mit einschlägiger Literatur eingedeckt. Zu den sonntäglichen Gottesdiensten besuchte er regelmäßig die Kirche der Haftanstalt. Kritiker bezeichneten das Gefängnis ob der hohen Kosten und der komfortablen Ausstattung anfänglich als Nobelknast oder Erholungsheim. Doch auch hier war die Justiz der Hausherr und es herrschte ein strukturierter Tagesablauf mit festgelegter Taktung.

Kabel konnte ein wenig in der Küche mithelfen und den Köchen mit Rat und Tat zur Seite stehen. Sein linker Arm war in eine komplizierte Schiene gebettet und das Gefühl bis jetzt nicht wieder zurückgekehrt. Karl Kunkelmann mäanderte mit dem Opel alleine durch Darmstadt, da sich Heiner Ehrenreich krank gemeldet hatte. Nach einigen Irrwegen parkte er vor dem Gelände der weitläufigen JVA, fand die Pforte und wurde nach Begutachtung seines Ausweises und der Inverwahrnahme seiner Pistole zu Gerhard Kabel gebracht. Auf Wunsch des Gefangenen fand das Vernehmungsgespräch in der Zelle und nicht im Besucherraum statt, dem ausnahmsweise entsprochen wurde. Zur Sicherheit des Kriminalbeamten blieb die Tür offen und ein Justizangestellter befand sich in Hörweite. Kabel saß vor dem Bücherbord auf einem Drehstuhl, auf dem Lesetisch türmten sich unzählige Bücher. Wach und interessiert blickte er dem Hauptkommissar in die Augen und wartete dessen Fragen ab.

„Wie geht es Ihnen denn so?", eröffnete Kunkelmann etwas ungeschickt seine Vernehmung des Gefangenen.

„Den Umständen entsprechend. Aber um das in Erfahrung zu bringen, sind Sie sicherlich nicht gekommen."

„Das stimmt. Bevor ich Sie jetzt als Beschuldigten belehren muss, hätte ich noch ein paar Fragen. Mir gehen da nämlich einige Ungereimtheiten im Kopf herum, die ich mit Ihnen gerne erörtern möchte."

„Ich helfe, wo ich kann."

„Da wäre zum Beispiel die Frage, wie Sie das mit der Hand im Apfellager angestellt haben. Das Gelände ist doch mit Kameras überwacht und einen Menschen mit drei Händen hätten die bestimmt registriert. Aber wir konnten keine diesbezüglichen Aufnahmen sicherstellen."

Kabel wunderte sich etwas ob der Naivität dieser Einlassungen. „Sie wissen ja, wer bis vor Kurzem der Chef der Kelterei gewesen ist?"

„Ja, Sie waren das."

„Richtig. Und ich habe auch Zugang zur Technik für die installierten Kameras. Ich habe die infrage kommenden Apparate einfach ausgeschaltet."

„Aber wenn Sie von Angestellten gesehen worden wären?"

„Um diese Zeit ist am Wochenende in der Regel niemand auf dem Gelände. Und wenn jemand gekommen wäre, hätte es keine Probleme gegeben. Denn ich inspiziere öfter das Terrain samt aller Anlagen und führe dabei eine Aktentasche mit, um mir eventuell Notizen machen zu können. In dieser hatte ich den Arm verborgen."

„Warum aber haben Sie die Gliedmaße überhaupt so drapiert und nicht ganz unter den Äpfeln versteckt? Weshalb der Aufwand? Sie hätten den Arm doch als Abfall entsorgen oder verbrennen können. Das kapiere ich nicht."

„Herr Kunkelmann, Sie verkennen die Bedeutung der Symbolik einer ausgestreckten Hand."

„Äh, ein Hilferuf?"

„Wenn Sie das so sehen. Ich bin nicht für Ihre Interpretationen zuständig, lediglich für Auslegungen."

„Was legen Sie denn aus?", fragte sich der Hauptkommissar und schaute sich suchend um.

„Psalmen, manchmal auch die Evangelien."

„Was ganz anderes. Ich kann mir nicht vorstellen, dass Sie überhaupt keine Ahnung haben, wo sich Ihre Gattin aufhält. Wie mir Ihre Schwiegereltern sagten, hätte sich ihre Tochter, also die Tochter der Schwiegereltern, Sie haben ja keine Kinder, zu Besuch angekündigt, sei aber nie angekommen."

„Hat Ihnen die Suppe neulich geschmeckt?"

„Doch, prima. Aber Sie haben meine Frage nicht beantwortet."

„Hm, nicht?", sagte Kabel und schwieg eine Weile. „Die Fähigkeiten eines Kriminalbeamten hängen doch auch bestimmt mit dessen Kombinationsgabe zusammen?"

„Da irren die meisten Menschen, denn wir richten uns am liebsten nach der Fakten- und der Aktenlage."

„Oh, interessant. Dann sind diese Gaben, die Maigret, Columbo, Brunetti und all die anderen Ermittler mitbringen, alle erfunden?"

„Zum Großteil ja. Das sind nämlich alles keine richtigen Polizisten, sondern literarische Figuren, die die Autoren für ihre Krimis extra entwickelt und mit besonderen Fähigkeiten ausgestattet haben. Da hat es mir der Götz George angetan, der in der Tatortserie den Horst Schimanski spielt. Das ist große Kunst und der Götz ein toller Darsteller."

„Was Sie nicht sagen." Dann brach Gerhard Kabel das Gespräch abrupt ab, drehte sich um, zog ein schwarzes Buch aus dem Stapel hervor und begann darin zu lesen.

„Herr Kabel? In was für einem Wälzer schmökern Sie denn da?"

„Um diese Zeit lesen wir immer in der Bibel. Er will das so."

„Wer ist er?"

„Der Meister."

Kunkelmann gefror das Blut in den Adern. Tat sich da gerade ein schrecklicher Abgrund des Grauens wieder auf? „Herr Kabel, wollen Sie damit etwa sagen, dass Sie im Auftrag gehandelt haben? Wer ist dieser Meister?" Der Keltereibesitzer starrte verklärt in die Ferne, dann senkte er seinen Blick wieder auf das vor ihm liegende Buch und sagte kein einziges Wort.

Epilog

Als das Lokal von den Kriminaltechnikern auf den Kopf gestellt wurde, konnten sie nichts Verdächtiges finden. Lediglich schiere Unmengen wohl portionierten Fleisches in den Kühltruhen erregten ihre Aufmerksamkeit.

Marco Wiesemann sagte: „Wenn die Gaststätte unter neuer Leitung wieder aufmacht, lade ich euch alle zu Steaks, Schnitzeln und Koteletts ein. Die Ware ist bestimmt Bio. Nur der bestätigende Stempel fehlt. Sie ist wahrscheinlich von nicht nachgewiesener Herkunft."

Der Bauer Hans Vierheller wurde bald aus der Psychosomatik entlassen und konnte seiner Arbeit als Landwirt wieder nachgehen. Seine Kuh hatte ihm niemand ersetzt. Hier konnte auch der Kreislandwirt Franz Lautenschläger nicht helfen.

Die beiden jungen Kommissare Jonas Kurz und Timo Haller wurden lange vom Polizeipsychologen betreut, da ihnen der Einsatz in Kabels Lokal erhebliche seelische Probleme bereitet hatte.

Heiner Ehrenreich hatte einer Entziehungskur zugestimmt, befand sich auf dem Weg der Besserung, war aber noch dienstuntauglich.

Karl Kunkelmann hatte die Ereignisse emotional recht gut verarbeitet und machte zurzeit Urlaub in Österreich, wo er sich in einer Musikschule dem besseren Spiel der Steirischen Harmonika widmete.

Bei der zweiten Prüfung zum Physikum hatte Thomas bestanden und famulierte gerade bei Dr. Berger, dem alten Hausarzt seiner Familie.

Hassan Al-Abadi wurde durch die Intervention des Betriebsratsvorsitzenden Albert Schubert wieder eingestellt und Tina hatte ihre Ausbildung mit Auszeichnung abgeschlossen.

Den Alt-Nazi Otto hatte nach seinem vermeintlichen Wegzug niemand vermisst, da er schon zu Lebzeiten für viele gestorben war.

Anette Kabel war nicht wieder aufgetaucht. Die Vermissten-anzeige der Eltern bei der österreichischen Polizei hatte zu keinem Erfolg geführt. Man vermutete, dass sie auf einer unangekündigten Bergwanderung in eine der unzähligen tiefen Felsspalten gestürzt sein könnte. Doch die Suche mit Hunden und Hubschraubern mit Wärmebildkameras verlief bis jetzt ergebnislos.

Auch Frank Schneider war noch abgängig. Gerhard Kabel äußerte jedoch die kryptische Bemerkung, dass dieser viel nä-her sei, als man glaube. Das Gericht und ein medizinischer Gutachter führten diese Einlassung auf seinen wahnhaften Zustand zurück. Neue und stichhaltige Ansätze für weitere Ermittlungen hatten sich nicht aufgetan und Kabel schwieg wie ein Grab. Das fachärztliche Gutachten attestierte ihm eine aku-te psychische Störung, die allerdings keine Haftverschonung rechtfertige, jedoch bei Manifestation eine Überprüfung der Haftdauer bedeuten könne. Würde ihn die Justiz erfolgreich wegen der erdrückenden Last der Indizien des Mordes oder des Totschlags anklagen können, obwohl keine Leiche gefun-den wurde? Würde er lediglich wegen Körperverletzung in einem besonders schweren Falle belangt werden? Käme er gar bald frei, da man weder einem real Geschädigten habhaft wer-den noch einen konkreten Ankläger finden konnte? Die Bevöl-kerung und die regionale Presse waren gespannt. Wie würde der Richter entscheiden? Die Beweisführung gestaltete sich äußerst schwierig. Zurzeit saß Gerhard Kabel wegen des Ver-dachts der Tötung des Frank Schneider in Weiterstadt in Untersuchungshaft ein und die Mühlen der Justiz mahlten langsam. Der Gefangene hoffte auf ein mildes Urteil in der Sache. Diesem harrte mit großer Ungeduld ein Mann entgegen, der mit dem Kopfverband eines Schwerstverbrannten den Pa-tienten vor einigen Wochen in der Frankfurter Unfallklinik besucht hatte.

Dankeschön

Für die fachliche Prüfung der polizeilichen Angelegenheiten gilt mein Dank der Kriminalhauptkommissarin Susanne Lorz, die ihre jahrelange berufliche Erfahrung in die Durchsicht des Manuskripts eingebracht hat.

Für die Überprüfung der veterinärmedizinischen Belange darf ich der Tierärztin Dr.med. vet. Judith Lubjuhn-Fischer herzlich danken, die ihre knappe Zeit mit dem Lesen dieses Krimis noch weiter eingeschränkt hat. Sorry, liebe Judith.

Den logischen Zusammenhang haben meine Testleser Matthias Runkwitz, der vor vielen Jahren einmal Kripobeamter war, der diplomierte Agrarwissenschaftler Udo Nersatt und die Diplom-Psychologin Zorica Fritsch überprüft. Danke für eure wertvollen Ratschläge. Sie haben Realitäten geschaffen, ohne welche diese Fiktion manchmal in ein Wunschdenken des Autors abgeglitten wäre. Eure unverstellte, distanzierte und freie Sicht auf den Text hat mich vor so manchem Fehler bewahrt.

Die orthografische und grammatikalische Kontrolle hat wieder mein langjähriger Freund Jochen Löb übernommen, der am Gymnasium in Michelstadt die Fächer Deutsch, Spanisch und Politik unterrichtet. „Das Komma ist eben nicht nur ein musikalisch zu setzender Taktstrich, sondern teilt den Satz in ein sinnvolles Gefüge!" Lieber Jochen, ohne deine Korrekturen wäre ich über manches Komma gestolpert und hätte mich in jener Hinsicht des Öfteren ins Koma befördert!

Ebenso danke ich meinen Figuren, vor allem Gerhard Kabel und Frank Schneider, die es so nie gegeben hat und als Personen hoffentlich auch nie geben wird.

Hut ab vor den Kriminalbeamten Karl Kunkelmann und Heiner Ehrenreich, die sich tapfer geschlagen haben und als etwas beschaulich agierende Polizisten den Odenwald ein wenig karikieren. Bei den realen Beamten entschuldige ich mich selbstredend sofort für diese unverschämte Bemerkung.

Bei den Worten des Dankes darf ich Gerd Fischer, den Inhaber des Mainbook-Verlags in Frankfurt, nicht vergessen, der mich immer wieder zur Weiterarbeit ermutigt und durch sein einfühlsames Lektorat das Buch schließlich auf den Weg gebracht hat.